만주의 분노

코로나와 '대고려국'의 진실

* 일러두기
본서에 '대고려국'이라는 국명에 작은따옴표를 붙인 이유는, 비록 건국 계획을 했으면서도 건국되지 못했지만 역사
에는 반드시 기록되어야 했던 나라였기에, 역사상 실제로 건국되었던 나라들과 구분하는 차원에서 사용한 것임을 밝
힌다.

만주의 분노 – 코로나와 '대고려국'의 진실

© 신용우, 2021

1판 1쇄 인쇄__2021년 10월 20일
1판 1쇄 발행__2021년 10월 29일

지은이__신용우
펴낸이__홍정표
펴낸곳__작가와비평
　　　　등록__제2018-000059호

공급처__(주)글로벌콘텐츠출판그룹
　　　　대표_홍정표 이사_김미미 편집_하선연 권군오 최한나 홍명지 기획·마케팅_김수경 이종훈 홍민지
　　　　주소__서울특별시 강동구 풍성로 87-6, 201호
　　　　전화__02) 488-3280 팩스__02) 488-3281
　　　　홈페이지__http://www.gcbook.co.kr
　　　　이메일__edit@gcbook.co.kr

값 15,000원
ISBN 979-11-5592-286-6 03810

신용우 장편소설

만주의 분노

코로나와 '대고려국'의 진실

작가와비평

사실과 소설 사이

이 소설은 확실한 역사적 사실임에도 불구하고 우리나라 근세사에 기록되지 못한 사실을 묘사한 이야기다. 코로나19를 매개체로 시작하여 근세 역사로 거슬러 올라가서 묘사한 이야기가 얼핏 보기에는 허구 같지만, 실제로는 역사라는 사실이다. 따라서 이야기를 끌어가는 이종용 이외의 주요 등장인물은 실명을 사용하여 사실성을 높였다.

이야기는 신종 바이러스를 배양하여 제3국을 근원지로 퍼지게 하고, 사전에 개발된 치료제와 백신을 이용해서 중국의 위상을 높인다는 프로젝트 '그 일'로 시작된다. 그러나 '그 일'은 실험실에서 바이러스가 유출되는 사고로 인해서 실패하고, 처벌을 앞둔 후베이성 당 서기와 성장은 서로 속마음까지 터놓게 된다. 두 사람은 '그 일'의 모델이 된 731부대 이야기를 하다가, 성장이 조선족인 자신의 고조모 집안에 전해오는 기록을 이야기한다. 거기에는 근대에 만주에서 벌어진 두 가지 커다란 사건인 '대고려국' 건국 계획과 실패 및 관계된 독립투사들의 행적과 731부대의 잔혹한 현장 등이 생생하게 기록되어 있다. 그 기록을 통해서 애국 열사들의 노고와 일제의 만행은 물론 만주의 영토권자가 자연스럽게 밝혀진다. 그리고 그와 연계되어 731부대의 연구 결과물과 일본 전범들의 사면을 일본과 미국이 교환한 사실과 연합 4개국의 동북아 영토 유린에 대한 진실이 밝혀지면서, 영토 유린으로 영토가 분노하면 인류에게 엄청난 재앙으로 되돌아온다는 경고를 보낸다. 또한 매개체는 코로나19로 그 무대는 중국이지만, 지구상에 존재하는 인간의 욕심과 위기에 닥쳤을 때 드러나는 본성은 물론 나라마다 벌어지고 있는 부패한 정치 현실의 모순을 풍자한다. 또한 말로는 세계평화를 위해서라는 미국과 중국의 세계 패권 경쟁이 얼마나 허황된 독선에서 기인한 것인지를 독자와 함께 들여다보면서, 인류의 평화와 행복을 추구하기 위한 이야기를 나누는 것이다.

서기 2020년 6월.

담당 의사인 조형우 교수가 '암(림프종) 3기' 진단을 내릴 때 필자는 덤덤하게 되물었다.

"제가 거의 완성돼가는 학술서와 집필 중인 소설은 꼭 끝내서 출간하고 싶은데 그때까지는 살 수 있을까요?"

어차피 암에 걸린 것은 돌이킬 수 없으니 남은 시간의 계획을 세우고 싶었던 것이 순간적으로 들었던 진심이었다. 의외의 질문에 약간은 당황해하며 의사는 침착하게 대답해 주었다.

"무슨 말씀을 하세요? 요즈음은 약이 좋아서 완쾌도 가능합니다. 일단 입원하셔서 전이 여부를 판가름한 후 치료를 진행하시죠."

그 당시 10년이라는 긴 세월 동안 집필한 학술서 『만주의 영토권』이 초고를 마치고 퇴고에 들어가 있었다. 그리고 그 연구를 바탕으로, '대고려국'의 원대함을 통해서 만주가 우리 한민족의 영토임을 선포했던 사실을 만천하에 알리는 바로 이 소설 『만주의 분노』를 집필 중이었다. 원래 『만주의 영토권』을 『대마도의 영토권』과 함께 우리 한민족의 영토라는 개념으로 다루려고 했으나, 박사학위논문으로 「문화영토론에 의한 대마도의 영토권」을 제출하게 되어 2016년에 『대마도의 영토권』을 먼저 출간하고, 그에 따른 소설 『대마도의 눈물』을 2017년에 출간했다. 그 바람에 『만주의 영토권』은 별도로 마무리하게 되었고, 『만주의 분노』 역시 별도로 집필한 것이다. 그런데 그 결실을 맺기 일보 직전에 암 3기 진단을 받는 순간, 무엇보다 집필하고 있는 책들을 끝내서 출판하지 못할까 봐 그 걱정만 앞섰다.

 골수검사까지 한 결과 다행히 어깨와 배 두 군데를 제외하고는 전이되지 않았고, 긴 여정의 항암치료가 시작되었다. 항암치료를 하는 병원 침상 위에서도 『만주의 영토권』을 퇴고하거나 『만주의 분노』를 집필했다. 극소수 사람을 제외하고는 암이라는 사실조차 드러내지 않고, 항암치료로 인해서 급격히 저하되는 체력 때문에 어쩔 수 없이 줄어드는 작업 가능 시간을 최대한 확보하기 위해서, 누가 만나자고 하면 코로나19를 핑계 삼아 전화나 메일 택배 등을 통해서 필요한 사항만 주고받았다. 죽어도 반드시 끝내고 죽겠다는 각오로 집필했다. 그 결과 1차 항암치료가 끝나갈 즈음에는 작품의 끝이 보이는데, 1차 항암치료가 끝나고 검사한 결과 암세포가 사라졌다고 했다. 완치라고 할 수는 없고 정기 검사를 통해서 지켜봐야 하지만 분명히 암세포는 사라졌다는 것이다. 그리고 지금까지 그 상태가 이어지고 있다.

정말 소설 같은 이야기를 소설가인 필자가 몸으로 직접 써 내려가며 완성하고 있었다. 역사가 기록하지 못한 사실을 소설 『만주의 분노』에 쓰는 동안, 내 몸에서 벌어지던 암이라는 사실은 소설의 극적인 반전 부분처럼 사라져 간 것이다.

그 어려운 시절을 견뎌내며 집필을 끝내고, 암세포가 사라졌다는 이야기를 이렇게 서문에 쓸 수 있도록 함께해 주신 하느님께 감사드린다.

단기(檀紀) 4354년 한가위
아차산 자락에서
신용우

목 차

등장인물

이종용_ 　　　　　　신민회 부여지부 청년집행원(청년조직국장)으로 양기탁이 소집한 신민회 전국회의에서 양기탁에게 발탁되어 대한매일신보부터 동행하며 독립운동에 투신한다. 양기탁, 정안립과 함께 한민족이 주축이 되어 중국, 일본과 연합하여 만주에 건국하고자 하는 '대고려국' 건국 계획에 깊숙이 관여했으나 실패로 끝나고 양기탁, 김구와 함께 상해임시정부에 관여한다. 불법 체포되어 731부대로 강제 이송되었다가 탈출한 현복수를 통해서 알게 된 731부대의 실상 등 자기 생에서 벌어진 모든 사실을 후손에게 전하는 증인.

양기탁_ 　　　　　　1904년 대한매일신보 창간, 1907년 신민회 결성, 1920년대 초 만주지역 독립운동단체의 통합 주도, 1934년 대한민국 임시정부 주석 등 평생을 붓과 몸을 바쳐 조국광복을 위해 헌신하고 특히 '대고려국' 건국 계획에 깊이 관여 한 애국열사.

정안립_ 본명은 정영택. 신민회 회원, 양성군수, 보성학교 교장, 청주 보성학교 설립자이자 구국계몽운동을 벌인 인사로, 1910년 한일병탄과 함께 정안립으로 개명하고 만주로 망명하여 '대고려국' 건국 계획에 주도적 역할을 한다. 1918년 김좌진, 서일 등과 대한독립선언서를 발표하는 등 조국광복을 위한 선구자적 역할을 한 투사.

김구_ 본명은 김창수. 1986년 일본군 중위 스치다를 때려죽인 뒤 사형이 선고되었으나 고종의 특사로 집행이 정지되었다. 그러나 일본 공사 하야시의 압력으로 석방되지 못하자 탈옥하여 이름을 김구로 개명하고 애국계몽운동에 투신한다. 신민회 회원으로 양기탁이 소집한 신민회 전국회의에 안명근을 대동하여 참석하고, 안악사건으로 투옥되기도 했지만 가석방된다. 3·1 만세 투쟁 이후 상해로 망명하여 임시정부 내무총장, 경무국장, 주석 등을 역임한 애국 열혈 지사.

안명근_ 안중근 의사의 동갑내기 사촌 동생. 안중근 의사의 옥중 유훈이라고 할 수 있는 힘 있는 대한제국을 만들기 위해, 간도에 무관학교를 건립을 위한 자금을 모집하던 중 왜놈들에게 발각되어, 105인 사건으로 비화되는 안악사건의 주모자로 징역 10년을 복역한다. 출옥 후 조국광복을 위해 헌신한 애국지사.

안중근_   1909년 10월 26일 하얼빈에서 대한제국 침략의 수괴인 이토 히로부미를 처단하고, 1910년 3월 26일 여순감옥에서 순국한 애국지사. 특히 의사가 순국한 이후 일제는 시신을 유기한다. 시신을 보는 순간 대한제국 백성들이 열화같이 폭동을 일으킬 것이라는 핑계였다. 그러나 사실은 안중근 의사의 시신을 일본 이토의 무덤으로 모시고 가서, 이토의 무덤 앞에 엎드려 사죄하는 형상을 취하게 했다고 한다. 일제의 인간 이하의 처사를 다시 한번 실감케 하는 장면으로, 그 소식을 듣는 대한의 백성들이 일본에 대한 증오심을 일으켜 조국 광복에 대한 염원이 불타오르도록, 죽어서도 자신의 시신마저 희생하신 애국열사.

현복수_   김구, 안명근과 함께 신민회 신흥무관학교 자금을 모금하다 체포되어 옥고를 치른다. 후일 만주 하얼빈으로 이주해서 생활하던 중 731부대에 끌려갔지만, 다행히 실험 도구가 되지 않고 왜놈들 지시로 험한 일을 하던 중 운 좋게 탈출해서 이종용에게 자신이 겪은 일을 증언한 인물.

스에나가 미사오_   '대고려국' 건국을 위해 겐요샤에서 일본측 대표역할을 하도록 임명한 겐요샤 고위층 인물. 3·1 만세 항일투쟁으로 인해서 일제가 한민족을 두렵게 생각하게 되어 '대고려국' 건국이 무산되자 다이쇼일일신문에 '대고려국' 건국 계획의 전모를 연재함으로써 만주국 건국을 준비하는 얄팍한 술수를 여실히 드러낸 모사꾼.

주사형_　　　　　　　　'대고려국' 건국 계획에 중국 측 대표로 참여하는 중국 남방 군벌. 일본 겐요샤의 지원을 받아 신해혁명에 성공함으로써, 중화민국을 건국하는 중국이 청나라 후손인 장쭤린을 견제하기 위해서 '대고려국' 건국에 적극적으로 참여하고 그 협상 대표를 맡은 인물.

장쭤린_　　　　　　　　청나라 출신 만주 군벌. 청일전쟁 참여 후 청나라가 패배하자 고향에서 자위부대를 조직. 세력이 커지자 봉천성 순무가 정규군에 편입시켰다. 그 후에도 점점 더 세력이 커져서 1916년 봉천성 독군이 된 후 1918년에는 만주의 동북3개성을 관할하고, 1926년에 베이징에서 대원수직에 취임하기도 했다. 그의 세력은 일본 군부의 암묵적 지지에 의한 것으로 승승장구했으나 결국 일본 군부에 의해 암살당한 비운의 청나라 후손.

장초량(蔣超良)_　　　　　현 중국 후베이성(湖北省) 공산당 서기. 우한폐렴이라 불리다가 코로나19로 이름을 바꾼 중국발 전염병 공정에서 소외당했음에도, 공정의 실패로 인해서 처벌당할 위기에 처하자 성장 왕샤오둥과 푸념을 하다가 자기 집안 이야기를 한다. 그는 만주족 사내와 한족 여인 사이에서 태어난 집안의 후손으로 순수혈통 한족이 아니다. 그런 점이 왕샤오둥과 상통해서 두 사람은 의기투합하게 되고, 살아남는 방법으로 우한 폐렴의 주범은 박쥐라는 결론을 꿰어맞추는 과정에서 '대고려국'과 731부대의 진실을 알게 되는 인물.

왕샤오동(王曉东)_ 　　　　　현 후베이성 성장(省長). 당서기 장초랑과 함께 우한폐렴 공정에서 소외당했으나 공정은 실패하고 처벌이 코앞에 다가오자 서로 의기투합하는데, 그 역시 한족인 고조부가 만주의 조선족 여인과 혼인한 후손으로 순수혈통 한족이 아니다. 고조모인 조선족 집안에 전해오는 기록으로 인해서 '대고려국' 건국 계획과 경과 및 실패한 결과는 물론 만주의 간도 하얼빈에 일제가 만든 731부대의 정체와 임무 및 우한 폐렴과의 인과성을 확실히 알고, 그 이야기를 장초랑에게 전해 주는 살아 있는 만주의 증인.

쪼오시엔왕(周先旺)_ 　　　　　현 후베이성 우한시장. 우한폐렴 공정 진행 과정의 전면에 나서서, 공정의 성공을 독식해서 출세하고 싶어 하는 인물. 우한폐렴 공정에서 북경 특사에 의해 후베이성 당서기와 성장을 소외시키고 자신이 전면에 섰다는 것에 고무되어, 세균 노출 사건으로 엄습해 오는 죽음도 모른 채 우쭐거린다.

시진핑 특사_ 　　　　　프로젝트 '그 일'에 관한 세부 사항을 후베이성에 전달하는 북경 특사. 자신의 욕심을 채우기 위해 서열을 무시한 채 우한시장을 전면에 배치하고, 사리 파악이 밝지도 못하고 말도 조리 있게 못 하지만 시진핑을 우상화하는 데에는 앞서 있는 인물.

그 외 안창호, 신채호, 고종황제, 순종황제, 이완용, 하세가와 총독. 다이쇼 일왕 등

• 1 •
우한폐렴

1
시진핑이 설계한 프로젝트 '그 일'

2019년 11월 20일.

중국 후베이성(湖北省) 성장(省長) 왕샤오동(王晓东)이 허겁지겁 후베이성 공산당 서기 장초량(蔣超良)을 찾았다. 그렇지 않아도 성장이 급한 용무로 찾아온다는 비서의 연락을 받고 기다리던 중인데, 당서기 집무실로 들어서는 왕샤오동의 얼굴은 흙빛으로 변하고 몸은 사시나무 떨듯 떨고 있었다.

"갑자기 무슨 일이오?"

장초량은 왕샤오동이 들어서는 모습을 보는 순간 무언가 수습할 수 없을 정도로 큰일이 벌어지고 있다는 것을 직감할 수 있었다.

"큰일 났습니다."

너무나도 다급한 나머지 말이 제대로 나오지 않아서, 두 번이나 목 안으로 목소리를 삼킬 뿐 소리는 내지 못하다가, 발음은 떨리고 속도는 더듬거리며, 왕샤오동이 겨우 뱉은 말은 '큰일 났다'는 그 한마디였다.

"아니, 도대체 무슨 일이 일어났기에 그리 행동한다는 말이오? 목소리가 도로 목 안으로 들어가 말도 못 할 정도라면 전쟁이라도 났다는 말이오?"

장초랑은 자신도 모르게 전쟁이라는 말이 튀어나오고 말았다. 지금 왕샤오둥이 취하는 태도로 보아서는 전쟁이나 내란이 났다고 생각할 수밖에 없는 상황이었다. 당장 죽고 사는 결정을 내야 하는 일이 아니고서야 저리 허둥대며 목소리가 목 안으로 기어들어 가서 말도 제대로 못 할 수는 없다. 그러나 그건 아닌 것이 확실했다. 만일 이곳 후베이성을 제외한 다른 곳에서 전쟁이나 내란이 났다면, 공산당 서기인 자신에게 먼저 연락이 왔을 텐데 그건 아니다. 그렇다고 후베이성에서 내란이 난 것도 아니다. 후베이성에서 내란이 일어났다면, 폭도들이 제일 먼저 공산당 서기인 자신을 공격하러 이곳으로 쳐들어왔을 것이기 때문이다. 당연히 성장인 왕샤오둥은 여기까지 오지도 못했을 것이다. 생각이 여기에 미치자 장초랑은 아차 싶었다.

그렇다면 혹시 숙청?

숙청이라는 생각만 해도 앞이 캄캄해지면서 하늘이 노랗게 변했다. 자기가 무슨 잘못을 했는지 순간적으로 머릿속의 필름을 돌리기 시작했다. 하지만 어디까지를 잘못으로 잡고 어디까지를 숙청의 기준으로 삼아야 할지 몰라 계산이 되지를 않았다.

숱하게 받은 뇌물들은 일일이 기억도 나지 않는다. 만일 그중 한 놈이라도 불었다면 그건 숙청의 대상이 되고도 남는다. 위아래 할 것 없이 해 먹고 있지만, 밖으로 노출이 되면 안 된다. 적당량을 상납하는 그들만의 규칙을 준수하면서 소문만 안 나면 그게 청렴한 거다. 그런데 누가 무얼 불어서 성장이 말도 못 하고 벌벌 떨기만 할 정도로 황당무계한 일을 만들어 낸 것인지 쉽게 이해가 되지 않았다. 성장과 함께 연루되었을 만한 뇌물을 생각해 봤지만 감을 잡을 수 없다. 함께 연루된 것은 정기 상납을 받는 것 이상은 없을 것 같은데, 누구에게 정기 상납을 받는지 그 속을 서로 알 수 없으니 그게 답답했다.

"아니, 도대체 무슨 일이기에 그리도 말을 못 잊고 난리라는 말이오? 동지가 그러고 있으니, 마치 우리 둘 다 숙청이라도 당한 것 아닌가 하는 생각까지 들 판이오."

"수, 숙청이야 목숨은…, 목숨은…."

"숙청은 목숨은 부지한다는 말이오?"

답답함을 풀어보려는 장초랑이, 왕샤오둥이 맺지 못하는 말끝을 대신해 말하자 왕샤오둥은 고개를 끄덕였다.

"숙청도 아닌데 동지가 말도 못 할 정도의 사건이라는 것이 도대체 무어요? 숙청은 목숨은 부지한다면 이건 목숨도 부지하지 못할 일이라는 건데 도대체 그게 무어요? 자, 안 되겠소. 우선 안정부터 합시다."

장초랑은 왕샤오둥에게 직접 따뜻한 물을 따라서 가져다주며 마실 것을 권했다. 숙청이 아니라는 말에 일단 안심이 되면서도 그보다 더 한 일이라는데 그게 무언지, 처음에 두렵던 마음은 둘째로 하고 오히려 궁금해지고 있었다. 왕샤오둥의 말대로 숙청은 최악의 경우 목숨을 잃을 수도 있지만, 목숨만은 보존할 확률이 더 높은 것은 사실이다. 하지만 숙청을 당하고 목숨을 보존해봤자, 다시 복권될 수 없는 상황이라면 죽는 것과 다를 바가 없다. 그런데 지금 왕샤오둥이 더듬기만 하고 말도 못 하는 상황이 숙청보다 더한 것이라고 하니 도대체 궁금해서 견딜 수가 없었다.

장초랑은 책상 서랍을 열고 담배 한 개비를 꺼내서 물었다. 그리고 불을 붙이려다가 왕샤오동을 쳐다보자 왕샤오동이 장초랑에게 자신도 하나 달라고 손짓을 했다. 3개월 인가 전에 장초랑과 왕샤오동은 우연히 함께 금연하자고 약속을 하고 난 이후로, 담배를 끊기 위해서 서로 노력하는 사이다. 그러기에 답답하고 초조한 마음을 참지 못하고 담배를 피우려고 하다가 그 생각이 나서 왕샤오동을 쳐다본 것인데, 서로 금연하기로 약속한 것은 둘째로 하고 당장 답답함을 참을 수 없으니 자신도 달라고 한 것이다. 장초랑은 자신이 피우려고 하던 것을 왕샤오동에게 건네주고 불을 붙여 준 후 자신은 다시 한 개비를 가지고 왕샤오동의 맞은 편에 서서 불을 붙였다. 그리고 말없이 몇 모금인가를 빨고 났을 때였다.

"이제 좀 진정이 되니 말하겠습니다."

담배를 몇 모금 길게 빨고는 한숨 쉬듯이 내뱉던 왕샤오동이 겨우 입을 열어서 말을 하겠다고 하면서도 손은 덜덜 떨고 있었다.

"서기 동지. 큰일 났습니다."

"그러니까 그 큰일이 무어냐는 말이오. 아까부터 큰일 났다고만 하지 않았소."

"쪼오시엔왕(周先旺) 우한시장에게서 긴급 보고가 들어 왔습니다."

"우한시장에게서요?"

"예."

"서, 설마 '그 일'에 사고가 났다거나 그런 건 아니겠지요?"

"그게, 그러니까 그게 바로 '그 일'에 사고가 난 겁니다."

왕샤오동의 대답을 듣던 장초랑은 다리에 힘이 풀려 자신도 모르게 그 자리에 주저앉고 말았다. 다행히 왕샤오동을 마주 보고 진정시키기 위해서, 담배를 가지고 와서 왕샤오동이 앉아 있는 소파 맞은편 소파 앞에 서 있던 터라 소파에 털썩 주저앉는 모양새가 되긴 했지만, 안 그랬으면 바닥에 엉덩방아를 찧고 뒤로 나뒹굴고 말았을 것이다.

"아니, 어떻게 그런 일이 일어날 수 있다는 말이오? 도대체 언제 그런 일이 일어났으며, 지금 그 사실을 아는 사람은 얼마나 되오?"

"사건은 이틀 전인 그저께 일어났다고 합니다. 그리고 지금 그 사실을 아는 사람은 연구소에서 직접 일을 저지른 연구원과 그 팀장, 그리고 연구소장과 우한시장이 전부랍니다."

왕샤오동은 그래도 조금 진정이 되는지, 아니면 말을 시작하는 순간 차라리 속이 시원해졌는지 처음 들어설 때에 비하면 많이 진정된 것 같은 태도와 차분한 목소리였다.

"이틀 전에 일어난 사건을 왜 이제야 보고한답디까?"

"담당 직원이 어제 집안일로 휴가였다고 합니다. 그래서 어제는 사고가 난 사실조차 몰랐다는 겁니다. 오늘 아침이 되어서야 그 사실을 알았답니다. 사실을 알고 난 후에도 진상조사 등등 하느라고 조금 전에야 제게 보고를 한 것 같습니다."

"그럼 유출된 양은 어느 정도라고 합니까?"
"자신들이 사용하는 배양균 병의 마개를 소홀히 취급한 까닭에 병 하나에 들어 있던 균이 유출되었으니, 약 1mg 정도라고 합니다."

"세균배양 과업을 수행한다는 작자들이 병마개를 소홀히…! 그게 말이 됩니까?"

장초랑은 순간적으로 흥분하여 화가 치밀어 오르는 모습이 역력했으나, 이내 자신을 가다듬고 말을 이었다.

"썩어빠진 사상을 소유한 작자가 틀림없는 것 같소만, 좌우간 그건 그렇고 1mg이라면 그리 많은 건 아니잖습니까?"

"아닙니다. 바이러스라 그렇게 보면 안 됩니다."

"지금 우한 상황은 어떻다고 합니까?"

"아직은 이상이 발견되지 않았다고 합니다. 원래 그 세균이 감염 후 바로 발병하는 것을 목표로 한 것이 아니라, 감염 후 최소한 3~4일에서 길게는 1주일에서 열흘 전후로 해서 발병하는 것을 목표로 변이시키고 배양한 세균이다 보니, 아직은 이렇다 할 증상이 나타나지 않지만 머지않아 어디선가 증상이 나타날 것이라고 합니다."

"연구소에서 그럽디까?"

"예, 만일 벌써 반응이 나타나도 본래의 목적에서 어긋나는 거지만, 앞으로 계속 증상이 나타나지 않는다면 그거야말로 실패작이라는 겁니다."

"그건 그렇네요. 세균이 유출되었는데도 발병을 안 하면 세균전에 사용하기 위해서 배양하는 세균이 아니지요. 하지만 솔직히 지금 내 심정은, 차라리 실패한 세균이었으면 좋겠습니다."

"그야 저 역시 마찬가지입니다. 차라리 실패한 세균이라면 그냥 덮어 버리고 서둘러서 새로 세균을 배양하면 될 일이지만, 그게 마음대로 되지는 않을 겁니다. 이미 세균이 백신을 만들기 위해서 건네졌고 그때 실험을 통해서 성공했다는 것이 증명되지 않았습니까?"

왕샤오동의 말을 듣던 장초랑은 자세를 바로잡으며 눈을 되잡아

떴다.

"그러네요. 내가 너무나도 답답한 마음에 그런 말을 했나 봅니다. 아무튼, 길어 봐야 닷새에서 일주일 정도밖에 시간이 없는데 이 일을 어떻게 처리해야 한다는 말입니까? 북경에 보고하면 당장 불호령이 내리고, 우리 둘 다 죽은 목숨이나 다를 바가 없을 텐데 말입니다."

지난해, 시진핑을 대신한 특사가 아주 비밀리에 북경에서 이곳 후베이성을 찾았다. 그런데 그를 동반하여 수행했던 사람이 우한시장인 쪼오시엔왕이었다. 사전에 특사가 올 것이라는 연락을 받고 공산당 서기인 장초랑의 집무실에서 함께 기다리고 있던 왕샤오동과 장초랑은 쪼오시엔왕이 수행하고 들어서는 모습을 보고 의외라는 표정을 지을 수밖에 없었다. 우한이 후베이성 성도이며 성 청사 소재지라서 업무상 필요하다면 시장을 배석시킬 수는 있지만, 성 공산당 서기와 성장을 만나러 오는 자리에 성도 시장이 특사를 먼저 만나서 수행하고 온 것은 무언가 잘못되어도 한참 잘못된 처사다.

원래 시진핑 주석이 특사를 보낸다는 것 자체가 무언가 이상한 일이기는 했다. 만일 전화나 기타 방법으로 하명하기 곤란해서 직접 만나야 할 일이 있다면 언제까지 북경으로 오라고 지시했을 터인데, 특사를 보낸 것이다. 하지만 특사는 이미 우한시장을 대동하고 들어섰기에, 간단하게나마 차를 대접하는 방식으로 특사를 맞이했다.

어색하게 만들어진 자리는, 기밀을 요하는 자리라고 하면서, 특사와 같이 북경에서 온 사람들도 일절 배제하고 장초랑과 왕샤오동, 쪼오시엔왕 세 사람만 특사와 함께했다.

"동지들은 731부대를 아시오?"

특사의 첫 마디는 그야말로 뚱딴지같았다. 갑자기 731부대를 아느냐고 질문한 것이다. 이 질문이 오늘의 대화와 무슨 연관이 있는지는 모르겠지만, 좌우지간에 뚱딴지같은 질문이라는 생각에 세 사람은 의아한 눈빛을 하면서도 고개를 끄덕였다. 이미 역사를 통해서 배운 것은 물론이고, 요즈음에 들어서 일본을 배제해야 한다는 당의 밀지에 따라 더더욱 중요한 사상교육과제 중 하나로 떠오르는 것이 바로 731부대다.

731부대는 제2차 세계대전 중에 일본이 전투력을 높인다는 명목으로 인간 병기화의 가능성을 시험하기 위해서 만든 부대. 동상이나 성병같이 전쟁에 수반되는 질병을 극복해 나가는 방법을 연구한다는 핑계로 수많은 사람의 목숨을 무참하게 앗아간 것은 물론 인간을 살상하기 위한 세균배양과 화학무기를 만들기 위한 연구를 하던 곳이다. 사람을 살리기 위해서 쓰여야 할 의사와 과학자의 지식이, 사람을 죽이기 위한 무기를 만드는 연구의 도구로 사용된 현장이다. 그런 일본이 제국주의적 망상을 버리지 못하고 아직도 댜오위다오를 자신들의 영토라고 주장하는 것은 물론 2013년 5월 12일에 당시 일본 수상 아베가 일본 미야기현 히가시마쓰시마시 항공자위대 기지를 방문해 곡예비행단을 시찰하면서, '731'이라는 편명이 적힌 훈련기 조종석에 앉아 기념사진을 찍었다. 일본이 여러 편명의 비행기 중에서 유독 '731'기에 탑승해서 기념촬영을 하는 행동을 통해서, 극우주의를 표방하며 제국주의로의 회귀를 선언하는 망발을 일삼고 있는 시점에서의 731부대는 중요한 사상교육 소재 중 하나가 될 수밖에 없는 것이다. 일본이 극우주의를 표방하며 제국주의로 회귀한다는 것이 인류에게 얼마나 큰 공포를 불러일으키는 것이며, 되돌릴 수 없는 손실을 가져다주는 것인지를 교육할 수 있는 근거를 마련해 주기 때문이다. 그리고 그 교육을 통해서 배일 감정을 부추기는 것은 물론 일본에 대항하기 위해서 더 열심히 일하고, 목숨을 바쳐서라도 중화인민공화국의 영토를 수호해야 한다는 애국심을 고취시키기 위한 최적의 자료로 활용할 수 있는 것이 바로 731부대다.

"731부대를 아시냐니까요?"

거듭되는 특사의 질문에 세 사람은 정신을 가다듬었다.

"예, 알지요. 알고 말고요."

"이번 일이 바로 '그 일'이오."

"'그 일'이라니요?"

"이번 일을 '그 일'이라고 지칭한다는 말입니다."

"그러니까 암호명이 '그 일'이라는 것을 말씀하시는 것 같은데, 그건 알겠지만, 갑자기 731부대를 여쭙는 것은 저희 사상을 검증하시는 겁니까? 731부대가 일본의 비인도적인 만행에 대한 선전도구로 이용해야 하는 과제라는 것은 저희도 알고 있는 일입니다만….."

"됐소. 그 정도면 동지들의 당에 대한 충성은 충분히 알았소. 사실 내가 말하고자 한 것은 사상 검증이 아니오. '그 일'이라는 것은 731부대에서 행해졌던 일 중 하나를 우리가 한다는 말이오?"

"예? 그게 무슨 말씀인지?"

장초랑과 왕샤오둥은 눈이 휘둥그레지면서 되물었다.

731부대에서 행해졌던 일이라면 그건 생체실험이다. 인간 병기화를 위해서 생체실험을 하면서 수많은 목숨을 무참하게 희생시켰다. 그런데 그 일을 한다니 이건 21세기에 벌어질 수 없는 일이다. 아무리 중국이 언론을 통제한다지만, 만일 이런 사실이 한 톨이라도 새 나가는 날에는 전 세계의 비난을 넘어 중국이라는 체제 자체가 존재하기 힘들 수도 있는 일이다.

특사는 그 모습을 보자마자 두 사람의 휘둥그레진 눈이 더 이상하다는 듯이 미소까지 띠며 한마디 했다.

"무얼 그리 놀라십니까?"

그리고는 잠시 시간을 갖고 무언가 생각하는 표정을 짓더니, 그제야 뭔가 알겠다는 듯이 박장대소하며 말했다.

"하하하…. 내가 731부대의 일 중에서 하나를 한다고 하니까 동지들은 생체실험을 떠올린 거요? 아니, 지금 시대가 몇 세기인데 그러시오? 그게 아니라, 아시다시피 우리 중화인민공화국은 전염병을 예방하기 위한 연구와 함께 미국과 서방에 대한 대책을 세우기 위한 방편으로 우한에 실험실을 운영하고 있지 않습니까? 그들이 세균전을 펴는 날에는 그 방어와 역공을 위해서 우리도 연구하고 있지요. 그 시설을 이용해서 중국의 위상을 높일 방법을 강구하자는 겁니다."

그 말을 듣자 장초랑과 왕샤오둥은 어느 정도는 표정이 풀렸으나, 의문의 표정은 여전했다. 지금 우한의 연구실에서 하는 일은, 말로는 전염병에 대응하는 연구와 서방세계의 세균전에 대응하는 연구다. 하지만 만일의 경우에 대비한다는 명목으로 변이를 통한 새로운 세균을 배양하는 일에 더 많은 시설과 시간을 할애하고 있다는 것을 잘 알고 있는 그들이다. 그래서인지 특사가 한 말이 세균전을 준비하자는 말처럼 들렸다.

"아! 아직도 내 말을 잘 이해 못 한 것 같구려. 그럼 단도직입적으로 말하겠소. 세균은 세균이되 세균전을 준비하자는 것이 아니오. 그러니 긴장된 표정들 푸시오. 동지들의 얼굴을 보니 마치 전쟁이라도 준비하자는 것처럼 잔뜩 긴장한 표정이오."

"그런데 왜 731부대가 나옵니까?"

공산당 서기인 장초랑이 용기를 내어 물었다.

"좋은 질문이오. 그건 바로 731부대가 이루고자 했어도 이루지 못한 세균을 만들자는 겁니다. 731부대가 연구하고 만들어낸 결과물이 어떻게 처리되었습니까? 동지들도 알다시피 미국이 그 자료를 넘겨받는 조건으로 당시 전쟁의 가장 큰 원흉인 히로히토 일왕을 전범에서 제외시켜 살려주고, 731부대에서 연구에 참여했던 놈들과 운영에 참여했던 놈들은 물론 실제로 731부대의 고등관으로 복무하며 그 운영을 총괄하던 히로히토의 막내동생 미카사노미야 다카히토 역시 코털 하나 건드리지 않았소. 자신들에게 연구 결과를 넘긴 공로를 인정해서 면죄부를 준 거요. 그러니 지금 미국은 세균은 물론 화학무기도 그렇고, 더더욱 인간 생체실험을 통한 인간 병기화는, 드러내지 못할 뿐이지 상당 부분 진척되었을 것이라고 짐작하오. 머지않아 미국은, 그중에서 무언가를 이용해서 전 세계 인민들로부터 추앙받는 짓을 하고 싶을 것이오. 그걸 우리 중국이 먼저 하자는 거요."

도대체 단도직입적으로 이야기한다고 했지만, 무슨 소리인지를 모르겠다는 표정의 장초랑과 왕샤오동을 향해서 특사가 다시 입을 열었다.

"일본이 731부대에서 개발하고자 했던 세균 중에서 가장 개발하고 싶어 하던 세균을 우리 중국이 만들어내자는 겁니다. 바로 이곳 후베이 성에 위치한 우한 연구소에서 말입니다. 일본의 731부대가 제일 만들고 싶어 했던 세균이 무언지 아시오?"

특사는 두 사람을 향해 '툭' 한번 말을 던지고는 알 리가 없다고 스스로 판단했는지 말을 이어갔다.

"잠복기가 길어서 전염 결과는 천천히 발견되면서 전염력은 대단할 것. 특히 중요한 것은 자신이 전염되어 아직 잠복기인데도 전염시킬 수 있는 세균이오. 또한 치사율이 낮아야 한다는 거요. 왜냐? 치사율이 높으면 상대방을 굴복시키고 그 영토를 점령해도 노동력이 현격히 상실되니 점령의 의의가 줄어들 수밖에. 땅만 차지했지 부려 먹을 사람이 없어지는 것 아니오? 그리고 마지막으로 중요한 것이 바로 전염을 막을 방법이 있어야 한다는 거요. 그래야 점령 후에는 안정시킬 수 있고, 또 점령군이 전염병을 막아 주어 고맙다고 하면서 점령사업에 적극적으로 협조하게 만드는 일거양득의 효과를 가져올 수 있을 것 아니오? 그러기에 제격인 것은 인간을 매개체로 하되, 공기 전염이 아니라 서로의 접촉을 통한 전염이오. 그런데 일반적인 접촉이어야 광범위하게 전파될 수 있으니 그게 바로 대화를 통한 침으로 전염될 수 있다면 가장 적합한 것 아니겠소? 지금까지 내가 말한 것 중에서 일본이 원했던 목적과 방법은 확실하지만, 과연 그들이 침을 통한 전파까지 연구했는지는 모르겠소만, 아무튼 우리 중국에서는 그렇게 하기로 결론을 내린 거요."

"미국이 가져갔다는 그 자료에 그렇게 나와 있습니까?"

"비공식적이긴 하지만 우리 중국이 입수한 바에 의하면 일본이 원하던 의도와 그들이 하고자 했던 것은 확실하오. 이미 말한 바와 같이 침을 통한 전염에 관해서만 확인을 못 했을 뿐이오."

"그런데 그걸 만들어서 어떻게 활용하여 우리 중화인민공화국의 위상을 높이려는 건지 그게 궁금합니다."

"그럴 거요. 나 역시 그 이야기를 처음 들었을 때 의아했으니까. 하지만 우리의 위대하신 지도자이시고 우리 중화인민공화국의 15억 인민을 평화롭게 먹이고 계시는 시진핑 주석 동지의 생각은 의외로 단순하면서도 명확하시더라는 거요. 미국의 패권주의를 잠재우고 서방의 독주를 막아내는 것은 물론 우리 중화인민공화국이 아시아의 맹주를 넘어서, 세계 패권을 쥐고 인류를 이끌어 나가는 선도자가 되는 신호탄을 쏘아 올리는데 조금도 손색없는 일을 계획하고 계셨던 것이오. 역시 지도자 동지로서 오래오래 우리 중화인민공화국을 이끌어 나가실 자격이 되시는 분이라는 감탄사가 저절로 나오게 만드시는 분이라는 말밖에 할 말이 없도록 만드시는 분이오."

특사라는 사람은 자신이 하려는 말이 시진핑을 칭찬하고 그를 불세출의 영웅으로 만드는 것인지, 아니면 지금 시행하겠다는 '그 일'의 활용방안을 설명하려는 것인지, 그 목적을 잃을 정도로 장황하게 시진핑에 대한 칭찬만 늘어놓았다. 마지막에는 시진핑을 칭찬하는 것은 맞는데 그가 무슨 말을 하고자 하는 것인지도 모를 정도로 횡설수설하는 것 같이 그저 대단한 분이라는 말만 반복하는 것을 보며, 적어도 특사를 하려면 저 정도는 돼야 한다는 생각이 절로 들 정도였다. 그렇게 시진핑 칭찬만 하다가 목이 타는지 컵을 들고 물을 한 모금 마신 후에야 비로소 본래 하고자 했던 말을 이어나갔다.

"동지들의 이해를 돕기 위해서 한마디로 간략하게 말을 하자면, 그런 세균배양에 성공하면, 먼저 치료제는 물론 백신까지 개발하고 난 후에 아주 비밀리에 세균을 세상에 내놓는 겁니다. 그것도 묘한 방법으로, 마치 야생동물에게서 바이러스가 퍼져나간 식으로 말입니다. 우리 중국인은 온갖 야생동물들을 식용으로 취하는 사람들이라는 것은 전 세계가 다 아는 일입니다. 그야말로 미각이 풍부한 사람들이라는 거죠. 특히 한족은 예로부터 의학이 발달하고, 사람에 대한 존엄이 높은지라 몸보신도 잘할 줄 알기에 많은 야생동물을 식용으로 채택했을 뿐만 아니라 치료의 목적으로 활용해 오던 민족이라는 것은 온 인류가 다 아는 일 아니겠소. 그런 장점을 살려서 바이러스가 야생동물에게서 시작됐다는 적당한 구실을 만들어야겠지요. 다른 나라에서는 바이러스가 인위적으로 퍼졌다는 것을 상상도 못하도록 만드는 겁니다. 그렇다고 해서 우리 중국이 직접적인 발원지가 되게 해서는 안 되겠죠. 동아시아의 여러 국가가 우리 중국의 음식문화를 모방하는 바람에, 야생동물을 다각도로 즐기는 나라들이 많아졌다는 점도 고려의 대상이 될 겁니다. 하지만 동아시아가 우리 중국과 지리적으로 가까워서 오히려 역으로 우리 중국이 피해를 볼 수도 있다는 점을 감안하면, 동아시아가 아니라 먼 아프리카가 발원지가 될 수도 있을 겁니다. 그곳 역시 먹거리 문제가 어려운 나라들이다 보니 둘러대기에는 좋은 곳이지요. 하지만 그 지역이 어디가 되었든 간에, 우리 중국의 일대일로 정책을 슬그머니 비토하면서 미국 편에 서는 나라로 하면 좋겠지요. 솔직히 내 심정대로 할 수 있다면 미군이 주둔하고 있는 중동이나 아프리카, 혹은 아시아의 미군기지 바로 코앞이 근원지가 되게 하고 싶은 마음이오. 미군기지 내에서 발병하게 할 경우에는 미국이 덮어 버리면 그만일 수도 있지만, 그 코앞에서 발병하면 원주민들이 발병의 근원이 되면서 원주민과 함께 미군에게도 쉽게 전파될 것 아니오. 더더욱 미군기지 내에도 원주민들이 근무하는 곳이라면 미군에 대한 전염이 훨씬 쉽고 광범위하게 이루어질 것이고, 그 전염은 미군기지에 머무는 것이 아니라 미국 본토에 손쉽게 상륙할 거요. 하지만 그리되었다가 자칫 잘못하면 역공에 휘말릴 수도 있다는 말이오. 따라서 여러 가지 복잡한 문제들을 감안하고, 사후 처리 문제까지 고려해서 추후 적절한 장소를 선택하는 정책이 나올 거요. 어쨌든 이 모든 점을 십분 고려하여 선정한 진원지로부터 바이러스가 생성되어 퍼진 것으로 하고, 우리 중화인민공화국에서는 적당한 시간이 지나고 나면 재빠르게 치료제와 백신을 내놓는 거요. 치료제는 이미 메르스나 사스를 경험하면서 많은 기술이 축적되어 타국에서도 쉽게 개발할 수도 있으니 먼저 치료제를 내놓고 백신이 그 뒤가 될 수도 있겠지만, 아무튼 우리 중국이 그 모든 것을 선점한다는 말이오. 그렇게 되면 전염성이 극도로 강하여 공포에 휩싸인 전 세계 인민들이 우리 중국을 향해 굽신대며 치료제와 백신 수출을 애걸할 것 아니오. 그 기회에 우리 중화인민공화국은 돈도 벌고, 또 전 세계에서 가장 우수한 의학 강국으로 부상할 수도 있는 것 아니겠소. 그뿐이겠소? 우리 중화인민공화국에 우호적이던 나라들은 더 친밀한 관계를 맺을 수 있도록 의료 기술도 전해줄 수 있고, 또 그동안 적대시하던 나라라고 할지라도 치료제와 백신을 들고 다가가면 그들이 거절할 수 있겠소? 내 나라 인민들이 공포에 덜덜 떨며 정권이 위협을 받을 수도 있는데, 마침 우리 중국이 그 해결책을 들고 다가서는데 어찌 거절할 수 있겠소. 당연히 받아들일 것이고,

그 기회에 관계를 개선하면서, 우리 중화인민공화국이 전 세계의 지도자로 우뚝 서는 날을 만드는 거요. 이 모든 것이 위대하신 우리 시진핑 주석 동지께서 15억 중화인민공화국 인민들의 앞날을 위해서 잠 못 이루시며 만들어내신 위대한 정책이오. 좀 더 구체적인 방안에 대해서는 아직도 정부의 해당 부서와 학자들이 연구하고 있으니 머지않아 세부안이 수립될 것이오. 시진핑 주석 동지 한 분이 이미 큰 틀을 구상하고 거의 모든 것을 계획하신 과업에 대한 세부안을 만드는 데에도, 여러 사람이 함께 달려들어 있음에도 불구하고 이렇게 시간이 오래 걸리니, 그 위대한 착상과 계획을 홀로 이룩하신 시진핑 주석 동지야말로 참으로 위대한 분이 아니시겠소?"

역시 특사다운 말로 끝을 맺었다. 그런데 그게 끝이 아닌지 다시 입을 열었다.

"그래서 내가 이곳에 오게 된 거요. 여기 우리와 함께 있는 쪼오시엔왕 우한시장 동지가 우한 연구소에 대한 책임을 맡고 있다는 것은 여러분도 이미 아시는 일이오. 따라서 앞으로 쪼오시엔왕 동지가 두 분과 긴밀한 연락을 취하면서 '그 일'을 수행하게 될 거요. 두 분이 적극적으로 협조할 것은 믿어 의심치 않으나, 명령이 시장을 통해서 역으로 전달되는 경우가 있더라도 이해하고 협조해 달라는 말을 하는 거요."

결국 하고자 하는 말은, 당서기 장초랑과 성장 왕샤오둥은 베이징에서 쪼오시엔왕과 직접 교류를 하더라도 기분 나빠하지 말고 필요하다는 것이 있으면 적극적으로 도와주라는 말을 하려는 것이었다.

그 말을 듣는 순간 성장인 왕샤오둥은 의외로 홀가분했다. 빠지라고 하면 더 좋을 뻔했다. 이 정도로 계획하는 일이 잘 진행되면 몰라도 사고가 생기는 날에는 아주 엄중하게 책임을 물어 처형을 각오해야 할 것이다. 그러나 전면에 나서지 않고 이 정도 역할을 하는 것이라면 실패하더라도 목숨은 구하고, 나아가 잘 연구해서 줄만 댄다면 추락하더라도 뿌리까지는 뽑히지 않는 방법도 만들 수 있을 것이라는 판단이 앞섰다. 반면에 성공하면 그 공이 반감되어 자신에게는 어떠한 후사도 오지 않을 수 있다. 하지만 이 계획은 성공할 계획이 아닌 것으로 판단된다. 그렇다면 최악의 책임을 피할 수 있도록 지휘체계가 선정된 것이 차라리 잘된 일이다. 이제까지 살아오면서 온갖 눈치라는 눈치는 다 보고 어떤 정책이나 명령을 들었을 때 어느 정도 깊이 관여하는 것이 자신에게 도움이 될까를 계산하여 그 계산에 따라서 행동하며 살다 보니, 이제는 웬만한 일은 그 시작과 의도만 들어도 성공 여부를 짐작할 수 있을 것 같았다. 왕샤오둥은 지금까지 공산당 세계의 권력 끄트머리라도 붙잡고, 남들에게 밝힐 수 없는 약점을 가지고 있는 자신이 살아남을 수 있던 이유를 잘 안다. 자신이 지금까지 살아온 세월 동안 머리에 쥐가 나도록 복잡함에도 불구하고, 어떤 일에 직면했을 때 머리의 빠른 회전력을 앞세워 계산하며 대처하던 그 방식이 자신을 지금까지 버티게 해준 것이다. 그런데 이번 일은 듣자마자 성공할 수 없다는 계산이다. 그렇다면 차라리 빠지는 게 낫겠다는 계산이 순간적으로 들었다.

반면에 장초량은 후베이성의 당서기인 자신을 배제하는 것이라는 생각이 들어서 은근히 부아가 치밀었다. 솔직히 지금 수행하자는 '그 일'이라는 것이 무언가 찜찜한 뒷맛을 느끼게 하는 일이기는 하다. 하지만 어떤 일에 해결하는 순서가 있듯이 일을 집행하는 데도 엄연히 서열이 존재한다. 아무리 긴밀하고 신속한 지휘체계가 필요한 과업이라고 해도, 어차피 책임질 일이 생기면 책임져야 할 당서기인 자신을 배제한다는 것 자체가 불쾌한 일이다. 생각이 거기에 미치자, 특사라는 자가 진짜 하고자 하는 말이 무엇인지 헷갈릴 정도로 말끝마다 시진핑을 치켜세우는 그 말투도 마음에 안 들었다. 또 한족이 의술이 발달해서 여러 가지 야생동물로 몸보신이니 치료니 어쩌고 하는 말도 도저히 이해할 수 없는 말이었다. 그러니 전 세계 사람들이 중국인은 책상만 빼고는 다 먹는다고 하는 것이다. 그 말을 칭찬하는 말로 알아듣는 저들이 정말 우매하다는 생각마저 들었다. 먹을 것과 안 먹을 것을 구분도 못 하는 우매한 인간들이라고 욕하는 것을 모르는 것 같았다. 그런 생각을 하는 것은 특사가 한족을 치켜세워서만도 아니고, 자신이 만주족과 피가 섞인 순수 한족 혈통이 아니면서 한족 행세를 해서가 아니라, 아닌 것은 아닌 것이다. 솔직히 말하자면 지금이야 한족이 득세해서 자신도 한족인양 지내고 있지만, 선조들은 청나라 시절의 만주족에 대한 자부심을 항상 잊지 못했다. 청나라가 명나라를 멸망시키고 중원을 점령했을 때, 만주벌판을 달리던 호탕한 기질을 간직하고 만주족의 순수성을 이어가기 위해서 상감이 궁궐 안에서 일부러 말을 타고 달리는가 하면, 왕족은 물론 일반 평민이라 해도 한족과의 결혼은 절대로 금기 사항이었다. 한족은 청나라 만주족과 신분에 대한 차이를 인정해야 했고, 그 출신이 한족의 왕족 출신이라 해도 감히 만주족과의 결혼은 꿈도 꾸지 못했다. 그러다가 언젠가부터 그 제도가 완화되었는데, 그것이 바로 청나라가 이미 쇠퇴하고 있었다는 것을 의미하는 것이었다. 그뿐만이 아니다. 명나라가 들어서기 전 원나라에게 지배를 당할 때의 한족은 더더욱 비참했다. 원나라는 한족을 아예 3등 민족으로 치부하고 차별하는데, 몽골족을 1등으로 하고 다른 민족을 2등으로 한 후 한족을 3등으로 했으니 그 차별은 가히 짐작이 가고도 남을 일이다. 몽골족과의 결혼은커녕 몽골족과 마주하는 것조차도 웬만해서는 허락되지를 않았다. 한마디로 쳐다볼 수 없는 대상이었던 것이다. 그런 한족의 주제를 알고 있는데 의학이 발달해서 야생동물을 즐겨 먹었다는 것이 우습기 그지없는 말이다. 솔직히 말하자면 지배를 당한 민족이다 보니 먹을 것이 없어서, 야생동물이 아니라 야생벌레라도 먹고, 먹어도 죽지만 않는다면 집어먹다 보니 못 먹는 것이 없는 민족이 된 것이다. 실제로 아무리 중국이라고 해도, 그들이 지배하고 있는 55개의 소수민족 중 대다수 민족은 한족처럼 가리지 않고, 죽기 살기로 먹지 않는다. 민족에 따라서 먹고 안 먹는 것이 가려질 뿐인데, 55개 소수민족이 먹는 식재료의 종류를 다 합쳐도 한족이 먹는 종류에 못 미칠 것이다. 그러니까 중국은 책상 빼고는 다 먹는다는 소문이 난 것이다.

왕샤오동과 장초랑이 각자의 생각에 빠져 있을 때 특사는 쪼오시엔 왕과 무언가 이야기를 나누더니 다시 두 사람에게 눈을 돌렸다.

"어떻소? 정말 우리 주석 동지께서 인민들을 위해서 계획하신 이 공정(工程)이야말로 전 세계에 우뚝 서서 이 세계에는 미국만 있는 것이 아니라 우리 중국이 오히려 그들 위에 서 있다는 것을 보여 줄 수 있는 위대한 공정이 아니오?"

특사가 던진 이 질문에 해야 할 대답은 빤한 것이다. 장초랑과 왕샤오동은 당에서 하는 일이라면, 그것도 주석이 주체가 되어 진행하는 일이라면, 마음속에 무슨 생각을 품었던지, 입으로는 오로지 호응하는 찬사를 발해야 한다는 것 정도는 잘 알고 있는 직위의 사람들이다.

"정말 그 누구도, 미국의 떠벌이 트럼프 같은 우매한 지도자들은 생각조차 할 수 없는 위대한 공정이십니다. 비단길을 따라서 일대일로(一帶一路)를 열어 아시아와 유럽을 지나 아프리카를 품으시더니, 이제는 드디어 전 세계를 품으시는 위대함을 보여주시는 공정임에 틀림없습니다. 당은 물론 우리 15억 인민 모두는 그 뜻을 받들어 반드시 성공할 수 있도록 피로써 맹세해야 합니다."

당서기 장초랑이 먼저 찬양의 노래를 부르자 이번에는 성장 왕샤오동이 받았다.

"3억 미국의 인민들도 제대로 못 끌어가는 트럼프가 어찌 15억 인구를 배불리 먹이시며 영도하시는 주석 동지와 비교가 되겠습니까? 그야말로 15억 인민을 넘어서서 이제는 75억 전 세계 인민을 영도하실 위대하신 발걸음을 스스로 내디디신 공정이니, 우리 인민들은 목숨 바쳐 따름으로써 반드시 성공해야 합니다."

두 사람의 찬가를 듣자 특사는 비로소 입가에 미소를 띠었다.

"좋소. 동지들의 그런 충성스러운 마음과 태도라면 얼마든지 마음 놓고 일을 맡겨도 좋다는 생각이오. 내가 반드시 그렇게 보고할 것이오. 우한시장이 앞에 설지라도 여기 있는 동지들 모두가 하나가 되어, 성공하면 공을 나누고 실패하면 함께 책임을 진다는 사명을 갖고 우리 모두 마음을 합쳐서 〈프로젝트 '그 일'〉, 〈'그 일' 공정〉의 성공을 위해서 매진합시다. 이 한목숨 〈프로젝트 '그 일'〉, 〈'그 일' 공정〉에 바칩시다."

특사의 마지막 구호 제창에 박수로 답하며, 그날 벌인 일이 '그 일'에 대한 설명회인지, 아니면 '그 일'을 설계했다는 시진핑을 찬양하는 자리였는지, 그것도 아니면 쪼오시엔왕을 앞세우는 것이 아니꼽더라도 '그 일'이 실패하면 당신들도 엄중하게 처벌받을 것이니 알아서 적극 협조하라고 경고하는 자리였는지조차 구분이 안 되는 행사는 마무리되었다. 주어지는 역할이 중심부에서 한걸음 물러서 있는 자리라면 책임에서도 그만큼 자유로울 것이라는 왕샤오동의 바람이 무색하게, '그 일'이 실패하면 엄한 책임을 질 것이라는 결론과 함께 특사는 왔던 대로 자신이 앞세운 우한시장 쪼오시엔왕을 대동하고 북경에서 온 수행원들을 뒤로 이끌며 자리를 떠났다.

2

죽의 장막(竹의 帳幕),
인(人) 간(間)의 장막(帳幕)

"쪼오시엔왕 우한시장은 왜 그동안 다른 일은 보고도 없다가 막상 세균이 유출되니까 보고를 한다는 거요? 아예 이번 일도 북경으로 직접 보고하지? 그래서 지금 쪼오시엔왕은 어디에 있소? 무엇을 하고 있소?"

장초랑은 처음에 특사라는 인간이 와서 '그 일' 공정을 설명할 때부터 찜찜하던 일이 드디어 터진 것이라는 생각이 들었다. 그렇다고 그 말을 입으로 할 수도 없는 노릇이고 환장할 지경이었다. 일이 진행되는 동안은 자신들이 소외되었을지라도, 사고라도 나서 일이 터지면 그냥 지나치지 않고 책임 소재를 물어 오겠다는 것은 이미 특사가 예고했던 바다.

"우한시장은 급한 대로 조치하고 이곳으로 온다고 했습니다. 어차피 일이 터졌으니 해결은 해야 하지 않겠습니까? 일이 진행되는 과정에서는 우리 두 사람이 소외되었을지언정 일이 터지면 공동 책임이라고 이미 특사가 엄포를 놓았던 일입니다. 깊이 관여를 안 했다고, 책임을 묻는 정도가 약하지는 않을 것 같아서 말입니다. 처음 들을 때부터 찜찜하고 이건 아니라는 생각이 드는 것 같더니만…"

장초랑의 마음을 읽은 것도 아닐 텐데 왕샤오둥 역시 같은 생각을 하고 있었다. 어차피 두 사람의 경륜이 비슷하다 보니, 최종 선택은 다르게 할지라도, 어떤 일을 보고 분석하는 눈은 비슷했다. 다만 장초랑의 귀에는 왕샤오둥의 말 중에서 맨 끝에 혼자 말로 중얼거리듯이 한 말이 더 크게 들린 것이다.

"동지도 처음부터 '그 일' 공정이 찜찜했소?"

순간 왕샤오둥은 얼굴빛이 변했다. 당황한 나머지 온통 붉은색으로 물들었다. 그리고는 황급히 수습하려고 입을 열었다.

"아, 아닙니다. 그런 의미가 아니라 세균을 배양한다는 것이 얼마나 위험한 일인가 하는 생각이 들어서 자칫 잘못하다가는 사고가 날 것 같다는 생각이 들었다는 것입니다. 그러니까 나도 모르게 찜찜했었죠. 사고가 나면 분명히 책임을 져야 하니까요."

자신이 무슨 말을 어떻게 해야 이미 뱉어 놓은 말을 수습할 수 있는 것인지 당황하는 기색이 역력했다. 그러자 장초랑이 그렇게 걱정할 필요 없다는 표정을 지으면서 말했다.

"아니요. 굳이 그렇게 변명하지 않아도 좋소. 동지의 말대로 나 역시 이건 아닌데 하는 생각을 했었으니까 말이오. 성공 여부를 떠나서 '그 일' 공정이라는 것 자체가 인류를 이끌어 가기 위한 수단으로 내놓기에는 안 맞는 일이라고 생각했단 말이오."

"아니, 당서기 동지께서는 무슨 말씀을 그리하십니까? 누가 듣기라도 하면 어쩌려고?"

왕샤오둥은 자신이 말한 것에 대해서 장초랑이 처음 반문해 올 때보다 더 당황해서 어쩔 줄을 모르며, 이미 입을 떠나서 공기 중에 퍼져있는 목소리들을 지워 없애기라도 하려는 듯이 손짓까지 해가며 말했다. 정말로 누군가 두 사람의 대화를 엿들어도 문제다. 하지만 장초랑이 한 말이, 왕샤오둥이 실수로 뱉은 말에 대한 마음속 진위를 시험하기 위해서 던진 말이라면 더 큰 문제다. 이번 사건의 책임과 함께 영락없이 사상 검증까지 겹쳐서 숙청은 물론 목숨까지 위태로울 것이 틀림없다. 주석이 세운 대야망의 정책을 처음부터 못마땅하게 생각하고 찜찜해하더니 결국 실패했다는, 지극히 위험한 사상을 가진자로 치부되어 책임질 일도 없는 책임까지 뒤집어쓰고 재판도 없이 형장의 이슬로 사라질 수도 있는 중대한 과오다. 그러나 장초랑의 대답은 의외로 한결같았다.

"아니요. 정말이지, 지금 내가 하는 말이 내 마음에서 나오는 말이오."

장초랑 역시 왕샤오둥이 마지막으로 흘린 말이 자신을 시험하기 위해서 던진 말인지, 아니면 그의 진심이 흘러나온 것인지에 대한 확신이 없는 터에 자신을 드러내기가 두려웠지만, 어차피 한 번은 해야 가슴이 후련해질 것 같아서 내친김에 말을 이어갔다.

"동지가 어떻게 생각을 하고 무슨 마음에서 내게 그런 여운을 남기는 말을 흘렸는지는 모르겠소만, 길이라는 것은 가야 할 길과 가지 말아야 할 길이 있다고 옛 성현들께서 말씀하지 않으셨습니까? 그런데 나는 이 길은 아니라는 생각을 했다는 말입니다. 하기야 지금까지 그런 생각을 했던 공정이 한둘이 아니었지만, 이번에는 유독 그렇더라는 말입니다."

반백년이 넘는 세월을 살아오면서, 그 삶의 절반에 해당하는 세월 동안 살을 맞대고 매일 마주하며 살아온 아내에게도 하지 못했던 말을 하고 만 것이다. 그러나 언젠가는 한 번은 해야 할 말이었다. 어차피 일이 터졌다는 강박관념에, 가슴 속에 항상 응어리져 언제가 누군가에겐가는 한 번만이라도 해야 할 것 같았던 말을, 이미 같은 배를 탔다는 생각이 드는 왕샤오둥 앞에서 뱉어낸 것뿐이다.

"동지께서 그렇게 말씀하시니까 저 역시 기왕 내친김에 목숨 걸고 솔직히 말씀드리자면, 저도 그런 생각을 했습니다. 인류를 이끌어 나가는 위대한 중국을 만든다고 하면서 기껏 생각해 낸 것이 병을 주고, 그 약을 던져주는 건 아니라는 겁니다. 인류를 고통 속으로 밀어 넣는 것은 차치하고라도, 인간이 서로에게 전염병을 옮길까 봐 서로를 못 믿어 사람 간의 접촉을 하지 못하게 만들어 놓고 난 후에 약을 던져서 치료하고, 더 이상 전염이 안 되게 한다니 그건 아니라고 생각한 겁니다. 사람끼리의 만남을 통한 삶을 저버리게 한 후 얻을 것이 무엇이며, 굳이 그래야 하냐는 거죠. 일대일로 정책이나 세계 패권국가가 되겠다는 것이 결국은 사람을 얻겠다는 것 아닌가요? 사람을 얻지 못한다면, 일시적으로 던져주는 빵이 되었든 약이 되었든 그것을 집어 먹으려고 덤벼들던 이들이 얼마나 곁에 머물러 있겠습니까? 그런데 사람끼리의 사이에 눈에 보이지는 않지만, 보이는 것과 다름없는 장막을 치게 만들면서, 사람을 얻기 위해서 그런 계획을 시행한다? 그건 말이 안 된다고 생각했다는 겁니다."

"사람 사이에 장막을 친다? 그 표현이 어울리오. 우리 중국 인민들의 마음과 마음에는 서로 장막이 처진지는 이미 오래전의 일이오, 하지만 사람과 사람 사이의 장막은 없던 것 같은데, 그 장막을 치고자 한다는 그 말이 정말 딱 맞는 표현이라고 생각하오. 전에 어느 외국인이 중국인들을 인의 장막이라고 표현하는 말을 들었을 때, 한편으로는 씁쓸하기도 하면서도 한편으로는 딱 어울리는 표현이라고 생각했는데, 이번에는 인의 장막이 아니라 인간의 장막이구려. 흔히 사람을 지칭하는 인간(人間)이 아니라 사람과 사람 사이를 뜻하는 인(人) 간(間)의 장막."

"인의 장막이요?"

"그렇소. 인의 장막."

장초랑은 자신이 알고 있는 인의 장막 이야기를 하기 시작했다.

원래는 중국을 가리킬 때 죽의 장막이라고 불렀다. 중국 사람들은 그 말이 판다가 좋아하는 대나무가 많은 나라라는 데에서 비롯된 말이라고 했다. 그러나 속으로는 그 말 자체를 좋아하지 않았다. 원래 속내를 잘 드러내지 않는 중국 사람을 빗대서 한 말이라는 것을 잘 알고 있었기 때문이다. 대나무로 장막을 치고 안에 있는 것을 드러내지 않는 꿍꿍이라는 뜻이다. 여북해야 중국 사람하고는 장사를 하지 말라는 말도 있다. 그 속내를 알 수 없기에 상거래를 해봐야 백번 손해라는 것이다. 그런데 죽의 장막이라는 그 말은 어느 순간부터 인구가 많다는 것을 빗대어 인의 장막이라는 표현을 쓰기 시작했고, 그게 결국 중국을 가리키는 말이 되어 버린 것이다. 특히 한국의 6 · 25동란 당시, 중국의 인민해방군이 참전해서 펼쳤던 전술을 가리켜 인해전술이라고 했다. 솔직히 자랑스럽게 말할 만한 것은 아니다.

그 당시로는 중국 역시 1949년 10월 1일에야 정부를 수립한 신생국이나 다름이 없는 상태에서 파병한다는 것이 쉬운 일은 아니었다. 물론 역사나 등등을 볼 때 신생국이라고 할 수는 없을지 모르지만, 국민당 장제스 일당과 치른 내전의 상처 등을 감안하면 오히려 신생국보다 더 힘들었다고 할 수도 있다. 그럼에도 불구하고 마오쩌둥이 파병을 결정한 이유는 대충 두 가지로 볼 수 있다.

첫째는 중국이 명실상부한 공산국가로 거듭 태어났다는 것을 전 세계에 보여주겠다는 의지였다. 장제스의 국민당을 타이완으로 몰아내고 대륙을 차지한 엄연한 공산국가인 중화인민공화국의 위상을 전 세계 인민 앞에 드러내고 싶었던 것이다.

둘째는 앞으로 중국 역시 공산국가의 맹주로 발돋움할 것임을 소련에게 보여주고 싶었던 것이다. 그 당시 소비에트 사회주의 공화국 연방이라는 연방국가 소련은 동구 공산 세력을 기반으로 공산국가들의 맹주임을 자처하고 있었다. 그리고 자신들이 공산주의의 시작이요 끝이라는 자부심으로 제2차 세계대전의 종전과 함께 한반도에 진입하여 38선 이북을 공산화했지만, 한반도 전체를 공산화하는 데는 실패했다. 그래서 김일성을 부추겨 불법 남침을 해서 한반도 전체를 공산화하도록 종용했으면서도, 막상 김일성이 남침을 하자 그만 손을 빼고 말았다. 처음에 비행기와 탱크 등을 지원해 준 것을 제외하고는 군사고문조차 파견하기를 꺼린 것이다. 전쟁이 나기 전에는 김일성이 기습적으로 남침하는 것이 같은 민족끼리 벌이는 통일 전쟁으로 치부되면 문제가 크게 야기 되지 않을 거라고 생각했는데, 막상 전쟁이 발발하자 미국을 비롯한 전 세계가 들끓었다. 만일 한국전쟁을 그대로 놓아두어 38선 남쪽마저 공산화가 된다면 동남아시아 전체가 공산화가 되는 위험에 빠질 수 있다고 서방세계에서 판단한 것이다. 결국 미국은 소련에 압력을 넣었고, 미국과 문제를 일으키지 않겠다는 모스크바의 생각은 소련으로 하여금 더 이상 전쟁에 관여하지 못하도록 만들었다. 그러자 미국과 UN은 인천상륙작전을 통해서 한반도의 공산화를 막고 김일성 군대를 압록강까지 몰아붙여 전쟁의 종식을 고하기 일보 직전까지 달했다. 그때 마오쩌둥이 생각해낸 것이 바로 중국 인민해방군의 참전이다. 마침 김일성으로부터 애가 타도록 파병 요청이 쇄도해 오던 중인지라 명분도 세울 수 있다고 판단했다. 이 기회에 북한에 파병함으로써 중국 인민해방군의 위상을 드러내는 것은 물론 추후 공산 세계에서의 입지를 넓히는 교두보로 북조선을 활용할 수도 있다는 생각을 하게 되었다. 소련 혼자 독주하는 공산 세계가 아니라는 것을 보여주고 싶었던 것이다. 그런데 마음처럼 하고 싶어도 원래 가진 것이 없었다. 당장 벌어지고 있는 전투에 인민해방군을 파병하면서 병사 1인당 총 한 자루가 돌아가지 못하는 상황이었다. 잘해야 서너 명에 총 1정을 배급하는 정도였으니 그야말로 몸으로 때우는 전쟁으로 방법은 딱 하나였다. 엄청난 숫자의 인민해방군을 파병해서, 그들이 전투에 임했을 때는 멀리 떨어져서 화력으로 싸우는 것이 아니라, 순간적으로 적진에 진군해서 적과 뒤엉켜 피아가 구분되기 힘들 정도일 때 백병전으로 적을 물리치자는 작전이었다. 그게 바로 인해전술이다. 그렇다고 인해전술이 무작정 군인들을 사지로 몰아넣는 전투방식은 아니다. 인해전술은 정식으로 보병 전투방식 중 하나로 실제 효과를 거둘 수 있는 전투방식 중 하나이기는 하다. 다만 화력이 우세한 적을 상대로 해서는 너무나 많은 희생을 치러야 한다는 단점이 있다. 마오쩌둥은 그 모든 것을 각오하고 인민해방군을 파병했다. 그렇다고 인민해방군이 참전해서 죽어도 좋고, 패전해도 좋으니 가서 싸우라는 식의 파병은 절대 아니었다. 그 중요한 증거 중 하나가 중국인민지원군이라는 이름으로 한국 6·25동란에 파병된 중국 인민해방군의 면면을 보면 알 수 있다. 마오쩌둥은 이 전쟁에 자신의 사랑하는 아들 마오안잉을 파견하는 것은 물론 자신의 최측근 중 한 사람인 펑더화이를 사령관으로 임명해서 파병한다. 그리고 마오안잉은 파병된지 한 달 보름여 만에 미군의 폭격으로 사망하고 만다. 마오쩌둥이 아들까지 파병하여 전사하는 희생을 감수한 것을 보면, 비록 능력이 없어서 무기가 부족한 바람에 완전무장을 시키지는 못했지만, 한국전에 참전하는 중국인민지원군이 어떤 방법으로든 간에 전쟁을 승리로 이끌어 전 세계 인민들에게 공산 중국의 존재를 확실하게 드러내고 각인시키기를 바랐던 것은 사실이다. 또한 원래 무기가 없다 보니 택한 전술이 바로 인해전술이었고, 막강한 미군의 화력 앞에 수많은 희생자를 낸 것 역시 부인할 수 없는 사실이다. 하지만 미군의 화력이 아무리 막강하다고 해도 인해전술은 결국 빛을 발했다. 압록강까지 쫓겨갔던 김일성의 인민군이 처음 전쟁 발발 이전과 비슷한 영역으로 휴전선을 긋고 전쟁을 끝내는 데 가장 큰 역할을 한 것 역시 인해전술이라는 것은 감출 수 없는 사실이기 때문이다.

그렇더라도 인의 장막이라는 말이 결코 중국을 좋게 표현하는 말은 아니다. 그나마 지금이야 중국이 먹고살만하니까 그렇지만, 인의 장막이라는 말은 단순히 인구가 많다는 것을 넘어서 그 많은 인구가 감싸고 있는 대륙 안에서 무슨 꿍꿍이를 벌이고 있는지 모르겠다는 비아냥이 섞인 것은 물론이요, 인구만 많았지 경제나 군사적으로 형편없기에 모든 것을 사람 머릿수로 때우려 한다는 조롱까지 곁들인 말이기 때문이다.

"저도 전에 인의 장막이라는 말을 들어본 적은 있습니다. 하지만 정확하게 그 의미를 몰랐었는데 그런 뜻이 숨은 이야기였군요. 아무튼 자랑스러운 이야기는 아니네요. 그런데 인간의 장막이라고 하신 것은 무엇인지요?"

왕샤오동은 제법 진지하게 물었다.

"아, 그거요. 그건 글자 그대로요. 사람과 사람 사이의 장막을 친다는 거요. 사람 사이에 거리를 갖게 만든다는 거죠."

제법 진지하게 묻는 왕샤오동의 질문에 장초랑은 쉽게 대답했다. 그러자 왕샤오동이 고개를 끄덕이며 이해가 된다는 듯이 장초랑의 말을 나름대로 정리해서 말했다.

"그러네요. 전염병이 생기면 당연히 사람을 멀리할 테니, 사람(人間)이 아닌 사람과 사람 사이인 인(人) 간(間)의 장벽을 치겠다는 거네요."

그리고 무언가 이야기를 이어가려는데 비서가 문을 노크하더니 쪼오시엔왕 우한시장이 초죽음이 된 얼굴로 들어섰다.

"이런 잘못을 저질러서 당과 주석 동지는 물론 두 분께도 정말 죄송합니다. 아니 모든 인민 앞에 죽을죄를 지었지만, 일단은 먼저 일을 해결해놓고 처벌을 받아도 받는 것이 옳다는 생각에 상의드리러 이렇게 찾아뵈었습니다."

쪼오시엔왕은 죽을상으로 하소연하며 들어섰다.

"어쩌다가 그렇게 중대한 과실이 일어났다는 말이오? 아직 그 결과가 어찌 될 줄은 모르지만 만일 이 일이 번지기라도 해서 주석 동지의 창대한 계획이 망가지기라도 하는 날에는 무슨 날벼락이라는 말이오?

우리야 잘못을 했으니까 그에 대한 죄를 달게받는 것이야 당연한 처사지만, 인류의 행복을 위해서 밤낮으로 고민하신 주석 동지의 큰 뜻을 저버리니 그게 더 미칠 지경이오."

쪼오시엔왕의 하소연에 장단을 맞추는 것인지 아니면 그보다 더 앞서가겠다는 것인지, 장초랑은 조금 전 왕샤오동과 나누던 대화와는 그 근본이 다른 말을 하고 있었다. 그러자 왕샤오동 역시 한마디 거들면서 나섰다.

"이 과오는 목숨으로 갚는 한이 있더라도 빨리 해결하는 방법밖에 없다는 생각입니다. 북경에 보고하는 것이 우선이라고 생각합니다. 당과 주석 동지의 위대한 과업에 도움이 되지 못하고 누를 끼쳤습니다. 지난번 특사가 와서 설명할 때, 우리는 피로써 과업의 완수를 다짐했습니다. 당장 처벌이 두렵다고 덮어서 될 일이 아니라는 겁니다. 북경에서 대책을 세우는 것이 더 중요합니다. 솔직히 나나 당서기께서는 이 일의 진행 자체를 잘 몰랐던 터이니 무어라 할 말도 없고 또 어떻게 해야 하는지 모릅니다. 다만 지난번에 설명을 들은 바에 의하면 그 전염력이 엄청나다는데, 만일 누구든 한 사람이 시작되는 날에는 우한시는 물론 후베이성 전체를 위협할 것 아닙니까? 아직 백신은 물론 치료제도 나오지 않은 상황에 이런 일이 일어난 거니 빨리 북경에 보고하는 겁니다. 북경에서는 이런 경우를 대비해서 그 대비책을 마련해 놓았을 수도 있다는 생각이 들어서 제 의견을 말씀드리는 겁니다."

"그건 나도 동감이오. 우리가 몰랐던 무슨 일을 당에서 진행할 수도 있는 일이고, 성장 동지의 말대로 대비책을 마련해 놓았을 수도 있으니 쪼오시엔왕 동지께서 특사에게 직접 보고하시오. 솔직히 진행 상황이나 기타 모든 것에 대해서 자세하게 아는 사람이 우리 세 사람 중 동지밖에 없어서 하는 말이오. 다른 생각은 말고 즉각 보고하도록 합시다. 나는 후베이성을 책임지고 있는 성장 동지와 함께 당과 인민을 이어가는 가교역할을 하는 것은 물론 후베이성의 인민들이 안전하게 당에 충성할 수 있도록 만전을 기해야 하는 책임을 지고 있는 사람이오. 당에 충성하기 위해서는 당성을 고취 시키는 것도 중요하지만 전염병을 막지 않고는 안 되는 일 아니겠소. 최악의 경우 우한을 봉쇄하는 안도 당과 협의해야 할 판이니 어서 보고하시오."

장초랑은 처음에는 의견을 말하는 것으로 시작했으나 마지막 끝마디는 명령이었다. 그도 그럴 것이 더 이상의 출구는 없고, 오로지 직접 부딪혀서 깨지든 말든 해결하는 수밖에 없는 것이 현실이었다.

장초랑의 말이 끝나자 쪼오시엔왕 시장은 떨리는 손으로 전화기를 꺼내 들었다.

"뭐라고? 지금 그걸 말이라고 하나?"

쪼오시엔왕이 전화를 연결해서 대략 보고를 마치자, 휴대폰 너머로 흘러나오는 저쪽 목소리는 분노와 실망이 겹친 발악하는 목소리이면서도 얼핏 겁에 질린 목소리 같기도 했다.

"그래서 지금 당서기님과 후베이성장님과 같이 모여서 대책을 협의 중입니다만, 우선은 이렇게 보고를 드리는 것이…"

"기껏 모여 앉아서 한다는 짓이 뒤늦게 보고를 하는 거야? 이 사람들이 당장 사상 검증부터 받은 후에 일을 처리해야겠구만. 이건 완전히 당과 주석 동지를 무시하는 처사지 그 이상도 이하도 아니잖아? 좋소. 당신하고 이야기할 사항이 아니니 거기 같이 있다는 성장 바꾸시오. 왕 뭐였더라…."

특사는 왕샤오동의 이름도 기억하지 못하고 있었지만, 지금 그런 일은 누구에게도 중요하지 않았다.

"전화 바꿨습니다."

왕샤오동이 전화를 받아 들고 인사를 했지만, 저쪽에서는 다짜고짜 터져 나오는 것이 흥분된 목소리의 욕설 비슷한 어투였다.

"이보시오. 당신 뭐하는 사람이야? 내가 직접 주석 동지의 명을 받들고 그곳까지 가서 '그 일'에 대해 철저한 협조를 부탁했는데, 지금 이 결과가 뭐냐고? 도대체 그동안 한 일이 무어냔 말이오?"

왕샤오동은 어안이 벙벙했다. 전화를 받자마자 다짜고짜 몰아붙여서가 아니다. 지난번에 '그 일'이라는 공정에 대해 설명한답시고 특사가 왔다 간 이후로 쪼오시엔왕 우한시장에게서 '그 일'에 대해 제대로 보고받은 것이 없다. 고작해야 후베이성 성도가 이곳 우한시다 보니, 일주일에 한 번씩 당서기와 성장 그리고 우한시장이 정례적으로 갖는 회의 석상에서, '잘 진행되고 있습니다. 더 이상의 이야기는 기밀이라서 밝히기가 곤란합니다'라는 정도였다. 조금 더 한다면, 기껏해야 '도움이나 협조가 필요하면 즉각 말씀드리겠습니다'라고 하는 정도의 체면치레 성 보고였을 뿐이다. 솔직히 쪼오시엔왕은 '그 일'에 대한 특사의 브리핑이 있던 날부터 은근히 어깨가 올라가서. 성장인 자신을 전에 비해서 한 단계 낮춰보는 것 같은 태도를 보이곤 했었다.

"이 양반이? 이보시오. 성장 동지. 왜 대답이 없소?"

전화기에서 질책하는 큰 목소리가 나오자 왕샤오동은 정신이 번쩍 들었다. 전화를 받자마자 들려온 소리가 너무나도 황당무계한 나머지 자신도 모르게 순간적으로 다른 생각을 했던 것이다.

"아, 예. 정말 무어라 드릴 말씀이 없습니다. 그저 당과 주석 동지의 원대하신 정책에 뒷받침하지 못한 과오에 대한 죄를 달게 받아야 한다고 각오하고 있습니다."

자신이 무얼 잘못했는지 모르지만, 이 말은 입에 밴 말이다. 무언가 질책이 나올 때는 여차 없이 할 수 있는 말이다.

"지금 처벌을 이야기하는 것이 아니잖소? 그거야 나중에 논할 일이고 우선은 사태를 해결해야 할 것 아니오?"

"그거야 지당하신 말씀이지만, 사태 해결을 위해서 지금 제가 해야 할 일이라는 것이…. 우선은 '그 일'에 관하여 제가 이렇다 하게 아는 것이 거의 없는 일이다 보니…."

왕샤오둥은 솔직히 자존심 상하는 일이라서 입으로 내뱉기 싫은 말이었지만 '그 일'에서 소외되었던 자신의 처지를 말함으로써, 지금 이 시점에서 자신이 할 일이 무언지 모르겠다고 말했다. 그러자 특사라고 큰소리만 치던 사람도 아차 싶었나 보다. 그러나 그 기세를 꺾기는 싫었는지 목소리는 여전히 높이고 있었다.

"참, 한심하오. 어쨌든 당에서 무언가 조치를 해야 할 일이니 그리 알고 대기하시오. 동지도 이 일이 보통 일이 아니라는 것은 잘 아실 것이오. 따라서 그에 대한 책임 역시 그냥 지나치지는 못할 거라는 것도 잘 알고 있을 것이오. 내가 잘 보고한다고 될 일이 아니라는 것쯤은 알아야 할 거라는 말이오. 참, 그곳에 당서기 동지도 함께 있다고 했으니 좀 바꿔주시오."

장초랑을 바꿔 달라는 말에 왕샤오동은 특사라는 인간이 정말 형편 없는 인간이라는 생각이 들었다. 왕샤오동 자신이 이번 사태에 대해서 잘 알지 못하는 이유가, 특사라는 인간이 쪼오시엔왕 시장을 끼고도는 바람에 벌어진 일이다. 아무리 당서기라고 해도, 장초랑 역시 별로 아는 것이 없기는 마찬가지라는 것을 더 잘 알고 있을 것이다. 그럼에도 불구하고 장초랑을 바꾸라는 짓은, 정말 실없는 인간이나 하는 짓이라고 생각하면서도 시키는 대로 장초랑에게 전화기를 넘겼다.

　"전화 바꿨습니다."

　"서기 동지. 도대체 어쩌다가 이런 사태가 일어났다는 말이오? 이 사태가 얼마나 중대한 과실을 범한 건지 아시겠소?"

　전화를 바꿔 드는 순간부터 잔뜩 긴장한 채로 무슨 말이 나올 것인지를 걱정하는 것이 당연했음에도 불구하고, 장초랑은 특사라는 상대방의 격한 목소리를 듣는 순간 터져 나오는 웃음을 간신히 참았다. 이미 왕샤오동과의 대화에서 모든 상황이 파악되었음이 분명한데 자신에게까지 한 번 더 큰소리치면 특사의 책임이 줄어드는 것인지, 아니면 당서기인 자신과 성장을 무시하고 쪼오시엔왕 우한시장에게 직접 지시하고 보고를 받던 일이 잘못된 과정이라 그걸 덮겠다는 것인지 이해가 되지를 않았다. 지금까지 일어난 일을 돌이켜 보건대, 이미 왕샤오동이 말한 바와 같이 당서기인 자신 역시 이 사태에 대해서 무슨 책임을 어떻게 지고 사태 해결을 위해서 무슨 말을 어떻게 해야 하는지, 그 자체를 모르는 상태다.

　"동지. 왜 대답이 없소? 이 사태의 과실이 얼마나 큰지 정말 모르시겠냐는 말이오?"

장초랑은 마음에 응어리진 대로, '잘못됐다는 건 저도 조금 전에 보고를 받아서 알고 있습니다만, 그동안 벌어진 상황은 저나 이곳 성장인 왕샤오둥 동지나 피차 아는 게 없다 보니 무어라 드릴 말씀이 없습니다'라고 확 뱉어 버리고 싶었다. 하지만 막상 입으로 나온 소리는 그렇지를 못했다.

"그러게 말입니다. 처음 하명을 받았을 때 각오한 바와 같이 목숨을 바쳐 수행해야겠다는 사상에는 이상이 없었습니다. 하지만 원래 보안을 요하는 거대한 공정이다 보니 제가 미처 보고받지 못한 사항도 있는지라, 지금 저로서는 무어라 말씀을 드려야 하는 건지 당황스럽기만 합니다. 당과 주석 동지 이하 모든 인민에게 그저 송구하고 죄를 지었다는 마음뿐으로 기꺼이 처벌받을 준비가 되어있을 뿐입니다."

"처벌은 나중이고 우선은 사태 해결이 중요하니, 내가 보고하여 조치를 내릴 때 즉각, 적극적으로 움직이도록 하시오. 사태는 벌어졌으면 수습하는 것이 더 중요하니 실수가 없어야 한단 말이오. 책임을 지는 문제는 그 뒤라는 말이오."

장초랑이 스스로 책임지고 처벌을 받겠다는 말을 듣자, 특사는 자신이 빠져나갈 구멍은 생겼다고 생각했는지 목소리가 조금은 낮아졌다. 낮아진 목소리를 들으며, 특사가 그 머리에서 무슨 생각을 하는지 모르겠지만 장초랑은 이미 자신이 중국 공산당에서 해야 할 일의 마지막을 보는 것 같았다. 아울러 지금처럼 살아가는 자신이 한스럽기도 했다. 마음 같아서는 가슴 깊이 응어리진 한을 모조리 뱉어 버릴 겸 치밀어 오르는 부아를 섞어 활화산같이 거친 단어로 목을 넘기고 싶은데, 막상 목젖을 지나는 순간 사무치던 한은 어디로 사라졌는지 뱉는 소리는 전혀 다르게 지껄이고 있는 자신이 슬펐다. 잘못된 것을 잘못된 것이라고 말할 수도 없는 현실 앞에서, 그나마 자식들 데리고 남부럽지 않게 살며 목숨이라도 부지하려면 어쩔 수 없다고 수없이 자신을 위로해 가며 살아온 날들이었다. 스스로에 대한 그 위로 덕분에 오늘까지 살아왔다. 그런데 그 위로의 말들을 자신에게 해줄 수 있는 날도 이제는 더 이상 오지 않을 것 같다는 생각이 엄습해 오기 시작한 것이다. 그런 생각이 엄습해 오는 장초랑에게 특사는 아직도 할 말이 남았는지 한 마디 더했다.

"좌우간에 '그 일'은 위대한 과업임에는 틀림이 없지만, '그 일'의 원대한 과업을 완수하기도 전에 이미 벌어진 사태가 인민들의 건강과 직결되는 문제가 아니겠소. 특히 지금의 사태는 치료제나 백신 개발 여부와도 밀접한 연관이 있는 일이니 내가 빨리 상부에 보고하고 그 조치를 기다리는 수밖에 없소. 만일 치료제나 백신이 완성 단계라면 어떻게 해볼 수 있겠지만, 그렇지 않다면 나 역시 동지들을 도와줄 수 없다는 말밖에는 전할 말이 없소."

특사는 일방적으로 말을 마치고 전화를 끊었다. 쪼오시엔왕 우한시장은 휴대폰 너머로 흘러나오는 통화 내역을 들으면서, 얼굴이 점점 흙빛으로 변해갔다.

"제가 알기로는 아직 치료제나 백신은 요원할 겁니다. 치료제야 이미 경험했던 사스나 메르스 같은 바이러스들의 치료제로 어찌 가늠이라도 해본다지만, 특히 백신은 전혀 개발할 기미도 보이질 않는 겁니다. 솔직히 얼마 전에 처음 건넨 세균을 겨우 배양에 성공한 것이었는데, 백신을 무슨 재주로 만들었겠습니까? 우리 연구소가 아니라 다른 곳에서도 똑같은 연구를 해서 똑같은 바이러스를 배양했다면 모르지만, 그렇지 않고는 백신 연구는 시작도 못 한 게 맞습니다."

치료제도 이전에 겪은 전염병들의 치료제로 가늠이나 해볼 정도고 백신 연구는 시작도 못 했는데, 전염성이 강해서 인민들을 금방 공포로 몰아넣을 세균을 노출 시켰다면 돌아올 답은 빤한 것이다. 장초랑은 정말 올 것이 오고 있다는 생각이 들자 자신도 모르게 저절로, 아무 생각 없이 물끄러미 천정을 바라보게 되었다.

참 긴 세월이었다.

자신의 피를 속이다 보니, 덩달아 자신의 모든 것을 속이며 달려왔던 지난날들이 너무나도 길게만 느껴졌다. 이제 그 끝을 보는 것이 어쩌면 당연하다는 생각마저 들었다.

"서기 동지. 이제 이 일을 어찌하면 좋겠습니까?"

아무도 말을 못 하는 침묵이 그렇게 흐르는 중에 쪼오시엔왕 우한시장이 장초랑을 향해 입을 열었다. 쪼오시엔왕은 정말 애가 타는 목소리였다. 그러나 장초랑은 대답도 하지 않은 채 그저 입가에 웃음만 띠었다.

그렇게 또 얼마간 시간이 흐르자 쪼오시엔왕이 다시 한번 물었다.

"서기 동지. 제발 말씀 좀 해 주십시오. 앞으로 어떻게 해야 하는지 말입니다."

마치 당장이라도 죽어 나갈 사람처럼 애가 끓는 목소리에 대한 장초랑의 대답은 간단했다.

"시장 동지도 통화 내역 다 들었잖소."

"예, 들었지요."

"기다리라고 하지 않았소. 그러니 기다립시다."

"그, 그거야 그렇게 말은 했지만…."

쪼오시엔왕이 보채듯이 하는 말에 장초랑은 정말이지 소리라도 지르고 싶었다. 그러기에 진작 보고도 잘하고 그러지, 무슨 특권이라도 누리는 듯이 기밀이라 더 말할 수 없다고 으스대기나 하더니 이제와서 지랄이냐고 욕이라도 해주고 싶었다.

"그러니까 기다리는 수밖에 없지 않소. 지금 우리 주제에 무얼 잘하고 무얼 잘못하고를 따질 것이 아니라, 당과 주석 동지는 물론 인민들에게 엄청난 누를 끼친 것이 사실이니, 당이 기다리라고 하면 그저 기다리는 것밖에 도리가 없는 것 아니오. 그러니 기다립시다. 그리고 당에서 하는 명령을 따르는 거요. 막말로 목숨을 내놓으라면 목숨이라도 바쳐서 속죄하는 것이고, 또 다른 방식으로 잘못을 보상할 길이 있다면 그역시 당에서 명령하는 바를 따르면 될 일이오."

장초랑은 말을 하면서도, 정말이지 그런 말을 하는 자신이 싫었다. 마음은 욕이라도 해주고 멱살이라도 움켜쥐고 싶은 그대로인데, 막상 목젖을 넘는 목소리는 왜 이렇게 변하는지 자신도 알 길이 없었다.

"서기 동지의 말씀이 맞소이다. 그러니 기다립시다."

어색하다 못해 궁핍한 변명처럼 들리기조차 한 장초랑의 말을 받아 왕샤오동이 끼어들었다. 장초랑 자신이 이번 '그 일'에서 소외되었던 것을 아는 터인데도 불구하고 감정을 최대한 추스르고 있다는 것을 왕샤오동은 잘 알고 있다. 자신이 같은 심정이기에 충분히 헤아려진다. 만일 그대로 놓아두었다가는, 지금껏 이렇다 할 말 한마디 제대로 없다가 막상 일이 터지고 나니 어린애 징징거리듯이 해결책만을 요구해대는 쪼오시엔왕을 향해 장초랑의 입에서 무슨 말이 나올지 모르겠다는 생각이 들어서 끼어든 것이다.

"서기 동지의 판단처럼, 지금 우리로서는 북경의 지시를 기다리는 것이 가장 현명한 판단 아니겠소? 서기 동지의 말씀처럼 우리가 무얼 어떻게 할 단계는 이미 지나간 것 같소이다."

왕샤오동은 다시 한번 장초랑의 말을 따르자고 강조해서 말했다. 그러자 쪼오시엔왕도 더 이상 할 말이 없는지 자신의 집무실에 가서 기다리겠노라는 말을 남기고 떠났다.

3
무늬만 한족(漢族)

"참, 뻔뻔한 동지입니다. 진작 저렇게 협조적으로 나왔으면 우리 둘 다 망신당하는 일은 없었을 텐데 말입니다. 아니, 망신당한 것은 그렇다 치더라도 뭐가 어떻게 돌아가는 건지 알고나 있다가 터져서 처벌받는다면 억울하지나 않지. 지금 이 형태는 아무것도 모르고 있다가, 갑자기 잘못했으니 처벌을 기다리라는 것밖에 더 됩니까? 일을 진행할 때는 극비네 뭐네 해가면서 저만큼 밀어 놓았다가, 사고 터져서 벌 받을 사람이 있어야 하니까 맨 앞으로 꺼내 놓는 꼴이라니 정말 더러워서 못 참겠습니다. 그런데다가 우한시장이라는 놈은 한술 더 떠서, 지금까지 자기가 취한 행동은 생각도 못 하고 징징대기만 하는 꼴이라니 정말 가관입니다. 마치 어린애가 젖 달라고 칭얼대는 것 같아서 꼴불견이었습니다."

쪼오시엔왕이 나가자 왕샤오동이 그동안 소외당했던 것에 대한 설움을 한꺼번에 퍼붓기라도 하듯이 빈정거리며 말했다.

"지금에 와서 지난 일 얘기해 봤자 무슨 소용이겠습니까? 앞으로가
더 문제지."

"그거야 그렇지요. 앞으로가 더 문제지요. 하지만 돌아가는 꼬락서
니를 보니까 책임을 물어 무언가 조치를 취할 것 같네요."

장초랑의 입에서 앞으로가 문제라는 소리가 나오자마자 왕샤오동은
이미 각오했다는 듯이 한마디 하더니 말을 이어갔다.

"하기야 큰 미련은 없습니다. 그네들이 강조하는 정통 한족도 아니
면서 여기까지 온 것만 해도 만족하고 있습니다. 다만 내가 처벌받는 선
에서 끝난다면 다행이라는 생각입니다. 사상 검증 어쩌고 해가면서 아
들과 집사람까지 피해를 보게 만들지나 말고 그저 나 쳐내는 정도였으
면 더 바랄 것이 없겠습니다."

왕샤오동이 체념한 듯, 혼자서 주절거리는 말을 듣던 장초랑의 눈이
반짝 빛났다.

"조금 전 동지가 한 말 중에 정통 한족이 아니라고 했소?"

순간적으로 눈이 반짝이던 장초랑이 왕샤오동을 바라보면서 물었
다. 그 말을 듣자 왕샤오동은 순간적으로 움찔하는 것 같았다. 그러나
이내 태연하게 말을 받았다.

"정통 한족이라는 말이 도대체 무슨 의미가 있는 겁니까? 저는 솔직
히 제 한쪽에는 조선족의 피가 흐르는 사람이라고 떳떳이 이야기하고
싶습니다. 다만 제 아들을 위해서 그리할 수 없었던 것뿐입니다. 그 사
정은 제 증조부부터 지금까지 대대로 이어오는 우리 집안만의 아픔입
니다. 고조부께서 조선족 여인과 혼인해서 증조부를 낳으셨으니 고조
부 자신이야 무슨 문제가 있으셨겠습니까? 게다가 고조부 시절에야, 원

나라 시절에 몽골족에게 당할 때보다야 덜했을지 모르지만, 청나라의 만주족에 의해 한족이 온갖 천대를 다 받던 시절의 연장선상에 있던 때인지라, 오히려 조선족인 고조모를 한족인 고조부가 모셔왔다고 해야 하나, 뭐 그런 상황이었답니다. 왜요? 제가 출신 성분을 속였다고 생각하니까, 서기 동지께서도 제가 다르게 보이십니까?"

"아, 아니요. 갑자기 성장 동지가 그런 말까지 하니까, 나 역시 처벌을 기다리는 입장에서 좀 그렇기도 하고 해서 그냥 해본 소리요."

"솔직히 저는 제 핏줄에 대해서 이렇고 저렇고 해본 적이 없습니다. 다만 이미 당에서는 저를 한족으로 취급하고 있었을 뿐입니다. 제 고조부께서는 비단 장수였다고 합니다. 5년쯤 전에 아내하고 남조선 여행을 갔었는데, 그때 우연히 나오는 노래에 대해서 가이드가 설명해주는데, 그 노래 제목이 '비단 장수 왕서방'이라는 겁니다. 제 귀가 번뜩 뜨여서 자세히 물어봤더니 비단 장수 왕서방이 명월이라는 기생한테 반한 내용을 노래한 거라고 하데요. 저는 혼자서 웃었습니다. 물론 아내도 같이 웃었지요. 마치 그 노래 속에 투영되어 흐르고 있는 나를 보는 것 같아서 우리 부부는 마주 보고 웃었습니다. 그 노래가 우리 고조부 이야기 같았던 겁니다. 다만 고조모가 기생이 아니고 만주에 살던 조선족이라는 것만 다를 뿐 비단 장수 왕서방이 조선족 여인에게 반해서 결국 결혼까지 하게 된 고조부 모습이 그려지는 것 같았습니다. 제가 아버지께 전해 들은 바에 의하면, 고조부께서는 그 당시에 만주는 물론 한반도까지 다니시며 비단을 팔고 인삼 등을 사다가 다시 되파시는, 지금으로 말하자면 무역업을 하시다가, 만주에서 고조모에게 반해서 아예 눌러앉아 터전을 잡고 그곳을 기반으로 무역업을 하다가 결혼을 하셨다는 겁니다. 결혼 후에 본가가 있는 이곳 후베이성으로 돌아왔다는 거죠. 그 뒤에도 자주 만주에 가시곤 했는데 그곳 장사 터전을 없애지 않고 장사를 할 수 있는 기반을 마련해서 처남을 비롯한 처가댁 사람들에게 넘겨주었다고 했습니다. 그 덕분에 만주에서도 대접받을 수 있었답니다. 게다가 대대로 만주와 한반도는 물론 멀리 서방까지 넘나들며 비단 장수를 해오며 부를 쌓은 집안이었던 덕분에 남들에게 후하게 베풀 수도 있었기에 후베이성에서도 주변의 많은 이웃에게서 인정받았다고 합니다. 물론 청나라 지배 시기에는 만주족 관리들에게도 나름대로 많은 기여, 엄밀히 말하자면 뇌물을 바친 거겠지만, 좌우간 기여했고, 그 덕분에 이렇다 할 탈 없이 잘 지냈답니다. 국공합작 시기에는 증조부와 조부께서도 기꺼이 참여하셨는데, 같은 사업을 함께 꾸려나가는 아버지와 아들이 동시에 사업의 공백을 둘 수 없어서, 증조부는 중도에 한 걸음 물러나서 행동하시고 조부는 계속 열심히 하셨다고 들었습니다. 언제 어느 정권이 합작을 깨고 서로 갈 길을 가더라도 살 방도를 마련하기 위해서 참여한 거겠지만, 일단 기여금도 많이 내다보니 당연히 간부 서열에 들었고 증조부는 적당한 때 물러서고, 조부가 바통을 이어받은 셈입니다. 그뿐만이 아닙니다. 1927년 장제스 군이 공산당을 살해하고 체포한 상하이 쿠데타로 인해서 국공합작이 결렬되자 조부께서는 재빨리 공산당 쪽으로 방향을 잡으셨다고 했습니다. 장제스 군은 뇌물만 잘 주면 부자도 이상 없이 살아나갈 방법이 있지만, 공산당 쪽은 그게 힘들다고 판단하셨다는 겁니다. 살아남으려면 일단 공산당 쪽으로 돌아서야 한다고 판단했는데 그게 맞아떨어진 겁니다. 특히 후베이성에서는 말입니다. 후베이성에서는 공산당이 제1군과 제2군을 조직했으니까요.

물론 우리 집안 때문이라는 건 아니지만, 우리 집안이 금전적인 면에서는 크게 일조했던 것도 사실임은 거부할 수 없답니다. 그 덕분에 조부께서는 1928년 공산당의 대장정을 위한 홍군 조직 당시에 후베이성의 제2군 간부가 되셔서 대장정에도 참여하시는 등 많은 업적을 쌓았다고 합니다. 특히 공산당이 전세가 기울어서 만주에 은거하다시피 하던 당시에는, 조부의 군대는 고조부께서 만주에 뿌려 놓은 가문의 후광, 즉 고조모의 집안을 비롯한 조선족의 도움을 엄청나게 받았던 것으로 알고 있습니다. 그 바람에 조부 이후에 이곳 후베이성에서 나름대로 공산당에서 대우받는 집안이 된 셈이라고 해도 과언이 아닙니다. 한족에게 대우받고 공산당에게 대우받다 보니 고조모가 조선족이라는 사실은 주변 사람들에게는 까맣게 잊힌 덕분에, 우리 가문은 한족으로 살아온 겁니다. 그러나 우리 가문의 모두는 조선족인 고조모의 피가 한편에 흐른다는 사실을 잊지 못하고 있고, 그 사실은 부계를 통해서 구전되고 있는 겁니다. 이제는 미련도 없습니다. 솔직히 지난번 특사가 처음 왔을 때, 우한시장을 앞세우고 나와 서기 동지가 뒤로 밀려나는 느낌을 받았었습니다. 그래서 나름대로 준비는 했습니다. '그 일'이라는 공정이 끝나고 나면, 그만 내려오라는 신호라고 생각한 겁니다. 다만 아무 일 없이 끝나서 집안에는 영향이 없기를 바랐는데….”

왕샤오동은 못내 아쉬움을 감추지 못했다.

“그런데 왜 그런 무거운 고백을 갑자기 내게 하는 것이오?”

“글쎄요. 솔직히 저도 왜인지는 말할 수 없지만, 그냥 서기 동지에게는 말해도 될 것 같은 생각이 들었습니다. 어쩌면 '그 일'이라는 공정에 대한 고통을 같이 겪는 중이라서 그런지도 모르지요. 내용도 모르면서 얻어맞는 고통이요."

"그렇소? 나는 동지가 우리 집안 내력에 대해 알고 있어서, 내게 자신의 이야기를 하는 줄 알았소이다."

장초랑이 자신의 집안 내력이라는 이야기를 하자 왕샤오동은 눈이 휘둥그레졌다.

"집안 내력이라면, 서기 동지께서도 말 못 할 사연이 있다는 말씀입니까?"

"그러게 말이요. 누가 봐도 집안에 대한 사연이라고는 간직하지 않을, 적어도 후베이성 공산당 서기인데 그런 사연이 있다니 우습지 않소? 눈에는 칼바람을 일으키면서 마치 철판이라도 뚫을 듯한 빛을 발하고, 귀는 토끼 귀처럼 쫑긋 세워 주변에서 말하는 것을 듣고 감시하며, 오로지 당과 인민을 위해서 일해야 하는 공산당 후베이성 서기가 집안 내력에 사연을 가지고 있다니 우습지 않소?"

"아니, 꼭 공산당 서기라서가 아니라 제가 보아온 서기 동지께서는 전혀 무슨 비밀스러운 것을 간직하지 않을 분 같아서 말입니다."

"그래요? 하지만 솔직히 말해 봅시다. 지금 중국에서, 그것도 공산당 간부라는 사람 중에 이렇다 할 사연을 가지고 있지 않은 사람이 몇이나 있겠소? 굳이 70여만 개에 달하는 말단 행정구역까지 들먹일 필요도 없이 중앙당과 33개에 달하는 직할시, 성, 자치구, 특별행정구 같은 성급 행정구역만 살펴본다고 해도, 특히 핏줄 문제로 말하자면 모름지기 적어도 한 가지씩은 묻어두고 있을 거외다. 겉으로 드러나는 것이나마 일단 한족이 아니면, 출세하는 데 한계가 있고 적당한 선에서 배제되니까, 일단 순수 한족의 혈통이라고 말들은 하지만 과연 그렇겠소? 원나라 때 몽골에게 노예 이하의 취급을 받아 가며 철저하게 유린 되면서, 한족은 사람 취급도 받지 못해 수많은 한족 여인들이 점령군인 몽골군에게 겁탈당하는 등 노리개로 전락하면서 누가 아비인지도 모르는 몽골의 후예들을 잉태하고 낳고를 반복했소. 지배자 몽골인의 집에 종살이간 셀 수 없이 많은 한족 여인들은 주인이 까딱이는 손가락질 하나에 수청들고, 임신하고, 아이를 낳았소. 그뿐만 아니라 청나라 때도 말기로 접어들며 청의 국력이 쇠잔해지기 전에는, 몽골족의 사내들도 그랬듯이 한족은 사람으로 취급도 안 하면서도 신체적 구조나 미모가 우월한 한족의 여인들을 품는 것은 그 어느 민족보다 선호해서, 한족의 여인들은 아비도 모르는 아이를 수도 없이 낳았소. 몽골족의 원나라에 지배받던 시절이나 만주족의 청나라에 지배받던 시절에 그렇게 낳은 아이들은, 처녀가 낳았을 때는 자신의 결혼한 오빠나 결혼한 남동생의 자식으로 둔갑을 했고, 유부녀가 낳았을 때는 남편도 모르는 새에 한족의 자식이 되어버렸소. 그 현상은 한족의 왕족이나 귀족에게는 더 가혹하게 저질러졌고, 지위가 높을수록 숨기는 방법도 다양하여 몸종이나 집안일을 하는 머슴이 한족이면 종이나 머슴의 자식이 되기도 했소. 예나 지금이나 주인으로 모시는 사람을 위해서라면 목숨이라도 내놓는 중국 한족의 습성상 그 모든 것은 비밀에 묻혀 버렸던 것일 뿐, 엄연히 존재했던 사실이오. 모름지기 그 당시 한참 성욕이 왕성한 젊은 병사들은 매일 한족 여인을 바꿔가며 품었으니 그 수가 얼마겠소? 당시 몽골군이나 청나라 군대는 술을 못 먹게 하는 경우는 있어도 한족 여인네를 품는 것은 얼마든지 허용했으니, 이루 말할 수 없이 많은 여인들이 이민족과의 혼혈아를 낳았고 아무도 그것을 문제 삼지 않았소. 만일 그런 것을 문제

삼았더라면 한족 여인들의 절반이 죽어 나갔을 수도 있는 일이었다는 말이오. 내가 알기로는 그 시절에는 몽골이나 만주족이 원하면 여인이 자신을 바쳐야지, 그렇지 않고는 여인은 물론 그 일가족이 달리 살 방법이 없던 것으로 알고 있소. 그것도 유독 한족에 관해서만 말이오. 그리고 희한한 것은 한족을 지배했던 몽골족이나 만주족은 모두 변발을 했다는 거요. 특히 청나라가 한족을 지배하던 시절에는 한족 역시 만주족과 다름없이 300여년이라는 긴 세월 동안 변발을 했으니, 머리만 보아서야 어느 민족인지 구분도 가지 않는 판에 어쨌으랴는 생각도 들기는 하오. 솔직히 말하자면 변발을 했다는 것 자체가 이미 한족은 무너진 거 아니오? 한족이 그리도 숭상하는 공자의 가르침대로 신체발부 수지부모 불감훼상 효지시야(身體髮膚 受之父母 不敢毁傷 孝之始也)라면 어찌 변발이 타당하기나 했겠소? 여인이 만주족 사내와 뒹구는 것이나 사내가 제 앞머리는 밀어버리고 뒷머리는 주렁주렁 땋아 내리는 꼬락서니를 생각이나 해보았겠느냐 말이오. 이미 그때 한족은 무너진 거요. 그 덕분에 피가 섞이는 것도 더 쉽게 이루어졌고, 여인들은 죄의식에 사로잡히지 않아도 되었는지도 모르는 일이오. 그 외 만주족이나 조선족처럼 만주에 살던 민족에 대해서는 원나라 역시 한족과는 다른 대우를 했으니 그런 수모는 겪지 않았소. 물론 청나라야 자신들의 발상지가 만주이니 당연한 거구요. 조금 전에 동지께서도 동지의 집안이 비단 장수로 부를 축적해서 기여하는 바람에 조선족인 고조모의 존재는 사라지고 한족으로 기억되어 공산당에서도 살아남은 거라고 하지 않았소. 그것도 성장으로 재직할 수 있을 정도의 핵심 당원 집안으로. 마찬가지로 지금 중국 공산당 간부로 있는 집안들은 그래도 조상들이 돈이나 권력이

나 좌우간 뭔가가 있던 집안이 많소이다. 그것들을 기여한 덕분에 그 당시에는 처벌받지 않았고, 오늘날 그 후손들이 자리 잡고 살 수 있게 된 거지요. 그들의 살아남는 방법이 무엇이었겠소? 그 당시 그들을 지배하던 민족과 뭔가의 소통이 없었다면 되겠소? 지배 민족이 원해서라기보다는, 자신의 가문이 피해입지 않기위한 방편으로 먼저 자발적으로 접근한 까닭에 피가 섞인 집안도 많을 거요. 강제로 당한 것이 아니라 자신들보다 문화면에서 앞서갔던 한족을 원하는 이민족, 즉 몽골족이나 만주족과의 거래인 셈이지요. 그 거래의 산물 중 하나가 바로 나라는 인간이오."

왕샤오동은 자신만 기구한 운명이라고 생각했는데 그렇지 않았다. 장초랑의 말을 듣다 보니 충분히 가능성이 있는 이야기였다.

"나 역시 만주족인 우리 고조부께서 한족의 여인을 마음에 품어서 생겨난 후손이요. 만주족인 우리 고조부께서는 이미 청나라의 금혼정책이 많이 완화된 상태에서 한족의 왕실 가문의 여식에게 마음을 품었다고 합디다. 그 당시 상황으로는 자칫 잘못하다가는 다 키워 놓은 금쪽같은 딸을 만주족의 노리갯감으로 버릴 수도 있어서 노심초사하던 고조모 댁에서는 정식으로 청혼하는 고조부 댁에 기꺼이 응했답니다. 그리고 고조부께서는 증조부를 비롯한 자녀들을 낳아 기르시고, 증조부는 조부를 낳은 상황에서 세상이 변하기 시작한 겁니다. 1912년 청나라가 물러가고 중화민국이 수립되면서 우리 집안은 풍전등화나 마찬가지인 상황까지 밀릴뻔했지만, 다행히 부유하던 우리 집안과 왕족의 후손인 고조모 집안이 힘을 합쳐 그 위기를 한족 순수혈통 집안으로 바꿔 놓을 수 있었답니다. 그 덕분에 오늘날의 내가 있을 수 있게 된 겁니다.

내게서 만주족의 피는 사라진 거죠."

말을 마친 장초랑은 사무실 차창을 통해 먼 산을 바라보듯이, 지금 막 사무실 전등불이 켜지기 시작하는 길 건너 빌딩의 한구석을 응시하고 있었다. 특별히 무언가를 쳐다보는 것 같지는 않았다. 왕샤오둥은 자신의 마음 역시 지금 그런 심정이기에 특별한 말도 없이 같은 쪽을 응시할 뿐이었다.

두 사람이 초점도 없는 눈으로 사무실 불도 켜지 않은 채, 길 건너 빌딩 한구석을 응시하던 중 장초랑의 전화가 울렸다.

"예, 특사 동지."

장초랑은 깜짝 놀라 전화를 받으며 자신도 모르게 일어섰다.

"서기 동지. 지금 어디요?"

"예. 아직 사무실입니다."

"우한시장에게 물었더니 자신은 나왔다고 하면서 아마도 사무실에 성장 동지랑 함께 있을 거라고 합디다."

"예, 맞습니다. 같이 머리를 맞대고 대책을 논의하고 있습니다만, 우매한 저희 머리에서는 그저 큰일 났다는 생각만 맴돌 뿐입니다."

"이해하오. 하지만 너무 걱정은 마시오. 역시 주석 동지는 통이 다르시다니까요."

"예? 그, 그럼…?"

"주석 동지께서는 단순히 현명하실 뿐만 아니라 통도 크시게, 기왕 벌어진 일이라면 이 기회에 터트리자고 하셨습니다. 감염자가 나타나지 않으면 그냥 지나가는 것이고, 만일 감염자가 나오면 그때는 적당하게 둘러대는 시나리오대로 가자는 겁니다. 물론 발원지가 다른 나라가 되어야 하는 원본과는 차이가 있을지 모르지만, 야생동물 시나리오로 그냥 가자는 거요. 그러니 두 분은 다른 염려는 놓고 우한시장 동지와 함께 그럴듯한 시나리오나 하나 만들어보시오. 이곳에서도 만들기는 하겠지만 아무래도 발상지가 그곳이니 그곳의 여러 가지 사정을 잘 아는 동지들이 만드는 시나리오가 더 낫겠다는 생각이 들어서 하는 말이오. 위기를 잘 극복하면 기회가 찾아온 것보다 낫다고 하지 않소. 찾아온 기회는 놓치면 그만이지만 위기는 잘만 극복하면 놓치거나 할 염려가 없지 않겠소. 그러니 잘해보시오."

"특사 동지, 그럼 저희는…?"

"다른 염려는 말라고 했잖소. '그 일' 프로젝트는 지금 아무 이상 없이 순항하고 있다고 생각하면 되는 거요."

"특사 동지, 정말, 정말 감사합니다."

"이건 내게 감사할 일이 아니오. 주석 동지와 당과 인민에게 이번 실수를 만회하기 위해서 더 노력하면 될 일이오. 그럼 이만 끊소."

장초랑은 전화를 끊으면서 자신도 모르게 왕샤오둥을 쳐다보았다. 왕샤오둥 역시 믿을 수 없다는 눈으로 장초랑을 마주 보고 있었다. 이번에도 우한시장에게 먼저 전화를 했다는 것은 기분 나쁠 수 있지만 지금 그게 중요한 것이 아니다. 어쨌든 최악의 경우만 면해도 다행이라고 생각했는데, 이런 경우에는 최상의 경우를 만났다고 해도 과언이 아니었다. 하지만 두 사람 모두 무언가 찜찜한 마음을 지울 길이 없었다. 이런 전화를 받으면 기뻐서, 자신들이 영영 구제받지 못할 것이라고 생각한 막다른 골목에서 벗어나는 기쁜 마음에 눈물이라도 흘려야 정상이건만 그렇지를 못했다. 마치 모든 문제가 잘 해결된 것처럼 말하는 특사의 말도 뒷맛이 영 개운치 못했지만, 무언가 지워지지 않는 가슴의 응어리가 남으면서 과연 지금 옳은 길을 가고 있는 것인지 다시 한번 되묻고 싶었다. 인류에게 지우지 못할 죄를 짓고 있다는 생각을 지울 수가 없었다. 그러자 갑자기 누군가가 자신들을 향해서, 인류에게 지우지 못할 죄를 짓고 있다고 외치는 소리가 실제로 들려오는 것 같았다.

두 사람이 그런 생각에 사로잡혀 있을 때 우한시장이 들어섰다. 두 사람은 우한시장의 얼굴을 마주하는 순간 지금까지 했던 모든 말들을 다시 각각의 가슴 안에 쓸어 담고 있었다.

"전화 받으셨죠?"

장초랑의 집무실로 들어서는 쪼오시엔왕 우한시장이 유쾌한 목소리로 말했다. 서너 시간 전만 해도 마치 우는 아이 젖 달라고 징징대던 것 같았는데, 그 표정은 말끔히 사라지고 입가에는 웃음마저 돌고 있었다.

"받았소. 그런데 동지가 어떻게 전화 통화한 사실까지 알고 있소?"

"예, 특사 동지께서 저에게 전화하시면서 두 분 동지들께도 전화할 것이니 가서 함께 묘책을 연구하라고 하셨습니다. 그래서 미처 찾아뵙겠다는 연락도 드리지 못한 채 이렇게 부랴부랴 서둘러 오는 길입니다."

쪼오시엔왕은 아무런 개념 없이 그냥 입에서 나오는 대로 말했다.

"동지, 동지는 지금 내가 누구라고 생각하오?"

부담 없이 툭 던지는 쪼오시엔왕의 말을 받아 장초랑이 무거운 목소리로 물었다.

"예? 무슨 말씀인지?"

"내가 누구냔 말이오?"

"그야 후베이성 당서기 장초랑 동지 아닙니까?"

"분명 그렇소? 후베이성 당서기?"

"예! 당연하죠!"

쪼오시엔왕은 새삼스럽다는 듯이 강조하며 힘주어 말했다.

"좋소. 동지가 말한 바와 같이 나는 후베이성 당서기인 장초랑이오. 그럼 이 동지는 무엇을 하는 누구요?"

장초랑이 왕샤오동을 가리키며 물었다.

왕샤오등은 장초랑이 쪼오시엔왕에게 장초랑 자신이 누구냐고 물을 때 이미 감을 잡긴 했지만 긴가민가했는데, 왕샤오동 자신을 가리키며 이 사람이 누구냐고 하자 확실히 감을 잡았다. 쪼오시엔왕의 이제까지의 행적에 대해 일침을 가하기 위한 것이다. 이 기회에 쪼오시엔왕의 버르장머리를 고쳐놓겠다는 의도다. '그 일'이라는 공정이 앞으로 얼마나 더 지속된 후 종결될지 모르지만, 특사라는 존재만 믿고 당서기와 성장을 무시하고 제멋대로 행동하는 그릇된 버릇을 뿌리 뽑겠다는 것이다. 쪼오시엔왕이 일을 진행할 때는 무시하다가 막상 문제가 터지자 마치 도움을 청하는 것처럼 행동하면서, 실제로는 특사가 당서기와 성장에게 책임을 떠넘길 수 있는 발언을 할 수 있게 틈을 만들어 준다는 것쯤은 이미 눈치로 다 파악하고 있었다.

특사는 처음에 일을 시작할 때부터 일이 잘못되는 비상시를 대비해서 누군가를 앞세워 그 책임을 대신 뒤집어쓰게 할 방법을 찾던 중 당서기와 성장을 택했다. 그리고 책임을 대신할 두 간부와 특사 자신 사이에서 실제로 일을 진행할 사람으로 연구소가 존재하는 우한의 시장인 쪼오시엔왕을 택했다. 두 간부를 일에서 배제하여, 일이 성공적으로 완수되면 그 공을 특사 자신이 독차지하면서 아주 작은 공을 우한시장에게 나눠 준다. 반면에 일이 틀어지는 비상시에는 무력화시켰던 두 사람을 등장시켜 그들이 일을 방관하다가 망친 것으로 만든다. 오로지 우한시장을 적당하게 이용하는 것인데, 우한시장은 특사가 자신만을 신용해서 당서기와 성장을 젖히고 자신하고만 일한다고 착각하고 있던 것이다. 장초랑은 지금 그러한 사실을 우한시장에게 인지시켜, 혹시라도 다시 이런 일이 벌어지는 경우가 생길 때는 자신들이 바보처럼 알지도 못하면서 희생되는 일은 없도록 하겠다는 것이다.

"예? 갑자기 왜 그러시는지 모르겠지만, 그 동지는 후베이성 성장 동지이신 왕샤오동 동지입니다."

"그렇소? 나는 후베이성 당서기인 장초랑이고, 여기 이 동지는 후베이성 성장인 왕샤오동 동지라는 말이지요? 그렇다면 동지는 누구요?"

자신들의 신분과 이름을 묻던 장초랑은 이번에는 쪼오시엔왕 너는 누구냐고 물었다. 쪼오시엔왕은 그제야 무언가 감이 오는 것 같았다. 처음에는 웃음까지 띠면서 장난처럼 하던 대답이 조금 전에는 어리둥절한 표정이더니 이번에는 이내 심각한 표정으로 바뀌면서 고개를 떨구었다. 그리고 이제까지와는 전혀 다르게 작은 목소리로 중얼거리듯이 답했다.

"후베이성 청사가 있는 성도, 우한시 시장 쪼오시엔왕입니다."

"그렇소. 동지는 우리 후베이성의 청사가 있는 성도 우한시의 시장인 쪼오시엔왕이오. 아무리 성도일지라도, 성안에 있는 도시 중 하나인 우한시의 시장이라는 말이오. 이 넓은 성안의 아주 작은 부분을 차지하고 있는 일개 시장에 불과하오. 저기 저 동지는 그 넓은 성을 이끌어 가는 성장이요. 나는 후베이성이 당과 함께 발맞춰 인민의 행복을 창출하는 성이 될 수 있도록, 성 전체에 당의 정신을 고취 시킬 책임을 지고 있는 후베이성 당서기요. 동지, 내가 무슨 이야기를 하는지 아직도 모르겠소?"

"죽을 죄를 지었습니다. 용서해 주십시오. 다시는 경거망동하지 않겠습니다."

"동지가 무엇을 잘못했는지 알기는 하오?"

"예. 그렇습니다. 성장 동지와 서기 동지가 우리 후베이성의 동지라는 사실을 잊고 특사의 사탕발림에 놀아난 제가 잘못된 겁니다."

쪼오시엔왕은 의외로 말귀를 바로 알아듣고 있었다.

"특사의 사탕발림은 무엇이었소?"

"이미 짐작하셨겠지만, 처음 일을 시작할 때 이 일이 성공만 하면 아주 커다란 공을 세우는 것이라고 했습니다."

쪼오시엔왕은 특사가 후베이성을 찾던 날 성장이나 당서기를 먼저 만나지 않고 자신을 찾아와서 했던 이야기를 전달하기 시작했다.

특사가 처음 쪼오시엔왕을 찾아왔을 때 쪼오시엔왕은 어리둥절했다. 이제껏 공산당에 몸담고 생활하면서 공산당만큼 서열이 중요한 곳이 없다고 생각했던 그다. 그리고 그 서열을 뛰어넘는다는 것은 앞의 사람이 숙청된 것을 의미하는 경우가 대부분이라는 것도 알고 있다. 그런데 특사가 직접 자신을 먼저 찾아온 것이다. 성의 당서기와 성장이 엄연히 존재하는데도 불구하고 자신을 직접 찾아왔다는 사실을 어떻게 해석해야 할지 몰라서 감을 잡을 수가 없었다.

"그렇게 당황할 것 없소."

특사는 쪼오시엔왕의 표정에서 이미 그 마음을 읽고 있었다.

"내가 이렇게 직접 동지를 찾아온 이유가 성장이나 당서기의 신변에 무슨 변화가 있어서는 아니오. 다만 이번 일이 원래 비밀을 요하고 또 중차대한 일이다 보니 누군가 직접 일을 진행할 책임자와 이야기해야 하는데, 그 적임자가 우한시장인 동지라는 생각이 들었던 거요. 물론 지금 후베이성을 책임지고 있는 성장 동지를 생각해보기도 했지만, 어차피 바쁘기도 하고 또 그만하면 머리가 커서 가끔은 일의 중대성을 망각할 수도 있다는 생각이 들었소. 아울러 후베이성 당서기 동지 역시 생각해보았소만, 성의 당서기 정도가 되면 당에서의 입지도 있고 해서인지, 솔직히 고분고분하지를 않소. 특사인 내가 얼마나 자신들에게 도움도 되고 해도 끼칠 수 있는 존재인지를 인식하지 못하는 것인지, 아니면 인식하면서도 굳이 거부하려는 건지 그 속내를 알 수 없을 정도라는 말이오. 하지만 시장 동지라면 사건을 쉽게 인식하는 것은 물론 순발력 있게 대처해 나갈 것이라고 판단한 거요. 특사인 내가 일을 처리하기에는 안성맞춤일 거라고 생각했다는 거요. 물론 사전 조사를 한 것을 굳이 부인하고 싶은 생각은 없소. 동지도 이제 성을 하나 맡아서 다스릴 때도 돼 간다는 사실도 잘 아오. 아니면 더 늦기 전에 중앙으로의 진출 역시 꿈꿔야 할 때라는 것도 잘 아오. 자칫 잘못하다가는 이 자리에 그냥 머물 수 있다는 생각을 가끔은 해볼 거라는 것 역시 내가 이미 겪은 일이기에 잘 안다는 말이오. 그러나 그 모든 것이 어떤 계기와 후견인 내지는 동반자가 있어야 쉽게 해결되는 일이라는 것도 무시할 수 없는 현실 아니오? 그런데 이번 공정만 잘 해결되면 동지는 그 두 가지를 한꺼번에 얻는 것이오. 북경으로부터 직접 공을 인정받는 계기도 되고, 동지의 노력 덕분에 공을 차지하는 내가 보고 있지만은 않을 것이니 그게 바로 두 가지를 한꺼번에 얻는 것 아니겠소? 솔직히 당서기 동지와 성장동지가 끼어들어 정식 절차를 거치다 보면 공연히 일만 복잡해지고 입이 많아지면 기밀도 누설될 위험이 많아지지 않겠소? 그뿐만이 아니오. 공과 벌은 나눌수록 줄어드는 것이니, 알면서도 공연히 얻을 것을 줄일 필요가 있겠소? 게다가 만일 일이 잘못되면 누군가 그 책임을 질 사람역시 필요한 법 아니오? 그때는 성장과 서기 동지가 필요해지겠지요. 그 모든 것을 종합해서 내가 숙고한 끝에 시장 동지를 택하게 된 것이오. 그러니 열심히 해봅시다."

그 말을 듣는 순간이 그렇게 달콤하지 않을 수 없었다. 북경과 직접일을 해본다는 것도 황홀한데, 일이 잘되면 현장에서 누릴 수 있는 공을자신이 독차지한다. 그리고 일이 틀어지면 그 책임을 당서기와 성장이진다. 물론 특사 역시 일이 잘되면 관리 감독을 잘한 공을 독차지하고일이 틀어지면 관리 감독 실패의 책임을 당서기와 성장에게 돌리겠다는 말이지만 그건 그리 중요하게 들리지 않았다. 일만 잘되면 자신이 한단계 도약하는 것은 확실하고, 막말로 잘 못 되어도 조금의 피해는 있을지 모르지만 실패의 책임을 당서기와 성장에게 돌린다면 지금보다 썩나빠질 것도 없이 그냥 그럴 것이라는 생각이 들었던 것이다.

"그래서 그 말을 믿고 그동안 함께 했던 당서기 동지를 비롯한 우리두 사람을 배신하기로 했던 거요? 좋소. 나는 그렇다고 칩시다. 나야 일 때문에라도 직접적으로 부딪힐 일이 많았으니, 설령 개인적으로야 아니라고 해도 미운털이 박힐 수도 있다고 칩시다. 하지만 그동안 동지가 어쩌다가 잘못하는 모든 일이 있어도 덮어주고, 동지가 실수를 하더라도 묵묵히 바른길로 나가도록 이끌어 준 서기 동지에게는, 그래서는 안 되는 일 아니오? 막말로 특사 동지가 시장 동지에 대한 사전 조사를 할 때 아무런 문제가 없다는 것으로 밝혀진 것이 당서기 동지의 덕이 아니면 가능했겠소?"

왕샤오동이 쪼오시엔왕을 질책하는 소리를 들으면서 장초랑은 그 의미를 되새겨 봤지만, 그 말은 결코 맞지 않았다. 자신이 쪼오시엔왕을 덮어 줄 정도로 그가 잘못한 것도 없고, 길을 안내해 줄 정도로 실수를 한 일도 기억에 없었다. 또 설령 그런 일이 있었다고 해도 그 사실을 왕샤오동에게 굳이 이야기할 까닭이 없으니 그가 알 턱이 없다. 그럼에도 불구하고 아무런 거리낌 없이 쪼오시엔왕을 질책함으로써, 공산당 서기인 장초랑을 잠시나마 한껏 띄워서 그에게 잘 보이고 싶어 하는 왕샤오동의 태도는 자신들이 이제껏 살아온 모습 그대로라는 생각이 들자 솔직히 부끄러웠다. 자신도 남들이 볼 때는 저렇게 살아왔다는 것을 누구보다 스스로가 더 잘 아는 까닭이다.

"됐소. 그건 그 정도로 해 두고, 그래서 시장 동지는 뭐라고 대답했고, 그 각오는 어땠소?"

장초랑은 질문을 하면서, 지금까지 살아온 모습을 부끄럽게 여긴다고 생각하면서도 입에서 나오는 말은 조금도 달라지지 않는다는 것을 스스로 느꼈다. 자신이 쪼오시엔왕을 위해서 한 것이 없으면 왕샤오동의 말을 부인한 후에 할 이야기를 해야 하는데도 불구하고 '그건 그 정도로 해 두라'는 긍정적인 발언과 함께 쪼오시엔왕에게 질문을 던진 것이다. 지금까지 그런 모습으로만 살다 보니, 아예 자신의 일부분이 되어버린 그런 모습이 스스로에게 부끄럽지 않을 수가 없었다.

"예. 일단 특사 동지가 하는 말이니 거역할 수가 없어서 고맙다는 말을 반복하며 받아들였습니다. 그리고 언젠가는 두 분 동지들께 그런 사실을 말씀드려 대책을 구한다는 것이 그만 차일피일하다가 오늘에 이르고야 만 것입니다."

"좋소. 그건 그렇다치고, 오늘은 전화해서 뭐라 하였소?"

장초랑은 빤히 눈에 보이는 거짓말을 하고 있는 쪼오시엔왕에게 한마디 하고 싶었지만, 늘 하던 그대로 마음을 억누르고 물었다.

"예, 동지들과 상의해서 대책안을 만들어 보내라고 했습니다."

"그 말뿐이었소?"

"굳이 더한 말이 있다면, 전화위복의 기회가 될 수 있다고 하면서, 북경에서도 대책을 세우고 있다는 것이었습니다."

"더는 없소?"

"예. 제가 무얼 더 감추겠습니까? 이런 위기를 함께 극복하고 넘겼는데 말입니다."

장초랑과 왕샤오동은 지금 쪼오시엔왕이 무얼 감추고 있는지 짐작할 수 있었다. 이미 드러난 잘못은 두 사람의 관리 감독 소홀로 치부했으니, 안심하고 대책을 마련하라는 말은 생략한 것이다. 특사로부터 그 말을 듣는 바람에, 과는 두 사람에게 돌아가고 공은 자신의 것으로 돌아온다는 기분 좋은 생각, 싱글벙글하며 사무실에 입장한 우한시장이 자신에게 유리하도록 거짓 대답을 할 것임을 두 사람은 이미 간파하고 있었음에도, 그냥 묵묵히 하려던 질문을 했고 빤한 대답을 들은 것이다.

"좋소. 지금부터는 동지의 말을 모두 신뢰하겠소. 동지 역시 우리 두 사람을 믿고, 이 위기를 극복하기 위한 방편으로라도 그동안의 모든 것을 털어버리고 함께 나갑시다."

장초랑은 해도 소용없는 말이라는 것을 알면서도, 이 시점에서는 한 마디 해야 할 것 같은 생각이 들어서 먼저 함께 나가자는 말을 한 후에 본론을 이어갔다.

"어쨌든 당장 발아래 떨어진 과업은 대책을 세울 수 있는 사건을 만들어내는 것이오. 아이러니하게도 우리 후베이성을 대표하는 우한시의 특징을 살리면서도 전염병을 유발하는 바이러스가 유포될 수밖에 없는 일을 만들어야 하오. 솔직히 후베이성이나 우한시를 위해서는 가슴 아픈 일이지만 조국과 당과 인민들을 위한 주석 동지의 위대한 발상을 자칫하면 그르칠 뻔했던 우리들의 과오를 씻기 위해서라도 반드시 성공적인 안을 도출해내야 하오. 다만 아쉬운 것은 그 누구에게도 말할 수 없고 우리 세 사람의 머릿속에서 나와야 하니 그게 아주 힘든 일이기는 하오."

"그런데 말입니다. 당서기 동지."

쪼오시엔왕이 머쓱한 표정으로 장초랑을 쳐다보았다.

"뭐요?"

"그게 말입니다. 연구소에서 근무하는 동지들 중에서 이 세균에 대해서 알고 있는 동지들의 지혜를 구하는 것은 어떻겠습니까?"

"그들에게도 이 계획을 노출시키자는 거요?"

"노출 시키는 것이 아니라 이런 바이러스가 생성될 수 있는 자연적인 경우에 대한 자문을 구하자는 겁니다. 그래서 그걸 가지고 말을 만들면 어떻겠느냐는 겁니다. 솔직히 뭔가 알아야 일도 만드는데, 두 분 동지께서는 어떠신지 모르겠지만 저는 그쪽에는 지식이 전무이고 해서 말입니다."

"그쪽 지식이야 우리도 마찬가지로 전혀 모르지 않소?"

장초랑이 왕샤오동을 쳐다보며 말을 던지자 그 역시 고개를 끄덕였다. 그러자 쪼오시엔왕은 때는 이때다 싶었는지 즉각 말을 받았다.

"사실, 그렇지 않아도 제가 이곳에 오기 전에 슬쩍 자문을 구했더니, 박쥐를 이용하는 것이 좋다고 했습니다. 박쥐는 동굴에 사는 동물이니 일반 환경과는 다르다는 점을 이용하는 겁니다. 우리 중국인의 요리 기술이야말로 전 세계 제일이요, 향신료 제조 기술 역시 지구상에서 가장 으뜸이다 보니 안 먹는 것이 없지 않습니까? 특히 우리 우한시의 재래시장에는 먹거리 장터에서 야생동물을 날것으로 먹기도 하고 각종 요리를 해서 먹는 장터가 거의 공식적으로 서고 있으니 일을 만들기에도 아주 적격입니다."

쪼오시엔왕의 말을 들으며 두 사람은 솔직히 한 대 쥐어박고 싶었다. 그는 이미 두 사람의 말은 듣지도 않고 나름대로 대책을 만들어 특사에게 저 이야기까지 보고하고 이곳으로 온 것이리라.

옛말에 개 꼬리 굴뚝 뒤에 3년 묻어두고 치성을 드려도 여우 꼬리로 변하지 않고, 흰 개 꼬리 굴뚝 뒤에 3년 묻어두고 온갖 굿을 다 해도 검은 개 꼬리로 변하지 않는다는 그 말이 하나도 틀리지 않는 말이다. 그러나 그 모든 것이 지금의 중국이라는 세상에서 살아남기 위한 어쩔 수 없는 방편이라는 것을 생각하니 그야말로 생존을 위한 거짓 몸부림을 쳐야 하는 자신들의 모습이 있는 그대로 한없이 처량해졌다.

"좋소. 일단 박쥐로 갑시다."

장초랑은 쪼오시엔왕이 이미 모든 시나리오를 북경까지 전하고 왔다는 것을 눈치챈 이상 시간을 끌 이유가 없다고 판단했다.

"그 사건은 무엇이오?"

"사건이라니오?"

"박쥐가 주인공이 됐으면 박쥐가 일으킨 사건이 있어야 할 것 아니오?"

"아, 그거 말씀인가요? 그런데 그게 사건을 일으킨 것이 박쥐가 아니라 사람입니다."

"사람이라?"

"예. 사람은 사람인데 한족은 아니지요. 소수민족 중에 박쥐 회를 먹는 민족이 있다는 겁니다."

"박쥐를 회로 먹는다는 말이오?"

"그렇습니다. 살아있는 박쥐의 털을 제거하고 껍질을 벗긴 다음 뼈를 발라내고 살만 추려내어 얇게 저며 향신료를 찍어서 먹는 겁니다."

"박쥐 날고기를 향신료에 찍어 먹어?"

"그렇죠. 그런데 문제는 박쥐의 털에 기생하던 신종 바이러스가 있는데 그게 문제를 일으킨 겁니다. 우리 한족들처럼 박쥐를 구워 먹으면, 고기를 굽기 위해서 먼저 털을 그슬려 벗겨낼 때 문제의 바이러스는 불에 타서 죽습니다. 그런데 그 민족은 박쥐 회를 즐기다 보니 산채로 털을 벗기는데, 신종 바이러스가 기생하다가 사람을 감염시킨 겁니다. 전혀 예상치도 못한 일이죠."

"한족은 박쥐를 구워 먹는다고? 정말이오?"

"예. 이건 정말입니다. 전에는 먹는 사람이 없었는데 얼마 전부터 박쥐 고기가 건강, 특히 남자들에게 좋다고 하면서 한 사람씩 먹기 시작하더니 지금은 많은 사람이 즐기고 있답니다. 그것도 처음에는 모두가 구워 먹었는데, 오히려 생식이 남자들의 거시기 건강에 좋다고 하자 한 사람씩 생식을 즐기기 시작하더니 이제는 구이보다는 오히려 회를 즐긴답니다."

"도대체 원래 그 회를 먹는다는 민족은 어느 민족이오?"

쪼오시엔왕의 이야기가 황당무계하기만 했던 장초랑이 물었다.

"예, 그게, 사실은⋯."

"말을 하시오. 왜 머뭇거리시오? 기왕 꾸며 내려면 완벽해야 하지 않소?"

왕샤오동이 거들었다.

"그런 민족은 없는 거지요? 그냥 꾸며 내는 거죠? 그래도 기왕 꾸며 내려면 민족이라도 있어야 할 것 아니오. 실존하는 민족 중 어느 민족을 팔든가 해야지 만일 존재하지도 않는 민족을 들먹이다가는 이미 전 세계의 모든 나라가 중국에 대해서 많은 연구를 한 뒤라 없는 민족이라는 것이 들통나 망신만 당할 거요."

"그게 말입니다. 있기는 있는데요⋯."

쪼오시엔왕은 무언가 말하기 곤란한 표정을 짓다가 결심이 섰다는 듯이 입을 열었다.

"사실 박쥐 회를 먹는 민족은 바로 우리 한족입니다."

"뭐요?"

장초랑과 왕샤오동이 놀라서 동시에 소리를 질렀다.

"그게 사실이오? 그게 왜 소수민족이오?"

마치 미리 입을 맞추는 연습이라도 한 듯이 한목소리를 내었다.

"예. 특히 우리 우한시의 재래시장에서는 많은 한족 사람들이 박쥐 회를 즐기고 있습니다."

"그럼 혹시 시장 동지도 먹어본 거요?"

"예. 먹는 것이 죄도 아니고 맛을 즐기고 건강에도 좋은 건데 굳이 마다할 이유가 없지요. 그것도 고급 음식에 속하는 겁니다. 박쥐 잡기가 쉽지는 않거든요. 게다가 한 마리 회 쳐봐야 얼마 나오지도 않습니다."

"그래, 정말 남자 건강에 좋습디까?"

"예. 확실히 효과가 있습니다. 먹어 본 사람들은 일반적으로 모두 하는 말이 뱀탕보다 더 낫다고 합니다."

"뱀탕은 효과가 있소?"

"그럼, 서기 동지께서는 아직 뱀탕도 안 드셔봤습니까?"

"뱀탕이오? 그걸 어떻게 먹소?"

쪼오시엔왕이 장초랑에게 묻는 말이었는데 대답은 왕샤오동이 했다. 그러자 장초랑이 그만 정리하자는 의미로 말을 받았다.

"자, 그 이야기는 그만합시다. 더 이상 얘기해 봐야 서로 먹는 것이 다르니 결론 날 일이 아니오. 아무튼, 한족이 박쥐 회를 즐기면 한족이라고 해야 하는 것 아니오?"

"그게 그렇지가 않답니다. 한족이라고 발표를 하면 북경에서부터 난리가 날 거랍니다."

"그럼 먹지도 않는 민족을 집어넣으라는 말이오?"

"그래서 제 생각으로는 말입니다. 그냥 소수민족 중 하나라고 하는 겁니다. 물론 발표 전에 국내 기자들은 입단속을 시켜서 그런 일이 없겠지만 혹시 외국 기자 중 하나라도 굳이 어느 민족이냐고 꼬치꼬치 물으면, 소수민족을 보호하는 차원에서 밝힐 수 없으며 이후로는 계몽을 통해서 그런 야생음식, 특히 위생이 보장되지 않는 야생음식은 취식을 금하도록 하겠다고 발표를 하는 겁니다. 그렇게 되면 소수민족과 한족이 하나의 중국을 이룬다는 건국이념을 지켜나가는 것은 물론 소수민족이라 할지라도 중국 인민이라면, 모두를 보호하고 아끼는 주석 동지의 애틋한 사랑이 넘쳐날 것입니다."

"애틋한 사랑이라? 좋소. 그렇게 합시다."

장초랑은 이미 쪼오시엔왕이 특사에게 보고해서 허락을 득한 이야기라는 것을 직감할 수 있었다. 박쥐 회를 먹는 민족이 한족이라고 하면 북경에서 난리가 날 것이라고 하는 그 대목에서 이미 감을 잡았다. 하지만 감을 잡지 못한 왕샤오동이 반론을 폈다.

"서기 동지. 아무리 그래도 어느 민족이라도 대야 하지 않습니까?"

"아니요. 때로는 조금은 어설프게 부족한 것이 더 완벽할 수도 있소. 인민을 모두 사랑하는, 소수민족이라 할지라도 중국 인민이라면 모두를 사랑하시는 주석 동지의 애틋한 사랑이 완벽하게 나타난다는 말이오."

처음 시작할 때보다 점점 옥타브를 높여 '애틋한 사랑'이라는 부분에서는 완전히 한 옥타브를 높여 마치 노래하듯이, 그러나 왕샤오동이 듣기에는 분명히 비웃고 있는 그 말을 듣는 순간 왕샤오동 역시 감을 잡았다.

"말씀을 듣고 보니 그렇네요. 알겠습니다. 때로는 조금 부족한 것이 더 완벽하게 보이기도 하는 것은 사실입니다."

결국, 우한폐렴의 주범은 박쥐로 낙찰이 되고 그 박쥐로 하여금 일을 일으키게 만든 범인은 소수민족, 그것도 시진핑의 지극한 사랑의 보살핌에 의해 보호를 받는 소수민족으로 낙찰을 보게 되었다.

"그래요? 수고하셨소. 동지들의 뜻이 그렇다면야 일단 보고를 드리리다."

장초랑의 전화를 받은 특사는 마치 처음 보고를 받는 듯이 태연하게 말했지만, 분명히 이미 내용을 알고 있는 것이 틀림없었다. 장초랑이 보고하는 것을 되받아 말할 때, '소수민족을 보호하는 정책적 배려'라는 등의 미화된 용어로 바꿔말하는 것을 보면 이미 내용을 완파하고 그 각색까지 마친 것으로 보였다.

장초랑은 쪼오시엔왕의 얼굴을 다시 한번 뚫어지게 쳐다보았다.

정말 길고 긴 하루다.

오늘 하루가 마치 지금까지 살아온 인생이라는 긴 여정보다 더 길게만 느껴졌다.

4
우한폐렴은 박쥐의 몫으로

그 일이 벌어지던 유난히도 길었던 그 날이 지나고, 다음날부터 무려 닷새 동안이나 출근을 하기는 했어도, 혹시 하는 불안한 마음에 일이 손에 잡히지 않았다. 그것은 장초랑이나 왕샤오동은 물론 쪼오시엔왕 역시 마찬가지였다. 일주일이 지나자 이제는 아무 일도 없이 지나갈 수 있다는 생각이 들면서 제발 이대로 가자는 바람이 절로 일어났다. 그런데 문제는 여드레째 되는 날이었다. 아침에 연구소 직원 중에서 두 명이 심한 독감 증세를 보여 병원에 갔는데, 오후가 되면서 한 명이 또 똑같은 증세를 보였다. 그런데 세 사람은 같은 방을 사용하는 사람들이었다. 연구소 내에서도 그 일을 아는 사람은 연구를 담당했던 두 사람뿐이고, 그들은 이미 책임을 물어서 그날로 숙청되어 아무도 연락할 수 없는 강제 노역 작업장으로 보내진 이후라 그 사실을 아는 사람이 없으니 당연히 독감이라고 생각했다. 그런데 병원에서 의사가 독감보다는 폐렴이라고 진단을 했고 증세가 심각해서 입원했다는 것이다.

그 사실을 보고 받은 세 사람은 기가 막혔다. 특사가 기왕 벌어진 일이니, 대책이나 마련하라고 했지만 정말 그렇게 간단하게 끝날 것인지도 불안했다. 장초랑은 의학적 지식은 없지만 이건 산술적으로도 간단한 계산이라고 생각했다. 일주일이 지나고 나서 생기는 현상이다. 그것도 전혀 이상이 없다가 생기는 현상이다. 그리고 그 증세를 일으킨 세 사람 중에서 두 사람은 문제의 방에는 들어가지도 않았다. 다만 증상을 일으킨 사람 중 한 사람이 병균을 유출 시킨 연구원과 절친하게 지냈다. 그리고 사고가 난 것을 발견한 날 아침에 미처 그 사실을 알기 전에, 집 안일로 하루를 쉰 동료의 집안일이 걱정되어 그 방에 들어가서 조금은 긴 시간의 대화를 나눴을 뿐이다. 그런데 그와 같은 방에서 연구하는 나머지 두 명의 동료들이 모두 같은 증상을 일으킨 것이다. 증상이 나타나기도 전에 서로 접촉한 사람들 상호 간에 전염되어 잠복기를 거쳐 같은 날 약간의 시차를 두고 증상이 나타난 것이다. 그렇다면 저들의 가족도 이미 감염된 것으로 보아야 한다. 물론 모두가 감염되었다고 볼 수 없을 수도 있겠지만, 감염되지 않았다면 그게 더 이상할 수도 있다. 그런 현상은 문제를 일으켰던 연구원들을 체포해간 공안 역시 마찬가지일 것이다.

　이건 감추고 말고 할 일이 아니다. 지금 증상을 일으킨 동지들이 어디에 갔었는지를 파악하고 그들과 접촉한 이들을 색출해서 격리시키지 않으면 걷잡을 수 없는 전염병이 될 것이다. 인류를 재앙으로 몰아넣고 말 것이라는 소름 끼치는 생각이 들자 장초랑은 특사에게 어떻게 보고할까를 생각해 봤다. 그리고 감염자에 대한 보고를 받자마자 자신의 집무실로 호출해 놓은 쪼오시엔왕과 왕샤오동이 도착하면 어떤 방법으로 어느 의견까지를 보고할 것인지를 상의해 보기로 했다. 그러다가 문득 어쩌면 쪼오시엔왕이 이미 보고했을 수도 있다는 생각이 들자 자신도 모르게 피식 헛웃음이 나오고 말았다.

먼저 도착한 것은 당연히 같은 건물에 있는 왕샤오동이었다.

"동지의 생각으로는 북경에 어떻게 보고를 해야 좋겠소?"

장초랑의 물음에 왕샤오동은 아주 난감한 표정을 지었다.

"아니? 왜 그러시오?"

"말씀드리기 송구하지만 아마 쪼오시엔왕이 이미 보고하지 않았을까요?"

왕샤오동이 조심스럽게 입을 열자 장초랑은 고개를 끄덕이며 되받았다.

"동지도 그렇게 생각하오? 나도 그 생각을 하기는 했소만 동지는 왜 그렇게 생각했소?"

"쪼오시엔왕은 이미 특사의 사탕발림에 중독된 몸입니다. 모름지기 그날 저와 서기 동지와 함께 나눴던 모든 이야기가 마치 녹음이라도 된 듯이 전달되었을 거라고 생각합니다. 당연히 오늘 일도 이미 보고했을 겁니다. 신이 인간에게 내린 가장 무서운 병이 욕심에 사로잡히는 병이라고 하지 않습니까."

"인간의 가장 무서운 병이 욕심에 사로잡히는 병이라…. 그러네요. 얼핏 듣기에도 아주 당연하게 들리네요."

"그것도 허황된 것을 모르고, 그 허황된 것이 자신의 수중에 들어올 것 같다는 생각으로 덤빌수록 무서운 병이 된답니다."

그때 쪼오시엔왕이 들어서는 바람에 두 사람의 말은 다시 가슴속에 묻혔다.

장초랑의 방에 들어선 쪼오시엔왕은 이미 걷잡을 수 없는 상황이 될 것이니 모든 것을 밝혀야 하지 않겠느냐는 장초랑의 말에 즉각 제동을 걸었다.

"그럴 필요가 있겠습니까? 어차피 기왕 벌어진 일이니 적당히 둘러대는 건데 말입니다. 더더욱 백신은 아직 손도 못 댄 경우인데, 마치 미리 알던 세균에 대해서 말하는 것 같지 않겠습니까?"

"이건 기자들이나 다른 사람에게 말하자는 것이 아니라 북경에만 그렇게 보고하자는 거요."

"그렇다면야 서기 동지께서 알아서 하실 일입니다만, 지난번에 기왕 저질러진 일이라고 할 때 북경에서는 이미 이런 일을 예측 하지 않았을까요?"

그 말은 쪼오시엔왕 자신이 사고가 터진 것은 이미 보고했으며, 북경에서 그 정도는 생각해 두었다고 하더라는 말이나 다름이 없었다.

"그럼 동지가 사고에 대해서는 이미 보고를 했다는 말이오?"

"예. 당연히 보고를 드려야 한다고 생각했습니다."

"그렇지 않아도 동지가 이미 보고를 했을지도 모른다는 생각을 생각했소. 다만 나도 내 일을 해야 하니 보고할 뿐이오."

장초랑은 속에서는 부글부글 끓어오르는 것을 애써 참으며, 업무를 등한시하는 사람이라는 구실을 주기 싫어서 특사에게 전화를 했다.

"아, 알았소. 걱정마시오. 이미 그 정도는 생각한 바요. 다만 지금 그렇게까지 세밀하게 대처하면 이미 알고 있던 세균에 대처하는 것을 보여주는 것밖에는 안 되오. 그러니 적당한 선까지는 놓아두었다가 그때 가서 조치를 취할 것이오. 동지와 성장 동지는 백신 개발을 하는 데 혹시 필요한 일이 있으면 명령을 하달할 것이니 그에 대한 대비나 철저히 하시오."

"예, 알겠습니다. 인민과 주석 동지를 위해서 이 한 몸 바칠 각오가 되어있습니다."

그러나 장초랑이 자신을 바칠 각오가 되어있다고 한 그 말은 이미 끊어진 전화에 대고 하는 헛말이 되고 말았다. 어차피 마음에도 없는 말을 한 것이지만 남의 말이 끝나기도 전에, 그것도 큰소리로 맹세하는 말이기에 안 들릴 이유가 없건만 끊어버리는 특사가 더럽게 싸가지도 없다고 생각했다. 그러나 이내 생각을 고쳐먹었다. 마음에도 없는 말이었으니 안 들어 주는 게 차라리 고마웠을 수도 있다.

반백년 넘는 삶 중에서 공산당에 몸담고 산 인생이 더 길다. 진리는 절대 아니지만, 알아도 모른 척 몰라도 아는 척해가며 사는 것이 잘사는 것이다. 공산당 세계에서 살아남으려면 반드시 습득해야 할 지식으로 이미 몸에 밸 대로 밴 습성이다. 지금에 와서 돌이키려 해도 돌이킬 수 없다면 지금 그대로 사는 것이 현명할 것이다. 그런데 그게 마음대로 되지를 않는다.

이건 아니다.

아무리 생각해도 이건 절대로 아니다.

인류를 전염병의 공포에 몰아넣고 치료약과 예방약을 내놓는다고 인류가 품 안으로 들어온다는 보장도 없지만, 그나마 그 약이라는 것도 치료든 예방이든 아직 시작도 못 했다. 치사율을 최소화하는 세균이라고 하지만 그래도 이건 아니다. 장초랑은 자신의 마음에서 울리는 소리가 너무 커서 스스로 귀를 막았다.

그 모습을 보던 왕샤오동 역시 가슴을 치고 싶었다. 자신의 가슴이 자신을 용서하지 못해서 너무나 답답했다. 그러나 그런 두 사람과는 다르게 쪼오시엔왕은 그만 가보겠노라고 인사를 하고 나갔다.

"저녁에 약속 있소?"

쪼오시엔왕이 나가자 장초랑은 왕샤오동을 쳐다보면서 물었다.

"아닙니다. 없습니다."

"그렇다면 혹시 박쥐 회 먹으러 같이 가볼 생각 없소?"

"박쥐 회요?"

"그렇소. 가서 막상 먹지 못할지라도 가보고 싶소. 도대체 왜 한족이 먹는데도 먹는 대상은 소수민족으로 바뀌어야 하며, 얼마나 정력에 좋기에 그걸 먹고들 있는 건지 구경이라도 해보고 싶소. 어떤 사람들이 먹고 있는지 그 사람들을 보고 싶소. 그런데 그런 곳에 혼자 간다는 것도 어색할 것 같고, 마땅히 같이 갈 사람도 없어서 같이 가자는 것이오."

"예. 같이 가시지요. 그렇지 않아도 저도 현장을 보고 싶었습니다."

두 사람이 찾은 우한 전통시장은 저녁 시간이라 그런지 평소보다 생기가 더 넘쳐났다. 이곳저곳에서 손님들을 부르는 호객의 목청은 소리내서 글을 읽던 어린 시절이 생각날 정도로 생기 넘치게 들렸다. 그리고 가까이에서 들리는 흥정하는 소리에서는 사람 사는 것이 바로 이런 것이라는 생각이 저절로 들 정도의 생기가 철철 흘렀다.

"역시 재래시장은 사람이 살아있다는 것을 느끼게 하는 곳입니다."

왕샤오동이 처음 시장 구경을 나온 사람처럼 사방을 두리번거리면서 말했다.

"맞는 말이오. 나도 시장 나올 때마다 그런 생각을 하오. 대형 쇼핑센터나 백화점에 가면 조용하고 편하기는 하지만 영 사람 사는 맛이 나지를 않소. 마치 정형화된 기계 속에서 움직이고 필요한 물건을 고르기 위해서 나 역시 기계가 된 듯이 움직이는 스스로를 느낄 뿐이오. 다정다감함도 없고, 친절하다는 것은 그저 몸이나 각도 있게 굽히고 말이나 존칭어를 쓰면서 보여주기 위한 요식행위일 뿐, 정말 인간미가 흐르는 다정다감함은 역시 시장에서나 느끼는 맛이라고 생각하곤 하오. 어릴적에 엄마 손 잡고 어쩌다가 시장에 가면 이것저것 신기한 볼거리도 많고 먹고 싶은 것도 많았었는데, 지금은 무엇보다 그랬던 시절들의 추억을 먹고 싶으니 나도 나이를 먹기는 먹은 것 같소만, 어쨌든 이 역시도 시장이기에 느낄 수 있는 것이라서 좋소."

장초랑과 왕샤오동은 입으로는 서로의 대화에 구색을 맞추면서도 눈은 박쥐요리 집을 찾고 있었다. 그때 왕샤오동의 눈에 박쥐라는 단어가 들어왔다.

"서기 동지, 저기…."

왕샤오동이 가리키는 쪽을 보며 장초랑은 고개를 끄덕였다. 두 사람은 그리로 향했다.

박쥐요리라는 간판을 내건 세 집이 나란히 있었다. 그리고 각각의 출입문 앞에 내놓은 입간판에는 메뉴와 함께 가격이 적혀 있었다.

　　가는 쪽에서 보이는 첫 번째 집은 저렴한 것 같았다. 같은 메뉴인데도 불구하고 가운데 집에 비해 거의 반값에 가까웠다. 그런데 마지막 집은 가운데 집에 비해서 가격이 거의 두 배나 되었다. 첫 번째 집과 비교하면 무려 4배의 가격에 해당하는 것이다. 메뉴판만 보면 박쥐 한 마리의 대략적인 고기양과 양념으로 쓰이는 향신료도 동일하게 보였지만, 그 내용물은 정확하지 않았다. 다만 겉보기에는 동일한 것이 무려 두 배에서 네 배의 가격 차이를 보이고 있다는 것은 확실했다.

　　왕샤오동이 조금 더 가까이 가서 보기 위해 첫 번째 집 현관문 앞으로 갔다. 현관문 하부는 가운데에 이음목을 대고 두 개의 세로로 만든 나무에 녹색 칠이 되어있고, 상부는 역시 녹색 칠이 되어있는 가는 나무로 만든 여섯 개의 사각형 유리 틀 안에 유리가 끼어진, 조금은 오래된 듯이 보이는 외미닫이형 현관문이다. 왕샤오동은 여닫는 자체도 불편해 보이는 현관문을 통해서 안을 들여다보았다. 생각보다는 밝은 조명 덕분에 잘 보이는 안에는, 허름한 옷차림의 사람들이 떨어진 간격이 거의 없이 다닥다닥 모여있는 작은 탁자에 빼곡하게 자리하고 있었다. 분위기로 보아서는 시끌벅적한 것 같은데, 진지하게 대화하는 분위기라기보다는 그저 하고 싶은 말을 서로 하다 보니 시끌벅적해지는 분위기라는 표현이 옳을 것 같았다. 그럼에도 불구하고 너나 할 것 없이 음식을 먹는 손은 쉴 틈 없이 움직이고 있었다. 한눈에 보아도 저렴한 가격을 장점으로 주머니 사정이 가벼운 손님들 위주로 장사를 하는 집 같았다. 두 사람이 처음으로 분위기도 느껴보고 박쥐 회 맛도 보기 위해서 찾기에는 조금 무리라고 생각했다.

장초랑을 바라보자 장초랑 역시 두 번째 집 쪽으로 눈길을 주었다.

두 번째 집의 현관문은 안팎으로 문을 밀거나 당겨서 여는, 흔히 푸시 도어라고 하는, 두 개가 한 조를 이룬 통유리로 된 현관문이었다. 일단 현관문부터 현대식으로 개조한 집이다. 조명 역시 처음 집보다 밝아서 안을 들여다보기에도 좋았다. 첫 번째 집에 비해서 넓은 간격과 넓은 테이블에 손님들이 비교적 여유롭게 앉아 있는 모습이었고, 시끌벅적하다는 기분보다는 서로 대화를 하며 토론하고 있다는 느낌이 드는 분위기였다. 대화하는 표정만으로 판단한다면 모두가 진지하고 적극적이라는 생각이 들었다. 음식을 먹는 손도 분주하게 움직이는 것이 아니라, 말을 하는 쪽에서는 말을 하고 듣는 쪽에서는 천천히 음식을 즐기며 듣고 있었다. 서로 하고 싶은 이야기를 하느라고 시끌벅적하던 첫 번째 집의 분위기와는 사뭇 다른 분위기였다.

세 번째 집의 현관문은 자동문이다. 사람이 문 앞에 서면 자동 감지기를 통해서 감지하고 문이 열리는, 출입이 아주 편안하게 되어있는 집이었다. 현관문의 위상에 어울리게 조명은 고급 조명기들이 밝게 밝히고 있었고, 넓은 간격을 두고 놓인 넓은 테이블을 둘러싸고 있는 커다란 의자에 사람들이 여유롭게 앉아서 음식을 즐기고 있었다. 대화를 하거나 토론을 한다기보다는 그저 음식 자체를 즐기는 분위기라는 표현이 딱 맞았다. 가끔씩 대화하는 모습 역시 음식을 가리키며 하는 것으로 보아서는 음식에 대해 칭찬하거나 부족한 것을 지적하거나 혹은 그 원료나 조리 방법 등을 이야기하는 것처럼 보였다. 첫 번째는 물론이고 심지어 두 번째 집과도 사뭇 다른 분위기에 오히려 당황스러웠다.

"가운데 집으로 들어가시지요. 지금 우리 인민들의 진정한 모습은 바로 첫 번째 집이라고 할 수 있겠지만, 오늘의 목적은 우리가 인민들의 목소리를 듣기 위해 민정 시찰 나온 것도 아니니, 오늘의 목적을 수행하기에 가장 적당한 집은 가운데 집 같습니다."

"좋소. 나 역시 그리 생각했소. 두 번째 집에 들어가서 손님들이 어느 민족인지 육안으로나마 파악해보고, 그들이 즐기는 음식은 무엇이며 그 맛은 어떤지 한번 분석해 봅시다. 정말 박쥐 회를 먹고 있는지 말이오. 솔직히 말하자면 내가 보기에도 첫 번째 집에서는 너무 와자지껄하고 무질서해서 그런 것들이 제대로 파악이 안 될 것 같았소. 세 번째 집은 당연히 더 안되오. 거기는 돈 많은 이들이 드나드는 곳으로 인민과는 너무 동떨어진 곳이오. 두 번째 집이, 열심히 사는 인민이라면 첫 번째 집으로부터 그래도 도약해 볼 수 있다는 희망을 주는 집으로 생각하오. 그리고 실제 많은 인민들이 그리하고 있소."

왕샤오둥이 두 번째 집으로 가자는 의견에 장초랑 역시 공감하며 자신의 생각까지 밝혔다. 그리고 자신의 말에 왕샤오둥이 공감하는 것을 인지하자 말을 이어갔다.

"어떻소? 성장 동지. 겨우 박쥐요리를 하는 세 집이 모인 이곳이 마치 우리 중국, 아니 어찌 보면 인류가 모여 사는 세상의 축소판 같지 않소? 흔히 우리가 적자생존 세상을 비유할 때 사용하는 피라미드 구조가 생각나지 않소? 가장 밑바닥은 넓고 큰 면적을 차지하여 튼튼하게 바닥을 바쳐주고, 점점 위로 올라갈수록 좁아지는 피라미드 모양처럼, 우리네 인간 세상도 바닥에는 밀집되어 있으면서 점점 그 위로 올라갈수록 수가 줄어들며 종국에는 맨 꼭대기에 하나가 남는 그런 세상 말이오. 그런데 중요한 것은 바닥이 가장 넓고 가장 많은 자리를 차지하고 있으니 힘도 가장 막강해야 하는데 그게 그렇지 못하다는 거요. 맨 꼭대기에 가장 작은 면적을 차지하고 홀로 외롭게 있는 그 정점이 가장 힘이 세다는 모순을 가지고 있소. 그래서는 안 된다는 것을 모두가 알면서도 어쩔 수 없이 그래야 하는 모순일 수도 있는 것 아니오? 하기야 모든 동물의 세계가 그런 구조를 가지고 있기에, 인간 역시 동물의 한 종으로서 그런 구조를 갖고 있는지도 모르는 일이오. 하지만 만일 인간이 신의 영역에는 다가갈 수 없더라도 신을 닮을 수만 있다면 그리되지 않았을 수도 있지 않겠소? 맨 꼭대기의 정점에 자리한 그 사람만이라도 최소한의 신성을 갖출 수만 있다면 세상은 지금처럼 되지 않았을 거 같지 않소? 신성이라는 것이 무엇이오? 남을 배려하는 바로 그 마음 아니겠소? 기독교에서는 예수님의 사랑이라 하고 불교에서는 부처님의 자비라 하면서, 우리가 그분들을 닮아야 한다는 바로 그것이 신성 아니겠소? 결국은 나만 생각하는 것이 아니라 남을 배려하는 최소한의 그 생각만 가질 수 있다면, 세상은 지금처럼 이렇게 되지는 않았을 거라는 거요. 그런데 최고 꼭대기의 그 사람마저 최소한의 그것을 갖추지 못했으니, 안타깝게도 신성은 인간 세상에는 존재하지 않는 것일 수도 있다는 거요. 혹시 보이지 않는 곳에 갖추고 계신 분이 있는지는 모르지만⋯."

장초랑은 맨 마지막 말을 조금은 아리송하게 남기면서 두 번째 집 안으로 들어섰다.

두 사람이 두 번째 집에 들어서며, 먼저 놀란 것은 손님들이 어떤 층이 되었든 테이블 위의 음식이 거의 통일되었다는 느낌이었다. 두 테이블은 조금 다르게 보였지만 나머지는 같아 보였기 때문이다. 하지만 태연하게 구석 자리에 가서 앉았다. 구석 자리의 이점은 종업원에게 나머지 탁자의 음식에 대해서 은밀하게 질문할 수도 있고, 자신들이 조용히 이야기하면 하고 싶은 이야기를 해도 노출되지 않을 수 있다는 것이다.

종업원이 다가왔다.

"주문하시겠습니까?"

"예. 당연히 해야지요. 그런데 우리가 모르는 것이 있어서요. 사실 우리는 오늘 처음 이곳에 왔소이다. 그래서 말인데 지금 대부분의 손님들 식탁에 놓인 음식이 무엇이오?"

"아, 네. 그러시군요. 손님들은 대부분 지금 박쥐 회를 드시고계십니다. 물론 취향에 따라서 술이나 음료를 곁들이고 계시고요. 다만 두 식탁이 박쥐 구이를 드시고계시는 겁니다."

"그렇다면 구이 1인분과 회 1인분을 해 주실 수도 있소?"

"물론입니다. 그런데 대부분의 손님들께서 처음에 그렇게 시키셨다가도 회를 추가하시는 것을 보면 회가 몸에도 좋지만, 맛도 있는 것 같기는 합니다. 하지만 원하시는 대로 조리해 드리니 부담 갖지 마시고 시켜주십시오."

"좋아요. 우리는 처음이고 하니 두 가지를 모두 맛보는 의미에서라도 1인분씩 조리해 주면 고맙겠소."

"예. 알겠습니다. 술이나 음료도 주문하시겠습니까?"

"술은 되었고 음료 한 병 주문하겠소이다. 잔은 두 개라고 말하지 않아도 되지요?"

"물론입니다. 조금 기다려 주시면 조리가 되는 대로 다시 찾아 모시겠습니다."

종업원은 아주 싹싹하게 응대하고 돌아갔다.

"도전해 보시지요. 종업원 이야기를 들어보니, 회는 몰라도 구이는 먹을 수 있을 것 같아서 그냥 제 마음대로 1인분씩 시켰는데 괜찮지요?"

종업원의 설명을 듣고, 나름대로 안배해서 주문했다는 왕샤오동의 설명에 장초랑이 웃으며 답했다.

"잘했소. 먹는다기보다는 그저 맛이나 보면 된다는 생각이니 잘했소. 나는 박쥐라는 말을 들으면서 과연 내가 그 음식의 조리 방법이 어떻든 간에 먹을 수 있을지가 더 궁금하오. 좌우간 음식이 나오고 나면 한 젓가락 먹어보고 이야기합시다. 도대체 쪼오시엔왕 우한시장은 무슨 이유로 이 음식들을 먹었으며, 하필이면 왜 박쥐 회가 세균발병의 원인이라고 만들어낸 것이며, 언제까지 우리를 괄시하고 특사와 직거래를 할 것인지가 더 궁금하기에, 오늘 이 자리에서는 그 문제를 생각하면서 이 음식을 맛볼 계획이오. 그런데 우리를 알아보는 사람이 하나도 없소. 나야 어쩌다 얼굴을 비춘다지만 성장 동지는 거의 매일 후베이성 매스컴에 나가지 않았소? 알아볼 만도 한데 심지어 종원업 조차도 마주하면서도 몰라보네?"

"아마도 우리라는 신분의 사람 단둘이 이런 곳을 찾으리라고는 생각도 못하는 것 아닐까요? 적어도 이런 사람들은 이렇게 살고 있다는 자기들만의 기준이 있다는 겁니다. 성장이나 당서기라면 주변에 수행원들을 거느리고 그럴싸한 집에서 식사하는, 그런 모습으로 그려놓은 머릿속의 모습에 어긋나는 모습은 인정하기를 거부하는 거 아닐까요? 그건 역으로 말하자면 신분이라는 껍질 안에 있을 때 우리의 모습이 좋아 보이는 거지 그 껍질만 벗어나면 우리는 아무것도 아니라는 말도 되는 거지요. 덕분에 우리가 대화하기는 더 편하지 않습니까?"

장초랑이 고개를 끄덕여 왕샤오동의 말에 동의하고 있는데, 종업원이 쟁반에 주문한 음식과 음료수, 컵 두 개를 가져와서 탁자에 가지런히 내려놓았다.

"맛있고 즐겁게 드십시오."

종업원은 상냥하게 인사를 하고 돌아서 갔다.

두 사람은 젓가락을 집어 들었지만, 선뜻 음식으로 손이 가지를 않았다.

"제가 먼저 먹어보겠습니다. 구이로."

장초랑이 구이 한 점을 작은 것으로 골라 들더니 소스를 찍어서 입에 넣었다. 그리고 잠시 머뭇거리더니 천천히 씹어서 삼켰다.

"맛이 조금 이상하기는 하지만 그건 선입견에서 오는 것 같습니다. 그냥 느낀 대로 맛을 이야기하자면, 새고기나 닭고기와 소고기나 돼지고기를 합해놓은 묘한 맛이라 딱히 표현하기는 어렵지만, 분명히 고기 맛은 고기 맛입니다. 날개 달린 짐승과 네발로 걷는 짐승을 합해서 만든 고기라고 할까? 뭐 그런 맛입니다. 그렇다고 권하고 싶을 정도의 맛은 아니지만 못 먹을 정도도 아닌 것은 확실합니다."

"정말이오?"

장초랑의 물음에 왕샤오동은 정말이라고 답을 하는 대신에 이번에는 제법 큰 한 점을 집어서 다시 소스를 찍어 입에 넣고, 마치 그 맛을 의미하듯이 천천히 씹어 먹기 시작했다. 그 모습을 보던 장초랑 역시 작은 한 점을 조심스럽게 집어 소스를 찍어서 입으로 가져갔다. 두 사람 모두 음식을 삼키고 나자 장초랑이 먼저 입을 열었다.

"동지의 표현 그대로요. 어찌 그리 표현을 잘하오."

"칭찬으로 듣겠습니다. 그리고 칭찬을 해 주셨으니 회 역시 제가 먼저 먹어보겠습니다."

장초랑은 회를 작은 것으로 한 점 집어서 회를 찍는 별도의 소스를 찍어서 입으로 가져갔다. 그리고 이번에도 천천히 맛을 음미하듯이 씹어 삼켰다.

"이번에도 뭔가 이상하다는 것은 선입견 같기는 합니다만, 확실한 것 하나는 비릿하다는 겁니다. 육회의 고소한 맛은 별로 나지 않고, 그 맛의 상당 부분을 비릿한 맛이 대신하는 것 같습니다. 솔직히 이 비싼 돈 주고는 먹지 않을 것 같은 음식입니다. 먹고 싶어서 먹는다기보다는 몸에, 그것도 남자들 정력에 좋다는 그 말에 현혹되어 먹고 있는 것이 아닐까 하는 의문이 드는 맛입니다. 그렇다고 못 먹거나 비위가 상할 정도는 아닙니다."

왕샤오동은 자신이 한 말 중에서 마지막 마디의 말을 증명해 보이기라도 하듯이 이번에는 커다란 한 점을 집어서 소스를 찍어서 입으로 가져가더니 정말 천천히 씹어 삼켰다. 그러자 장초랑이 그제야 작은 한 점을 집어 소스를 아주 많이 찍은 후 입으로 가져가더니 순간적으로 씹고는 삼켜버렸다.

"성장 동지가 비릿하다고 해서 그런지 정말 비린내가 확 올라오는 것 같아 부랴부랴 삼켰소. 그러나 막상 삼키고 나서 음미해 보니 동지의 말대로 못 먹을 정도는 아니지만 돈 내고는, 이 가격이 아니라 훨씬 저렴한 가격이라고 해도 내 돈 내고 먹을 맛은 아닌 것 같소. 가격이 만만한 것도 아닌데 말이오. 첫째 집 가격도 웬만한 노동자 하루 임금의 1/3은 되오. 적게 받는 노동자라면 하루 임금의 절반이 된다고 볼 수도 있소. 그렇게 본다면 이 집은 거의 하루 일당이고, 우리조차 가지 않은 집은 하루 한나절에서 이틀 임금에 해당하는 가격이었소. 그런데도 이렇게 손님이 많은데, 정말 몸에 좋은 건지는 의문이오. 몸에 좋은 건지, 몸에 좋기를 바라면서 비싼 가격을 지불하고 먹는 건지 그게 의문이라는 말이오. 모름지기 몸에 좋기를 바라는 애타는 심정으로 먹는 이들이 대부분이라는 생각이 드오. 일하는 곳이 열악한 노동자들이라는 것을 한눈에 알아볼 수 있던 손님이 주를 이루던 첫 집의 손님들은 와자지껄하게 떠들기라도 해야, 단순한 바람으로 비싼 음식을 먹고 있는 자신을 느낄 수 있었을 것이오. 비싼 음식값이라는 생각으로부터 탈출하고 싶었던 것이오. 오로지 몸에 좋다는 그 사실만을 생각하고 싶었던 거요. 그리고 지금 우리가 앉아 있는 이 집의 손님들은 그래도 이 정도의 음식값이라면 몸을 위해서는 투자해 볼 정도라고 생각하는 형편의 손님들이니, 음식값 자체보다는 앞으로도 이런 정도의 생활을 하기 위해서는 진지하게 앞날을 이야기해야 한다고 생각하는 거요. 그래서 진지한 토론과 대화가 오가는 거고. 반면에 우리도 가기를 꺼렸던 세 번째 집의 손님들은 가격이나 음식의 맛 등은 그저 별개고 오로지 이 음식이 정말 몸에 좋기만 하다면 그 가격보다 더 비싸더라도 주저하지 않을 정도의 부를 누리는 사람들이오. 그렇기에 그들의 대화는 생기가 없고 오로지 음식 그 자체가 주제가 되어 쓸데없는 평이나 늘어놓거나 아니면 아무 말도 하지 않은 채 식사만 하는 꼴을 연출하는 것이오. 몸에 좋기를 바라는 마음만은 셋 모두가 공통이지만, 그에 대처하는 방법은 빈부에 따라서 확연히 구분되는 거요."

왕샤오동은 장초랑의 분석이 정확하다고 판단하여 자신도 모르게 고개를 끄덕였다. 그러자 그 모습에 고무되었는지, 아니면 마음속에 품었던 말이 나온 것인지는 모르지만 말을 이어갔다.

"도대체 쪼오시엔왕은 무엇을 근거로 박쥐와 죄 없는 소수민족을 들먹였는지 알 수가 없소. 지금 내 눈이 잘못되지 않았다면, 내 앞의 손님들은 모두 한족으로 보이는데. 물론 첫 집에는 소수민족도 몇 보이기는 한 것 같지만 우리도 가지 않은 세 번째 집은 오로지 한족이 아니었소?"

"예. 맞습니다. 제 눈에도 그렇게 보였습니다."

"하기야 처음 특사라는 사람이 와서 731부대가 꿈꾸던 세균이라는 말을 꺼내며 횡설수설할 때부터 무언가 이상하기는 하더라 만은…."

장초랑이 짙은 의문을 품고 말끝을 맺지 못하는데, 장초랑의 말에 긍정적이기만 하던 왕샤오동이 즉각 이의를 달았다.

"아닙니다. 그건 횡설수설이 아니라 사실에 가깝습니다. 아니, 사실이라고 말하는 편이 옳을 것입니다."

"사실이라니? 동지가 그 시대의 일을 알기나 한다는 말이오?"

왕샤오동이 즉각 반응하며 특사의 발언을 옹호하고 나서는 태도에, 장초랑은 자신의 기분이 몹시 상한다는 것을 여실히 드러내고 있었다. 평소 같으면, 이제까지 몸에 밴 그네들의 습성상 왕샤오동은 즉각 자세를 고쳐야 할 상황이다. 하지만 왕샤오동은 자신의 태도를 조금도 굽히지 않았다.

"예. 그 일에 대해서는 제가 잘 알고 있습니다."

"그래요? 어찌 그리 잘 아오?"

"확실한 증거가 있습니다."

왕샤오동의 확고한 태도에 장초랑은 조금은 당황하는 기색이 역력했다.

"증거라? 제시해보시오."

그러자 왕샤오동은 장초랑이 제시해보라는 말을 하기만 기다렸다는 듯이 눈을 빛내며 이야기를 시작했다.

"이미 말씀드린 바와 같이 저희 고조부께서는 조선족 여인인 고조모께 반해서 그곳을 제2의 사업장으로 만들고, 그 당시의 무역업을 전수함으로써 고조모 집안도 부의 반열에 들게 하셨습니다. 그 덕분에 고조모 집안 역시 어떤 시련에서도 가장 쉽게 버틸 수 있는 돈이라는 무기를 장착하게 되신 겁니다. 그리고 그 무기는 아주 큰 힘을 발휘할 수 있었습니다. 어쩌면 같은 민족이라고 해도 과언이 아닌 청나라 만주족이 지배하며 괄시하던 조선족으로서의 지위에서는 물론 훗날 관동군으로 만주를 유린한 왜놈들의 손아귀에서 가족을 지키는 힘으로 작용했던 것입니다. 더더욱 그들은 자신들만 피해 나갔다고 모르는체 한 것이 아니라, 같은 동포들이 당하는 핍박을 그저 방관하지만은 않았습니다. 할 수 있다면 힘을 보태서 구해보려 했고, 그렇지 못한 사항에 대해서는 기록으로 남겼습니다. 특히 왜놈들이 만주에 만들어 놓고, 사람을 실험 도구로 사용하며 온갖 만행을 저지른 731부대의 잔혹함이 고스란히 기록되어 있다는 겁니다. 731부대에 관한 기록은 졸지에 납치되어 험한 일을 하다가 탈출한 사람의 증언을 토대로 기록된 것으로, 실험에 대한 구체적인 결과는 없고 실험에 대한 개략적인 내용과 처참한 현장의 모습을 기록한 것입니다. 지금도 만주에 있는 저희 고조부의 처가 집, 즉 우리 고조할머니의 친가 쪽에는 731부대에 대해 기록한 것이 전해지고 있습니다. 조선족들이 당한 그야말로 처참하다는 표현으로도 어울리지 않는 참혹한 희생에 대한 그 기록을, 제 나이 30대 초반에 보면서 끓어 오르는 분노를 참을 수가 없었죠. 그리고 젊은 혈기에 반드시 기록을 남기고 보존하여 자손 대대로 왜놈들에게 복수하도록 해야 한다는 마음이 앞서, 그것을 필사하지 않을 수 없었던 그 시절의 기억이 생생합니다. 다행히 집안에서 비밀리에 조선어를 가르치고 그 글씨를 익히게 한 것이, 그 당시만큼 고맙게 여겨졌던 적이 없는 것 같습니다."

"그렇소? 그래서 동지가 그리도 자신만만하게 내 말에 반론을 제기할 수 있던 것이구려. 어쨌든 대단하오. 하지만 내가 조선어를 모르니 동지가 필사본을 내게 건네준다고 해도 볼 수는 없소. 다만 그 내용이 정말로 궁금하다는 것이 솔직한 내 심정이오."

장초랑은 조금 전에 왕샤오동의 대답에 대해 의문을 품은 투로 말하던 때와는 전혀 다른 어투로, 왕샤오동이 731부대의 진실에 대해서 이야기해 줄 것을 노골적으로 바라고 있었다. 왕샤오동이 그것을 감지하지 못할 사람이 아니다.

"좋습니다. 제가 필사를 하여 이곳 후베이성의 집으로 가져와서도 읽고 또 읽고를 반복하다 보니 이제는 거의 외웠다고 할 정도로 자세히 기억하고 있습니다. 제 기억하는 바를 전해 드리겠습니다."

왕샤오동은 잠시 숨을 고르기라도 하듯이 멈추었다가 이내 말을 이어갔다.

"그런데 말입니다. 그 기록이 저를 상당히 당황하게 만들었습니다.

731부대는 일제가 청나라의 마지막 황제인 푸이를 내세워 만주를 차지하기 위한 방편으로 건국한 만주국에 세운 것인데, 만일 '대고려국'의 건국 계획이 성공했다면 조선족이 이런 비극을 당하지 않았을 것이라는 다소 생소한 이야기로 시작되었기 때문입니다. 생전 처음 들어보는 '대고려국'이라는 용어를 저는 그저 고구려를 지칭하는 것이 아닌가 하는 마음으로 읽기 시작했는데, 그게 아니었다는 겁니다. 혹시 서기 동지께서는 고구려 말고, 조선의 역사에 대해서 '대고려국'이라는 나라 이름을 들어보신 적이 있습니까?"

"금시초문이오. 내 피의 한편에 흐르는 청나라 역사는 물론 만주국에 관한 역사도 제대로 모르는 판에 조선 역사까지 어찌 알겠소? 그런 걸 알 시간이 있었다면 마오 주석부터 시 주석까지, 주석 동지들께서 남긴 어록 한 글자 더 보고 외워서 나중에 정치국 모임 자리 같은 데서라도 써먹으면 혹시 잘 보일까 해서, 나머지는 모두 버리고 주석 동지들 어록 공부한답시고 혈안이 되어 살았던 것은 동지나 나나 매일반 아니오? 그러니 물을 것도 없이 어서 이야기나 계속해 보시오. 그래야 '대고려국'에 관해서든, 731부대의 진실에 관해서든 알 거 아니겠소?"

장초랑은 어지간히도 궁금해하고 있다는 마음을 숨기지 못했다.

"알겠습니다. 제가 이야기하는 동안 다소 기억이 흐트러지는 것이 있더라도 이해하고 들어주셔야 합니다. 그리고 저희 고조모 집안이 관여된 일이지만, 일반적인 사건의 흐름처럼 이야기하겠습니다. 그래야 이야기를 듣는 재미도 있고 또 이해하기도 쉬울 것 같습니다."

왕샤오둥은 혹시나 하는 마음에서 미리 양해를 구하면서 이야기를 시작했다.

• **2** •

'대고려국'과
731부대

1

이완용의 밤

단기 4254년 신유년, 그러니까 서양력으로는 1921년 8월 말.

만주에도 어김없이 찾아온 여름의 끝자락은, 아직 한낮에는 뜨거운 햇살에 더위가 고개를 들기도 하지만 아침저녁으로는 서늘바람이 일어 가을이 목전에 다가왔음을 알리고 있었다. 이종산은 혼자서 밖을 내다보다가 공연히 쓸쓸한 마음이 들어서 막 잠자리에 들려는데, 6촌 동생 이종용이 찾아왔다고 했다. 한편으로는 깜짝 놀라고 한편으로는 반가운 마음에 한걸음에 달려가 맞이하는데, 혼자가 아니다.

요즈음 같아서는 가까이에 사는 친척이나 동네 사람, 또는 거래하는 상인들이 아니라면 늦은 시간에는 누가 와도 불안하다. 왜놈들이 설치고 돌아다니는 것은 물론이고 공산당이 창당되었다고 하면서 여기저기서 일들을 벌이기 시작하는 데 그 역시 불안하기는 마찬가지다. 모든 것이 왜놈들 탓만은 아니지만 근본적인 문제는 그놈들이다. 거기다가 한족들이 만주족의 청나라로부터 독립하려고 투쟁하다가, 급기야는 한족끼리도 국민당과 공산당으로 나뉘면서 곳곳에서 분열을 조장하고 있다. 그러니 시국이 불안 불안할 수밖에 없는 것이다. 더더욱 이종산처럼 무역업을 생업으로 하는 사람들은 여러 곳으로 돌아다녀야 하고, 거래를 위해서라면 만주족이나 왜놈은 물론 서양사람도 가리지 않고 많은 사람을 만나야 하니 언제 어디에서 어떤 일로 엮여서 무슨 해를 입을지 모르는 시국이다. 그런 까닭에 늦은 시간에 누가 오면 아무리 반가운 사람이라고 해도 불안하기는 마찬가지다. 다행히도 이종산의 시야에 들어온 이종용의 모습이나 동행한 사람의 모습에서 쫓기는 흔적이나 불안해하는 모습은 읽을 수 없었다. 이종산은 일단은 안심이 되었다. 설령 쫓기는 중이라고 해도 당연히 받아서 숨겨주거나 도피시켜야 할 이유와 의미가 있는 6촌 동생이기에 더더욱 그랬다.

이종산은 아직 저녁 식사 전이라는 이종용과 손님을 위해서 늦은 저녁을 준비시키고 마주 앉았다. 그러자 이종용이 먼저 입을 열었다.

"형님, 인사소개 올리겠습니다. 여기 이분은 전에 양성군수와 보성학교장 등을 지내신 정안립 선생님입니다. 제가 매일신보에서 시작해서 양기탁 선생님을 줄곧 모시는 동안, 두 선생님께서 이곳 만주에 이루시려던 뜻깊은 일을 보좌해 드리는 중에 가까이 모시게 되었습니다. 저로서는 최선을 다해서 모시려고 노력했으나 많이 부족했기에, 그렇지 않아도 여러 가지로 죄송하던 터인데 만주에서 또 다른 뜻 있는 일을 해보고 싶다면서 상의를 해오셨습니다. 혼자는 힘든 일이고 누군가의 도움이 간절히 필요하지만, 마땅한 동반자를 찾기가 힘들다고 하시는 겁니다. 그 말씀을 들으니 형님 생각이 나서 미리 연락도 없이 이렇게 찾아뵙게 되었습니다."

이종산은 이종용의 입에서 정안립이라는 말이 나오자 눈이 휘둥그레졌다. 다시 한번 정안립의 얼굴을 바라보며 잠시 인사를 멈추는가 싶더니, 서둘러 말을 이어가기 시작했다.

"존함은 익히 들어서 알고 있습니다. 조국을 위해서 엄청난 일을 하시는 분이 저희 가문을 방문해 주신 것만 해도 영광입니다. 어르신께서 도모하신 '대고려국'이라는 훌륭하신 일에 대한 어려움 역시 소상히 알지는 못해도 겉핥기로나마 익히 알고 있습니다. 비단 저뿐만이 아니라 이곳 만주의 많은 동포들이 어르신과 양기탁 어르신을 우러르고 있습니다."

이종산은 급한 김에 자신의 통성명도 하기 전에 정안립이 도모했던 '대고려국'에 대한 이야기를 먼저 하고 있었다. 그러다가 자신이 한 행동에 대해 아차 싶었는지 얼른 말을 바로 잡았다.

"소인이 제 통성명도 없이 주절거렸습니다. 소인은 이가 집안 후손인 종산이라고 합니다. 솔직히 저는 아우가 밤중에 불쑥 찾아왔기에 혹시 하는 불안이 앞섰는데 그나마 다행입니다. 그동안 아우 소식을 종종 듣기는 했지만, 자세한 내막을 모르다보니 말입니다. 우리가 보기에는 자랑스러운 일이지만 왜놈들이 보기에는 한밤중에 어디로든 도망치고도 남을 일을 하는 아우가 자랑스럽기도 하면서, 막상 이 밤중에 얼굴을 대하니 순간 불안했던 것입니다. 아무튼, 정말 잘 오셨습니다. 이렇게 방문해 주심을 진심으로 환영합니다."

"별 볼일도 없는 저를 그리 높여 말씀해 주시니 몸 둘 바 없이 고맙습니다. 소인 연일 정가의 후손 안립이라 하옵니다. 저야말로 이종용 동지를 통해서 귀하신 분에 대한 말씀 많이 들었습니다. 이곳 만주에서 보이지 않는 손으로 조국광복에 많은 힘을 보태고 계신다는 것을 잘 알고 있습니다."

"아닙니다. 제가 뭘 한다고…. 현장에서 목숨 내놓고 하시는 분들에 비하면 저는 그저 방관자에 지나지 않습니다. 어쨌든 다시 한번 말씀드리자면 기왕 이렇게 오셨으니 내 집이라고 생각하시고 편히 쉬십시오."

방바닥을 두 손으로 집고 허리와 목을 가볍게 숙이면서 마치 서로 절이라도 하듯이 인사를 나누었다. 그리고 그 몸짓은 두 사람의 긴 통성명 절차가 모두 끝날 때까지 자세를 그대로 한 채, 박자라도 맞추듯이 일정한 간격으로 몸을 아래위로 조금씩 흔들며 말을 이어갔다.

긴 통성명이 끝나자 이종산은 마음이 급해졌다. 저녁이라도 한술 뜨고 난 후에 무언가 물어도 물어보는 것이 당연한 예의라는 것을 모르는 바가 아니지만 급한 마음에 자신도 모르게 입을 열었다.

"그래, 그 하고자 하는 사업 같은 뜻 있는 일이라는 것이 조국광복과 연관이 있는 겁니까? 아니면 정말 단순한 사업입니까? 혹시 '대고려국' 같이 원대한 일인가요?"

"그거야 보기 나름입니다. 하지만 제가 일을 하는데 단순한 사업으로 보아준다면 얼마나 고맙겠습니까만, 분명히 왜놈들은 단순한 사업으로 보지 않을 것 같습니다. 아시다시피 이미 지난 3월 27일부터 4월 6일까지 일본 오사카에서 발행되는 대정일일신문(大正日日新聞; 다이쇼니치니치신분)이 실패한 '대고려국' 건국 계획을 기사로 연재했습니다. 만주에 '대고려국'을 건국하기 위해서 일할 때, 일본 측에서 겐요샤

대표로 우리와 손잡고 일했던 스에나가 미사오(末永 節)라는 왜놈이 연재한 겁니다. 그러니 저도 모르는 제 모습으로 제가 세상에 알려졌고, 제가 만주에서 사업한다는 것을 왜놈들이 단순한 사업으로 봐주기는 힘들 것 같다는 생각이 듭니다."

"사실 저도 그래서 여쭌 겁니다. '대고려국' 문제야말로 조상 대대로 우리 대한제국인들이 삶의 터전으로 삼아온 것은 물론이요, 지금도 대한제국인들이 생활 터전으로 삼고 있는 이곳 만주에서 벌어질 일이었기에 저희들도 상당한 관심을 가지고 있습니다. 이미 다 지나간 일이라고는 하지만 이곳 만주, 특히 간도에 살고 있는 사람 중에서 8할이나 차지하고 있는 우리 대한제국인들에게는 아주 중요한 일 아니겠습니까? 비록 지금은 우리 대한제국이 왜놈들에게 억눌려 있다 보니 대한제국 백성들이 당당히 주인 행세를 해야 할 이 땅이, 왜놈들의 땅인지 중국 땅인지조차 구분도 안 되게 엉켜있지만, 언젠가 대한제국이 광복의 기쁨을 만끽하는 날에는 우리 품으로 껴안아야 하지 않겠습니까? 그러니 제가 보탤 힘이 있다면 얼마든지 보태야지요. 만일 힘이 없다면 만들어서라도 보태야 합니다."

"그리 말씀해 주시니 정말 고맙습니다. 그래서 저도 나름대로 묘안을 내봤습니다. 겉으로 보기에는 영락없는 사업이지만 훗날을 도모하는 일을 하고자 하는 것입니다. 어차피 아실 일이니까 미리 말씀드리자면 스에나가가 '대고려국'에 관한 기사를 연재한 것 역시, 모름지기 훗날을 도모하자는 것일 겝니다. 이미 물 건너간 거대한 국가의 건국 계획을 밝힌 이유가 무엇이겠습니까? '만주에 이런 나라를 세우려고 했지만 실패했다. 하지만 일본이 대륙을 지배하기 위해서는 만주를 반드시 지배해야 한다'고 모든 왜놈들에게 일종의 각성제를 주입시키자는 의도 겠지요. 소위 그들이 말하는 일본 혼을 일깨우자는, 뭐 그런 겁니다. 일본 혼을 일깨워서 단결을 호소하고, 그 단결을 통해서 좋은 일을 하자는 것이 아니라 인류를 전쟁으로 몰아넣는 침략행위에 쓰자는 거겠지요. 그들이 말하는 일본 혼이라는 것 자체가 일본이 동남아를 하나로 만들어서 통치해야 한다는 아주 그릇된 발상이니까요."

"그러니까 일본이 대륙을 지배하겠다는 허황된 망상에 대한 견제 장치를 위해서 이곳에 사업을 해보신다는 말씀인가요? '대고려국' 같은 나라를 정말 건국하기 위해서요?"

"솔직히 저도 그 결과에 대한 구체적인 계획까지는 수립을 못 했습니다. 하고자 하는 사업이 성공을 한다는 확신이 들어야 그 다음을 계획할 텐데, 아직은 그런 확신을 할 수 없는 단계니까요. 우선은 사업성을 타진해 보기 위한 것입니다. 특히 이곳 동포들의 협조를 얼마나 받을 수 있는지가 아주 중요한 문제라고 생각해서 일단은 그 가능성 타진을 먼저 하고자 하는 것입니다. 다만 지금 시점에서라도 확실하게 추측해서 말씀드릴 수 있는 하나는, 일본은 지금 이곳 만주에 거대한 무언가를 꾸미기 위해서 획책하고 있다는 것입니다. 스에나가가 '대고려국'에 관한 기사를 연재한 것이 그 신호탄인 것만은 확실합니다. 그건 제가 '대고려국' 문제로 일왕을 만날 때부터 그들이 만주에 얼마나 욕심을 내고 있는지를 파악해서 잘 알고 있습니다."

그때 저녁이 다 차려졌다고 하면서 하인들이 상을 들고 들어섰다.

군저녁이라지만 상에 가득 찬 음식들은 어느 잔치에 내놓아도 결코 빠지지 않을 정도로 훌륭했다. 오랜만에 찾아온 육촌 동생, 그것도 조국광복을 위해서 열심히 일하고 있는 동생과 그 이름만 들어도 고구려의 기상이 넘치는 새로운 나라가 만주에 건설될 것 같은 정안립의 방문이기에, 특별히 지시한 이종산의 배려에 의한 결과였다.

"그래요? 좋습니다. 먼 길 오시느라 여러 가지로 고생하셨을 테니 일단 식사하시고 나서 오늘은 푹 쉬시고 내일 말씀을 나누는 것이 좋겠습니다. 어서 식사하시지요."

상이 들어오는 모습을 보면서 이종산은 자신의 궁금증을 눌렀다. 손님의 피로도 생각해야지 자신의 욕심만 채우려다가는 대접을 잘해도 그게 폐를 끼치는 것임을 누구보다 잘 안다. 반주로 들어온 약주를 따라 잔으로 박자를 맞춰주면서도, 궁금한 것은 내일 알아보리라고 다짐 아닌 다짐을 했다.

이튿날 아침.

이종산은 자리에서 일어나 세면을 마치자마자 사랑채를 향했다.

사랑채에는 촛불이 켜져 있다. 이미 기침을 한 것이리라. 이종산은 인기척을 하고 방문을 열었다. 그런데 정안립은 보이지 않고 이종용 혼자 있었다.

"어르신은…?"

"잠시 거닐겠다고 나가셨습니다. 그분은 원래 무언가 중요하게 생각하실 것이 있으면 걷는 분이십니다. 걸으면서 생각하고 결단하는 그런 분이지요. 가만히 앉아서는 가슴에서 끓어오르는 답답함을 이기기 힘들다고 하십니다. 조국을 잃어버린 죄 많은 백성이, 누군가가 손에 쥐여 주기를 바라고 가만히 앉아 있으면 될 일도 안 된다고 하십니다. 모든 것을 움직이며 해결해야 한다고, 심지어는 생각하고 결단하는 일까지 움직이며 해야 한답니다. 조금은 이상한 논리지만 일리는 있는 말씀입니다."

"동생 말대로 조금 이상한 논리이긴 해도 맞는 말씀이네. 움직여야 무언가 이룰 수 있는 건 당연한 거지. 가만히 있는다는 것은 아무것도 할 수 없다는 것과 다를 바 없으니까. 그리고 가슴에 끓어오르는 분노가 얼마나 답답하시겠나? 그러고도 남지. 지금 우리 대한인의 심정이 심정인가? 하물며 나 같은 것도 그런데 어르신 같은 분들이야 심장이 터져 돌아가시지 않는 것만 해도 다행인 게지. 그런데 양기탁 어르신은 같이 안 오셨어?"

"양기탁 선생님은 지난해 동아일보 창간 편집 감독을 맡으셔서 혼신의 힘을 다해 일하시고, 8월에 미국의원단 내한 때 독립청원서를 제출하는 바람에 체포되었으나 어머님께서 돌아가셔서 가출옥한 틈을 이용해 탈출하셨지요. 하지만 우리와 같이 다니다가는 행여 자신 때문에 둘 다 일을 그르치게 될지 모른다고 따로 행동하자고 하셨습니다. 제가 연락받은 바에 의하면 지금 만주 곳곳을 돌아다니시며, 만주에 흩어져 있는 독립운동 단체들을 하나로 통합하기 위해서 노력하고 계십니다. 지난번 '대고려국' 건국이 무산된 이후 동아일보 창간 때 편집 감독으로 일하시면서도 조국광복을 위해 불철주야 노력하시더니 그에 만주로 오신 겁니다. 이번에 정안립 선생님께서 추진하시는 일이 잘 진행만 된다면 다시 만나서 함께 나갈 것입니다."

"그래? 정말 대단한 분이구면. 어머님이 돌아가셨으면 우리네 보통 사람이라면 그저 슬픔에 잠겨 있을 텐데 그걸 기회로 왜놈의 손에서 탈출하셔서 오로지 독립운동이라니. 그러고도 남을 분이니 그러셨겠지. 아무튼 잘 왔어. 그런데 그동안은 어떻게 지낸 거야? 당숙 어른은 찾아 뵌 지 얼마나 되었으며, 무탈하신 거야? 동생이 이일 저일 바쁘다 보니 제대로 찾아뵙지도 못했을 거라는 것은 알지만 그래도 궁금해서 묻는 거야."

정안립을 걱정하며 이야기하던 이종산은 갑자기 말을 바꿔 그동안의 궁금함을 모조리 해소라도 해보겠다는 듯이 한꺼번에 질문을 쏟아냈다. 그러자 이종용이 빙긋이 웃으며 입을 열었다.

"바빠서 아버님, 어머님 찾아뵙지 못했다는 것은 잘 알고 계시니 더 드릴 말씀이 없네요. 하지만 무탈하시다는 것은 알고 있습니다. 그쪽 동지들의 인편에 소식을 듣고 있으니까요. 그리고 저는 그동안 큰일은 아니지만 나름대로 조국광복을 위해서 일할 수 있는 작은 초석을 놓으려는 분들과 함께 일해 왔습니다."

"그려. 그거야 알지. 그런데 내가 너무 궁금해서 그러니, 아우에 대한 것은 물론 추진한다는 일이 지금까지 오게 된 그동안의 과정에 대해서 간단하게나마 얘기해 줄 수 있나? 그래야 내가 이곳 대한 사람들이 정안립 어르신이 하고자 하는 일에 동참하도록 설득하는 데 도움을 줄 수 있을 것 같아서 하는 말이야. 솔직히 아우에 대해 궁금한 것도 많고 해서 그래."

"그럴 수도 있겠네요. 그렇다면 제 이야기를 포함해서 포괄적으로 말씀을 드리겠습니다. 제가 양기탁 선생님과 정안립 선생님을 만나고, 같이 일을 하게 된 경위를 포함해서 지금까지의 과정을 말씀드리는 것이 아마도 도움이 되실 겁니다. 그러면 자연히 여러 항일 투사님들의 이야기도 함께 하게 되니까요."

이종용은 그동안 자신이 직접 겪고 행동한 사실은 물론, 보고 들은 사건과 인물에 관한 것들까지 자신이 알고 있는 그대로를 이야기하기 시작했다.

백범 김구가 우강 양기탁을 처음 만난 것은 1907년 4월 도산 안창호가 발기하여 창립된 신민회모임에서였다. 우강과 처음 만날 당시 백범은 이미 1896년에 약관의 나이로 일본 육군 중위 쓰치다 요오스케를 맨손으로 때려죽이고, 사형을 언도받았으나 고종황제의 특명에 의해 사형집행이 정지되었던 사람이다. 당연히 석방되어야 했지만, 당시 일본 공사 하야시 곤스케의 훼방으로 출소하지 못하자, 탈옥한 유명 인사로 알려져 있었다. 그러나 왜놈들에게는 탈옥범이라는 꼬리표를 달고 다녀야 하는 관계로 창수라는 이름까지 버리고 개명을 한 터라 아는 사람만 아는 그런 유명인일 뿐이었다.

"공에 대해서 많은 이야기를 들었소이다. 대한의 아들이라면 모두가 해야 할 일이면서도, 또 한편으로는 그 누구도 엄두도 내지 못하는 일을 혼자서 해낸 분을 이렇게 뵈니 대한인의 한 사람으로서 자랑스럽기도 하고 고맙기도 하외다."

백범보다 두 살 연하인 안창호를 통해서, 백범을 소개받은 우강은 두 손을 내밀며 너무나도 반가워했다. 백범 역시 자신보다 다섯 살이나 연상인 우강을 처음 보는 자리지만 그의 명성은 익히 듣고 있었다.

우강 양기탁은 유명한 언론인이면서 신민회를 총괄하는 총감독으로, 조국광복을 위해서라면 때와 장소를 가리지 않고 나서서 자신에게 맡겨진 일을 반드시 해내고야 마는 사내라고 들었다. 대인 관계도 원만해서 많은 사람이 그를 따랐으며, 지도력 역시 탁월해서 일정한 일에 부딪히면 사람들을 진두지휘하여 그 일을 해결해 나가는데 망설임이 없는 사람이라고 했다. 얼핏 보기에는 그저 용기 있는 용장처럼 보이지만 겉으로 보이는 용기 이상으로 지략이 뛰어난 사람이라고도 했다. 그리고 그의 모든 용기는 풍부한 지식을 바탕으로 한 깊은 학문에서 나오는 지략이라고 한다. 그야말로 조국광복을 위해 용기와 지략을 모두 갖춘 손색없는 투사였다.

그는 어려서부터 익힌 한학과 한성외국어학교에서 영어를 배운 후 게일의 『영한자전』 편찬사업에 참여하며 익혔던 영어 실력을 바탕으로 습득한 서양 학문을 잘 융합했다. 그의 머릿속에서는 한학과 서양 학문이 충돌을 일으킨 것이 아니라 조화를 이루었다. 그리고 잘 조화된 두 학문의 지식을 통해서 자연스럽게 지혜로운 사람이 되면서 저절로 용기도 몸에 배는 사람이 되었다. 지혜가 있어도 자신의 이익만을 추구하다 보면 그릇된 길로 들어서서 용기를 잃게 되고, 자칫 만용을 용기라고 착각하게 된다. 그리고 그 만용이 화를 부르는 것이다. 그러나 지혜를 올바르게 사용하면 하는 일에 자신이 붙고, 그 자신이 용기를 갖게 한다. 우강 양기탁은 그렇게 몸에 밴 용기와 지혜라는 그 모든 장점을 조국광복을 위해 헌신하는데 투자하고 있었다.

우강은 언론인으로서 전혀 빈틈이 없는 인물이다. 그는 1904년 7월에 영국인 베델(Ernest Bethell)과 함께 『대한매일신보』를 창간했으며, 신문을 통해서 대한제국의 백성들에게 민족의식을 고취하여 민족

자존 운동을 펼쳤다. 그리고 1905년 11월 17일 을사늑약에 의해 조국이 그 자주권을 잃어버리자, 자결을 통해서 조국의 자주권 회복을 부르짖은 충정공 민영환의 애국투쟁을 추앙하는 글을 게재하였다. 민중의 의협심을 북돋움과 동시에 민영환과는 반대의 길을 걷는, 조국을 버리고 오로지 자신의 영달을 위해서 권력과 돈을 쫓는 친일 매국노들의 추악한 실상을 백성들에게 알림으로써 조국의 자주권을 지키기 위해서 노력하였다. 정부 관료들의 무능함과 친일 관료들이 민족을 배신하는 행위를 적나라하게 펼쳐 보이는 기사와 논설을 통해서, 백성들이 친일 관리들에게 보내는 경고를 대신해 준 것이다.

우강 양기탁이 언론인으로서 한 일들을 일일이 열거할 수는 없지만, 그냥 지나치기에는 아쉬운 것이 있다. 바로 1907년 8월 1일 대한제국 군대가 해산되었을 때의 일이다. 해산당한 군인들의 가슴에 불을 지르는 일이 생겨났다. 한양을 중심으로 『이완용의 밤』이라는 제목의 작고 얇은 몇 쪽 안 되는 소책자가 나돌기 시작한 것이다.

제목; 이완용의 밤.

1907년 7월 31일 밤.
일제는 서둘러 이완용을 입궐하게 하였다.
"군대해산이라니요? 그건 오히려 군인들에게 저항할 구실을 제공하게 될까 두렵습니다만…."
이완용은 말을 끝까지 잊지 못했다. 이제 드디어 올 것이 왔다고 생각했다.

처음에 일본 편으로 붙어서 일하게 된 동기는, 일본을 등에 업고 권력의 핵심까지 가는 것이 가장 큰 목적이었다. 친미파로 알려진 자신이 친러파에게 밀려나 9년이라는 긴 세월을 한직으로 돌다가 겨우 대신이라는 벼슬을 탈환한 경험을 다시는 겪지 않고 중앙 권력에서 크게 놀고 싶었다. 그런데 일본 편에 붙어서 일을 하다 보니 자신도 모르게 건널 수 없는 강을 건넌 것 같은 느낌이 자꾸 들었다. 일본을 등에 업고 권력의 핵심에 간다는 것이 결국에는 일본의 꼭두각시가 되고 말 것이라는 판단이 들었다. 나라는 없어지고, 나라를 일본이 집어삼키는데 필요한 꼭두각시 역할이나 해주는 자신이 될 것임을 깨닫게 되었다. 그러나 때는 이미 늦었다. 그렇다고 후회할 이완용이 아니었다. 대한제국은 강대국의 어떤 나라인가에는 지배를 당할 것이며, 자신은 그중 가장 유력한 후보인 일본을 택한 것일 뿐이라고 스스로를 합리화시키기 시작했다. 그래서 더 열심히 이토 히로부미를 따랐다. 이토를 이 세상의 가장 큰 스승으로 모시면서 존경했다. 행여 무의식 중에라도 실수하지 않기 위해서 이토의 모든 행동거지를 닮으려고 노력했다. 이토가 좋아하는 음식을 자신도 가장 좋아하는 음식으로 만들어서 그와 동행하는 자리가 아닐지라도 그 음식 중 하나를 주문했다. 심지어는 집에서조차 그 음식들을 조리하여 자신의 밥상에 올리도록 했다. 취미는 당연하고, 생각까지 닮아야 진정으로 닮는 것이라고 사상과 관념까지 닮기 위해서 노력했다. 수시로 이토에게 그가 좋아하는 역사 속의 인물이나, 감명 깊게 읽거나 혹은 배울 만한 가치가 있는 책을 추천해 달라고 부탁했다. 그리고 어떻게든 그 인물에 관한 책을 구해서 읽고, 그가 추천한 책을 공부함으로써 자신을 개조해 나갔다. 뼛속까지 이토의 그늘 아래로 들어가는 것만이 살길이라고 스스로에게 다짐했다. 대한제국은 강대국 중 반드시 일본에게 병탄 당해야 하며 자신이 그 과정에 기여한 공로의 대가를 받기 위해서는 끝까지 이토 히로부미를 떠받들고, 자신이 먼저 그의 안으로 들어감으로써 그가 자신의 안으로 들어오도록 해야 한다는 생각만 가지고 살아왔다. 정말이지 이토 히로부미의 말 한마디라면 목숨이라도 바쳐야 한다고 생각하며 살아왔던 것이다. 그런데 그 끝이 이제 목전에 다가온 것을 보는 것 같았다.

한 나라의 군대가 타국의 권력에 의해서 해산된다는 것은 그 나라의 종말을 뜻하는 것이다. 군대를 해산시키는 나라가 군대가 해산당하는 나라를 실질적으로 지배하겠다는 말과 다를 바가 없다. 지난 24일 일본과 정미칠조약을 체결하면서 비밀리에 각서 하나를 첨부했었다. 군대를 해산하고 경찰권과 사법권을 넘겨준다는 내용을 명기한 각서였다. 이완용 자신이 내각 수반인 내각총리대신으로 있으면서 그 협약에 대한 안건이 상정되자마자 일사천리로 의결하여 순종황제의 재가까지 받아낸 터라 잘 알고 있다. 하지만 군대해산이 불과 일주일 만에, 그것도 이 밤중에 이루어지리라고는 생각하지 않았었다. 자신이 만들어 놓은 조약이지만 막상 그 일이 벌어진다고 하니 두렵기조차 했다. 그렇다고 나라를 걱정하는 마음 때문에 두려운 것이 아니었다. 자신이 한 말처럼 해산당할 군인들의 반응이 두려웠던 것이다.

군대를 해산하는 것은 그들의 군인이라는 신분을 박탈하는 것이다. 겨우 가솔들의 호구지책만 해결하는 정도의 봉급을 받으면서도 오로지 대한제국의 군인이라는 자부심 하나로 버텨온 군인들이다. 그런데 그들의 직위를 박탈하는 것은 공개적으로 투쟁할 구실을 제공하는 것이다. 군인이라는 직업을 잃는 것이 아까워서가 아니다. 그들 정도의 건강한 몸이라면 차라리 군인이라는 직업을 버리고 다른 어떤 일이든 종사하는 것이 벌이가 더 나을 것이다. 그러나 그 어떤 직업도 그들을 충족시키던 대한의 군인이라는 자부심을 충족시키지 못할 것이다. 그렇게 되면 그들이 취할 행동은 빤히 눈에 보인다. 그들은 열이면 열 반드시 폭동을 일으킬 것이다. 그리고 그 폭동으로 인한 불똥이 자신에게 튈 수도 있다. 까짓 군인들이야 어찌 되든 알 바가 아니지만, 이완용 자신이 그들의 실질적인 표적이 될 수도 있다. 뿐만아니라 그동안 이토 히로부미에게 숱한 공을 들여서 내각총리대신 자리까지 올라왔는데, 행여 일이 잘못되는 날에는 그 자리가 타격을 받을 수도 있다는 생각이 순간적으로 스쳐 지나가서 군인들이 저항할 구실 운운하며 망설이는 것이다.

"그 문제는 총리대신께서 걱정할 일이 아니오. 이미 이토 히로부미 통감각하께서 그에 상응할 수 있는 조치를 취하셨으니, 총리대신께서는 그런 걱정은 하지 말고 어서 조선 임금의 재가나 받아 군대해산 칙령을 반포하게 하시오."

너는 그런 일은 걱정 말고 시키는 일이나 하라는 말을 듣는 그 순간 이완용은 은근히 자존심이 상했다. 아무리 이토 히로부미가 보낸 졸개라지만 군대를 해산하는 칙령을 반포한다는 내용의 문서를 내밀며 어서 시행하라고 종용하고 있었다. 그래도 자신이 대한제국의 내각총리대신으로 이토 히로부미가 가장 아끼는 대한제국 각료라고 자부하는데, 일개 헌병 대위 나부랭이가 나타나더니 제대로 인사도 없었다. 경례는커녕 고개 한 번 까딱하지 않고 나불거렸다.

"나는 이토 히로부미 각하께서 대일본제국을 대신하여 하달하신 명을 받들고 온 대일본제국 헌병 대위 아베 효우스케(安倍彪助; あべ ひょうすけ)요. 이 문서에 적힌 바대로 속히 진행하라는 것이 이토 통감 각하의 명령이오."

자신이 명령하는 것인지 명령을 전달하는 것인지 구분하기 힘들게 이완용을 완전히 무시하는 어투로 말하면서 비죽 내민 문서가 군대해산 반포에 관한 문서이며, 어서 진행하라고 으름장을 놓다니 배알이 꼬였다.

"통감각하께서는 왜 입궐을 안 하시고요? 통감각하께서 직접 오셨으면 훨씬 더 일이 쉬울 텐데요."

"뭐라고요? 그래, 내각총리대신이라는 사람이 이거 하나 처리 못 해서 통감각하께서 입궐하셔야 한다고 말하는 거요?"

이완용은 은근히 배알이 꼴려서 한 마디 던진 것인데 대위는 의외로 반색했다. 순간 이완용은 움찔했다. 그러고 보니 병력이 저 대위 하나가 아니라는 것을 깨달은 것이다. 그가 인솔하고 온 병력이 얼마나 되는지는 모르지만, 자신의 집무실 안에까지 들어 온 병력만 해도 스무 명이 넘었다. 안에 들어오지 않고 집무실을 둘러싸고 있을 병력까지 생각한다면 훨씬 많은 숫자일 것이다. 일본은 늘 그렇게 일을 했다. 일단 군대를 동원하여 일을 벌여야 할 집무실 주변을 둘러싸서 공포 분위기를 조성하는 한편 공포감을 느낄만한 병력을 집무실로 진입시킨다. 그것은 1905년의 조약 체결 때나 바로 일주일 전에 맺은 정미칠조약 체결 때나 똑같은 공식이었다.

그 병력을 보자 이완용은 지금 이 일이 배알이 꼬이느니 마느니 할 일이 아니라 중요한 일이라는 생각이 새삼스럽게 들었다. 대한제국이라는 이름이 사라져가고 있다는 확신이 들었던 것이다. 그러나 대한제국이 사라지는 것은 그에게는 아무런 의미가 없는 일이었다. 이미 대한제국이 사라지는 것을 전제로 자신은 일본의 입장에서 일을 해왔으니 오히려 잘된 일이라는 생각이 더 지배했다. 그리고 이 중요한 일을 반드시 성공리에 완수하는 것만이 지금까지 쌓아온 자신의 노력에 대한 공을 인정받을 수 있는 길이라는 것을 머릿속에 새기기 바빴다. 대위가 칙령반포 운운하며 문서를 내밀 때는 총리대신이라는 자신의 직함 때문에 배알이 꼴리는 것을 느끼면서도, 나라의 운명이 스러져 가는 것에 대해서는 전혀 감정이 동요되지 않는 것이 이완용의 진심이었다.

"지금 뭐 하시는 겁니까? 어서 임금의 재가를 받아 반포하게 하시라고요."

대위는 목소리의 톤이 하나 더 올라가 있었다. 이완용이 총리대신이라는 사실조차 잊고 그저 대한제국의 한 백성에게 일본군 헌병 대위가 명령하는 식이었다.

"아, 알겠소이다. 그거야 뭐 어려운 일 아니오. 다만 어찌해야 일을 해결하기 쉬울까 조금 생각했던 것뿐이오."

그럼에도 불구하고 이완용은 불쾌한 감정을 얼굴에 드러내지도 않은 채 문서를 들고 자리에서 일어서며 말을 얼버무렸다. 속에서는 아무리 뒤집어지는 일이 벌어져도 얼굴에는 티도 안 나게 처신하는 것은 이미 이골이 나 있었다. 그러나 속으로는, 딴생각 좀 하느라고 시간이 조금 지체된 것 가지고 더럽게 지랄한다고 투덜거리며 어전을 향했다. 안과 밖이 철저하게 다르게 노는 방법을 터득하는 것 역시 출세하기 위해서는 반드시 습득해야 하는 필수요소라는 것을 그는 누구보다 잘 알고 있었고, 그게 몸으로 실천되는 사람이었다.

『이완용의 밤』이라는 제목의 소책자는 특별한 논평이나 자기 의견도 없이 그렇게 끝났다. 그 작가가 누군지는 밝혀지지도 않았고 밝힐 수도 없었다. 하지만 일시에 그런 글을, 그것도 군대해산을 위해 등장한 인물을 실명으로 써서 책자로 만들고 야음을 이용해 서울을 중심으로 군인들과 이 일을 꼭 알아야 할 사람들에게 배포할 능력이 있는 사람은 짐작이 가는 일이었다. 우선은 그런 정보를 입수할 수 있는 환경에 접하는 사람이어야 한다. 다음으로는 글을 짓는 솜씨가 있어야 한다. 그리고 책으로 만들 수 있는 인쇄가 가능한 시설에 접할 수 있는 사람이어야 한다. 한 발자국 더 나가자면, 글이 쓰인 시점과 배부된 시점을 종합해 볼 때 자신이 직접 인쇄에 관한 일들을 운영하지 않는 사람이라면 그리 신속하게 처리되기는 힘들 것임을 짐작하게 한다. 또한 배부 문제 역시 야음을 틈타 일제히 배부되었는데, 그렇다면 이미 배부에 관한 어떤 조직을 가동해 봤거나 아니면 지금 가동하고 있는 사람이 아니라면 불가능하다고 할 수 있는 일이다. 그런데 그런 일이 벌어졌다. 알만한 사람들은 이게 누가 한 일인지를 알고 있었지만, 그에 대한 뒷말은 한마디도 나오지 않았다.

『이완용의 밤』에 대한 뒷말은 나오지 않았지만, 그 책자는 그렇지 않아도 터지는 울분을 왜놈들과 썩은 조정을 향해 풀고 싶었던 해산당한 군인들의 가슴 속에서 부글부글 끓어오르는 분노에 불을 지폈다. 이완용이나 일본 헌병은 물론 누구를 욕하는 말 한마디도 없었다. 무엇을 어떻게 하자는 선동적인 글 역시 전혀 없다. 그야말로 아주 담백하게 있는 사실을 그대로 적어 내려간 책이다. 솔직하고 객관적인 것은 온갖 술수를 보태서 선동하는 것보다 읽는 사람 역시 객관적이게 한다. 사람들은 그 사실에 대해 각기 옳고 그름을 판단함으로써, 선동에 의한 것이 아니라 자기 스스로 마음이 아파 울기도 하고 분노하기도 한다. 그래서 선동보다 담백한 객관적인 전달이 투쟁에는 더 큰 효과를 내기도 한다. 그런 이유에서인지 의문의 이 책자는 말 그대로 불쏘시개였다. 마치 불을 붙이기 위해서 일부러 종이로 책을 만들기라도 한 것처럼 일시에 활활 타오르는 불이 붙었다.

　어제만 해도 군인이었던 퇴역 군인들은 전국적으로 신분을 의병으로 바꾼 채 봉기를 시작했다. 이완용을 비롯한 친일 각료들은 물론 일본 헌병대에서는 『이완용의 밤』 저자와 배포한 조직을 찾는다고 혈안이 되어 보였다. 그러나 정작 혈안이 되어 찾는 것은 이완용을 비롯한 친일 각료들이 부리는 하수인들이었고 일본 헌병은 말로만 찾아 나선 것 같았다. 아니 실제로 말로만 찾아 나섰다. 그들은 이완용이 곤혹하게 된 모습을 보면서 오히려 즐기는 것 같았다. 이완용이 어쩔 줄 모르며 전전긍긍하는 모습이 그들에게는 재미있는 이야깃거리가 되어가고 있었다. 더더욱 의병으로 봉기한 군인들은 모든 것이 열세인지라 의병봉기 자체에 의미를 두어야 하는 슬픈 결과가 다가오면서, 일본 헌병들은 의병과 함께 이완용을 조롱하는 말까지 서슴없이 해댔다.

　"당신들의 내각총리대신께서 결정한 일이오. 당신들 내각총리대신이 우리 일왕에 대한 지극한 존경심이 우러나와 스스로 결정한 것이라고 『이완용의 밤』이라는 책에도 쓰여 있지 않소? 그 늦은 밤에 내각총리대신께서 대일본제국 헌병 대위 아베 효우스케의 말 한마디에 벌벌 떨며 군대를 해산하라고 당신네 황제를 찾아가서 겁준 거 아니요? 그러니 의병이 되어 투쟁하던, 당신네 내각총리대신의 뜻을 따라서 잠자코 주는 밥이나 쳐드시든 마음대로 하시오. 우리가 거기까지 하라 마라 할 일은 아니니까."

　의병이 되어 투쟁하든 말든 알아서 하라는 말은 의병이 힘을 못 쓴다는 의미다. 자신들은 별로 상관없다는 뜻이다. 그도 그럴 것이, 오로지

'나라사랑, 국권수호'라는 일념에 사로잡혀 앞뒤 가릴 것 없이 의병봉기를 했으나 결과는 바꿀 수 없었다. 가진 것이라고는 조국, 대한제국이 왜놈들의 손에 넘어가서는 안 된다는 그 일념뿐이었다. 무기도, 군사력도 없는 말 그대로 퇴역 군인들의 봉기에 불과했다. 그런 의병들을 보면서 일본군은 더 이상의 문제는 없을 것이라는 판단이 들었고, 그 판단은 악바리로 전쟁을 할 것이 아니라 이 봉기를 웃으면서 제압하는 대신 제 나라를 팔아먹은 이완용을 조롱하는 것까지 곁들이기로 했던 것이다. 그런 일제의 속셈을 알았는지, 아니면 그런 놀림을 받는 것이 수치스러웠는지 모르겠지만, 이완용은 일본 헌병의 도움을 청하기보다는 대한제국 경찰력을 총동원하여 범인을 색출하라고 독려했다. 내각총리대신이니 얼마든지 가능한 일이었으나 독려는 독려일 뿐이다. 전혀 진척이라고는 찾아볼 수가 없었다. 그도 그럴 것이 이 사건을 해결할 수 있는 정보를 제보하는 사람에게는 엄청난 상금을 걸었지만, 범인을 안다는 제보는커녕, 배포하는 모습을 목격했다는 제보조차 한 건도 없었으니 진척될 수 없는 수사였다.

일제와 이완용의 하수인들이 어떻게 나오든 양기탁은 『대한매일신보』에 의병에 대한 고정난을 정했다. 그리고 별로 신통치 않은 소식일지라도 의병들이 조국의 자존을 위해 투쟁하는 열렬한 활동을 상세히 소개함으로써 온 백성이 투쟁대열에 함께 할 것을 독려했다. 의병들의 죽음은 허물어져 가는 대한제국의 국운이라고 했으며, 그 죽음이 밑거름되어 대한제국을 탐하고 있는 일제와 외세에 대응해야 한다고 목소리를 높였다. 그런 그에게 들이닥친 것은 일본 헌병들의 총칼을 앞세운

협박과 공포감 조장이었으나, 그 어떤 일본 헌병들의 칼바람을 들어가면서도 뜻을 굽히지 않았다. 그러나 의병들의 활동은 말 그대로 활동이지 이렇다 할 승전보를 전할 수 없는 현실이 우강 양기탁의 마음을 갈기갈기 찢어놓고 있었다.

그뿐만이 아니다.

1908년 3월에는 장인환, 전명운이 친일 미국인 스티븐스를 처단한 의열투쟁의 전모를 상세히 보도했다. 장인환의 스티븐스 저격 사건이야말로 우리 한민족이 벌인 최초의 공개된 의열투쟁이다. 1896년 김창수라는 청년이 일본군 쓰치다 중위를 때려죽인 사건처럼 암암리에 묻혀버리는 사건이 아니라, 미국 샌프란시스코에서 대낮에 총으로 일격을 가해 죽게 만든 사건이다. 그것도 왜놈이 아니라 일제의 하수인 역할로 대한제국 외교 고문 역할을 맡았다는 이유만으로 미국인을 죽여 버린, 그야말로 대한제국의 국권을 위협하는 존재라면 그 국적과 하는 일의 비중을 가리지 않고 피로써 응징하겠다는, 대한제국 국권수호의 단호한 의지를 천명한 것이다.

양기탁은 이 사건의 전모를 자세히 보도했다. 그는 전명운과 장인환이 벌인 총격 장면을 마치 소설을 쓰듯이 자세히 묘사했다. 단순히 사건을 묘사했을 뿐만 아니라 자신의 의견을 덧대서 온 국민이 투쟁할 것을 독려하는 사설을 함께 실었다.

「대한제국의 외교부 고문으로 오로지 일본의 국권 침탈 야욕의 편에서 적극 협력하던 미국인 스티븐스(Durham White Stevens)가 미주한인들에게, '한국은 황제가 어리석고 정부 관리들이 백성을 학대하며 부패하여 일본의 보호가 아니면 러시아에 빼앗길 것이다. 다행히 이완용 같은 관리가 이토 히로부미 같은 훌륭한 일본인을 만나서 정부를 개혁할 수 있었기에 일본의 보호정치가 옳다.'는 자신의 말을 수정할 수 없다고 하자 전명운이 스티븐스를 제거하겠다고 자원하였다. 또한 이날 회의에서 말없이 듣고만 있던, 장인환은 만일 전명운이 실수한다면 자신이 일을 마무리 지으리라고 마음먹었다.

1908년 3월 23일 오전 9시 10분 샌프란시스코 페리빌딩 북쪽에서 스티븐스가 리무진에서 내리자, 전명운이 번개처럼 튀어 나가며 총을 쏘았으나 무슨 연유인지 발사되지 않았다. 그러자 장인환이 총을 발사했고, 첫발은 전명운이 자신의 총이 격발되지 않자 스티븐스에게 달려가 가격하느라고 밀착해 있던 전명운의 어깨에 맞았으나, 둘째는 스티븐스의 가슴에, 셋째 총알은 스티븐스의 하복부를 관통하였다. 스티븐스는 피를 흘리며 살겠다고 발버둥 치며 병원에 입원하여 수술하였으나 3월 25일 오후 11시 10분 절명하였다. 한편 신의 뜻을 받들어 스티븐스를 응징한 전명운과 장인환 의사는 미국 경찰에 체포되었다. 바야흐로 왜놈의 앞잡이가 되어 대한제국의 목줄을 조이려 하는 스티븐스야말로 죽어 마땅한 인물이며, 그의 처단은 신의 명령에 복종한 대한제국 열사들이 하늘의 심판을 대신해 준 것이다.

대한의 청년들이여!

장인환 의사와 전명운 의사의 애국 의열투쟁을 가슴에 새기고, 신이 선조들을 통해서 우리에게 내린 사명에 따라 국권을 수호하기 위해서 언제 어디서라도 조국이 부르면 응답할 준비가 되어 있어야 한다. 조국을 지켜야 평화가 오는 것이고, 조국을 지키는 것은 나약한 마음으로는 결코 완수할 수 없는 과업이다. 내 한목숨 바칠 각오로 두 손에 무장할 수 있을 때 조국은 나를 지켜 줄 것이다.」

　　조국을 위해서라면 목숨 바칠 각오를 하고, 무력으로 투쟁하는 것만이 조국을 지킬 수 있는 길이라는 것을 확실하게 선포한 것이다. 양기탁은 신문을 통해서 백성들을 계몽하는 한편, 미국에서 재판받는 두 분의 변호사 비용을 마련하기 위해서 장인환, 전명운 의사의 행적을 기록한 『양의사합전』을 저술하여 국내에 배포하며 후원금 모금을 주도하기도 했다.

　　그 외에도 몇몇 사건을 겪으면서 양기탁은 무력투쟁 없는 항일투쟁은 아무런 의미가 없다는 것을 몇 번이나 곱씹으며 자신의 항일 노선을 무력투쟁으로 급선회했다. 그리고 어차피 무력투쟁만이 살아남을 길임을 스스로 각인한 것은 물론 만천하에 선포한 터이니, 무관학교를 건립해서라도 본격적인 항일투쟁을 시작해 보리라고 마음을 고쳐먹었다. 그러기 위해서 가장 좋은 방법은 신민회의 조직을 활용하는 것임을 알기에 사전에 안창호를 만나 의견을 조율했다. 그 결과 무관학교 건립기금 모금을 위해서, 안중근 동지의 거사 덕분에 국권 수호의 의지가 활화산처럼 타오르는 황해도를 중심으로 하는 모금 활동에는, 김구가 안명근과 함께 주축이 되어 줄 것을 논의하기로 했다. 그리고 백범에게 연락을 취했다.

　　백범은 우강을 처음 만나던 날 서로 수인사를 나누며 가졌던 잠깐의 대화 이후로, 실제로는 양기탁과 이야기 한 번 제대로 나누어 본 적이 없었다. 회의 시간에 이야기를 나누는 것 이외에 사사로이 개인적인 이야기를 나눌 시간은 없었던 것이다. 그 이유는 여러 가지겠지만, 그중 한 가지는 신민회의 성격 자체가 바로 내 옆의 사람이 회원이라 할지라도 그가 회원이라는 사실도 모를 정도로 회원에 대해서는 철저하게 기밀을 지키는 단체였기 때문이다. 조직의 와해를 위해서 일제의 밀정이 숨어들어오는 것을 아무리 철저하게 차단한다고 할지라도, 언제 허점이 생겨 밀정이 비집고 들어올지 모르기 때문에 회원의 신상에 대한 기밀을 유지하는 것이 회원을 보호하기 위한 최고의 비책이었다. 그렇게 회원 신상 보호를 위한 정책을 펴다 보니, 간부들끼리는 조금 완화된 기준을 적용했다지만, 간부들 간에도 조직을 위해서 꼭 필요한 모임이 아니면 모임을 자제했고, 대화 역시 자제하게 되었다. 모임 시간과 장소도 일부러 유동적으로 했다. 조식을 겸해서 하기도 하고, 어떤 때는 한낮으로 하는가 하면, 밤으로 하기도 했다. 굳이 일정한 시간에 맞추다 보면, 모임 하는 것을 광고하는 것이나 다를 바가 없다. 일부러 눈을 피한답시고 저녁으로 했다가는 더 감시가 심해진다는 것을 잘 알고 있기 때문이다. 날짜 역시 마찬가지다. 미리 날을 정하지 않고 필요한 날과 시를 필요한 이들에게만 날짜와 시간과 장소를 연락해서 모이도록 자리를 만든다. 그것이 서로의 안전을 지키는 방법이다. 만일 어느 한 사람이 불의의 체포를 당하더라도 미리 알고 있지 못한 관계로 아무것도 토설할 수 없도록 하고자 함이다. 그것은 동지들을 서로 믿지 못해서가 아니다. 사람이 극에 달하면 자신도 모르게 변할 수 있다. 아무리 동지들을 위해서 비밀을 지키고 싶어도 일본 헌병대의 잔악무도한 고문을 당하다 보면 자신도 모르게 발설할 수 있다는 것이다. 차라리 목숨을 내놓으라면 내놓으련만 그것도 아니고 사람의 피를 말리고 오장육부가 뒤틀어져 꼬이게 만드는 고문은 인간이 정신력으로 버틸 수 있는 한계를 넘게 만들기도 하기 때문이다.

그런데 이번에는 백범에게 미리 연락이 왔다. 모임이 3월 10일인데 사전에 따로 협의할 안건이 있으니, 3월 1일에 양기탁의 집으로 와달라고 했다. 물론 일을 하기 위한 만남이라고는 하지만 이렇게 개인적으로 만나자는 연락을 받은 것은, 올해가 1910년이니 양기탁을 만나 함께 일하면서 3년 만에 처음이다. 아무리 미리 상의할 일이 있어도 하루 정도 일찍 만나는 것이라면 그리할 수도 있는 일이지만, 열흘 전에 만나자는 기별을 받자 묘한 기분이 들었다. 모임에 대한 전갈을 이렇게 일찍 받은 적이 없었다. 빨라야 3일 전이었다. 그렇다면 분명히 모임 전에 해결해야 할 중요한 일이 있다. 백범은 내심 궁금한 마음으로 지내다가 날을 맞춰 우강의 집으로 향했다.

"어서 오세요. 김 동지를 이렇게 무탈한 모습으로 뵈니 정말 반갑습니다."

우강은 말 그대로 맨발로 뛰어나오며 두 손으로 백범의 두 손을 감쌌다.

"이리 반겨 주시니 몸 둘 바를 모르겠습니다."

"무슨 말씀이십니까? 이미 이 나라의 젊은 기상을 왜놈들에게 보여주신 분인데 또 욕을 보실 뻔했습니다."

"욕을 보다니요? 제가 안중근 동지가 한 일을 하지 못한 것이 한스러울 뿐입니다. 그 반이라도 따라가야 조국이 광복을 맞이하는 기반에 작은 돌 하나라도 놓을 수 있을 텐데 그걸 못합니다."

"무슨 말씀이십니까? 이미 약관의 나이로 왜놈 육군 중위 쓰치다 요오스케를 맨주먹으로 때려죽인 분 아니십니까? 이 나라 젊은이들의 표상이시지요. 나는 그 일이 이번 사건에 연관지어질까봐 노심초사했던 겁니다."

우강은 백범이 체포되었다는 소식을 듣자, 지금은 이름을 김구라고 개명해서 쓰고 있지만, 김창수라는 이름으로 일본군 중위를 때려죽인 이가 바로 이 사람 김구라는 것이 밝혀지는 것이 두려웠다. 만일 그 사실이 밝혀졌다면 김구는 살아서 해주 옥문을 나서지 못했을 것이다. 백범이 왜놈 육군 중위를 때려죽이던 시절만 해도 고종황제께서 계셨기에 사형을 집행정지 시켜 목숨을 구해 줄 수 있었다. 그러나 그때와 지금은 시국이 엄청나게 차이가 난다. 이미 1905년의 을사늑약으로 이토 히로부미가 통감이라는 벼슬을 달고 대한제국의 모든 것을 좌지우지했다. 그리고 통감을 역임하자마자 추밀원의장이라는 감투를 쓰고, 러시아를 상대로 한반도와 만주에 대한 영토 담판을 하기 위해서 하얼빈에 갔다가 안중근 동지의 총에 맞아 죽었다. 일본으로 말하자면 최고 권력인 침략선봉대장이 죽은 것이다. 그런데 그를 죽인 안중근 동지와 뜻을 같이하고 거사를 함께 도모했다는 혐의로 체포된 백범이 전에 쓰치다 중위를 때려죽인 바로 그 김창수라는 사실을 인지했다면 살려서 내보내지 않았을 것이다. 우강은 지금 그 일을 회고하면서 백범의 무탈함을 기뻐하는 것이다.

2

안중근의 포효

1909년 10월 26일 안중근이 하얼빈에서 대한제국 통감을 지낸 일본 추밀원 의장 이토 히로부미를 총으로 쏴 죽였다. 육혈포의 여섯 발중 세 발을 명중시켜 그 자리에서 즉사시켰다. 그런데 묘한 것은 이토 히로부미를 그 자리에서 즉사시킨 안중근은 도망칠 생각도 안 하고 '대한제국 만세'를 외치며 마치 일부러 체포되기라도 하듯이 그 자리에서 잡혔다. 도망칠 것을 염두에 둔 거사였다면 얼마든지 가능했으나, 안중근의 깊은 뜻은 다른 곳에 있었다.

"왜 이토 히로부미 추밀원 의장을 살해했나?"

사건은 하얼빈에서 일어났다. 하지만 이토 히로부미가 러시아 재무대신 코코프체프와 열차에서 회담을 마친 뒤 러시아 의장대를 사열하고 환영 군중 쪽으로 가는 순간 권총을 쏘아 이토를 사살했기 때문에 일단 러시아 검찰의 조사에 응했을 때, 러시아 검찰이 안중근에게 한 첫 질문이다.

"그 질문은 러시아 검찰 당신들이 스스로 하는 거요? 아니면 일본이 그런 질문을 해 봐 달라고 했소?"

안중근이 러시아 검찰의 질문에 대답하지 않고 역으로 엉뚱한 질문을 하자 러시아 검찰은 당황하지 않을 수 없었다.

"무슨 말이요? 당신은 우리 러시아와 관련된 사건을 저질렀고 그 바람에 우리 검찰에게 조사받는 것 아니요? 당신이 우리 조사에 어떻게 응하느냐에 따라서 우리가 당신을 일본에 인계하느냐 안 하느냐를 정할 수 있다는 것 정도는 알 텐데?"

"웃기지 마쇼. 당신들은 이미 일본과의 전쟁에서 당신들 스스로 무적이라고 일컫던 발틱함대가 완전히 묵사발이 되어 패하지 않았소. 그 바람에 왜놈들 기가 살아서 지금 우리 대한의 영토인 만주와 한반도를 가지고 장난치려고, 이토가 일본과 러시아 두 나라가 작당해서 나눠 갖자고 하려던 차에 내가 이토를 죽인 것 아니오? 만일 이토가 죽지 않았다면 당신들은 대한의 땅 만주를 당신들 것인 양 흔들고 앉아서 신선놀음한다고 하겠지. 하지만 속들 차리는 것이 나을 거요. 왜놈들이 그리 순순히 당신들과 협상하고 그 약속을 지킬 것 같소? 이미 당신들과의 전쟁에서 이겨 당신들의 약한 꼴을 봤는데 말이오. 모름지기 뭔 꼼수를 부려서라도 당신들 손에 만주가 넘어가는 일이 없게 할 놈들이오. 그 과정에 당신들을 잠시 끼워 넣어 주는 것뿐이지. 그런데 당신들은 남의 땅을 거저로 먹는 줄 알고 좋아서 춤이라도 출 기세요. 나는 바로 그 점을 지적하고자 의거를 행한 것이며, 내 의거로 인해서 전 세계가 왜놈들의 간교함을 알게 될 것이오. 그러니 러시아도 공연히 우리 대한의 영토에 껄떡거리지 말고, 이미 확보한 영토나마 잘 지키는 것이 나을 것이오.

자칫 한눈팔다가는 그나마 언제 일본이 접수할지 모른다는 것을 명심하라는 얘기요."

이미 대한의 주변국 간에 돌아가는 모든 판세를 읽고 막힘없이 말하는 안중근의 언변에 러시아 검찰들은 혀를 내둘렀다. 그러나 그들에게는 안중근이 가진 혜안이 없기에 만주는 일본이 차지할 것이고, 러시아는 그 들러리를 설뿐이라는 말을 곧이듣기는커녕 귀에 거슬릴 뿐이었다.

"우리 러시아를 무엇으로 보고 그런 소리를 하는 것이오?"

"무엇으로 보는 것이 중요한 것이 아니라, 현실을 직시하고 무엇을 해야 하는지를 찾는 것이 더 중요한 것이오. 지금 러시아는 하루빨리 현실을 파악하고 힘을 키워야 하오. 그저 덩치만 커다란 발톱 빠진 호랑이가 아니라, 새끼라도 좋으니 실제로 포효할 수 있고 튼튼한 송곳니를 가진 호랑이가 돼야 한다는 것이오. 미국과 일본이 동맹을 맺고, 영국과 일본도 동맹을 맺었소. 이미 러시아와 일본이 전쟁할 때 미국과 영국이 일본을 도왔다는 것은 당신들도 다 아는 일 아니오? 자연히 미국은 일본을 도우면서 러시아가 탐내는 만주에 눈독을 들일 수밖에 없게 되었소. 그러자 일본이 또 수를 쓴 거외다. 러시아를 끌어들임으로써 미국이 아예 만주에 대해서는 엄두도 못 내게 하자는 거죠. 일본이 한반도를 침략하는 것을 묵인하는 조건으로 러시아가 만주를 침략해도 좋다는 거요. 그러나 그게 바로 일본의 속임수라는 것을 알아야 한다는 거요, 미국이 만주에서 손을 놓는 것이 확실해지는 순간 일본은 러시아에게 물러나라고 종용하겠지. 그리고 거절한다면 힘으로 밀고 들어갈 거요. 그러니 러시아는 지금 힘을 길러야 한다는 거외다. 왜놈들의 간교에 휙 넘어가서 되지도 않게 우리 대한의 영토인 만주를 거저로 집어삼킬 생각 말고, 자신들이 살아갈 진정한 길을 닦기 위해서라도 힘을 키워야 한다는 거요. 전형적인 일본의 수법에 이토 히로부미의 전술 축에도 끼지 못하는 전술을 융합한 것으로, 아시아는 물론 전 세계의 평화를 깨트리는 짓인 것을 왜 모르오? 나는 이토 히로부미를 죽인 것이 아니라 세계 평화를 깨트리는 평화 파괴범을 징벌했을 뿐이오. 그런데 러시아는 지금 붕 떠서 그런 것을 아예 파악도 못 해요. 하기야 피의 일요일을 겪었으니 정신이 있을 리가 없지. 그러나 그럴수록 정신 차리지 않으면 왜놈들은 그 허점만 노릴 거요. 우리 대한이 바로 그 경험을 한 나라가 아니겠소? 니콜라이2세께서도 이제 겨울 궁전에서 나오셔서 왜놈들의 저 간교함을 보셔야 하오."

안중근의 말을 듣던 러시아 검찰들은 아무 말도 못했다. 조금 전까지 등등하던 기세는 어디론가 사라져 버리고 안중근을 존경하는 눈빛으로 쳐다보며 말했다.

"어찌 그리도 많은 것을 정확히 보시오? 솔직히 우리도 답답하기는 마찬가지요. 그러나 지금 우리가 나선들 무슨 소용이며…"

그러자 안중근은 탁자를 내리쳤다. 포승줄로 두 손이 하나로 묶였음에도 불구하고 그대로 내리친 것이다. 자칫 손을 상할 수도 있었음에도 정말 힘껏 내리쳤다. 그리고 그 소리에 놀란 러시아 검찰들은 '헤'하고 입을 벌린 채 굳어버렸다.

"이보시오. 어찌 백성 된 자가 그리 말할 수 있소. 그대들이 우리 대한제국의 백성은 아니지만 나도 내 나라의 백성이요, 그대들은 그대들 나라의 백성이라 백성이기는 매 한 가지인데, 어찌 백성 된 자가 그리 말할 수 있다는 말이오? 그대들이 지금 나선들 무슨 소용이냐니 그게 가당키나 한 소리라고 생각하오? 백성이 안 나서면 누가 나선단 말이오? 세상 모든 것이 사라질지라도, 권력과 영화는 사라질지라도 백성은 남는 법이오. 관리와 임금은 바뀔지라도 백성은 남는 것이니 백성이 나라를 지키지 않으면 누가 나라를 지키겠소. 그리고 그 백성은 네가 아닌 내가 되어야 한다는 말이오. 왜놈을 죽여도 내가 죽여야 하고 나라를 위해서 목숨을 바칠 일이 있어도 내 목숨을 바쳐야 한다는 말이오. 왜놈 대가리 하나 자른다고 그게 뭐 대수냐고 생각하는 그 순간 왜놈들은 더 날뛰고, 어느 놈이든 걸리기만 하면 한 놈 죽이고 내 목숨도 내어놓는다고 다짐하는 그 순간 왜놈 하나는 그늘 아래로 사라지는 거요. 나라는 걱정이 된다고 하면서, 그 일을 해결하기 위해서 몸을 바쳐 일하는 것만큼은 내가 아니어야 한다고 생각하느냐 말이요. 설령 나섰지만 나선 것이 아무 의미가 없더라도, 나섰다는 그것이 중요한 것임을 정말 모르시오? 무언가를 하고자 하는 것이 중요하다는 것을 정말 모르냐고?"

안중근은 그들이 정말 모른다고 생각해서 하는 말이 아니다. 정말 모르냐고, 묻듯이 나무라는 것이다. 그럼에도 불구하고 러시아 검찰 두 사람은 아무 말도 못 했다. 그냥 천장과 바닥을 번갈아 볼 뿐이었다. 그러다가 무언가 결심이 섰는지 그중 연장자가 입을 열었다.

"토마스 안. 부끄럽소이다. 이리 훌륭한 사람인 줄은 솔직히 나도 몰랐소이다. 다만 평화와 조국을 사랑하는 젊은이라는 것만 알았는데, 아무튼 부끄럽소. 부끄럽게도 지금 우리가 토마스 안을 심문하는 것은 절차일 뿐이오. 토마스 안이 말한 그대로 토마스 안은 일본으로 인계될 거요. 다만 한 가지 방법은 있소. 토마스 안이 원한다면 내가 러시아 법정에서 재판해야 한다고 하면서 토마스 안을 긴급으로 법정에 세우는 거요. 그리고 판결이야 어찌나든 간에 짜르의 사면과 감형 등 많은 수단을 총동원하면 해결될 거외다. 우리 러시아 법정에서 재판받겠소?"

"아니요. 나는 그냥 왜놈들에게 재판받겠소이다. 재판정에서 우리 대한의 기상을 전 세계에 알릴 거요. 내가 이토 그놈을 죽이지 않았다면 누가 우리 대한의 목소리를 듣기나 하겠소? 쳐다나 보겠소?"

"아니, 그깟 말 몇 마디 하자고 목숨을 버리겠다는 거요?"

"버리는 게 아니라 바치는 거요. 우리 대한 백성들의 단합을 호소하며 위정자들의 반성과 각성을 촉구하고, 강대국들에게 일침을 가하기 위해서 내 목숨을 바치는 거란 말이오. '나는 대한의 일개 독립군으로, 작게는 대한을 침략하여 평화를 깨트렸으며 크게는 아시아와 나아가서는 세계의 평화를 깨트린 인류의 공적이자 왜군의 수장인 이토 히로부미를 살해했으니, 이번 전쟁에서의 승자는 당연히 나 안중근이자 우리 대한제국인데 승자를 처벌하는 법은 없다. 당장 나를 석방하라'고 목청 껏 외칠 거요."

안중근의 호기 있는 발언을 듣던 두 사람의 러시아 검찰들은 머리를 땅에 떨어트리고 들지를 못했다. 그러자 안중근이 부드럽게 말했다.

"나라를 사랑하고 나라를 구하는 길에 늦고 이름이 없으니 지금이라도 시작해 보시오. 아직 내 나라의 국호와 국권이 존재한다면 결코 늦은 것이 아니오."

거기에 있던 모든 사람은 그제야 안중근의 진심을 알게 되었다. 안중근이 총으로 쏜 것은 단순히 이토 히로부미라는, 일제의 노정객으로 위장한 실세가 아니었다. 그가 총으로 쏜 것은 바로 아시아와 나아가서는 전 세계의 평화를 깨트리는 일본이라는 제국주의 집단이었으니, 곧 일제의 심장을 향해서 총알을 발사한 것이었다.

안중근은 그날 거기서 했던 말들을 법정에서도 똑같이 되풀이했다.
'너희 왜놈들은 동양은 물론 전 세계의 공적이므로 너희가 떠받들고 쫓아다니던 너희들의 수장을 내가 엄벌한 것이다. 나는 대한제국의 일개 독립군일 뿐이다. 일개 군병이 적장을 사살한 것을 칭찬하지 못할지언정 이리 천박하게 푸대접할 수는 없다. 또한, 지금 대한제국은 일본과 전쟁 중이다. 일개 병사가 적장을 죽였으니 전쟁을 승리로 이끈 것이다. 그런데 엄연히 전쟁에서 이긴 승자를 벌하는 법은 없으니 어서 나를 석방하거라. 만일 석방할 수 없다면 전쟁포로로 대접하고 국제적인 심판을 구해야 한다.'
안중근은 재판정에서 반복하는 이 말들을 통해서 대한제국은 엄연한 주권국가로, 일본이 외교권을 박탈하고 고문이라는 명목으로 실질적인 주권을 강탈한 것에 대항해서 투쟁하는 것이며, 만일 일본이 대한제국 침략을 포기하지 않고 계속 강행한다면, 그 주권을 찾기 위한 투쟁 역시 지속될 것임을 강조했다. 그런 숭고한 안중근의 뜻을 일본이라고 모를 리가 없었다. 일본은 곧장 자신들의 심장을 향해 총알을 꽂은 안중근의 배후를 찾겠노라고 사방팔방으로 비슷한 계열의 사람들, 쉽게 말하면 민족운동이나 항일투쟁의 냄새를 피우던 사람들을 잡아들이기 시작했다. 당연히 신민회원들은 그 대상 1호였다. 일제가 신민회에 대해서 알아서라기보다는, 누가 보아도 뚜렷한 민족의식이 신민회원들에게서는 살아 움직이고 있었다. 안창호는 물론 백범 역시 일제의 사슬을 벗

어나지 못했다. 그러나 안중근 사건은 정말 그들과는 관련이 없는 사건
이었다.

안중근은 일본이 대한제국을 침략하는데 그 중추적인 역할을 하는
것이 이토 히로부미라는 것을 일찌감치 간파하고 있었다. 그런 이토 히
로부미가 1905년 을사늑약을 맺고 초대 통감으로 부임하는 것을 보자
혼자의 힘으로 무엇을 어찌하는 것이 효율적인 투쟁이 될까를 연구하
기 시작했다. 어떻게 나서야, 기왕에 조국과 민족을 위해서 바치는 한
목숨을 왜놈의 심장에 꽂는 비수로 만들 수 있겠는가를 연구했던 것이
다. 그리고 내린 결론이 이토 히로부미를 저격하는 것이었다. 그를 저
격하는 것은 이토 히로부미 개인을 저격하는 것에서 그치지 않고 수백,
수천 배의 효과를 낼 수 있다고 확신했다. 그렇다면 볼 것 없이 죽여야
한다. 촉석루의 논개처럼 내가 그놈을 끌어안고 자폭해서라도 죽여야
한다.

마음을 다진 안중근은 1909년 2월 7일 러시아령인 그라스키노 근
처 카리에서 김기룡, 강기순, 정원주, 박봉석, 유치홍, 조순응, 황길병,
백남규, 김백춘, 김천화, 강계찬, 엄인섭, 백원보, 한종호 등의 동지들
과 비밀결사조직을 만들어 조국광복을 위해서 목숨을 바칠 것을 결의
했다.

"자, 이제 우리는 조국광복을 위해서 이 한목숨 내놓기로 결의를 했
습니다. 그런 우리의 결의가 가득한 모임 이름을 만듭시다."

안중근의 제의에 그 자리에 모였던 사람들은 모두 동의하면서, 안중
근에게 생각해 둔 좋은 의견을 내달라고 했다.

"좋습니다. 기회를 주시니 말씀 올립니다. 예부터 우리 민족은 가족이나 친지 중 누군가가 기력이 쇠해 병이 나면 자신의 손가락을 자르는 단지를 통해 그 피를 먹여 기사회생하게 하였습니다. 지금 우리 대한제국은 쇠약할 대로 쇠약했으니, 우리가 단지하여 피를 수혈한다는 심정으로 우리 목숨의 피를 바치고자 하는 것입니다. 따라서 우리는 단지동맹이라고 부르는 것이 어떨까 합니다."

그러자 모두가 박수로 응대하는데 김기룡이 말을 받았다.

"저도 대 찬성입니다. 다만 우리가 비밀결사 조직을 만들고 목숨도 기꺼이 바치겠다는 각오를 했으니, 이 자리에서 서로에게 확인시키는 의미로 왼손 약지를 단지하여 태극기에 대한독립을 새겨 넣으며 맹세하면 어떻겠습니까?"

그 자리에 모인 동지들이 환호하며 서로 자신의 왼손 약지를 끊어 태극기 앞면에 '대한독립'이란 글자를 쓰며 피로써 맹세했다. 그리고 단지동맹 동지들이 힘을 합쳐서 이토 히로부미를 사살하는데, 3년 이내에 성사하지 못하면 자살로 국민에게 속죄한다고 맹세했다.

이후 이토 히로부미의 행적에 신경을 곤두세우고 호시탐탐 기회를 엿보던 그들은 이토 히로부미가 북만주 시찰을 명목으로 러시아의 재무대신 코코프체프와 회견하러 온다는 정보를 입수했다. 안중근은 전략적 요지인 채가구에는 우덕순과 조도선이 기다리게 하고, 하얼빈에서는 자신이 거사를 결행하기로 하고 준비에 들어갔다. 드디어 유동하로부터 10월 26일 아침에 이토 히로부미가 하얼빈에 도착할 것이라는 연락이 왔다. 안중근은 모든 마음의 준비를 마치고 10월 26일 새벽 하얼빈역으로 나갔다.

러시아 병사들의 경비를 하고 있었으나 그 자리에서 대한의 아들이 이토 히로부미를 저격하리라고 생각한 사람은 그 누구도 없었다. 오전 9시 이토 히로부미가 탄 특별열차가 하얼빈 역에 도착하였다. 환영 나온 러시아의 재무대신 코코프체프와 열차 안에서 약 30분간 회담을 마친 이토 히로부미는 코코프체프의 인도로 역 구내에 도열한 러시아 의장대를 사열할 때였다. 의장대 후방에서 때를 엿보던 안중근은 앞으로 뛰어나가며 이토 히로부미에게 3발의 총탄을 명중시켰다. 이토 히로부미는 즉사했고 안중근은 도망치고자 마음만 먹었다면 가능했을 일인데도 도망은 커녕 가슴에서 태극기를 꺼내 들고 만세를 부르며 '대한제국 만세'와 '꼬레아 우라'를 연달아 외쳤다. '꼬레아 우라'는 러시아어로 '대한제국 만세'다. 그 자리에 모인 사람들의 주를 이루는 것이 러시아인이라는 사실을 잘 알고 있던 안중근으로서는, 더 많은 사람에게 대한의 아들이 이룩한 위대한 거사를 알리고자 했던 것이다.

사건의 전말이 그러니 안창호와 김구를 비롯한 수많은 인사들을 체포해도 나올 건덕지가 없었다. 결국 일제는 체포 3개월 만에 그들을 석방하였다. 우강 양기탁은 그 3개월 동안 김구가 김창수라는 것이 들통 나면 백범은 영락없이 사형에 처해질 것이기에 마음을 조였던 것이다. 그리고 백범의 얼굴을 보자 그동안 조였던 마음이 반가움으로 변했다.

"자, 안으로 듭시다. 오랜만에 만났으니 회포도 풀고 무사 귀환도 축하하면서 오늘 와 주십사고 한 것에 대해 서서히 이야기를 나눕시다."

우강의 손에 이끌려 집 안으로 들어서자 안창호가 반갑게 맞아주었다. 순간 백범은 무언가 중요한 일이 자신을 기다리고 있을 것 같은 생각이 들었다. 혹시 또 다른 초대자가 있나 살펴보았다. 그러나 안창호 이외에는 더 이상 초대된 사람은 없는 듯했다.

말이 3월이지 음력으로는 아직 정월이다. 그날따라 유독 귓불이 따가울 정도로 매서운 추위의 기세는 꺾이지 않았다. 그러나 사랑방에 들어서니 완전히 다른 세상에 온 것 같았다. 거기다가 따뜻한 차 한 잔을 마시자 온몸이 녹아내리는 온기가 볼로 몰려왔다. 볼이 화끈거리는 것이 이제 곧 소년처럼 발그스레하게 변할 것이다.

"먼 길 오셨는데 쉴 시간도 없이 이야기를 진행해야 할 것 같습니다. 사안이 사안이니만큼 나름대로 결론을 내놓아야 전국 대표자 회의에서 추진하기가 수월해질 것 같으니까요."

말없이 차를 마시고 있는 좌중을 향해 안창호가 먼저 입을 열자, 우강이 간단하게 상황설명을 시작했다.

"그럽시다. 김 동지께서도 소식 들으셨겠지만, 안중근 동지는 이미 사형을 언도 받고 지금 여순 감옥에 계십니다. 언제 사형이 집행될지 아무도 모르는 일입니다. 안타깝게도 국내에서는 물론 러시아인 콘스탄틴 미하일로프, 영국인 더글러스 등이 무료변호를 자원했으나 일본이 허락을 안 해서 일방적인 판결을 받았다고 하는군요. 사형을 언도하기 위해서 재판 자체가 속전속결로 진행된 것은 말할 것도 없고요. 다 예상했던 일이지만 안타깝기 그지없습니다. 그래서 이번 기회에 안 동지의 뜻도 이을 겸, 우리 신민회가 전부터 주창해오던 무관학교 건립 사업을 시작하면 어떨까 해서 전국회의를 소집했습니다. 그리고 그 전에 동지를 모시고 이야기를 나눠보려고 일찍 오시라고 한 것입니다."

"그럼 안명근 동지도 부르셨습니까?"

"아니요. 오늘은 연락하기도 수월하지 않고 해서 아닙니다만, 오늘 우리끼리 나누는 대화를 통해서 결정이 나면 전국위원회 때 부르고 싶습니다. 안중근 동지 때문에 상심이야 크겠지만, 그럴수록 안중근 동지가 목숨을 내놓고 외친 그대로 일제가 조국을 더이상 망가트리지 못하도록 해야 하지 않겠습니까?"

우강은 되도록 조심조심 말을 이었다. 그때 안창호가 한마디 했다.

"왜놈들은 이미 조국을 망가트릴 대로 망가트렸지요. 말로는 대한제국이 존재하지만 어디 대한제국을 찾아볼 수 있습니까? 황제께서도 왜놈들이 창경궁에 들여놓은 동물들 틈바귀에서 어린애처럼 동물 놀이 즐기기에 바쁠 뿐 정사를 돌보지 않는답니다. 하기야 정사를 돌볼 수도, 돌볼 것도 없지요. 왜놈들이 억지로 양위를 하게 해서 즉위하신 황제께서 정신이 혼미하시니 정사를 돌볼 수가 없고, 지난해에 이토 히로부미를 이어 통감이 된 왜놈 소네 아라스케가 이완용 붙들고 만든 대한제국 사법 및 감옥 사무 위탁에 관한 기유각서로 인해서 아예 할 일이 없어졌지 않습니까? 황제가 말로만 황제지, 황제가 아니지요. 제나라 백성 중 잘못한 백성 벌주고 감옥에 가두는 일을 왜놈들에게 넘겨주었으니 기가 막힙니다. 막말로 이건 대한제국에 잘못한 사람 벌주라는 것이 아니라 일본에 잘못한 사람 벌주라는 거 아닙니까? 설령 안중근 동지께서 내 조국에서 재판받겠다고 하셨어도 사형선고 받기는 마찬가지였다는 겁니다. 대한제국은 이미 정미년 7조약과 그에 따른 비밀각서에 의해서 군대가 해산됨으로써 왜놈들에게 넘어간 것이건만, 그동안 우리가 너무 소극적으로 대처했습니다. 쪽발이 놈들의 근성을 알면서도 말입니다. 놈들에게는 총칼로 응수하는 수밖에 없다는 것을 제대로 인지하지 못한 우리 잘못입니다. 하지만 이제라도 늦지 않았습니다. 우리 신민회가 처음 생각한 그대로 문무를 다 동원해서 조국과 겨레를 지키기위한 일이라면 합법, 불법 가리지 않고 해야 합니다. 그러기 위해서는 먼저 인재를 양성해야 합니다. 특히 우리 대한제국이 지금 당장 필요로 하는 것은 무장한 힘이니, 무를 중점적으로 교육한 지도자 양성이 필요하다는 겁니다."

안창호는 단호했다. 평소 사적으로 만나거나 일반적인 모임에서는 예의 바르고 온유하며 상대를 존중하고 사리 판단이 정확한 인물이다. 그러나 조국과 겨레의 앞날을 위한 일이라면 무조건 강하게 밀고 나가야 한다고 주창하는 사내다. 그렇다고 막무가내라는 것이 아니다. 조국을 위해서라면, 정확한 판단력을 앞세워 칼 앞에 어떤 장사도 없으니 칼에는 칼로 대적해야 한다는 결단을 누구보다 잘 내리고 또 그 방법을 제시하면서 자신도 적극적으로 참여하는 진정한 투사라는 것이다. 광복군을 조직하여 무력으로 투쟁하지 않으면 대한의 미래는 없으며, 그러기 위해서 무관학교를 만들어야 한다고 끊임없이 주창해 온 사람이다. 어쩌면 그가 공들여 신민회를 창립한 이유 자체가 그것일 수도 있다. 물론 정치체제는 국권을 회복하여 자유 공화정을 세운다는 등의 여러 가지 새롭고 혁신적인 것들을 많이 품고 있던 단체지만, 그들에게 가장 중요한 것은 교육이었다. 그냥 말로만 백성들을 계몽하고 구국 열정을 가르친다는 등의 입으로 하는 교육이 아니다. 신민회 자체가 실질적으로 참여하여 우수한 학교를 세워 국권 회복을 위한 인재를 양성하는 교육이었다. 그리고 국권 회복이라는 것이 일본을 설득해서 해결할 수 없다는 것을 누구보다 잘 아는 이들의 모임이었으니, 당연히 기본적인 지식을 갖춘 무관을 양성하는 것이 목적이었다.

"안창호 동지께서 말씀하신 것처럼 당장 코앞에 떨어진 일입니다."

우강은 더이상 보탤 말은 없으며 백범의 의견을 들어보고 싶다는 듯이 백범을 마주 보며 말했다. 그 말을 들은 백범은 망설임 없이 대답했다.

"저는 대찬성입니다. 그렇다고 무슨 일시적인 기분에 의해서 드리는 말씀은 절대 아닙니다. 제 의견은 상대가 말로 설득하거나, 혹은 자신들이 좋아하는 그대로 조약이나 각서를 통해서 해결될 상대라면 모르겠지만, 왜놈들은 그런 인간적인 방식으로는 절대 해결이 안 되는 인종들입니다. 그건 우리 모두 아는 사실이니까, 늦은 감이 있더라도 지금부터라도 시작해야 합니다. 최소한 안중근 동지 피의 값은 받아야 할 것 아닙니까? 저 역시 최선을 다하겠지만, 안명근 동지가 합세한다면 황해도에서의 결과는 기대해도 좋을 것 같습니다."

이미 왜놈 육군 중위 쓰치다 요오스케를 때려죽인 백범이다. 백범이 지략이 없어서가 아니라 왜놈을 다스리는 법은 그것밖에 없다는 것을 가장 먼저 터득한 행동이었다. 그런 백범이기에 그 대답 역시 시원했던 것이다.

"좋소. 그렇다면 일단 뜻이 정해진 겁니다. 전국회의는 예정대로 개최하겠습니다. 전국회의에서 반대할 사람이야 누가 있겠습니까만, 모든 일은 명분도 중요하니까요. 명분이 뚜렷해야 모금도 수월할 것이고, 각 지역의 대표들이 자신들에 의해서 모금이 결정되었다는 자부심과

의무감도 갖게 되어 혼신을 다해서 모금에 참여할 테니까요."

역시 우강다운 생각이었다.

"좋습니다. 제가 전국대회 때 안명근 동지도 모시고 함께 오겠습니다. 안명근 동지야 안중근 동지의 사촌이니 함께하면 당연히 큰 힘이 될 겁니다."

우강 양기탁의 말에 백범 김구가 호쾌하게 맞장구를 쳤다.

"안명근 동지가 함께하면 더없이 좋겠지만 지금 연락 닿기가 수월하지 않을 겁니다."

백범의 말을 받아 안창호가 걱정스럽게 말하자 백범은 입가에 웃음을 띠며 가벼운 목소리로 답했다.

"걱정하지 마십시오. 다 방법이 있습니다. 제가 알기로 안명근 동지는 지금 서간도에 있는 것으로 파악되고 있습니다. 까짓것 서간도래 봐야 잰걸음이면 일주일 내에 갑니다. 말을 타면야 일주일이면 왕복도 합니다. 아니, 그보다도 우리가 안 동지 만나기를 소망한다는 바람이 전해져서 안 동지가 이쪽으로 이미 오고 있는지도 모르는 겁니다. 어차피두어 다리 건너면 움직이는 소식은 다 알게 되어 있습니다. 그러니 두분은 그리 알고 계십시오. 앞으로 열흘이라는 시간이면 충분하지는 않지만 가능한 시간입니다. 제가 안 동지와 같이 올 겁니다. 자, 그럼 저는오늘은 이만 자리를 뜹니다."

백범은 그만 돌아간다고 일어섰다. 모임을 열흘이나 남기고 자신과만나자고 한 이유를 알았다. 안명근과 함께 전국회의에 와달라는 부탁을 하고 싶었던 것이다. 그게 나라를 위한 일이라면 해야 한다. 더 이상지체할 이유가 없었다.

"무슨 말씀을 그리하십니까? 그 먼 길을 오셨고 또 가셔야 하는데 요기나 하고 가세요. 말로는 3월이라지만 음력으로는 아직 정월입니다. 이 추운 겨울날 몸도 녹기 전에 되돌아가시게 할 수는 없습니다."

밤을 새워서라도 빨리 가야 안명근에게 연락도 해서 함께 열흘 후 열리는 회의에 참석할 수 있다는 마음에, 서두르는 백범을 양기탁이 진심으로 만류하며 잠시 더 머물며 식사라도 하고 갈 것을 권했다. 그런 양기탁의 손을 뿌리치지 못한 이유도 있지만, 솔직히 배가 고파서 백범은 다시 좌정하여 식사를 함께했다.

"역시 백범다우십니다. 안 동지와의 연락을 자신하시니 말입니다."

"예. 주변에서 도와주는 동지들 덕분입니다. 지금 나라의 운명이 풍전등화처럼 위태로운데, 조국의 국권을 수호하기 위해서라며 무슨 짓이든 해야되지 않겠습니까? 웬만한 일이면 동지들이 자기 손바닥 손금 보듯이 꿰차고 있는지라 저는 그저 입만 살아서 움직입니다."

김구는 그 모든 일이 자신의 노력에 의해서 이루어지는 것을 알고 있는 이들에게조차, 자신의 공을 모조리 동지들에게 돌리고 있었다.

3

신민회 전국회의

양기탁이 자신의 집으로 김구를 초대해서 안창호와 함께 만나고 열흘이 되던 1910년 3월 10일. 음력 정월도 마지막 날이다. 신민회 전국회의가 열렸다. 전국 각도의 대표들이 속속 모여들었다. 백범은 안명근과 함께 회의장에 들어섰다.

열흘 전 양기탁과 안창호와 김구 셋이서 만났을 때, 김구가 안명근이 서간도에서 오고 있을지도 모른다고 말 한 적이 있다. 그런데 그게 진짜가 되고 말았다. 마치 김구가 안명근이 서간도를 출발했다는 말을 듣고 전하기라도 한 꼴이 되고 만 것이다.

그날 두 사람과 식사를 마치고 작별한 후, 김구는 길에서 쓰러져 얼어 죽지 않을 정도로 쉬어가며 걸어서 집으로 향했고, 이틀이 지난 저녁 무렵이 다 되어서야 겨우 집에 도착할 수 있었다. 김구는 피곤한 몸을 이끌고 들어서며 오늘은 쉬고 일은 내일 처리하리라 마음먹었다. 그런데 저녁을 먹고 일찍 쉬려고 잠자리를 펴려는 순간이었다. 손님이 왔다는 전갈을 받고 나가보니 안명근이었다.

"아니? 이거 안 동지 아니시오? 그렇지 않아도 내일부터 안 동지를 찾아 나설 참이었는데 고맙게도 와 주셨구려."

김구는 안명근을 반갑게 맞아 방안으로 들게 했다. 3월 초라지만 쌀쌀한 밤바람은 살갗을 파고들어 사람을 위축시켰다.

"절 찾아 나선다니요?"

"예. 엊그제 서울에 다녀왔습니다. 안창호 선생과 양기탁 선생님을 뵈었죠. 만주에 무관학교 건립에 관한 이야기를…."

김구의 말을 듣던 안명근은 갑자기 김구의 말을 끊으며 되물었다.

"양 동지와 안 동지가 만주에 무관학교를 건립하자고 했다는 말입니까?"

"그런 셈입니다. 물론 오는 10일에 전국회의를 거쳐서 확정하기로 했지만 반대할 사람은 없을 것 같습니다. 다만 그 뒤에 감당해야 할 일들이 걱정이지요. 자금을 모아야 무관학교를 짓고 운영해 나가지 않겠습니까? 막말로 한두 푼 들어갈 일도 아니고, 전국회의에서 좋은 방안들을 내놓으시겠지요."

김구는 걱정스럽게 말을 마쳤는데, 안명근은 무엇이 그리 좋은지 얼굴에 싱글벙글 좋아하는 표정이 역력한 채 입을 열었다.

"그래서 우리는 동지인가 봅니다. 제가 이 밤에 찾아뵌 이유가 다름이 아니라 바로 무관학교를 건립해야겠다는 생각에서입니다. 이건 제 생각이 아니라 얼마 전에 제가 안중근 동지를 면회한 적이 있는데, 그때 안중근 동지께서 해 주신 말씀입니다. '선비라고 책만 붙들고 앉아 국권 수호를 외친다고 될 일이 아니다. 대한 남아라면 목숨을 바쳐서라도 분연히 일어서서 단 한 놈의 왜군이라도, 그것이 헌병이 되었든 장교가 되었든 졸병이 되었든 상관하지 않고, 일제의 군인이라면 결딴내는 것이 국권을 수호하는 길이다.'라고 하면서 무관학교 건립을 동지들과 협의해 보라고 했었습니다. 그래서 이번에 제가 마음먹고 일을 추진해 보려고 몇 군데 돌아서 온 것입니다."

안명근이 발 빠르게 움직이는 것이 어떻게 보면 의외였다. 아무리 안중근의 언급이 있던 일이라지만 기대 이상으로 빠른 행동이었다. 그런 김구의 생각을 읽기라도 했다는 듯이 안명근이 말을 이었다.

"안중근 동지의 말씀이 솔직히 옳은 말씀 아닙니까? 그런데 지난 2월 안중근 동지가 사형을 언도 받고 나니 제 가슴이 터지는 것 같았습니다. 제가 사촌 동생이라고는 하지만 나이가 같아 그냥 친구이기도 하고 형제이기도 한, 누구보다 가깝게 지낸 동지이자 친구였습니다. 그런 그가 막상 사형을 언도 받으니까, 그가 남긴 족적을 사라지지 않게 하는 것이 중요하다는 생각이 들었습니다. 그의 죽음이 헛되지 않도록 해야 한다는 거죠. 그 방법 중 가장 확실한 것은 안중근 동지가 평소에 늘 강조하던 그대로 '행동하는 독립운동'을 실천하는 것이라고 생각한 겁니다. 입으로만 하는 것이 아니라 목숨 내놓고 항거하는 투쟁 말입니다. 그래서 그가 강조하던 무관학교 설립을 생각한 겁니다."

"그래요. 정말 훌륭한 생각을 하셨습니다. 그런데 반응은?"

"비록 몇 명이지만 아주 좋았습니다. 기꺼이 기부금을 내놓으마고 하면서, 좀 더 크게 움직이기 위해서 범국민적인 단체와 협심해서 일을 도모하는 게 좋겠다는 의견들이었습니다. 그래서 신민회를 떠올리고 동지와 함께 안 동지와 양 동지를 만나러 가자고 하려고 이리 온 겁니다. 그런데 이미 뜻이 통했으니 이 얼마나 좋은 징조입니까?"

안명근은 이미 일을 완성한 사람인 양 기뻐하는 기색이 역력했다.

"그러게 말입니다. 좋은 징조는 같습니다만, 그렇다고 너무 서두르거나 지나치게 확장했다가는 오히려 화가 될 수도 있으니 조심해야지요. 왜놈들이 보통 설쳐대는 게 아닌데다가 더 지랄 같은 것은, 그 앞잡이 놈들이니 그게 문제인 거죠. 때리는 시어미 보다 말린다고 설쳐대는 시누이가 밉다고, 대한의 자식이면서도 왜놈들의 개가 되어버린 앞잡이 놈들이 실적 올린답시고 왜놈보다 더 설쳐대니 매사에 조심해야 합니다. 어느 놈이 앞잡이고 어느 놈이 왜놈인지 구분이 안 될 정도 아닙니까?"

"그야 그렇지만 구더기 무서워 장 못 담가서야 되겠습니까?"

"구더기 무서워 장을 못 담근다는 게 아니라, 장을 담그기도 전에 구더기가 들끓는 바람에 장독을 통째로 깨트릴까 봐 걱정돼서 드리는 말씀입니다. 매사에 조심해서 뜻을 이루는 것만이 안중근 동지의 뜻을 실천하는 거지, 중도에 일을 그르치기라도 하는 날에는 아무런 의미가 없는 것 아니겠습니까?"

"그야 당연한 거죠. 아무튼, 신민회 전국회의에 가서 이야기를 구체화해 봅시다."

김구와 안명근이 신민회 전국회의에서 발표하자고 약조를 하고, 그 날이 오자 안명근은 설레는 마음으로 김구와 함께 회의가 열리는 서울 외곽 왕십리에 있는 객주(客主)로 들어섰다.

신민회 전국회의는 다양한 장소에서 열린다. 사람이 많아 어느 개인 집에서 할 수는 없는 일이지만, 그렇다고 일제와 그 앞잡이들이 눈에 쌍심지를 켜고 들이대는데 아무 곳에서나 열 수도 없는 일이라, 그때그때 장소를 변경하면서도 여간 신경을 쓰는 것이 아니다. 차라리 여름에는 산 중턱이나 계곡에서도 한다지만 겨울은 정말 문제였다. 때로는 산사 법당을 이용하기도 하고 어떤 때는 오늘처럼 국권 수호 운동에 뜻을 갖고 그 후원도 아끼지 않는 거상의 객주를 이용하기도 한다. 객주야말로 가장 안전한 곳이라고 해도 과언이 아니다. 원래 사람이 많이 드나드는 곳이니 각 도 대표들이 들어가고 나오는 일에 누가 관심을 둘 일도 없다. 다만 한 가지 아쉬운 것은 계속 같은 집을 이용할 수는 없다는 것이다. 같은 집을 이용하다가 잘못해서 꼬리라도 밟히는 날에는 객주를 내어준 사람까지 화를 당할 터이니, 은혜를 베푼 사람에게 화로 갚아서는 안 된다는 생각 때문이었다. 따라서 객주도 여러 곳을 물색해 한 번 혹은 두 번 정도만 이용할 뿐인데, 오늘은 서울 외곽 왕십리의 객주가 회의장이었다.

각 도를 대표해서 온 사람들 중에는 연세가 지긋한 분부터 젊은 사람까지 연령만 다양한 것이 아니다. 비록 고위직은 아닐지라도 결코 남에게 무시당하지 않을 지위의 현직 관료와 이름만 들어도 알만한 교육기관에서 교육에 종사하여 지식이 뛰어난 것으로 알려진 사람이 있는가 하면, 지식 면에서는 이렇다 할 볼일이 없지만 돈 가진 것으로 말하면 부러울 것 없는 부농과 고깃배를 수십 척이나 소유한 어민과 대규모 상업에 종사하는 사람도 있고, 일정한 가게나 장사 터전 없이 시골 장마다 돌아다니면서 물건을 파는 장돌뱅이라고 불리는 장사꾼과 남의 집에서 일 년 동안 농사를 짓고 잡일을 해 주며 일종의 계약직 종노릇을 해주고 새경이라는 이름의 품삯을 받는 머슴살이를 하는 사람까지 정말로 다양한 직종의 사람들이 모두 모인 곳이다. 그러나 그들의 눈동자는 모두 살아 반짝이고 있었으며, 조국의 국권 수호에 대한 의지는 그 눈빛에서 읽을 수 있었다.

"지금부터 신민회 전국회의를 개최합니다. 먼저 국민의례입니다. 이 자리에 모이신 모든 동지께서는 정면의 국기를 향해 주십시오."

총서기인 이동녕의 사회로 신민회 전국회의가 시작되었다. 국기에 대한 경례와 찬송가 곡조이기도 하고 어느 나라 민요라고도 하는 곡조에 동해물과 백두산이 마르고 닳도록 나라에 충성하자는 가사를 붙인 애국가를 합창했다. 애국가를 합창하는 동안 눈에는 이슬이 맺히거나 심지어는 눈물을 주루룩 흘리는 이들이 꽤나 되었다. 나라가 풍전등화의 운명임을 알기에 이 자리에 모인 분들이니 그 마음이 오죽하랴 싶었다.

"다음은 총감독이신 양기탁 동지께서 오늘 모임 취지에 관해 말씀하겠습니다."

양기탁은 작은 발판을 가져다가 놓고 임시로 마련한 단상에 올라 좌중을 한 번 돌아보고는 무겁게 입을 열었다.

"나라를 지키겠다는 일념으로 먼 길을 마다않고 달려와 주신 동지들을 오랜만에 다시 뵈니 감회가 새롭습니다. 우리가 나쁜 일 하려고 모여서 작당을 하는 것도 아니고 오로지 나라를 위한 일을 하고자 함인데 떳떳하게 모임을 갖는 게 아니라 이렇게 숨어서 모임을 갖는다는 것만 해도 가슴이 찢어질 것 같습니다. 내 나라에서 내가 내 마음대로 살 수 없는 이 시국이 너무나도 한스럽고 안타깝습니다. 그렇다고 언제까지 이렇게 타들어 가는 가슴을 부여안고 살 수만은 없는 노릇이라 그 대책을 마련하고자 오늘 우리가 이렇게 모인 것입니다. 몇몇 동지들과 상의도 해보고 뜻도 모아 본 결과, 이렇게 맨손으로 앉아 세월만 보낼 것이 아니라 나라를 지켜낼 인재를 양성하자고 뜻을 모았습니다. 물론 학교를 세워서 인재를 양성해야지요. 그러나 그 학교는 일반적인 지식만 전달하는 학문을 가르치는 선에서 머무르는 학교가 되어서는 안 됩니다. 지식은 물론 군사교육을 병행해서, 아니 어쩌면 군사교육에 중점을 두고 가르치는 무관학교를 건립해야 합니다. 왜놈들은 우리 대한제국을 침탈하기 위해서 수단 방법을 가리지 않고 있습니다. 그런데 우리가 학문적인 지식만 가지고 총칼을 앞장세워 밀고 들어오는 왜놈들을 막아낼 수는 없는 노릇입니다. 우리도 최소한 총칼로 맞서야 됩니다. 그러자면 자연히 무관학교를 통해서 지휘관도 양성해야 하고 군사도 양성해야 합니다. 따라서 지금의 사정상 한반도에는 세울 수 없으니, 만주에 무관학교를 건립하자는 것입니다. 만주 역시 우리 영토임에 분명하나, 지금은 묘하게 얽혀 청나라가 자기네 영토인양 행위를 하지만, 청나라 역시 지금 한족들이 세우려는 나라와 얽혀 정신없기로는 우리 대한제국과 마찬가지입니다. 이미 뜻있는 동지들께서는 만주, 그중에서도 간도로 가서, 그곳에서 일제에 무력항쟁의 뜻을 펼치고 있습니다. 그러니 만주에 무관학교를 세워 군관과 병사를 양성하는 것은 병력이 필요한 항일단체에 긴급히 병력을 수혈할 수 있는 좋은 방법입니다. 또한 나라의 국권을 수호하고 독립을 염원하는 저를 비롯한 우리 동지들도 만주로 이주하여 그곳에서 지속적으로 항일투쟁의 뜻을 펼쳐가는 것입니다. 그렇게 하는 우리의 행동들은 일제에 항거하는 자원을 양성하는 데에도 커다란 의미가 있을 뿐만 아니라, 청나라가 되었던 한족에 의해서 새로 세워지는 나라가 되었든, 만주에 눈독을 들이는 그들에게 만주가 우리 대한의 영토라는 것을 다시 한번 천명하는 의미도 있는 것입니다. 특히 만주 중에서도 간도에 거주하는 백성들 중에는 우리 대한의 백성들이 8할이나 됩니다. 그러니 간도에 무관학교를 세운다면, 반도에서 자원해 간도로 가는 애국청년들과 현지에서 자원하는 애국청년들로 인적 자원은 충분할 것으로 봅니다. 다만 문제는 돈입니다. 학교를 세워 운영하려면 무엇보다 필요한 것이 자금이기 때문입니다. 땅이야 현지에 가서 이미 그곳에 자리 잡고 있는 동포들과 협력해서 노력하면 구할 수 있을지 모르겠지만, 건물을 짓고 학생을 모아 당장 먹이고 입히고 교육에 필요한 무기를 구입하고 서적도 구입하려면 많은 자금이 필요할 것입니다. 따라서 오늘 전국회의를 소집한 목적은 각도와 지방을 대표하시는 여러분께서 이번 사업에 적극 협조해주십사 하는 부탁을 드리기 위한 것입니다. 비단 여러분 자신만이 아니라 주변에 뜻을 함께할 수 있는 동지들을 적극적으로 확보해야 합니다. 그리고 아주 비밀리에 자금을 모아야 합니다. 그 자금은 일회에 많은 액수를 기부하는 것도 좋지만, 일정한 기간을 정해 놓고 기간마다 정기적으로 기부를 하는 것도 좋습니다. 학교를 설립하는 돈은 일시에 들어가지만, 운영자금은 꾸준한 수입이 필요하기 때문입니다. 다시 한번 동지들의 적극적인 협조를 부탁드리면서, 구체적인 사항은 우리 신민회 조직을 총괄하고 있는 안창호 동지가 설명해 드릴 것입니다. 다만 안창호 동지 말씀 전에, 오늘 전국회의를 통해서 전해야 할 특별한 사항이 하나 있습니다. 그것은 바로 안중근 동지의 전갈입니다. 침략 일제의 수장 이토 히로부미에게 총탄 세례를 안기고 사형선고를 받은 후 지금 여순감옥에서 죽음의 그날을 기다리면서도, 오로지 조국의 국권 수호를 위해 노심초사하고 있는 우리 안중근 동지의 종제이신 안명근 동지께서 안중근 동지를 면회 가서 만나고, 직접 듣고 전하는 전갈입니다. 비록 박수를 칠 기분은 아닙니다만, 우리 서로를 격려한다는 의미를 두고 안중근 동지를 만난다는 생각으로 크게 박수 한 번 칩시다."

안중근이라는 이름 세 자가 나오는 순간부터 술렁이던 좌중은 우레와 같은 박수로 안명근을 맞이했다. 그것은 안명근이 아니라 안중근을 맞이하는 그대로였다. 모두가 지르고 싶은 함성을 억지로 참아 목으로 다시 넘기면서 눈에는 이슬이 맺히고 벅찬 가슴에서 뿜어져 나오는 열기는 양 볼을 부풀어 오르게 하며 울컥 치솟는 감정을 애써 참고 있었다.

"동지들. 안명근입니다."

안명근의 인사 한마디에 또 우레와 같은 박수가 터져 나왔다.

"동지들의 마음 잘 압니다. 하지만 이제 박수는 그만합시다. 혹시라도 모르는 감시의 눈이 두렵습니다. 동지들이나 저나 우리네 한 몸뚱이야 잡혀 들어가든 목숨을 바치든 나라를 위한 일이라면 한없다는 것 잘 알고 있습니다만, 그저 모였다는 일로 잡혀 들어가는 의미 없는 행동은 안 됩니다. 여기 모인 우리 모두는 왜놈들의 손아귀에 들어가고 있는 조국을 지켜야 할 의무가 있는 사람들입니다. 왜놈을 단 한 놈이라도 때려죽이든, 왜놈의 앞잡이 이완용 같은 놈을 때려죽이든, 그것도 아니면 왜놈 통감부에 불을 지르든, 무언가 왜놈들을 아작내는 투쟁의 불씨를 당기고 잡혀 들어가야 의미가 있는 것입니다. 무의미하게 붙잡혀 들어가는 것을 조심하는 행동은, 자신을 위해서가 아니라 조국을 위해서이기에 더 조심해야 합니다. 각설하고, 제 종형이시지만 저와 나이가 같은 관계로 친구처럼 아무런 허물없이 지내면서 친형제 이상으로 우의를 다져왔으며, 또 나라를 기키기 위한 동지로 지내던 안중근 동지의 뜻을 전하겠습니다. 보름쯤 전에 제가 안중근 동지를 면회 갔습니다. 그 자리에서 동지께서는 저에게 다른 말씀 없이, 자신의 가족이나 친지에 대한 안녕을 묻거나 뒤를 부탁한다는 말도 없이, 오로지 조국의 국권을 수호하기 위해서 무력투쟁을 해야 한다는 말씀뿐이었습니다. 무관학교를 세워 군관과 병사를 양성해서 왜놈 군대와 맞서 싸워야 한다고 간곡하게 부탁하셨습니다. 이제 입으로 하는 독립과 머리로 하는 항일의 도는 넘은지 오래되었고, 오로지 무력 항쟁으로 왜놈들을 몰아내는 항일투쟁만이 의미가 있다고 말씀하시면서 동지들에게 자신의 뜻을 꼭 전해달라고 신신당부하셨습니다. 안중근 동지를 비롯해서 왜놈들과 투쟁하다가 숨져간 동지들의 죽음이 헛되지 않게, 반드시 이 땅에서 왜놈들을 물리쳐야 합니다. 그러기 위해서는 우리 모두 입과 머리로만 하는 독립이 아니라 몸으로 투쟁하는 대열에 앞장섭시다. 내가 먼저 만주로 이사하면서 내 모든 것을 무관학교 건립을 위해 헌납하고, 내 이웃도 헌납하도록 설득하는 데 앞장섭시다. 동지들! 안중근 동지의 뜻을 받듭시다.”

안명근의 말이 끝나자 박수를 치지말자고 부탁했던 말도, 이제껏 참았던 함성도 한꺼번에 터져 나왔다. 서울 외곽이라고 하지만 창경궁에 있는 순종황제의 귀에도 들리고 남을 정도의 함성과 박수가 하늘을 울리고 땅을 진동했다. 그동안 나라를 유린하는 왜놈들에게 품고도 풀 수 없던 한이 일시에 터져 나오는 듯싶었다. 그렇게 터져 나오는 함성과 박수는 그 누구도 막을 수 없었다.

안명근이 단상을 내려오자 총서기 이동녕이 다음 순서를 소개했다.

"다음은 우리 신민회의 조직을 총괄하고 있는 집행원 안창호 동지로부터 이번에 건립하고자 하는 무관학교와 그에 따른 여러 가지 정책들에 대해서 설명을 듣도록 하겠습니다."

안창호는 조국의 국권 수호를 위해서 자신의 모든 것을 바치고 있는 살아 움직이는 지식으로 모든 이들이 공인하고 있다. 그의 머릿속에 들어 있는 모든 지식은 오로지 조국의 국권 수호를 위해서 필요할 뿐이었다. 언제나 그랬듯이 깔끔한 용모의 안창호가 단상에 올랐다.

"동지들의 뜨거운 성원에 감사드리면서 만주, 그중에서도 간도 지역에 세우고자 하는 무관학교에 관한 전체적인 윤곽과 사업계획서를 낭독해드리겠습니다. 동지들께서 잘 숙지하셨다가 우리 뜻에 함께하고자하는 뜻있는 백성들에게 설명해 주시고, 동참할 동지들을 모아 주시면 고맙겠습니다.

첫째, 독립군 기지는 일제가 마음대로 통치할 수 없는 만주로 한다. 만주야말로 지금은 청국령으로 되어 있으나 고조선 이래 부여와 고구려, 그리고 대진국 발해로 이어지면서 우리 선조들이 문화를 일구고 꽃 피워 가꿔나가던 영토다. 고려 시대와 조선 시대 역시 고조선과 고구려의 뒤를 이은 대진국 발해의 얼을 지키기 위해서 부단히 노력해 온 곳이다. 이러한 사실들은 동지들도 익히 알리라 믿지만, 특히 오늘 이 자리에 함께 참석한 우리 신민회의 발기인 중 한 사람이며 창립 동지인 신채호 동지가 각고의 노력을 통해 그 진실을 규명하는 연구를 지속적으로 해 오고 있는 결과이기도 하다. 따라서 우리 한민족 선조들의 얼과 혼이 그대로 살아남아 있는 만주, 특히 그곳에서도 독립군이 한반도로 진입하는데 가장 편리한 입지를 제공할 수 있는 곳으로, 우리 한민족 백성들이 땀 흘리며 일군 비옥한 농토가 산재해 있고, 그곳에 사는 백성 중 8할이 우리 대한제국의 백성들로 인적·물적 자원의 확보와 지원이 용이한 지대인 간도 일대를 우선으로 해서 최적지를 선정한다.

둘째, 최적지가 선정되면 무엇보다 먼저 일정 면적의 토지를 구입한다. 토지를 구입하는 목적은 이미 발표한 무관학교 건립을 주목적으로 하지만 단순히 무관학교 건립을 위한 토지만을 의미하지는 않는다. 무관학교를 중심으로 대한제국에서 이주하는 백성들의 터전 역시 필요하기 때문이다. 토지 구입에 필요한 자금은 신민회 조직을 통해 비밀리에 모금하는 것을 최우선으로 한다. 하지만 새로 건설되는 대한제국의 백성들을 중심으로 하는 신한민촌으로 이주하고자 하는 이주민도 자신들의 반도 내 재산을 정리하는 등의 방법을 통해서 필요한 자금의 일부라도 지참하게 한다. 그리고 구입한 토지는 처음 구입비와 비교한 손해와 이익에 상관하지 않고, 이주민에게 필요한 적정한 면적을 이주민과 상의하여 분할하는 것을 원칙으로 한다.

셋째, 토지를 구입하면 국내에서 애국적 인사들과 애국 청년들을 계획적으로 단체 이주시켜 신한민촌을 건설한다. 이미 밝힌 바와 같이 구입한 토지의 분양조건이 가격에 연연하지 않지만, 이주민의 조건이 애국적 인사들과 애국 청년들이므로 부유한 이주민은 헌금을 하는 것은 물론 스스로 투쟁에 참여코자 할 것이며, 가난한 이주민 역시 항일 최전선에서 투쟁하고자 할 것임으로 소기의 목적을 달성할 수 있다.

넷째, 새로 건설된 신한민촌에는 민단을 조직하고 학교와 교회, 기타 문화시설을 세운다. 그러나 무엇보다 중요한 것은 무관학교를 설립하여 사관을 양성하는 것이다. 사관을 양성하는 한편으로는 단기간에 걸쳐 사병을 교육하는 것 또한 무관학교의 역할이다. 따라서 무관학교는 장기간의 교육에 걸쳐 장교를 양성하는 사관병과와 단기간의 교육을 거쳐 사병을 양성하는 훈련병과로 나눈다. 이 과정에서 사관병과는 지휘 통솔력이 필요한 병과임으로 지원자 중에서 학식과 교양에 관한 시험과 인성과 통솔력 등을 알아낼 수 있는 면접을 통해서 선발하는 것을 원칙으로 하며, 훈련병과는 지원자 중에서 육체적 정신적인 결함으로 도저히 군인으로서의 임무를 수행할 수 없는 자라고 판명되지 않으면 모두를 수용하는 것을 원칙으로 한다.

다섯째, 무관학교에서 정규과정을 거쳐서 독립군 사관이 양성되면, 역시 무관학교에서 군사훈련을 통하여 양성된 병사들과 함께 독립군을 창군한다. 만일 이주 애국 청년들이나 현재 만주에 거주하고 있는 청년 중에서 독립군에 자원하는 사람이 있다면 무관학교에서 군사교육을 거쳐 입대하도록 한다. 독립군 장교는 현대적 장교 훈련과 전략 전술을 습득한 무관학교 출신 사관으로 편성할 것이며, 병사들 역시 모두 무관학교에서 현대적인 기초 군사교육과 전략 전술을 익히는 군사훈련을 채택한다. 그에 들어가는 비용은 무관학교에서 후원금이나 기타 수익금 등을 이용하여 충원한다. 조국을 위해서 목숨을 바칠 각오를 하고 독립군에 자원하는 장교는 물론 사병들이나 그 가족들에게 그 어떤 부담도 지울 수 없다.

여섯째, 강력한 독립군이 양성되면 우선 만주에 있는 일본군을 섬멸 대상으로 삼아 그들을 상대로 전투 경험도 쌓을 겸 최대한 많은 일본군을 사살하여 일본군대를 격퇴한다. 그리고 가장 좋은 기회를 포착하여 한반도로 진입한다. 가장 좋은 기회는 일본 제국주의의 침략 야욕이 팽배하여 중국 본토나 러시아 등으로 전쟁을 확대할 때다. 이미 청일전쟁과 러일전쟁에서 보여주었듯이 일본은 제국주의의 침략 야욕을 억누르지 못하고 분명히 다른 지역으로 전쟁을 확산할 것이다. 다른 지역과 전쟁이 벌어지면 한반도는 소홀해질 수밖에 없으므로 그 기회를 이용한다는 것이다. 우리 한민족 스스로 일본 제국주의를 물리치고 국권을 회복하자는 것이다.

이상 계획의 초안을 말씀드렸습니다. 좀 더 구체적인 안은 사전답사 등을 통해서, 지역은 물론 규모와 소요 예산 등을 금년 가을이나 늦어도 해가 바뀌기 전까지는 수립할 계획입니다. 그리고 여러 동지들과 애국 협조자들의 성금이 모이는 대로 내년 봄부터는 본격적인 이주와 함께 무관학교와 신한민촌 건설을 시작할 계획입니다. 그리고 한 가지 첨언할 것은 이 계획은 저희 몇몇 간부들에 의해서 대략 그 개관이 정해진 것입니다. 구체적으로 더 좋은 의견이 있으시면 오늘 집회 말미에 갖는 조별 토의를 통해서 전달해 주셔도 좋고, 또 하시라도 저나 혹은 다른 간부를 통해서 의견을 전달해 주시면 고맙겠습니다."

안창호의 말이 끝나기 무섭게 좌중에서 손 하나가 번쩍 올라왔다.

"드릴 말씀이 있습니다."

안창호는 그 손의 주인공을 쳐다보니 나이 스물 정도의 앳된 얼굴이었다. 방금 조별 토의를 안내했음에도 불구하고 손을 든 것은 분명히 곡절이 있다는 생각이 들어 발언을 허락했다.

"좋소. 말해보시오."

"저는 부여 사람으로 충청도 지역 청년집행원인 이종용이라고 합니다. 아직 제가 젊고 경험이 없어서 그런지 모르겠지만 지금 집행원님 말씀을 들으면서 생각난 것이 있습니다. 만주에 신한민촌을 건설하면 당연히 지휘체계를 위해서라도 지휘부를 비롯한 조직을 구성할 것 아닙니까? 그렇다면 그 김에 아예 그곳에 대한제국의 실질적인 정부 역할을 할 수 있는 새로운 조정을 만드는 것은 어떻습니까? 어차피 지금 대한제국 정부라고 할 수 있는 조정은 그 기능을 잃은 지 오래된 권력기관으로, 권좌만 존재할 뿐 백성들을 위해서 일하는 조정의 기능은 존재하지 않는 곳입니다. 그렇다면 그곳에 조정을 대신하는 정부를 만들어 백성들을 위한 정책을 집행하는 겁니다. 어차피 만주가 우리 대한의 영토라면, 특히 만주에서도 간도의 8할이 넘는 백성들이 우리 대한의 백성들이건대, 새로운 정부를 만들어 만주를 통제하고 한반도의 독립을 위해서 일하는 것이 못 할 일은 아니지 않습니까? 물론 종묘사직을 우선시해야 한다는 분들도 계실 수 있지만, 그건 나중 문제입니다. 주상전하를 받들어야 한다면, 그건 지금의 조정이 붕괴되고 난 후에 모셔도 늦지 않습니다만, 백성들을 돌보기 위한 조정을 대신할 정부를 구성하는 것은 미룰 수 없는 일이라고 생각합니다."

나이 스물쯤 되어 보이고 자신을 충청도의 청년조직을 담당하여 운영하는 책임을 맡고 있는 청년 집행원 이종용이라고 밝힌 청년의 목소리는 쩌렁쩌렁하게 울렸다. 그 자리에 모인 좌중은 그가 하는 말 한마디 한마디가 옳고 필요한 말이라고 진심으로 공감하고 있었다. 다만 개중에는 그 말은 백번 옳다고 생각하면서도, 비록 썩어빠지고 문드러져 왜놈들의 앞잡이 노릇만 하고 있을지언정 아직 그 끝을 내리지 않은 조정과 상감이 있는데 그리 해도 되는 것인지에 대해 긴가민가한 사람도 있었다. 또한 까짓 지금의 조정이야 몽땅 쳐 죽여도 시원치 않지만 그래도 아직 임금이 계신 데 또 다른 조정을 만들어도 되는 것인지에 대해서 스스로 용납을 못 하는 이들도 더러 있었다. 그런 와중에 이종용과 그리 멀지 않은 곳에 자리 잡고 있던 한 사내가 그를 뚫어져라 쳐다보고 있었다.

"무슨 말씀인지 알 것 같습니다만, 그렇게 중요한 문제를 지금 제가 이곳에서 답해 드릴 문제는 아닌 것 같습니다. 좀 더 신중하게, 그리고 폭넓은 논의를 통해서 검토하고 토의한 결과를 다음번 전국회의에서 반드시 답해 드리겠습니다. 아울러 더 질문하시거나 아니면 건의하실 사항은 이미 말씀드린 바와 같이 집회 말미에 조별 토의가 있으니 그때 말씀해 주시면 하나로 취합될 것입니다. 이 자리에서 모든 의견을 말하기에는 회의가 너무 길어지는 단점으로 인해서 집중도가 떨어지기 때문입니다. 조별 토의 역시 우리 모두가 의견을 주고받는 자리와 마찬가지로 거기서 논의된 모든 내용은 취합되는 것이니, 그 자리에서 심도 있게 논의해 주시기 바랍니다."

안창호의 발언이 끝나고 잠시 휴식 시간이 주어졌다.

이종용을 뚫어지게 쳐다보던 사내가 휴식 시간이라는 말과 동시에 이종용을 향해 다가갔다.

"부여 사람이고 충청도 청년 집행원 이종용 동지라고 했소? 나는 정영택이라고 하오. 보성학교 교장을 지냈고 지금은 양성 군수로 벼슬을 하며 부끄러우나마 나라의 녹을 먹고 있소. 서울 보성학교를 본떠 청주에 보성학교를 세우기도 했소이다."

"아, 그러십니까? 그런데 관에서 벼슬을 하시는 분이 어떻게…?"

"글쎄요. 여기 있는 사람 중에 벼슬아치가 나 하나는 아닐성싶소만. 나는 말단이고 나보다 더 고위직에 계신 분들도 계실게요. 나라를 구하자는데 지위 고하가 무엇에 말아먹는 것이라고 필요하겠소. 왜놈이 되었든 러시아놈이 되었든, 내 나라를 침략하고자 하는 자들의 손에서 대한을 지켜내겠다는 의지만 있으면 누구든지 참여하는 것 아니오?"

"예. 듣고 보니 지당하신 말씀이십니다. 우리나라 관리들 중에서 그런 마음을 가진 분을 이렇게 뵙다니 제게는 정말 영광입니다. 그리고 진심으로 존경스럽습니다."

"아니요. 나라의 녹을 먹는 관리라면 나라와 백성을 지키기 위해서 노력하는 것은 당연한 일 아니겠소. 그걸 알면서도 못하는 나 자신부터가 원망스러울 뿐이외다. 그건 그렇고 아까 들으니 이 동지께서는 상당히 진보적인 생각을 갖고 계시더이다. 이 동지께서 말씀하신, 바로 그런 일들이 어쩌면 지금 우리 대한제국에 가장 필요한 일인지도 모르지요. 우리 신민회가 해야 할 일이 바로 그런 일들이고."

"이해해 주셔서 고맙습니다."

"아니요. 고맙기는 오히려 내가 감사를 드려야지요. 모름지기 지금 이 자리에 있는 모든 이들이 동지의 말씀에 깊이 동조했을 거요. 다만 지금의 조정은 차라리 없는 것이 낫다손 치더라도 종묘사직에 대한 미련을 버리지 못한 분들은 계실 거요. 나 역시 그 부분이 마음에 걸리는 것은 어찌할 수 없다는 것을 솔직히 밝히는 거외다. 동지의 말마따나 조정은 이미 권좌만 있지, 할 일은 물론 일하는 자도 없는 지가 오래요. 일제 앞잡이들이 들끓을 뿐, 몇 안 남은 애국 관료들은 일제와 앞잡이들의 등쌀에 배겨나지를 못할 지경이오. 다만, 그나마 자신이 관직을 그만두는 날에는 나라가 곧바로 왜놈들 손에 넘어갈 것이 두려워, 매일매일 당장 죽어도 좋다고 각오하며 나라를 위해서 목숨을 걸고 입궐하고 있는 실상이오. 그러니 당연히 이 동지의 말처럼 새로운 정부를 구성하는 것이 옳기야 옳은 일이지요. 그런데 그게 정말 오늘 안창호 동지의 말을 들으면서 생각난 거요?"

"사실대로 말씀드리자면, 안 동지의 말씀을 들으니까 전부터 생각하던 것이 떠올랐다는 표현이 맞겠지요. 솔직히 가끔 그런 생각을 해봤습니다. 그렇다고 역성혁명을 하거나 뭐 그러자는 건 아니구요. 지금의 조정이 아무런 의미가 없는 조정이라면 정말 나라를 사랑하고 목숨을 바쳐서라도 우리 대한을 지키려는 분들로 구성된 새로운 정부가 필요하지 않나 하는 생각 말입니다. 물론 아까도 말씀드렸다시피, 지금 지식층과 그나마 남아 있는 양식 있는 관리들은, 조정은 미워도 상감은 버리지 못하겠다는 분들이 많겠지요. 그렇다면 우리도 서양의 체제를 배워서 정부를 세우는 겁니다. 황제는 모시되 정치에는 관여하지 않고 그저 상징으로, 백성들과 정부 각료들에게 존경받고 추앙받는 그런 존재인 겁니다. 서양에서는 그런 방식을 입헌군주제라고 한답니다."

"아는 것이 많은 젊은이구려. 사실 나도 입헌군주제라는 이야기를 듣고 매력을 느껴 그에 대해서 공부를 하고 있는 중이오. 언제 우리 시간을 내서 입헌군주제라는 것에 대해서 연구한 바를 서로 나누어 봅시다. 내가 부여로 한 번 가지요."

"저야 뭐 연구랄 것까지야…."

"겸손한 것도 좋지만 자신이 가진 지식을 공적으로 유익한 곳에 사용하기 위해서는 지나치게 겸손한 것은 좋지 않을 수도 있어요. 겸손이 지나치면 오히려 교만한 것만 못 할 수도 있소이다. 소뿔도 단김에 빼라고 했으니 기왕 말 나온 김에 약조합시다. 내가 부여로 간다고 했으니 다음 달 오늘 가면 어떻겠소. 그래도 명색이 관원인데 같은 달에 두 번이나 자리를 비우면 안 되고 다음 달에는 시간을 낼 수 있을 것 같소이다."

두 사람은 자신들만의 대화를 진지하게 나누고 있었다. 그러나 그 대화에 참여한 사람은 두 사람이 아니었다. 비록 말을 더하지는 않았지만 그리 멀지 않은, 두 사람의 대화가 또렷이 들리는 곳에서 양기탁과 김구가 지켜보며 양기탁은 고개를 끄덕이고 있었다.

4
입헌군주제

신민회 전국회의가 열리고 한 달 후인 1910년 4월 10일. 정영택이 양기탁과 안명근을 동행하고 부여로 이종용을 찾아왔다.

"어서 오십시오. 크게 가진 것도 없는 저를 보러 이렇게 먼 길을 와 주시다니 정말 고맙습니다. 뭐 드릴 말씀도 없는데….."

이종용은 반갑게 인사를 하다가 머쓱해지며 이내 말꼬리를 흐렸다. 안명근의 얼굴을 보면서 지금 이 만남을 기뻐하고만 있을 만남이 아니라는 생각이 들어서였다. 3월 10일에 신민회 전국회의 모임을 갖고 오늘 다시 만나기까지 불과 한 달 사이이건만, 3월 26일에 안중근 의사에 대한 사형이 여순 감옥에서 집행된 것이다.

"안명근 동지께는 정말이지 뭐라고 위로의 말씀을 드려야 할지 모르겠습니다. 더러운 자식들이라는 것은 알았지만 이렇게까지 말종일 줄은 정말 몰랐습니다. 안중근 의사를 사형시킨 것만 해도 하늘이 노할 일이건만 그 시신마저 어디에 감추고 내놓지 않아 모시지도 못하게 하다니, 정말이지 그 소식을 듣고 난 후로 생각만 해도 사지가 부들부들 떨려옵니다.”

이종용이 안명근을 보며 얼굴이 시뻘겋게 달아오르면서 분을 참지 못하고 목소리를 높였다.

“그러게 말입니다. 사형집행을 한다는 소리를 듣고 종중에서 대표들하고 부랴부랴 갔더니, 이미 집행했다고 하면서 정작 시신은 자신들이 알아서 잘 모실 터이니 유품이나 가지고 가라고, 덜렁 두어 가지 유품만 주고는 그만입니다. 유품 역시 이렇다 할 것을 전해주지 않더라고요. 안중근 의사 시신은 물론 대중에게 공개할 만한 유품이 전달되면 우리 대한의 백성들이 봉기라도 할까 봐 겁났던 겁니다. 그렇다고 이렇게 천륜을 어기면서까지 가슴에 대못을 쳐야 옳은 건지 이해가 가지를 않습니다. 아무리 용서하고 싶어도 용서를 할 수가 없습니다.”

안명근은 그날의 상황이 다시 떠오르는지, 북받치는 울분을 겨우 참으며 이야기하는 것이 역력히 드러났다.

“들리는 소리로는, 안중근 의사께서 이토를 죽이고도 재판 과정에서조차 당연히 죽일 인간 죽인 것이라고 호언 하실 뿐 이토한테 사과 한마디 안 했기에, 안중근 의사의 시신을 부패되지 않게 화학약품 처리를 한 후 일본으로 모셔가서 이토 무덤 앞에 엎드려 놓고 사과하라고 하면서 욕을 보이고, 엎드리게 해놓은 시신을 가리키며 드디어 사과했다고 하면서 왜놈들끼리 희희낙락했다는 말도 있습니다. 만일 그게 사실이라면 천벌을 받아 마땅하지만 그걸 자각할 놈들도 아니니, 충분히 그러고도 남을 놈들이라는 생각입니다. 정말 그랬다면 이제 영영 시신도 찾지 못하고 안중근 의사는 구천을 맴돌게 되었으니 이 일을 어찌해야 좋을

지…."

안명근은 눈에 맺히는 이슬을 훑어냈다. 그리고 지금까지와는 다른 눈빛과 목소리로 자신이 여기 동행한 이유를 밝혔다.

"솔직히 그날 이 동지의 말을 듣는 순간 저는 놀랐습니다. 대한의 젊은이가 저런 말을 할 수 있다는 것이 바로 우리 한국의 미래라고 새삼 감탄한 것입니다. 저 역시 백번 공감하는 바입니다. 무관학교를 건립하는 것을 계기로 새로운 정부도 구성해서 기울어가는, 아니 이제는 다 기울었다지만, 그래도 아직은 남아 있는 나라를 바로 세워야 한다는 그 말에 백번 공감하는 바입니다. 단순히 공감하는 것이 아니라 적극적으로 참여해 보려고 합니다. 그렇다고 제가 정부 내각에 들어간다는 것은 아닙니다. 저는 그럴 자격도 없고, 그저 정부 내각을 출범시키는데 도울 일이 있으면 돕겠다는 겁니다. 그래서 이렇게 동행했습니다. 저는 아직 그쪽 부분에 대해서는 문외한이라 배워보고 싶었습니다."

"지금 안명근 동지가 말씀하신바 그대로 안중근 의사의 시신을 감추고 내주지 않는 바람에 그분을 제대로 모시지도 못한 문제야 대한의 백성이라면 그 누구라도 하늘을 원망하며 땅을 치고 통탄할 일이지. 허나 그 모든 설움이 바로 나라가 기운 탓 아니오? 그러니 하루빨리 나라를 바로 세우기 위해서는 무언가 방도를 마련해야 하고, 그 방도 중에서 가장 빠르고 정확한 것이 바로 이 동지가 말한 방법일 수 있다는 생각에, 나 역시 동행하게 된 것이오. 나 역시 일을 도모하는데 힘을 보태고 싶어도 무언가 알아야 힘을 보탤 것 아니겠소. 그러니 우리는 염두에 두지 말고 두 분께서 허심탄회하게 논하시오. 우리는 그 논함을 듣는 가운데에서 배우고 나름대로 협조할 방도를 생각해 내리다."

안명근의 말이 끝나자 신민회 총감독 양기탁이 자신의 동행 이유를 밝히며 정영택과 이종용이 허심탄회하게 논의할 것을 주문했다.

"고맙습니다. 두 분 말씀을 듣고 나니 정말 힘이 납니다. 솔직히 그동안 젊은 혈기에 아주 여러 번 그런 생각을 하면서도, 제가 반역을 꿈꾸는 것이 아닌가 하는 생각도 했었는데 그렇지는 않은가 봅니다. 이렇게 총감독님과 군수님께서, 지금 안중근 의사님 일로 정신 하나도 없으신 안명근 동지와 함께 친히 부여까지 와 주셨으니 말입니다."

"그렇소이다. 이 동지의 말이 절대로 허투루 넘길 말이 아니라는 것은 대다수의 우리 신민회 동지들이 알고 있소이다. 또 대다수가 동참하고 싶어 합니다. 우리 오늘 이 걸음이 헛되지 않도록 심도 있게 논의해 봅시다. 다만 여기 두 분은 물론이고 나 역시 아직 입헌군주제라는 것에 대해서 확실히는 모릅니다. 그저 군주를 모시고 나라를 다스리는 것이 당연하다는 사상에 젖어 왔던 세대인지라 솔직히 고정관념에 의해서 새로운 정치체제를 공부해도 이해하기 힘들고, 군주에 대한 그리움이라고 하기는 그렇지만, 뭔가 섭섭함 같은 그런 감정이 앞선다는 말입니다. 그러니 여기 있는 우리 셋을 모두 문외한이라고 생각하고 쉽게 설명부터 해 주시오. 절대 우리를 무시한다고 불쾌하게 생각하거나 하지 않을 것이니 괘념치 말고 서당 아이들 천자문 가르치듯이 말이요."

정영택이 자신은 물론 동행한 두 사람을 문외한이라고 생각하고 쉽게 설명해 달라고 한 이유는, 셋이서 동행을 하면서 나눈 이야기 때문이었다. 솔직히 정영택 자신도 입헌군주제가 법을 만들어서, 군주가 있어도 법에 의해서 다스리는 것이라는 정도밖에는 더 이상 알지 못하지만, 동행한 두 사람은 아예 그런 개념조차 모른다고 하면서 처음부터 배우자고 했다. 정영택 자신이 확실하게 안다면 설명을 하면서 여기까지 왔겠지만 자신 있게 설명할 처지도 되지 않아 가서 배우자는 말로 대신하고 온 것이다.

"그리 말씀해 주시니 제 어깨가 더 무거워집니다. 하지만 어느 정도는 아시면서 그리 말씀하시는 것으로 받아들이겠습니다. 다만 제가 아는 것을 정말 처음부터 이야기하겠습니다. 우선 개념을 먼저 말씀드리겠습니다. 입헌군주제는 말 그대로 법과 왕이 모두 존재하는 체제입니다. 다만 법을 정하고 그 법을 기반으로 통치를 해나가는 겁니다. 물론 법을 정하지 않고 관례에 의한 법에 의해서 통치하는 체제가 있기도 하답니다. 하지만 어쨌든 일정한 규율 안에서 행해지는 것이므로 제가 다루는 범위는 법을 정하고 법에 의해서 통치하는 것으로 하겠습니다. 지금까지 우리 대한제국이 조선 시대부터 해온 정치는 전제군주제였습니다. 군주의 말 한마디가 곧 법이요, 절대적인 것이었지요. 군주는 법 중에서도 최고의 법인 헌법을 초월한 권력을 갖고 자신이 하고 싶은 대로 또 기분 내키는 대로 정치를 했습니다. 그러나 입헌군주제는 헌법에 의한 왕정을 의미하므로, 군주가 헌법에서 정한 제한된 권력을 가지고 다스리는 정치체제라고 할 수 있습니다. 입헌군주제의 나라들은 대부분 군주가 정치를 하지 않고 백성들이 선출한 의원들로 백성들의 뜻을 대변하는 의회를 구성하여, 그 의회에서 선출한 수상이 법에 따라서 정치를 하고 있습니다. 국왕은 혈통에 의해 세습되지만, 상징적인 국가 원수로서 자신의 직분을 다하는 것이며 정치에는 관여하지 않습니다. 그래서 서양 나라 영국의 빅토리아 여왕이 '왕은 군림하되 통치하지 않는다'고 한 것입니다. 다만 왕은 백성들에게는 상징적이고 존경받는 존재이므로, 직접 정치를 하는 수상이 선출되면 백성들 모두를 대표하는 왕으로부터 임명장을 받고 또 아주 중요한 국가적인 문제는 왕과 상의한답니다. 백성들은 정치하는 사람들보다는 자신들이 존경하고 상징으로 여기는 왕의 말을 믿게 되기 때문인가 봅니다. 따라서 만일 우리가 새로운 정부를 세우는 데 굳이 왕이 필요하다면 우리도 그런 정치를 해보자는 겁니다. 그리고 왕이 필요하지 않으면, 백성들의 손으로 왕을 대신하는 머리부터 선거에 의해서 뽑아 세우는 정치체제를 선택하면 되는 것입니다. 모든 주권이 백성들에게 속해 있는 관계로 백성들이 주인인 거죠. 물론 입헌군주제 역시 백성들이 주인인 것은 마찬가지입니다. 민의를 대표하는 의회 의원들을 백성들이 뽑고 그들이 수상을 뽑는 것이니 결국 주권은 백성들에게 있는 겁니다. 다만 의회를 통해서 수상을 선출할 경우, 간혹 백성들이 원하는 최고 지도자가 아닐 수도 있고, 또 왕의 존재가 있다는 겁니다. 아쉽게도 제가 아는 것은 이 정도입니다."

이종용의 설명을 들은 세 사람은 고개를 끄덕이면서도 무언가 풀리지 않는 구석이 있는 표정이었다.

"백성들이 정치하는 사람들을 뽑는다? 그걸 무슨 방식으로 하는데?"

"예. 말씀드린 대로 선거로 합니다. 선거라는 것은 백성들이 자신들이 원하는 인물을 투표용지에 표시해서 뽑는 겁니다."

"투표라? 그건 어떻게 하는 거며, 백성들이 자신이 원하는 인물이 누구인지를 어떻게 아는데?"

"선거라는 것을 하면 선거운동이라고 해서 자신이 출마한다고 알리고, 자신이 뽑히면 백성들을 위해서 이런 일을 이렇게 하겠다는 약속을 하고, 그걸 본 백성들이 판단해서 뽑는 것입니다."

"여러 가지로 복잡하지만, 백성들이 뽑아서 법을 만들고 그 법에 따라서 정치를 하여 모든 일이 이루어진다면 공정하기는 할 것 같구려. 다만 그 과정까지 가기가 너무나도 힘든 여정이 되겠지만."

이제까지 조용히 듣고만 있던 양기탁이 한마디 하자 정영택이 그 말을 받았다.

"힘든 여정이 되어도 가야 할 여정 아니겠습니까? 더더욱 이번에 만주에 무관학교를 세우는 것을 계기로, 특히 간도를 중심으로 무관학교와 조정을 대신하는 새로운 정부가 들어설 수 있다면 그야말로 금상첨화 아니겠습니까?"

정영택의 말을 듣던 양기탁은 당연하다는 듯이 고개를 끄덕이며 다시 말을 이었다.

"그거야 그렇겠죠. 하지만 그리되려면 우선은 정통성을 회복해야 할 것입니다. 아직까지 우리 대한제국에서 정통성은 황제입니다. 그럼에도 불구하고 왜놈들은 지난 1907년에 고종황제를 퇴위시켰습니다. 그렇다면 고종황제를 만주의 새로운 조정, 아니 정부라고 했으니 그리 말합시다. 새로운 정부로 모실 수만 있다면, 그래서 입헌 군주국을 세워 연기처럼 스멀거리며 한반도에 침투해오는 왜놈들을 물리치는 기반으로 삼을 수만 있다면, 만백성이 환영할 것이며 동참할 것입니다. 그 길만이 만주에 무관학교는 물론 신한민촌 건설을 원활하게 해나갈 수 있는 인력을 확충하고 자금을 손쉽게 모금해 나갈 수 있는 길일 것입니다. 자금만 확보된다면야 무관학교를 세우고 운영하는 것은 어려운 일이 아닙니다. 만일 부득이한 사정으로 고종황제를 모실 수 없다면 의친왕 전하라도 모셔야 합니다. 그게 명분입니다. 정치는 명분이 없으면 안

되거든요. 우리가 새로운 정부가 좋은 거라고 아무리 떠들어도 만일 조선왕조의 뒤를 이은 명분을 세우지 않는다면, 대한제국의 일부라는 것을 드러내지 않는다면, 그 누구라도 우리의 정통성을 인정해 주기는커녕, 작당해서 기울어가는 조국의 본체는 버리고 만주라는 외곽으로 나가서 새로운 나라를 건국했다고 할 수도 있다는 겁니다. 그리되면 우리는 정체성도 잃어버리고 나라도 잃어버리고 부모 형제도 잃어버리는, 그야말로 아무런 가치가 없는 정부 하나 등에 업고 있는 꼴이 될 수도 있다는 거죠. 그러니까 나중에는 어찌 되든, 그 체제를 다시 바꾸는 한이 있더라도 일단은 정통성을 가장 근본으로 삼을 수 있는 명분을 세우도록 일을 만들어야 한다는 겁니다."

양기탁은 군주라는 상징이 우뚝 서 있는 입헌군주제만이 백성들은 물론 사대부들이 중심이 되어 이끌고 있는 각종 독립단체들의 호응을 얻기에 용이하다고 생각하고 있었다. 특히 일제에 의해서 강제로 퇴위당하신 고종황제만 모신다면, 후원금을 낼 수 있는 부자들이 거액을 기부할 것이라고 확신하고 있었다. 그것은 정영택 역시 마찬가지 생각이었다. 무려 일만 년 가까이, 그중에서 기록으로 드러난 것만 해도 적어도 오천년이라는 역사 안에서 군주를 모시고 살아온 민족이다. 남을 해치거나 헐뜯는 것을 좋아하는 도발적이고 난폭한 민족도 아니다. 시간이 허락하면 자연과 벗하며 책을 읽고, 때가 되면 농사짓는 이는 농사를 짓고 장사하는 이는 장사를 하는, 자신이 할 일을 묵묵히 해나가며 살던 민족이다. 도전적인 정신이 아니라 조용한 정중동의 성격을 소유한 온유한 백성들이다. 그런 백성들이기에, 왜놈들이 나라를 껄떡거려 왜놈들과 싸우기 위해서 상감을 버리고 만주에 새로운 나라를 세운다고 하면, 그 성공 여부는 나중이고, 그렇다면 상감은 어디로 가시는 것이냐고 먼저 물을 것이 틀림없는 민족이다. 서양의 여느 나라들처럼 혁명이 나서 왕은 없어도 된다고 했다가는 상감이 돌아가신 국상보다 더 큰 추도의 물결이 일어, 새로운 정부는커녕 무관학교 자체의 설립이나 운영도 멀어져가고 말 것이다. 다만 이종용은 꼭 그래야 하는가가 의문이었지만, 지금 이 자리에서 할 이야기는 아닌 듯싶어서 참고 있기로 했다.

잠시 차를 한잔하는 동안 양기탁이 이종용에게 물었다.
"참, 공은 장가는 갔소?"
갑작스런 질문에 이종용은 멋쩍다는 표정으로 대답했다.
"아직 안 갔습니다."
"그럼 하는 일은 무엇이오?"
이종용은 더 난감했다. 지금 자신이 신민회 활동을 하는 것을 제외하면 그저 과거 공부를 준비하던 유생이었을 뿐 이렇다 하게 내놓을 것이 없는 처지였다. 하지만 이미 국운이 기운 나라에서 과거 준비라는 것도 무의미해서, 혼자서 서양 학문을 공부하며 새로운 정치와 정부에 대한 몽상 아닌 몽상을 하는 것이 자신이 하는 일처럼 되어 버린 현실이다. 그러나 이종용은 위축되지 않고 떳떳이 대답했다.
"짐작하시고 여쭈시는 것인지는 모르겠지만 솔직히 답해 올리겠습니다. 전에는 과거 공부를 하던 유생이었으나 이미 국운이 기운 것을 알기에 지금은 과거 공부는 접고 서양 학문을 공부하며 서양의 정치제도 등을 연구하고 있습니다. 우리도 언젠가는, 아니죠, 지금 당장이라도 선택해서 가야 할 길을 공부하고 있는 겁니다. 그리고 그런 공부를 하다 보니 지금 당장 조정에서 저를 불러 국록을 받으며 일을 하라고 해도, 이런 조정이라면 거절할 것입니다. 지금의 조정이 썩은 가장 큰 이유는 흐르지 않는다는 것입니다. 새로운 인재를 키우는 것이 아니라 새로운 인재가 나타나면 자신의 자리가 위협을 받을까 봐, 파당을 지어 제거하고 그 자리에 있는 무리는 그대로 고여있으니 썩을 수밖에요. 자신들을 비춰볼 거울이나 마찬가지인 새로운 인재들을 아예 싹부터 자르는 이런 조정에서 누가, 어떻게 일을 바르게 할 수 있겠습니까? 새로운 정부가 새롭게 시작할 때 우리 대한제국은 그나마 살아남을 수 있을 것입니다."

이종용이 이야기하는 동안 양기탁은 눈까지 지그시 감고 들었다. 그리고 이종용이 말을 마치자 눈을 뜨며 막힘없이 말했다.

"이공, 나와 함께 서울에서 일해 보지 않겠나? 호의호식하게는 못 해줄지언정 기울어가는 국운을 바로 잡기 위한 일이라면 얼마든지 할 수 있도록 해주겠네. 밥을 먹고 옷을 입는 것이 아니라 일을 하고 행복을 입는 거라고 할까? 〈대한매일신보〉의 운명도 지금으로서는 장담할 수는 없는 상황이라 그리 말할 수밖에 없다는 게 솔직한 내 심정일세."

그 역시 갑작스럽고 황당한 이야기였다. 〈대한매일신보〉의 필진은 이미 잘 알려져 있다. 박은식, 신채호 등의 쟁쟁한 인사들이 글을 싣는가 하면, 양기탁 자신의 논설로 백성들에게 항일 구국을 일깨워주는 신문이다. 그 덕분에 왜놈들이 못 잡아먹어 안달한다는 것도 잘 알려진 사실들이다. 당연히 앞날을 가늠할 수 없다는 말은 맞는 말일 것이다. 따라서 밥은 못 먹여 주더라도 일은 얼마든지 할 수 있도록 해준다는 그 말은, 고생할 각오가 되어있으면 조국의 앞날을 위해서 같이 일해 보자는 의미다. 이종용은 망설이지 않았다.

"좋습니다. 그리하겠습니다. 단, 제가 지금 충청에서 맡고 있는 신민회 청년집행원에 관한 임무를 맡아 줄 동지를 물색해서 임무를 넘겨주고 서울로 가겠습니다. 그때까지만 말미를 주십시오."

"좋소. 이 동지가 그렇게 선선히 대답해 주는 것도 고맙지만, 후임을 물색해 임무를 인계하고 서울로 향하겠다는 그 책임감 있는 행동에 더 믿음이 가는구려. 좋소."

양기탁은 이종용을 동지라고 호칭하며 좋다는 말을 연거푸 해서, 얼마나 이종용을 반기는지를 대신하고 있었다.

그로부터 일 년 넘게 지난 후 이종용이 양기탁을 찾아왔다.

그동안 나라는 지각이 바뀌었다.

순종황제의 옥새를 훔친 이완용과 송병준이 앞장서서 한일병탄을 추진했는데, 정말 기막힌 일은 병탄의 주역이 되어야 일본으로부터 인정을 받는다는 생각에 병탄의 주역이 되기 위해서 서로 견제해 가며 노력했다는 웃지 못할 사실이다.

일제의 병탄 방침을 눈치챈 송병준은 이미 1909년 2월 일본까지 가서 가쓰라 다로 수상 등 일제의 정치인들에게 병탄을 시도하면 자신이 직접 앞장서겠다고 결의를 보이는 등 다각도로 공을 세우고자 노력했다. 송병준의 이런 활동을 눈치챈 이완용은 비록 자신은 일본어를 잘 못하지만, 수족처럼 부리는 심복들을 앞세워 통감부와 한일병탄을 구체화 시키는 교섭에 나서도록 했다. 그러자 통감부에서는 두 사람의 충성 경쟁을 부추기려고 이완용 내각을 무너트리고 송병준 내각을 구성할 것이라는 헛소문까지 퍼트리는 전술을 구사하면서 두 사람의 충성 경쟁을 유도했다. 그러자 왜놈에게 빌붙은 권력의 끈을 놓칠세라 발등에 불이 떨어진 이완용과 송병준은 '합방청원서'를 만드는 등 나라를 위한 대신인지 나라를 팔아먹기 위한 대신인지 구분이 가지를 않았다. 학부대신 이용직이 반대를 했으나 그것은 들리지 않는 일성일 뿐이었다. 결국 두 나라 사이에 합병 조약을 체결하기 위하여 대한제국 순종황제는 내각총리대신 이완용에게, 일왕은 대한제국 통감 테라우치 마사다케에게 각각 전권을 위임하였다고 하는 믿지 못할 상황을 연출하여, 8월 22일 병탄 조약을 맺고 8월 29일부터 효력을 발휘하게 하였다. 순종황제의 친필 서명도 없는 유령문서를 통해서 이완용은 나라를 일제에 팔아넘긴 것이다.

"잘 왔소. 이 동지가 안 오기에, 안 올 사람이 아닌데 후임을 구하는데 애를 먹는구나 싶어서 오히려 걱정하던 차요. 우리 신민회 일을 할 사람이 마땅치 않다는 것은 내가 더 잘 알지 않소. 게다가 나라 모습이 바뀌었으니 오죽했겠소. 말 안 해도 내 충분히 이해하리다."

이종용이 늦은 것을 미안해하지 않도록 양기탁이 먼저 배려를 했다. 하지만 단순한 배려가 아니었다. 정말이지 나라 꼴이 바뀐 지금 이종용으로서도 한참을 망설이지 않을 수 없었던 일이다. 신민회 일을 지속해야 하는지, 아니면 단 한 놈의 왜놈을 죽이고 자신도 죽는 한이 있더라도 총이라도 들고 투쟁하는 단체를 선택해야 하는지, 정말 고민이 많았었다. 그런 이종용의 마음을 충분히 이해한다며 양기탁이 말을 이어나갔다.

"내가 동지에게 같이 일하자고 한 것이 단순히 신민회 일을 말한 것이 아니라는 것은 동지도 잘 알 거요. 오늘부터는 나와 모든 일에서 동고동락하는 거요. 먹어도 같이 먹고, 굶어도 같이 굶는 동고와 일을 해도 같이하는 동락을 공유하는 거요. 나라도 잃었는데 동고동락할 동지도 없으면 얼마나 외롭겠소. 다만 동고에서 제외해야 할 사항은, 왜놈들에게 잡혀갈 일이 생기면 그건 나 혼자 가야 하오. 이 동지는 남아서 내가 하던 일을 지속적으로 해야 하오. 분명히 말하건대 의리를 지킨다거나 군자의 도리라고 하면서 공연히 한 가지 사건에 두 사람이 동시에 말려 들어가서는 안 된다는 말이오. 군자의 도리를 지킨다거나 남아의 의리 같은 말은 나라가 태평하고 한가할 때나 하는 말이지, 지금 우리 대한처럼 왜놈들의 아가리 속으로 들어가 식도를 타고 내려가는 험악한 상황에서는 정말로 인력 낭비일 뿐이오. 최후의 한 사람이 남아서라도 왜놈 하나라도 죽이거나 쳐 없애기 위해서 백성들을 계몽하는 것이 중요하지, 공연히 감방 안에서 세월이나 낚는 짓은 의미가 없다는 거요. 그런 차원에서 생각하자면 분명히 무슨 일이 터지면 왜놈들은 나를 먼저 지목할 것이요. 그리고 이 동지가 나와 같이 일을 하는 것을 아는 날에는 이 동지까지 얽어 넣으려 해도, 이 동지는 전혀 모르는 일로, 나와 같이 일을 하지만 내가 종간된 대한매일신보를 재건하기 위해서 시키는 일만 했을 뿐 그 외의 사항은 모르는 것으로 해야 한다는 말이오."

양기탁의 말을 듣던 이종용은 일리가 있는 말이라고 생각했다. 정말 나라가 태평한 시기라면 의리나 도리를 따지면서 함께 벌인 일이니 함께 벌을 받아야 마땅했다. 그러나 왜놈들에 맞서자는 계몽운동을 하는 것이 죄를 짓는 일도 아니건만, 왜놈들이 굳이 죄를 뒤집어씌워 옥고를 치르게 함으로써 그 열기를 식히려 하는데 같이 엮여서 그나마 남은 일도 못 하는 것이 더 어리석은 짓임에 틀림이 없었다.

이종용은 양기탁의 말을 알아들었다고 고개를 끄덕였다. 감옥에 가게 되는 불행이 닥치면 혼자 가겠다는 각오를 밝히는 이에게, 알았으니 너 혼자 가라고 하는 것 같아서 차마 말로는 답하기 힘들었다. 그렇다고 아무 말도 하지 않을 수도 없어서 이종용도 한마디 했다.

"좋습니다. 총감독님께서 그리하라시면 합니다. 다만 총감독님이 부재시에 제가 그 일들을 그대로 떠맡아서 할 수 있도록 지도편달 부탁합니다. 그래야 한 사람이 남은 효과가 있다고 생각합니다. 이 한 몸 부서지는 일이 있어도 해내고 말 것입니다."

5
105인 사건

이종용이 양기탁을 만나서 처음 시작한 일은 신민회의 무관학교 건립 후원금 모금 현황을 정리하는 일이었다. 나라가 일제의 손아귀에 떨어진 뒤에 소 잃고 외양간 고치자는 것인지는 모르지만, 만주에 무관학교 건립을 목표로 비밀리에 모집하는 후원금은 의외로 성과가 좋았다. 우연히 그리된 것이 아니라 신민회의 전 회원이 발 걷어붙이고 '국권 수호는 내가 먼저'라는 슬로건을 앞세우고 밤낮으로 동분서주한 결과물이기는 했지만 기대 이상이었다. 그중에서도 서간도로 이주를 했으면서도 거의 황해도에 살다시피 하며 김구와 짝을 이룬 안명근이 거둔 성과는 대단했다. 그들은 황해도를 중심으로 어느 정도의 부를 가지고 있으면서도 나라의 국권 수호를 위해서는 지금까지 침묵했지만, 안중근 의사의 이토 히로부미 저격 사건을 통쾌해하는 이들을 집중적으로 섭외했다.

김구는 원래 황해도 해주 사람으로 1895년에는 만주의 간도로 건너가 독립의병대에 참여해서 일본군을 공격했으나 참패했던 경험을 가진 사람이다. 그는 그 당시 사기가 충전해 하늘이라도 찌를 기세로 맹공을 펼치던 독립의병대가 참패한 원인이, 무기나 기타 화력에서도 열세인 것은 사실이지만, 무엇보다 전술의 부재라는 것을 알 수 있었다. 전술만 확실했다면 이길 수 있었다는 아쉬움이 짙게 밀려와서, 전술을 집중적으로 가르쳐 지휘관을 양성할 수 있는 무관학교 건립이야말로 나라의 국권 수호를 위해서는 무엇보다 먼저 필요하다는 생각을 진작부터 해오던 사람이다. 그러던 중 을미왜변이 일어나자 충격을 받고, 싸워도 한반도로 돌아가서 싸우자는 생각에 다시 강을 건너 반도로 돌아왔다. 그리고 1896년 2월 자신의 고향이자 생활 터전인 황해도 안악을 향해 오던 중에 치하포에서 일본군 중위 쓰치다를 때려죽인 것이다. 그런 경험을 가진 김구와 함께 안중근의 종제인 안명근이 이룬 궁합은 환상적이라고 해도 지나치지 않을 정도로 좋은 반응을 얻고 있었다.

"아, 그러십니까? 안중근 의사님의 종제시라고요."

"예. 그렇습니다. 그런데 불행하게도 형님의 시신을 찾아 장례도 모시지 못한 아무 소용도 없는 종제입니다."

이미 황해도에는 많은 사람들의 입을 통해서 안중근 의사가 왜놈들의 심장인 이토 히로부미를 하얼빈에서 처단하고 여순 감옥에서 사형당했는데, 왜놈들이 그 시신을 내주지 않고 일본으로 모시고 가서 욕을 보였다는 소문이 나돌고 있었다. 왜놈들은 대한 사람들이 그 시신을 받아 모시는 순간 자극을 받아 폭동이라도 일으킬까 두려워서 시신을 내주지 않고, 자신들이 감옥 공동묘지에 잘 모셨다고 핑계를 댔다. 하지만 그게 아니라 이토 히로부미의 묘 앞에 시신이라도 사과를 시키기 위해서 비밀리에 처리했다는 소문이 자자했던 것이다. 그것은 누가 주도적으로 소문을 낸 것이 아니다. 안중근 의사의 위대한 행적에 대한 황해도민들의 자부심과 왜놈들이 국권을 뒤흔들고 있다는 것을 알면서도 투쟁에 참여하지 못하는 자신들의 울분이 함께 어우러져 일파만파로 퍼져나갔다.

안중근은 1879년 황해도 해주에서 태어났으나, 1885년 갑신정변 개화당의 일원이었던 아버지가 황해도 신천군 두라면 청계동으로 피신했다. 안중근 역시 아버지를 따라서 청계동으로 피신하면서 어린시절을 청계동의 산골마을에서 보냈다. 황해도민 모두는 안 의사가 황해도 사람이라는 것에 그 자부심이 대단했다. 게다가 어느 순간부터인지 안명근이 그 존재를 드러내면서부터 황해도민들은 안중근이 추구했던 일이라면 돕고 싶다고 자원하는 이들이 많았다. 게다가 김구와 짝을 이루다 보니 어느 순간인가 김구가 왜놈 군대의 중위 쓰치다를 맨손으로 때려죽인 사람이라는 소문이 뒤를 따랐고 사람들은 저절로 우러러보게 되었다. 게다가 안명근은 연설이든 일대일 대화든 말을 아주 잘했다.

"제가 비록 형님의 시신을 찾아 모시지는 못했지만, 형님의 사형집행 불과 한 달여 전에 형님을 찾아뵈었었고, 그때 형님의 뜻을 확실히 제 두 귀로 들었습니다. 왜놈들과는 이미 말이나 어떤 조약 혹은 지식으로 해결할 단계는 지났고, 오로지 행동하는 무력투쟁만이 우리 대한을 살리고 대한제국의 모든 백성들이 왜놈들의 손아귀에 들어가 고통당하는 일이 없을 것이라고 하셨습니다. 무력투쟁으로 왜놈들을 이 땅에서 몰아내지 않으면, 왜놈들은 이 땅에 마치 연기처럼 스멀거리며 기어들어 와, 자신들이 이 땅의 주인인 양 행세할 것임은 보지 않아도 본 듯하다고 하셨습니다. 무조건 문무를 겸비한 무관과 병사들을 양성해서 왜놈들을 물리쳐야 하는데, 그러기 위해서는 무엇보다 무에 대한 교육의 장을 넓혀 가는 것만이 최선의 방법이라고 하셨습니다. 그리고 반도는 이미 왜놈들의 그림자로 짙게 덮였으니, 반도 안에서 안거한다는 것은 나라를 저버리겠다는 것과 마찬가지라고 하셨습니다. 하루라도 빨리 우리 대한의 영토인 만주에 무관학교를 세우고, 그 학교를 중심으로 신한민촌을 건설해야 한다고 하셨습니다. 그리고 그 자리는 만주에서도 우리 대한국인들이 8할 정도 살고 있는 간도에 세운다면, 인적자원 수급도 용이할 뿐만 아니라 어려운 일을 당할 때 도움의 손길을 구하기 쉽다고 강조해 주셨습니다. 그런데 문제는 자금이라고 하시면서, 자금 문제를 개인적으로 처리하려 하다가는 일을 시작도 못 할 것이니, 하루빨리 신민회와 손을 잡고 공식적으로 무관학교 설립자금 모금에 대해서 심도 있게 의논해보라고 하셨습니다. 대한에서는 그래도 신민회가 조직의 활성화나 믿음 면에 있어서 무리가 없는 독립운동을 하는 단체라고 하시며, 마지막으로 일을 진행하는 제반 사항에 대해서까지 지도해 주셨습니다. 자신은 죽어가는 것을 알면서도, 죽어가는 자신을 걱정한 것이 아니라 나라의 앞날만을 걱정하신 셈입니다. 그러니 어찌 제가 가만히 있을 수 있겠습니까? 형님에 비하면 그 반만도 못할지언정, 형님의 뜻을 받들었으니 움직여는 봐야 하겠다는 생각이 들어서 이렇게 어렵게 입을 여는 것입니다. 원래 제 각오는 형님께서 일본의 수장인 이토 히로부미를 처단하셨으니, 저는 한국에서 이토 히로부미 개노릇을 하는 종자들의 수장인 이완용을 쏴 죽이고 죽든 만주로 가든 하려고 했습니다. 그런데 형님께서 당신이 이루지 못한 뜻을 이어달라고 말씀하셔서 받들게 된 것입니다."

그렇게 말하는 안명근이 황해도민 앞에 앉으면, 그 사람은 마치 현혹되기라도 하여 자신도 모르는 무의식중에 약조하기라도 하듯이 군관학교 건립기금을 쾌척하거나, 언제까지 준비할 것이니 그때 한 번 더 걸음을 해 달라고 부탁할 정도였다. 물론 안명근은 한 번도 그에 대한 약속을 어긴적 없이 서간도와 황해도를 오가곤 했다. 그리고 그에 드는 모든 비용은 자비로 해결하고 백성들이 십시일반 낸 후원기부금은 모조리 신민회에 보냈다. 그런 안명근의 사정을 잘 아는 주위 분들이 나라를 위해서 일하는 데 필요할 것이니 여비에라도 보태 쓰라고 하면서 따로 챙겨주는 돈까지도 모두 기부금으로 헌납했다. 그러니 그가 하는 모금 운동은 정말이지 그 결과가 눈에 보일 정도로 성과를 거두고 있었다. 문제는 안명근이 생각보다 모든 일이 쉽게 잘 진행되고 자금도 잘 모이자 방심한 것이다. 상대방에 대한 명확한 검증도 없이 무조건 판을 더 확장해서 벌인 것이 화근이 되고 말았다.

함경도 안악 바로 옆이 신천이다. 신천에는 민병찬과 민영설이 살고 있었다. 그들은 자신들의 성씨가 민가라는 것을 내세워, 1895년 왜놈들의 경복궁 난입으로 인해서 홀연히 자취를 감추신 명성황후의 일가라고 말하고 다녔다. 왜놈들이 궁궐을 난입해서 짓밟았지만, 그렇다고 명성황후 시신이 남은 것도 아니고 시신을 올바로 본 사람도 없으니 그날 시해당하신 것도 아닌 것 같건만, 황후께서는 망국의 한을 품은 채 자취를 감추신 것이다.

일제의 1895년의 경복궁 난입 사건은 대한제국 사람이라면 어린아이도 아는 일인데다가, 대부분의 사람들은 그날 명성황후께서 왜놈 낭인들에게 시해당하신 것으로 알고 있다. 그러나 진실을 알게 되면 다르다. 그날 사건을 조사하고 발표한 러시아 공사 베베르가 조선인들의 반일 감정을 조장하기 위해서 명성황후께서 왜놈들에게 시해당하신 것처럼 사건을 만들었다. 그리고 그 반사이익으로 아관파천을 이끌어 고종을 러시아 공사관에 모셔놓고는 온갖 경제적 이권과 군사적 점령은 물론 정치적 이득을 갈취해 냈다. 정치적으로는 일본인 고문관 대신 러시아인 고문관을 초청하였으며, 경제적으로는 러시아가 경원·종성 광산 채굴권, 인천 월미도 저탄소 설치권, 압록강 유역과 울릉도 삼림 채벌권 등의 이권을 강탈하고 군사적으로는 고종이 머무시는 러시아 공사관을 보호한다는 명목으로 제물포에 정박한 러시아 군함에서 군사들을 상륙시켜 러시아 공관을 에워싸게 하였다. 그런 러시아의 야욕에 대한 진위여부를 검토하기 이전에, 그렇지 않아도 일본이라면 치를 떨던 조선의 백성들은 일본이 황후마마를 시해한 것으로 단정 짓고 그 복수심에 불타고 있었다. 안중근 의사께서 이토 히로부미를 살해한 이유 중 하나도 바로 명성황후를 왜놈들이 시해했기 때문이라고 할 정도였으니 가히 짐작이 가는 일이다.

민병찬과 민영설은 누구든 만나기만 하면 황후께서 당하신 고통에 대해, 자신들이 일가로서 정말 면목이 없다고 말하곤 했다. 그런데 정작 그날 변을 일으킨 왜놈들을 욕하거나, 왜 자신들이 면목이 없는지는 말하지 않았고 사람들 역시 묻지도 않았다. 공연히 물었다가 눈 밖에 나서 좋을 것 없다는 생각에 하는 말만 들었다.

그들은 스스로 재산이 엄청나다고 했다. 덕분에 그들이 황후와 일가라는 것에 이견을 달지 않았고, 안명근으로서는 그들에게 자금을 부탁하는 것이 나쁠 것 같지 않았다. 평소처럼 세세하게 검증하지 않고 그저 눈에 보이는 상대만 본 것이다. 당시의 시대 상황에 비춰보면, 민병찬과 민영설은 당연히 왜놈들을 저주하고 있을 것이며 안명근 자신이 기금을 원하면 선뜻 응해 주리라고 판단했다. 그날따라 김구는 다른 중요한 일로 지방에 출타 중이라 동행하지 못했다. 혼자서 민병찬의 집을 찾은 안명근이 안중근의 종제임을 밝히고 통성명을 마친 후, 먼 당숙지간으로 가까운 이웃 마을에 살다 보니 자주 회동한다는 민병찬과 민영설에게 마음을 열고 말을 꺼냈다. 안명근 혼자서 평소에 김구가 하던 말까지 다 했다.

"그런 훌륭한 뜻을 가지고 계신 줄은 저희가 미처 몰랐습니다. 힘이 닿는 한 도와드려야지요. 아니 도와드리는 것이 아니라 당연히 해야 할 일을 하는 것입니다."

왜놈들을 몰아내기 위한 기금이라고 말하자, 민병찬은 마치 그런 기금을 기부받으러 오기를 기다리기라도 했다는 듯이 반갑게 답했다.

"그렇게 말씀해 주시니 고맙습니다. 누군가가 해야 할 일이라면 저역시 해야 하는 일이라고 생각하고 열심히 하고 있습니다. 형편 되시는 대로 기부 부탁 올립니다."

"부탁이라니요? 무슨 말씀을 하시는지…. 당연히 해야 할 일이니 10만원을 내는 것으로 하겠습니다. 다만 지금 돈이 있는 것이 아니라, 전답이라도 팔아 마련하려면 한 달은 걸릴 겁니다. 마침 농한기라 전답 매매가 있는 철이니 조금만 싸게 내놓아도 잘 팔릴 겁니다."

안명근이 어렵게 말을 마치자 민병찬이 잠시의 망설임도 없이 아주 쉽게 대답했다.

"10만원이나요?"

그 답을 들은 안명근은 화들짝 놀랐다. 놀란 것은 안명근만이 아닌 듯싶었다. 민영설 역시 의외의 답을 들은 것 같았다. 그러자 놀랄 일도 아니라는 듯이 민병찬이 말을 이었다.

"예. 나라를 구하시겠다고 하시는데 목숨은 못 내놓아도 전답이야 못 내놓으면 안 되지요. 대한의 백성이라면 당연히 그리해야지요. 혹시 제가 혼자서 힘에 부치면 여기 있는 조카님도 협조하시리라 믿습니다만, 조카님도 그리하실 거지요?"

"암요, 그래야지요."

민병찬은 민영설을 바라보며 동의를 구하자 민영설은 마지못해 대답하는 것 같기는 했지만 어쨌든 대답했다. 안명근은 속으로 역시 명성황후의 일가는 무엇이 달라도 다르다고 감탄을 하면서 다시 한번 확인하듯이 말했다.

"10만원을 한 달 후에 받으러 오라 하시는 겁니까?"

"그렇습니다. 혹시 그 전에 준비가 되면 제가 연통을 넣을 것입니다."

민병찬의 대답을 들은 안명근은 점심 식사라도 하고 가라는 민병찬의 만류에 고맙다는 말을 연신하면서 빨리 가 봐야 할 곳이 있다고 하며 자리를 일어섰다. 지금 여기 앉아서 밥을 먹을 일이 아니라 10만원이라는 거금이 한 달 내로 들어온다는 사실을 동지들에게 알리는 것이 더 중요하다고 생각했다. 이런 낭보는 동지들에게 큰 힘이 된다는 것을 누구보다 잘 알고 있었기에 한시라도 빨리 알리고 싶었다.

"민병찬이 그리 말했습니까?"

"그렇네."

"내가 알기로는 민병찬 전 재산이 10만원이 될까말까일텐데 전 재산을 기부하려나? 아니면 민영설이가 정말 보태려나? 하기야, 그 악랄한 사람이 남모르게 꼬부쳐 둔 재산이 얼마나 있는지 누가 알겠어요?"

"그럼 유 동지는 민병찬과 민영설을 잘 아나?"

"신천사람치고 그 두 사람 모르는 사람이 어디 있습니까? 아마 모름지기 젖먹이도 알 겁니다. 나이는 민영설이 두어 살 위지만 항렬은 민병찬이 하나 높지요. 그래서 서로 존대를 하고 지낼 겁니다. 그 두 사람 보통내기가 아닌데 별 희한한 일도 다 있습니다. 머슴 혹독하게 부리고 소작농에게 소작료 많이 거둬들이는 것은 물론, 아무리 흉년이라고 해도 소작료 한 톨도 조정 없이 싸그리 거둬들이고, 안되면 어린 딸은 물론 마누라라도 잡아다가 종노릇시켜서라도 본전을 뽑는 독종으로 알려진 사람들인데 그리 말했다니 정말 이해가 안 되긴 합니다. 하지만 누가 압니까? 이럴 때 크게 쓸 요량으로 그렇게 독종 짓을 했는지도 모르지요. 그런데 형님이 그 두 사람을 몰랐다는 것이 저는 더 이상합니다."

"모르는 건 아니고 그런 사람이 있다는 것은 알았지만, 자세히 몰랐다는 거지."

"그러니까요. 그 사람들 소문을 못 들으셨다는 것이 이상하다는 겁니다. 하기야 유유상종이라는데 그런 사람을 형님이 아실 리가 없는 것이 당연할 수도 있겠지요. 어쨌든 제발 그들이 약속한 말대로 이뤄졌으면 좋겠습니다."

안명근을 친형처럼 따르는 신천사람 유동구다. 자신이 모시고 계신

병드신 홀어머니께서 돌아가시는 그날이 자신이 독립운동을 위해서 만주로 가는 그날이라고 입버릇처럼 이야기하며, 아직까지는 신천을 중심으로 황해도 곳곳에서 일어나는 온갖 정보를 수집해서 전해주는 것으로 안명근을 돕고 있었다. 그런 그가 안명근으로부터 민병찬이 약속했다는 말을 듣더니 영 뜻밖이면서도 뭔가 개운치 않다고 하며, 안명근이 그들에 관한 소문을 듣지 못했다는 것 자체가 이상하다고 했다.

　　같은 시각.

　　"당숙 어른. 아니, 도대체 10만원이 누구 이름도 아니고? 그 많은 돈을 정말 내놓을 겁니까?"

　　민병찬의 집에서는 민영설이 도대체 이해할 수 없다는 표정으로 민병찬에게 물었다.

　　"조카님. 내 재산이 얼마인데 10만원을 내놔요? 조카님이 얼마나 보태주시려우?"

　　민병찬이 내놓겠다는 것인지 안 내놓겠다는 것인지 도대체 진심을 알 수 없는 말투로 대답하며 얼마를 보태겠냐고 하자, 민영설은 얼떨결에 한 것이지만 안명근 앞에서 보태겠노라고 대답을 했기에 갑자기 머리가 쭈뼛 서는 것 같았다.

　　"예? 저더러 보태라니요? 얼마나 보탭니까? 제가 알기로는 당숙 어른 재산이 근 10만원 정도 되는 것으로 알고 있는데 다 파실 것은 아닐 테고 도대체 저보고 얼마나 보태라는 겁니까? 제 재산이라 봐야 당숙 어른 반 정도밖에 더 됩니까?"

　　민영설은 도대체 민병찬의 속을 알 수가 없었다. 지금 당숙이 순간적으로나마 미친 것이 아니라면 그런 말을 할 리가 없는 사람이다. 어떻게 모은 재산인데, 두 사람 모두 각자 선친으로부터 물려받은 재산도 있지만, 그 재산을 불리느라 온갖 욕이라는 욕은 다 먹으면서 모은 재산이다. 그런데 그 재산을 몽땅 왜놈들을 내모는데 필요한 자금으로 내놓는다니 도대체가 이해할 수가 없는 일이었다. 그렇다고 그런 일에 헛말로 약속했다면, 그것은 더더욱 말도 안 되는 소리다. 그 소문은 금방 퍼져 나갈 것이다.

"참, 조카님도. 지금이 어떤 세상인데 땅을 팝니까? 나라가 이미 일본 손아귀에 들어가 왜놈들이 대한 사람 알기를 우습게 알고 있는 세상인데, 그나마 내 이름으로 된 땅덩어리 문서라도 없으면 왜놈들이 얼마나 우습게 보겠습니까? 지금의 땅도 잘 지켜야 하는 것은 물론 더 불릴 수 있으면 불려야지요."

"아니, 땅을 불린다면서 10만원을 내놓으신다는 약조는 또 무엇입니까? 그렇다면 헛말을 하신 겁니까?"

"헛말이요? 글쎄올시다. 헛말이라면 헛말이지만 내가 보기에는 헛말이 아니라 땅을 불릴 밑천을 깔았다고나 할까? 낚시를 위한 밑밥인 셈이죠. 아무튼 뭐 그런 거요."

"도대체 궁금해서 안달이 납니다. 당숙께서 하시고자 하는 게 무언지 속 시원히 말이라도 해 주십시오."

"간단합니다. 안명근을 이용해서 조카님과 내 지위를 확고하게 하자는 거요."

"아니, 그깟 놈한테 뭔 힘이 있다고 10만원씩이나 들여서 지위를 확고하게 한다는 말입니까? 혹시 독립군 놈들이 우리 멱따러 올까 봐 걱정돼서 그러십니까?"

"조카님, 내가 이미 말씀드리지 않았습니까? 땅떵어리 문서라도 들고 있어야 왜놈들이 우습게 안 본다고. 독립군 놈들이 무서운 게 아니라 왜놈들한테 무시당하지 않는 게 중요한 겁니다."

"그러니까 그게 무슨 말이냐고요."

"잘 들어보세요. 우리가 10만원을 던졌으니까 돈이 준비됐다고 연락을 하면, 보나마나 안명근은 그 10만원을 운반하기 위해서 혼자는 안 오겠지요. 한 놈이든 두 놈이든 끈을 달고 올 거라는 말입니다. 그때 놈들을 체포하도록 미리 헌병대에 이야기해 놓는 겁니다. 이건 단순히 이곳 헌병 파견대가 아니라 황해도 헌병대 본부나 아니면 총독부까지 가도 될 중요한 일이니, 이번 일만 잘 성사시키면 왜놈들은 우리에게 면책 특권이라도 줄 겁니다. 아니, 우리가 그런 조건을 걸고 왜놈들에게 정보를 줘야겠지요. 안명근이 누굽니까? 안중근의 종제예요. 그런데 그가 자금을 모집한다는 건 무언가 큰일을 꾸민다는 것 아니겠습니까? 일본으로서도 아주 중요한 정보가 될 겁니다."

"그럼 안명근을 밀고하자는 말씀입니까?"

"밀고라니요? 남들이 듣기에 밀고라고 하면 우리가 나쁜 짓이라도 꾸미는 줄 알겠습니다. 이건 밀고가 아니라 우리의 이익을 위해서 당연히 해야 할 일을 하는 겁니다. 이미 기울어가는 대한제국의 무얼 더 볼게 있다고 미련을 갖습니까? 어차피 망할 나라 구한다고 항일 투쟁인가 뭔가 하는 광복군인지 뭔지는 모르겠지만, 그들이 돈 내라고 협박하는데 겁나서 살 수 없으니 살길을 찾자는 겁니다."

"역시 당숙 어른은 대단한 분이십니다. 시대의 흐름을 정확히 읽고 계십니다. 정말 감탄했습니다. 대단하십니다."

민병찬의 세 치 혓바닥의 타락한 논리를 듣던 민영설의 얼굴에 희색이 돌며, 입에 거품이 물릴 정도로 민병찬을 칭찬하고 있었다.

"동구 자네가 같이 가겠다고?"

"예. 가야지요. 솔직히 민병찬과 민영설 두 인간이 그리 큰돈을 내놓을 것이라는 믿음은 안 가지만, 돈을 내놓겠다고 준비가 됐다는데 안 갈 수는 없지 않습니까? 그렇다고 그 큰돈을 형님 혼자 가지러 가실 수도 없고 우리 둘이 가도 부족할 것 같으니, 이참에 형님과 함께 서간도까지 동행할 동지 한 명 더 해서 셋이 가시지요. 형님도 아시지요? 현복수라고? 복수가 늘 독립운동하러 간도에 간다고 장가도 안 가고 입으로 노래하면서 말없이 형님을 도와왔으니, 복수 데리고 같이 가면 될 겁니다. 제가 노환으로 고생하시는 어머님 때문에 차일피일하는 동안 복수는 이미 가산 정리 끝내고 여차하면 간다고 하면서, 기왕이면 저랑 같이 간다고 했는데 이참에 먼저 가 있으라고 하면 오히려 좋아할 겁니다."

민병찬으로부터 돈이 준비되었다는 기별을 받은 안명근이 신천 유동구의 집으로 가서 운반 문제를 꺼내자 유동구의 대답은 간단했다. 이미 지난번에 안명근의 이야기를 듣고 생각해 두었던 것으로 보였다. 그러나 그 간단한 대답으로 인해서 유동구는 어머님 임종을 보지 못한 것은 물론 장례마저 동네 사람들이 치러줘야 하는 비극을 낳을 줄은 꿈에도 몰랐다.

약조한 날 저녁 무렵.

안명근과 유동구 그리고 현복수가 민병찬의 집에 거의 다다랐을 때다. 유동구가 갑자기 발걸음을 멈추고 안명근을 쳐다보며 작게 속삭였다.

"이거 분명히 잘못되었습니다."

"잘못되다니?"

"저 앞에 저놈은 신천 사람 중에서 알만한 사람은 다 아는 왜놈 앞잡이 이봉관입니다. 그런데 저놈이 왜 저기 있습니까? 민병찬의 집, 담 모퉁이에 도리구찌모자 쓴 놈 말입니다."

"우연히 지날 수도 있지 않나?"

"아뇨. 지나던 태가 아닙니다. 지금 모습을 숨겼지만 그건 애써 피한 겁니다. 어서 자리를 피하시는 게 나을 성싶습니다."

"아니 이 사람아, 그렇다고 확실한 것도 아닌데 여기까지 왔다가 들어가 보지도 않고 돌아간다는 말인가? 10만원을 약조한 사람들이네. 만일 저 왜놈 앞잡이가 우리를 엮어 넣으려 해도 어떻게든 핑계를 대서 우리를 구해주지 않겠나? 차라리 여기서 돌아가다가 잡히는 것보다는 두 분을 만나는 게 모든 면에서 낫다는 생각이 드네."

"하기야 도망치려고 해도 도망칠 수도 없을 겁니다. 만일 저놈이 정말 우리를 잡으려고 나타난 거라면 근방에는 무장한 헌병들이 쫙 깔려 있을 겁니다. 형님 뜻이 그러시다면 들어갑시다."

세 사람은 행랑아범을 불러 대문을 열게 한 후 안으로 들어섰다. 민병찬과 민영설은 반갑게 세 사람을 맞이하려고 했지만 무언가 어색하기 그지없었다. 그래도 세 사람은 이왕 내친걸음이고, 또 방금 이봉관을 본 뒤라 그런 것이려니 하면서 방으로 들어서서 막 자리에 앉는 순간이었다. 조금 전에 담 모퉁이에서 보았던 이봉관이 앞장서서 헌병 소위 하나와 무장한 헌병 넷을 거느리고 나타났다.

"이놈들이 테라우치 총독각하를 암살하는데 필요한 독립군 군자금으로 10만원을 내놓으라고 협박했다던 그놈들이요?"

"맞습니다. 저는 왜 안 오시는지 알 길이 없어서 가슴만 콩닥거리고, 좌불안석입니다."

민병찬은 얼굴색 하나 변하지 않고 거짓말을 정말처럼 주저리고 있었다. 안명근은 이미 모든 것이 틀어진 것을 알 수 있었다. 유동구의 말이 틀리지 않았다는 것을 이제야 알았지만 이미 엎질러진 물이다. 신천 사람이라면 다 안다는 민가 두 놈을 알아보지 못한 그 순간부터 일이 틀어진 것인지, 아니면 기부금 모금을 위해서 서간도에서 황해도로 와서 김구를 찾아갔으나 다른 일로 며칠 출타했다는 말을 들었을 때 김구를 기다리지 않고 혼자서 두 놈의 민가를 찾아간 것이 잘못된 것인지는 모르겠지만, 분명히 일이 배배 꼬였다. 그러나 안명근은 배배 꼬인 일 때문에 자신이 당할 고통은 걱정도 되지 않았다. 테라우치 암살 운운하는 말까지 나오는 것을 보면 공연히 일을 잘못 벌여서 죄 없는 애국지사 몇 명 옥고를 치르게 만들겠다는 생각이 자신을 괴롭히기 시작할 뿐이었다. 그러나 그 사건은 안명근이 생각하는 것만큼, 몇 명의 애국지사가 투옥되는 일에서 끝나지를 않았다.

안명근의 체포를 시작으로 일제는 대대적인 항일 투사 체포 및 투옥 작전의 닻을 올렸다. 12월에 안명근을 비롯한 그 측근들을 체포하더니, 이듬해인 1911년 1월에는 양기탁을 보안법 위반 혐의로 체포했다.

가뭄에 흐르는 얕고 가는 물줄기는 작은 조약돌 하나에도 그 물길이 바뀐다. 그러나 똑같은 자리에 똑같은 조약돌이 놓여 있다고 해도, 한여름의 거친 장마에 흘러가는 거센 물줄기라면 작은 조약돌에 그 흐름을 바꾸기는커녕 물줄기가 조약돌을 옮겨 놓는다. 그렇듯이 모든 것이 상황과 시점이 중요한데 바로 안명근 사건이 그런 꼴이었다.

그 당시 압록강에는 철교 공사가 진행 중이었다. 1909년 8월에 착공해서 공사가 순조롭게 진척되어가고 있었으며 1911년 중에는 준공이 확실했다. 일제가 만주를 침략하기 위해서 들인 그동안의 공이 결실을 보면서 만주를 점유하기 위한 침략의 길이 확실히 열리는 것이다. 그들이 말하던 대동아 일체의 전도가 환하게 열리는 것이다. 일제는 의미 있는 일로 기념할 것을 준비할 뿐만 아니라, 실제 그 운용방안에 대해서 상당한 계획을 세우고 있었다. 그런 만큼 준공식 역시 성대하게 열기 위해서, 테라우치 총독이 참여하는 것은 물론 열도에서도 일왕까지는 못 올지라도 왕의 동생 중 하나와 함께 내각 각료들도 오게 하여 성대하게 치를 계획을 세우고 있었다. 그러기 위해서는 총독과 함께 준공식에 참여할 인사들의 안전을 위해서 보안이 중요했고, 그렇지 않아도 보안 문제 때문에 서울을 중심으로 이북에 해당하는 지역의 사상범들을 대거 소탕할 계획을 세우던 중이었다.

그들이 말하는 사상범이라는 것이 열렬한 항일투쟁을 말하는 것도 아니다. 평소에 일본이 대한을 병탄한 것에 대해 반갑게 여기지 않는 기미를 드러내던 사람이라면, 그저 살기 힘들다는 한마디만 해도 얼마든지 사상범으로 몰릴 수 있다. 그뿐만 아니라 일제 앞잡이가 제 눈에 거슬리게 행동하는 대한인을 항일사상을 가진자라고 고발만 해도 사상범이고, 왜놈 헌병을 아니꼬운 눈이나 저주하는 눈빛으로 쳐다보았다고 헌병놈이 고발하면 그 역시 사상범이다. 그런데 안명근이 민병찬과 민영설에게 기부금을 요청했으니, 일제로서는 그 사건을 캐고 들어가면 얼굴빛이 마음에 안 든다고 잡아넣던 사상범이 아니라 진짜 항일 투사들을 검거할 수 있을 것으로 판단했다. 그리고 눈에 보이는 안명근 사건을 계기로 그 당시 일제가 가장 두려워하던 계몽사상가 중 하나였던 양기탁에게 그 칼을 들이댄 것이다.

양기탁에게 들이댔던 칼은 멈출 줄을 몰랐다. 억울하고 안타깝다는 등의 감정적인 표현은 사치스러운 표현일 뿐이다. 신민회 입장에서 단순하게 볼 때, 무엇보다 지난번 전국대회에서 결의한 만주의 무관학교 건립에 관한 사항들이 진행되어 가고 있던 시점이라 더없이 난감했다. 만주에 무관학교와 항일투쟁기지를 만들기로 전국대회에서 결정한 신민회는, 이미 1910년 4월에 안창호와 신채호를 비롯한 선발인원들을 출국시켰다. 그리고 1910년 가을에는 이동녕을 비롯한 핵심 간부들이 만주 일대를 비밀리에 탐방한 결과, 역시 중심지인 간도가 적합하다는 판단하에, 제1진이라고 할 수 있는 이동녕과 이회영 등이 12월부터 극비리에 단체 이주를 시작했다. 1911년 봄에 대대적인 이주를 실행하기로 작전을 세우고 실행해 가고 있던 것이다. 그런데 바로 그 시점에서 안명근 사건을 계기로 양기탁의 보안법 위반사건까지 덧씌운 일제가 신민회원들은 물론 항일 애국지사들을 대대적으로 체포해 들이기 시작한 것이다. 얼핏 보기에 모든 계획이 수포로 돌아갈 것 같이 보였다. 그러나 무려 600여명의 애국지사들이 체포된 상황에서도 만주로의 이주를 각오한 사람 중에서 체포를 피한 사람이 있었고, 그 덕분에 1911년 봄에 봉천성 유하현 삼원보에 신한민촌을 건설하고 훗날 이름을 신흥무관학교로 바꾸기로 하면서 신흥강습소를 세우는 데 성공했다. 무관학교 이름을 강습소라고 한 이유는 당장 일본의 눈도 눈이지만 만주 군벌들의 눈을 피하는 작전이기도 했다. 그 당시는 청나라 후손인 만주 군벌들이, 벌떼처럼 일어나던 한족의 중화민국 건국 세력에 대응하느라고 눈에 쌍심지를 켜던 시절인지라, 무관학교라는 이름으로 그들까지 자극하고 싶지 않았기 때문이다.

어쨌든 신흥강습소 설립의 성공은 조국의 미래를 위해서는 정말 다행이었다. 그러나 양기탁을 비롯한 애국지사들은 무려 105명이나 구속되었고, 일제가 날조한 사건이라는 것을 알게 된 일본 고등 법원조차 증거가 없다는 이유로 사건을 복심법원으로 되돌려 보냈다. 결국 1913년 7월에 99명이 무죄로 석방이 되었지만, 양기탁은 6년 형을 선고받았다.

이종용은 처음 상경하던 날 양기탁과 약속한 대로 그 일에는 절대 나서지 않았다. 이미 왜놈들이 짜 놓은 각본에 따라서 대한제국의 애국지사와 항일투쟁을 준비하는 세력을 잡아넣겠다는 것인데, 공연히 그 덫에 일부러 다가갈 필요는 없었다. 어차피 이름이 널리 알려진 애국지사들은 어쩔 수 없이 체포된다지만, 이종용의 입장에서는 수단을 부려서라도 체포를 면해야 했다. 체포되는 대신 할 일이 많다는 것을 잘 알고 있었다.

이종용은 그 덕분에 체포를 면했다. 하지만 이미 1911년 1월에 체포되어 구속되었던 양기탁의 2년이 넘게 걸린 재판 과정에서, 만족하게는 못했을지 몰라도, 나름대로는 일일이 뒷시중하느라고 지칠 대로 지쳐 있었다. 그러나 지치는 것도 사치로 치부될 처지라서 그런지 지칠 틈도 없었다. 당장 자신이 설 곳을 마련하지 않으면 안 되는 처지였다. 그렇다고 아무런 결과도 손에 쥐지 못한 채 부여 본가로 귀향하기는 싫었다. 단 한 놈의 왜놈이라도 무찌르겠다는 각오는 고사하고, 왜놈에게 욕 한 번 제대로 못 해보고 귀향한다는 것은 스스로 허락할 수 없는 일이었다. 처음 고향을 떠날 때, 조국 앞에서는 항상 용감하고, 조국을 위해서는 무엇이든지 버릴 줄 알아야 한다고 하시면서, 반드시 뜻을 이루라고 하시던 부모님을 뵐 낯이 서질 않는다.

몇 날인가를 고민하던 이종용은 드디어 만주의 간도로 방향을 정했다.

양성 군수로 재임하던 정영택이, 한일병탄이 되자 미련 없이 관직을 벗어던지고 간도로 이주하며 이름마저 정안립으로 개명했다는 것을 알고 있던 터라 그를 찾아가기로 했다. 대한제국에서 누리던 모든 것을 미련 없이 버린다는 의미에서 이름마저 바꿨다고 한다. 조상이 선물한 이름을 바꾼다는 것이 쉬운 일이 아니었을 텐데 간단하게 정리한 것을 보면 뜻하는 각오가 대단했던 것으로 보였다. 정안립은 신민회를 통해서 알게 되었고, 이종용의 부여집에도 방문한 적이 있을 뿐만 아니라, 양기탁과 함께 여러 번 만나서 조국의 앞날을 위해서 여러 가지 의견을 나눈 사람이다. 조국의 앞날에 대해 진보적인 구상을 하는 그와 함께 일을 도모해 보는 것도 좋을 것 같아서 그를 찾아가기로 한 것이다. 어차피 반도 안에서 아무것도 이룰 수가 없다면 반도를 벗어나서라도 조국을 위해서 무언가는 해야 한다는 마음에는 변함이 없었는지라, 부여가 아니라 간도로 향하기로 했다.

6

'대고려국'의 태동

정안립은 이종용을 정말 반갑게 맞아 주었다.

"이 동지가 이렇게 와 주다니 정말 반갑소. 이게 얼마 만이오. 그렇지 않아도 요즈음 거대한 구상을 새롭게 시작하고 있었는데 정말 필요한 사람이 찾아와 주었구려."

"이렇게 반갑게 맞아 주시니 정말 고맙습니다. 솔직히 마땅히 갈 곳이 없어서 찾아온 겁니다만, 정말 필요한 사람이라고 하시니 빈 말씀일지라도 고맙기 그지없습니다."

"무슨 말씀이오? 빈말이라니? 그리고 요즈음 대한사람치고 제대로 갈 곳 있는 사람이 있소? 또 모르지. 왜놈 앞잡이들이라면 오라는 곳은 없어도 갈 곳은 많겠지. 그래야 한 건 물어서 썩은 고물이라도 처먹을 테니까. 빈말이 아니라 정말로 이 동지 같은 젊고 진취적인 사람이 필요하던 차요."

"정말이십니까? 그렇다면 정말 제가 잘 왔습니까?"

"그렇소. 정말 잘 왔소. 얼마 전에 중국의 주사형이라는 인물과 모종의 논의를 했는데, 그런 일은 혼자 구상하기에는 너무 벅차서 누구와 상의해야 하나 고민하던 참인데 말이오."

"주사형이라고요?"

"중국 남방 군벌이오. 대한의 백성들이 주체가 되어 만주에 나라를 세우면 어떻겠냐고 하면서, 내가 전면에 나서서 그 일들을 도모할 의사가 있는지를 타진하러 왔던 거요."

"중국 남방 군벌이 왜 만주에 대한의 백성들이 나라를 세우는 것을 타진합니까?"

"그 친구 말로는 1912년, 그러니까 재작년에 중화민국이 건국되었지만, 아직 중국 전체를 아우를 힘은 없다는 거요. 당연히 만주에 있는 청나라 후손들의 군벌을 그냥 놓아두고 볼 수는 없다는 거죠. 청나라 후손들이 제대로 성장하면 언제 또 전쟁을 치르고, 한족이 그리도 애지중지하는 중원을 내주고 지배당할지 모르잖소. 한족은 이미 청나라의 만주족에게 270여년이라는 긴 세월 동안 지배를 당했는데 겁이 날만도 하지. 게다가 일본이 청나라 후손인 장쭤린 같은 만주의 군벌들을 공식적으로 후원하는 것도 알고 있으니 얼마나 더 두렵겠소? 청나라 후손들이 북방 군벌로 잔존하며 득실거리는 만주를 그대로 놓아둘 수는 없는 일이라고 판단했겠지요. 그렇다고 그들이 그렇게도 중요시하여 지구의 중심이 되는 중원(中原)이라고 일컫는 땅에, 학수고대하며 부르짖던 멸만흥한(滅滿興漢)의 숙원대로 만주족을 몰아내고 한족의 나라를 겨우 세운 터에 중원을 놓아두고 만주에 집중할 수도 없으니, 우리 대한사람을 생각해서라기보다는 궁여지책으로 내세운 안이라고 보는 것이 옳을 거요. 그렇지만 만주에 관해서라면, 역사나 문화적인 모든 면에서 볼 때 청나라에 비하면 수천 배, 더 정확하게 말하자면 청나라는 감히 상대도 되지 않게 정통성 있는 대한제국의 후손들이 나라를 세우는 것이 맞는 말이기는 해요. 비록 대한의 아들딸들 역시 한족에게는 두려운 존재지만. 고구려가 한족을 웬만큼 괴롭혔어야지. 그럼에도 불구하고 한족의 남방 군벌이 우리 대한의 후손들을 택한 이유는, 우선 고구려가 한족을 괴롭혔을지언정 한족이 고구려에 지배당하지는 않았다는 것과 당장 만주족은 살아 움직이는 군벌이고 우리는 아니라는 점을 고려했겠죠. 게다가 우리 대한의 백성들은 나라가 일제에 병탄 당해서 한반도에서는 이미 엄청나게 탄압당하고 있으니, 만주에 독립국을 세울 수만 있다면 건국을 위해서 전력을 다할 거라고 판단했을 거요. 또한 굳이 단군할아버지 시대와 고구려 시대를 이야기하지 않아도 청나라 만주족이 만주에 둥지를 틀기 전에는 우리 대한의 선조들이 생활 기반으로 삼던 곳이었던 이곳 만주가, 왜놈들이 청나라와 조약을 맺어 압록강과 두만강을 국경으로 하며 길회선 부설권 가져가느라고 간도를 청나라에 넘겨주지만 않았어도, 만주에는 우리 대한이 존재할 수 있었다는 것도 감안했겠지. 아무튼 이 모든 것이 왜놈들 때문에 일어난 사단이지만, 그렇다고 왜놈들 탓만 하고 있어 보았자 건질 것이라고는 아무것도 없을 것이고, 차라리 주사형이라는 그 친구 말을 믿고 추진해볼까 하는 생각도 들어요. 주사형이 헛소리했다손 치더라도 지금의 우리 입장에서는 잃을 것이 없으니 손해 볼 것도 없지만, 한편으로는 이게 왜놈들의 덫이 아닌가 하는 생각이 들어서 망설이는 것뿐이요. 그 덫에 나 혼자 걸린다면 별거 아니지만, 잘못된 내 판단으로 인해서 다른 애국지사분들께서

덫을 밟으면 안 되니까 고민이 되는 거요."

이종용은 갑자기 너무 많은 이야기를 듣고 있었다. 자세히는 모르지만 그래도 나름대로는 알고 있는 역사적인 이야기들과 새로운 나라를 세운다는 등의 듣도 보도 못한 이야기들을 한꺼번에 죽 나열하는 정안립의 이야기가 모두 귓속으로 들어오지를 못했다.

"선생님의 말씀을 알기는 알 것 같으면서도 잘 정리가 되지를 않습니다."

"당연하지. 벌써 정리가 되었다면 같이 고민할 것이 없지 않소."

정안립은 자신의 이야기가 정리되지 않는다는 이종용을 바라보며 미소를 지었다.

정안립은 처음 이종용이 찾아오던 날 했던 복잡한 이야기들에 대해서는 그 이후로 특별한 말이 없었다. 상의할 것이 있던 참인데 마침 잘 왔다는 말은 이종용을 반갑게 맞이한다는 의미에서 한 말 같기도 했다. 그렇다고 정확한 내용을 알아도 판단해서 대답할 자신도 없는 이종용 입장에서 무엇을 상의하려고 했느냐고 먼저 물어볼 수도 없었다. 다만 정말 그 문제가 누군가와 같이 고민해야 하는 문제라면 언젠가는 질문해 올 것이라는 생각에, 차라리 자신이 대답할 것을 준비하는 편이 낫겠다고 판단해서 나름대로는 부지런히 공부했다.

이종용이 공부하는데 필요한 서적은 정안립이 대개 소유하고 있어서 정말 편하게 공부할 수 있었다. 이종용은 그중에서도 주로 역사에 관한 서적들과 서양의 문물에 관한 공부를 하는데 시간을 대부분 할애했다. 공부하는 시간을 제외하고는 가끔 정안립과 함께 외출했지만, 특별히 누구를 만나기 위해서는 아니었다. 그저 길림을 비롯해서 간도 곳곳을 돌아본다거나 아니면 생활에 필요한 물품이나 책을 구입하는 등의 사사로운 일이었다. 굳이 특이한 일을 꼽으라고 한다면, 시간을 내서 어렵게 우강 양기탁을 면회하러 가는 일 정도였다. 그리고 정안립과 자주 대화하면서 지식을 많이 얻었을 뿐만 아니라, 지식을 얻어 성장한 그만큼 두 사람 사이도 가까워졌다는 것이다.

얼마 동안의 시간이 그렇게 지나고 어느새 해가 바뀐 1915년 1월이었다.

저녁 무렵 웬 사내가 정안립을 찾아왔다. 때마침 정안립은 길림 시내에 볼일이 있다며, 그리 늦지 않게 귀가할 것이라는 언질과 함께 외출한 뒤였다. 이종용은 이 사람이 주사형이라는 것을 한눈에 알아볼 수 있었다. 그가 방문할 것이라는 사전 예고 같은 것을 정안립에게서 특별히 들은 것도 아니지만, 정안립을 찾는 그의 어투는 물론 풍기는 이미지가 남방 군벌이라는 주사형에 틀림이 없었다.

"정 선생님께서는 시내에 볼일이 있어서 출타 중이십니다. 머지않아 돌아오실 것이니 괜찮으시다면 들어와서 기다리셔도 됩니다."

이종용이 누구인가를 묻지도 않고 들어와서 기다릴 것을 제안하자 주사형은 고개를 갸우뚱했다. 마치 자신이 언제 이종용을 만난 적이 있어서 이종용은 자신을 기억하는데 자기는 이종용을 기억하지 못하는 것이 아닌가 하는 의문을 품는 눈빛이었다.

"그래도 괜찮겠습니까? 저는 주사형이라고 합니다."

주사형은 이종용이 자신이 누구이며 무슨 일로 정안립을 찾아온 것인지에 관해서는 묻지도 않고 들어와서 기다리라고 하자, 혹시 이종용이 자신을 다른 사람으로 착각하고 있는 것은 아닌가 하는 의문이 들어서 인지 자신을 밝혔다.

"예. 말씀 많이 들었습니다. 일단 안으로 드시지요."

이종용은 주사형을 사랑으로 안내하고 차 한잔을 대접했다. 그런데도 정안립은 돌아오지를 않는다. 머지않아서 저녁이 될 시간인데 정안립이 돌아오지 않자 이종용은 불안해지기 시작했다. 주사형이 찾아온 것은 자신이 처음 이곳에 왔을 때 정안립이 이야기한, 새로운 국가의 건국에 관한 이야기를 하기 위해서 온 것이 틀림없는데, 정안립이 돌아오지 않아서 그냥 돌아가는 것이 아닌가 하는 불안이었다. 이종용은 다시 사랑으로 들어갔다.

"생각보다 늦으시는 것 같습니다만, 괜찮으시다면 기다려 주시면 고맙겠습니다."

"예. 너무 심려 마십시오. 기왕 왔으니 정 선생님을 꼭 뵙고 갈 겁니다. 저는 시간이 충분합니다. 이 댁에서만 괜찮다면 저는 오늘 돌아가지 않아도 됩니다. 그러니 제 염려는 마시고 볼일 보십시오. 괜히 저 때문에 신경 쓰시면 제대로 연락도 취하지 않고 찾아뵌 제가 더 미안합니다."

이종용은 아직 자신을 소개도 하지 않은 터이지만, 주사형이 '이 댁'이라는 표현을 쓰는 것을 보면, 이종용의 얼굴에 나타나는 나이를 보아서 아들일 수도 있지만, 정안립의 아들로 보기에는 너무 닮지 않았으니 대충 조카나 친지 중 하나 정도로 생각하는 것 같았다.

"그러시다니 다행입니다. 저는 시간이 없으신데도 불구하고 기다리시는 것 같아서 드린 말씀입니다. 저의 집 사정은 괘념치 않으셔도 좋으니, 편안하실 대로 하시면 됩니다."

　주사형에게 굳이 자신의 처지를 설명하기 싫어서 주사형의 생각을 짐작하면서도 길게 이야기를 하지 않았다. 다만 자고 가도 좋으니 정안 립을 꼭 만나야 한다는 말을 들으면서 주사형이 만주에 나라를 세우는 것에 대단한 열정을 가지고 있다고 생각했다. 그리고 처음 이곳으로 오 던 때 정안립이 들려주던 이야기를 듣고 나서 자기 나름대로 생각해 본 여러 가지 기억들을 떠올리자, 정안립이 했던 그 말이 자꾸만 머릿속을 맴돌며 생생하게 되살아나 지금 귓가에 대고 하는 말 같았다.

　'청나라 만주족이 만주에 둥지를 틀기 전에는 우리 대한의 선조들이 생활 기반으로 삼던 곳이었던 만주다. 왜놈들이 청나라와 조약을 맺어 압록강과 두만강을 국경으로 하며 길회선 부설권 가져가느라고 청나라 에 간도를 넘겨주지만 않았어도 만주에 우리 대한이 존재할 수 있었다. 아무튼 이 모든 것이 왜놈들 때문에 일어난 사단이지만, 그렇다고 왜놈 들 탓만 하고 있어 보았자 건질 것이라고는 아무것도 없다. 차라리 주사 형이라는 그 친구 말을 믿고 추진해볼까 하는 생각이다.'

　이종용은 몇 번씩이나 그 말을 떠올리면서 제발 그리되기를 간절히 바랐다. 그리고 지금 사랑에서 기다리고 있는 주사형과 정안립이 좋은 결과를 내기를 바라는 마음을 담아 간절하게 기도드렸다.

　그날따라 정안립은 저녁때가 지날 무렵에야 돌아왔다.

　"그래? 내가 공연히 시간을 지체했군. 다행히 아직 나도 저녁 식사 전이니, 반주를 겸해서 같이 저녁 식사하면 되겠네. 이 동지도 같이 해. 어차피 이 동지도 알아야 하는 이야기니."

집으로 돌아온 정안립은 주사형이 오후부터 사랑채에서 기다린다는 말을 듣더니, 미안한 기색을 그대로 드러내며 말했다.

정안립의 미안하다는 말과 함께 식사가 시작되어 어느 정도 진행되고 반주 잔도 두어 순배 지나자 주사형이 본론을 꺼냈다.

"일전에 말씀하신 바와 같이, 만주에 나라를 세우기 위해서는 반드시 일본의 힘이 필요하다는 것이 맞는 말씀이라고 판단했습니다. 그래서 제가 돌아가서 말씀을 드리자 윗분들이 적극적으로 추천해 주신 분들이 있습니다. 저희 혁명 때 직접 참여해서 도움을 주신 분들로, 겐요샤에 깊이 관여하시는 우메야 쇼키치씨와 미야자키 도텐씨입니다. 그분들을 통해서 스에나가 미사오라는 분을 소개받았습니다."

"겐요샤요?"

"예. 일본 우익단체입니다. 도야마 미쓰루라는 인물이 이끄는 단체로, 그 수장인 도야마 미쓰루는 일본 수상과 독대를 원하면 언제든지 할 수 있을 뿐만 아니라, 원하기만 한다면 일왕과도 독대가 가능한 일본 내의 실권자입니다. 그들의 조직이라는 것이 사무라이들을 기반으로 하고 있다고 합니다."

"그래요? 사무라이들을 기반으로 하는 단체라면 조직 구성이 힘들겠네요. 세이난 전쟁 이후 사무라이들이 별로 없지 않아요?"

"그렇죠. 솔직히 세이난 전쟁에서 패한 사이고 다카모리가 할복할 때, 전쟁에 참여한 대부분의 사무라이는 이미 전사한 뒤였고, 살아남은 이들은 몇 안 되었습니다. 다만 원래는 사무라이였지만, 이런저런 이유로 자신들의 세계에서 버림받거나, 스스로 조직을 이탈하여 세이난 전쟁에는 참여조차 못 하고 고향에 머물러 있던 사무라이들, 엄밀히 말하자면 퇴출당했거나 은퇴한 사무라이들이 존재했던 겁니다. 도야마 미쓰루는 그 사무라이들에게 메이지 유신 이후 급변하는 일본 사회에서 살아남기 위한 방법을 제시했습니다. 이제까지 전쟁에서 상대방의 목을 베고 생존하던 사무라이가 아니라, 경제활동의 선봉에 서서 돈을 벌어들이는 사무라이를 제시한 것입니다. 그렇다고 경제활동의 선봉에 선다는 것이 대단한 것은 아니었습니다. 기업들이 생산한 물건을 판매할 곳과 연결해 주거나 혹은 이미 연결이 되어있다면 운송을 해주고, 운송체계도 되어있다면 생산 및 판매하는 데 걸림돌이 되는 장애 요소를 제거해주고, 그에 대한 수수료를 정기적으로 받아내는 방법으로 기업과 동반 성장한다는 것이 그들의 사업 방식이었습니다. 한마디로 기업이 커나가는 데 걸림돌이 되는 것이 있다면 무력으로 해결해 주는 겁니다. 어찌 본다면 비합법적이라고 할 수도 있지만, 나름대로 상거래 질서를 잡아나가는 데 기여한 측면도 있다고 합니다. 당연히 원하는 기업이 많아졌고, 돈벌이가 좋아서 직원들의 처우도 좋게 해주다 보니 대부분의 퇴출 사무라이들이 모여들어 그 세는 금방 확장되었습니다. 그러자 그 세력을 이끌고 이토 히로부미 생전에 그와 담판을 지었던 것입니다. 이토 히로부미가 정치하는 데 걸림돌이 되는 것이 있다면, 원하는 방식으로 원하는 일을 해주는 거지요. 결국 이토 히로부미는 그들의 손을 잡았고 그 결과 겐요샤는 일본 최고의 우익단체가 된 것입니다. 지금은 일본 대기업들과 왕실과 긴밀한 관계를 이루면서 일본의 대동아 정책의 최전선에 있는 단체입니다. 대기업의 군수산업에 깊이 관여하면서 왕실 비자금과 군자금의 비밀스러운 부분에 관여하는 관계로 그 누구도 여벌로 볼 수 없는 단체라고 알고 있습니다. 일본 군부조차도 만만하게 보지 못하는 최고의 경쟁조직이라고 할 수 있습니다. 우리 중화민국의 혁명을 적극적으로 지원해주는 바람에 저도 잘 알게 된 단체죠.”

“결국 칼바람으로 돈 벌고, 정치하는 사람들 앞잡이 노릇 하면서 정적은 칼로 다스려 주고, 왕정복고 된 후에 왕정에 대해서 이러쿵저러쿵 하는 사람 죽여 없애줘서 일왕과 정부와 친해진 퇴물 사무라이들의 단체라는 거네요. 진정한 사무라이들이 아닌.”

“굳이 그렇게 말하자면 그런 겁니다만, 꼭 그렇게 볼 수만도 없기는 합니다.”

“좋습니다. 그거야 제가 상관할 일이 아닌 것 같으니까요. 다만 한 가지 의문이 있습니다. 솔직히 저는 겐요샤에 대해서 자세히는 몰랐지만, 겐요샤가 중화민국의 혁명에 깊이 관여했다는 것은 알고 있습니다. 그런데 지금 장쭤린 같은 청나라 후손들인 북방 군벌은 일본 군부가 지원하지 않습니까? 당장 눈에 보이는 현상은 그렇지 않다고 하지만, 어찌 보면 서로 적으로 대처하는 입장이 될 수도 있는 남방과 북방의 양쪽 군벌을 어떻게 같은 일본이 지원하는 거죠?”

“솔직히 그건 저도 판단이 잘 서지를 않습니다. 다만 한 가지 확실한 것은 일본 입장으로는 어느 쪽이 승리해서 중국의 주도권을 쥐더라도 중국에 지대한 영향력을 행사하고 싶다는 것 아니겠습니까? 그래서 서로 다른 방법으로 양쪽 모두를 지원하고 누가 이기나 보자는 것 아닌가요? 저희도 그런 사실을 알면서도 당장 필요하니까 도움을 받고 있는 겁니다. 그렇다고 도움을 거절하고 북방에게 질 수는 없는 거죠. 우리 남방 군벌이 겐요샤와 인연이 된 것은, 저희 지도자이신 손문 동지께서

혁명 활동 중 곤경에 처해서 일본에 망명했을 당시 일본에서 적극 도와주시던 분이 바로 도야마 미쓰루였고, 그게 인연이 되어 지금도 지원해주고 계신 것으로 알고 있습니다. 그 덕분에 이번에 도모하는 일에 적정 인물인 스에나가 미사오씨를 쉽게 소개받을 수도 있었던 거구요."

"그래요? 손문 선생께서 일본 망명 중에 누군가의 도움을 받았다는 이야기는 저도 어디선가 한 번 들었던 기억이 납니다."

"물론 들으셨겠죠. 관심 있는 사람들은 다 아는 이야기니까요."

"좋습니다. 그럼 스에나가 미사오와는 무슨 일을 어떻게 하자는 겁니까?"

"그건 지난번에 말씀드린 바와 같이 만주에 조선인들이 주축이 되는 나라를 세우자는 겁니다. 만주에 건국되는 나라야말로 우리 중국과 조선의 중간에 서는 나라니, 조선도 반도를 일본이 지배하게 한 입장에서는 만주에 독립국을 세우는 것이 좋지 않습니까?"

"좋기야 좋지요. 다만 쉽게 이루어지지 않을 일이라는 게 중요한 겁니다. 어차피 일본의 도움을 받아야 될 일인데, 그러다 보면 당연히 일본이 깊숙이 관여하게 될 것이고 일본은 반도에서 저지른 악행을 되풀이하려고 할 것 아닙니까?"

"그건 우리 중국이 적극적으로 개입해서 그런 일이 없도록 도와드릴 겁니다."

"물론 중국이야 그러고 싶겠지요. 하지만 지금 중국도 일본의 지원을 받는 입장인데 그게 그리 녹록하겠습니까?"

"청나라로부터의 독립을 위한 혁명 과정이다 보니 일본의 도움을 받은 것은 사실입니다만, 앞으로는 우리 중국이 제대로 힘을 갖추고 나면 그런 일은 없을 겁니다. 청나라에 지배받던 시절의 중국이 아니라는 겁니다."

"그럼 솔직히 말씀해 보십시오. 왜 우리 한민족의 나라를 만주에 세우는 데 적극적으로 도움을 주시려는 것인지."

"그거요? 그건 지난번에 말씀드린 그대로입니다. 만일 북방 군벌인 청나라의 후손들이 만주를 차지하는 날에는 우리 중국으로서는 강한 적 하나를 더 만나는 꼴이 되고 맙니다. 그렇지 않아도 청나라가 우리 중국을 지배하면서 서양 외세의 침입을 너무 많이 당하다 보니 그에 대해서 직면한 문제들이 산적한데, 만주에 청나라 후손들이 건국한 나라까지 다시 들어서 보십시오. 외세와 만주를 동시에 감당해야 하는 힘든 문제를 안는 거죠. 차라리 역사적으로 우리 중국과는 그래도 우호적이었던 조선의 백성들이라면 안심이 된다는 겁니다. 실제 역사적으로는 만주가 조선의 영토였지 않습니까?"

"그 말씀은 맞습니다만, 과연 일본 측에서도 그렇게 생각할 거냐는 겁니다. 일제의 군부가 장쥐린을 지원한다는 것은 만주에 상당한 욕심이 있다는 것 아니겠습니까? 그런데 만주를 우리 대한의 백성들에게 내준다? 청나라가 어거지로라도 만주를 통째로 뺏으려고 할 때도 대한제국의 선조들인 조선은 물론 대한제국도 간도를 꿋꿋이 지켜냈습니다. 그런데 일제가 만주 철도 길회선 부설권을 차지하려는 욕심에 눈이 멀어 국경을 압록강과 두만강으로 하고 간도에 대한 통치권을 청나라에 넘겨준다는 간도협약에 조인하면서 간도를 내준 것을 후회한 나머지, 우리 대한의 백성들을 이용해서 되찾으려는 것 아닌가 하는 생각이 듭니다. 그리고 참, 진작 말씀드리고 싶었는데 조선이 아니라 대한제국입니다. 대한제국의 황제께서 아직도 생존해 계시는 황제국인 대한제국입니다.”

“아, 예. 지난번에도 지적해 주셨는데 제가 또 깜박했습니다. 대한제국이죠. 앞으로는 조심하겠습니다. 그리고 말씀하신 일본의 욕심 문제는 물론 그럴 수도 있습니다. 하지만 일본이 만주에서 진짜로 원하는 것은 러시아로 그 통치권이 넘어가 있는 연해주입니다. 연해주만 일본에 양보한다면 문제가 없을 겁니다. 일본은 차라리 연해주를 이용하여 캄차카반도까지 뻗어나가기를 원하고 있습니다. 그것은 조선, 아니 대한제국의 한반도에서 최악의 경우를 맞아 후퇴하게 되더라도 연해주와 캄차카반도를 소유한다면 일본으로서는 어느 정도 보상을 받는 것이라는 입장입니다. 물론 한반도는 끝까지 고수하려고 할겁니다만, 극악의 경우에 그렇다는 겁니다.”

“그런데 자칫 잘못하면 우리 대한이 반도를 내주고 만주로 이주하는 꼴이 되지 않겠습니까? 조금 전에도 말씀드렸습니다만, 일본이 간도를 내줘 만주 전체를 청나라가 다스리게 되는 바람에 지금 북방 군벌들이 만주 전체가 자신들의 영토인 양 생각하고 대드는데, 우리가 만주에 나라를 건국한다고 하면 반도에서 쫓겨와서 만주에 나라 세운다고 하면서 전쟁이라도 할 기세로 난리를 칠 터인데 그걸 막을 방법이 있겠습니까?”

“그 문제는 우리 중화민국과 일본의 절대적인 협조가 필요할 겁니다. 특히 지금 장쭤린은 일본 군부의 적극적인 지지를 받는 바람에 버티는 거나 마찬가지니까 잘 타협하면 될 수 있을 겁니다. 만주에 세우고자 하는 나라가 조선, 아니 대한제국이라는 이름으로 탄생하는 것도 아니고 건국 주체는 대한 사람들이지만 다민족 국가를 건국하고자 하는 거니까 타협이 가능할 겁니다. 솔직히 장쭤린이야 청나라 군인으로 시작해서 지금의 세력까지 키운 것이 다 일본 덕이라고 해도 과언이 아니잖습니까? 그러니 연해주를 양보하는 조건으로 일본과 협력하고, 저희 중국과는 친선 협약으로 서로 우호조약을 맺고, 장쭤린을 비롯한 북방 군벌과는 타협을 통해서 일을 처리하는 겁니다. 다민족 국가를 추진하는 것이니 당연히 관료 역시 다민족이 참여할 것 아니겠습니까?"

"무슨 말씀을 하시는지 알겠습니다만, 한 가지 궁금한 게 있어서 짚고 넘어가야 할 것 같습니다. 장쭤린을 북방 군벌이라고 하시면, 지금 중국은 장쭤린을 중국의 정식 군벌 중 하나로 인정하시는 겁니까? 실제로 장쭤린은 현재 중국 군벌에 정식으로 속해 있지 않습니까?"

"그렇죠. 중국 군벌에 속해 있는 것은 사실입니다. 그러나 그건 당장 급한 김에 봉천성 순무가 정규군으로 편입 조치한 것일 뿐 실제로는 그렇지 않습니다. 장쭤린은 청나라 사람이고 청나라 군인인데 어찌 중국 군벌 중 하나라고 할 수 있겠습니까? 저희가 말하는 북방 군벌이라는 것은 북쪽에 세력을 둔 군벌이라는 의미일 뿐입니다. 만일 장쭤린을 중국 군벌 중 하나라고 인정하는 것 같으면, 장쭤린이 만주에 있는데 굳이 또 다른 독립국을 세우고 말고 할 것도 없지 않습니까? 장쭤린을 인정하고 만주까지 통일 중국을 만들면 되는 것 아니겠습니까? 한데, 장쭤린은 중국 군벌이 아니라 다만 청나라의 잔병 중 하나라는 겁니다. 따라서 아직은 그의 세력이 크게 문제가 되지 않지만, 나날이 다르게 성장해 가는 그의 세력이 더 커질 경우에는, 아직 나라 체계가 굳건하지 못한 저희 중화민국 입장에서는 또 다른 문제가 야기 될 것 같아서 미리 방편을 취하고자 하는 겁니다."

주사형은 이미 정안립은 물론 세상 모두가 알고 있는 장쭤린의 존재를 애써 축소하려 했다. 이미 커질 대로 커졌다고 해도 과언이 아닌 그 세력이 더 커지면 감당할 수 없다는 것은 인정하는 것 같으면서도, 일개 청나라의 잔병이라는 등의 묘한 표현으로 얼버무리고 싶어 했다. 정안립은 그 마음을 이해하기에 그 문제는 이 정도에서 묻고 넘어가기로 했다.

"주 선생님 말씀을 듣다 보면 잘 이루어질 것 같으면서도 막상 앞을 생각하면 너무 먼 길일 것 같은 생각이 듭니다만, 먼 길이라고 해도 가야 할 길이라면 가야지요."

정안립은 함께 가자고 결론을 내렸다. 그리고 서로 시간을 갖고 생각한 후에 스에나가 미사오라는 일본 사람과 3월 말쯤에 합동해서 만나기로 한 후에는 특별한 말 없이 그냥 흥겹게 이런저런 이야기를 하면서 술을 마셨다.

이종용은 정안립이 자신을 배려해서, 정안립은 이미 알고도 남는 중국과 일본의 관계나 기타 여러 가지 사항들을 주사형에게 세세하게 질문했다는 것을 잘 알고 있다. 그런 정안립의 시도는, 주사형이 의도하는 모든 것을 이종용 앞에서 직접 말하게 함으로써 이종용의 판단을 돕겠다는 취지가 섞여 있다는 것 역시 잘 알고 있다. 그 덕분에 특별하게 질문하지 않고도 편안하게 모든 내용을 들을 수 있었다.

이튿날. 주사형이 함께 아침 식사를 끝내고 돌아가자 정안립이 이종용을 불렀다.

"어제 이야기를 들으니 어떤가? 이 동지가 처음 나를 찾아왔을 때, 내가 주사형 이야기를 하면서, 만주에 나라를 건국하자는 미끼로 나를 엮어서 다른 애국지사들을 엮어 넣으려는 것 아닌가 하는 의심까지 한다고 말했었지? 그런데 그동안 여러 경로로 탐문해본 결과, 주사형 저 사람 그런 사람은 아니더라고. 중국 군벌에서는 꽤 괜찮은 사람으로, 만주쪽과도 인연이 있는 관계로 이번 일을 추진하는 것 같아. 다만 저 사람이 말하는 바와 같이 실행될 수 있을지 의문이지만. 스에나가 미사오인지 하는 왜놈은 어떤 인물인지는 모르겠지만, 왜놈들이 손을 내밀 때는 그 소매 안에 무엇이 들었는지를 잘 봐야 해. 지금 이건, 얼핏 보기에는 중국이 손을 내민 것 같지만 내 생각에 주사형은 다리를 놓는 일꾼일 뿐이고, 손을 내민 건 왜놈들 중에서도 겐요샤라는 놈들인 것 같은데 어떤가?"

"제가 보기에도 애국지사들을 잡아들이기 위해서 왜놈들 앞잡이 짓하는 것은 아닌 것 같습니다. 그리고 저는 아직 왜놈이 손을 내미는 건지 중국이 손을 내미는 건지 모르겠지만, 실현 가능성 면에서, 말대로만 된다면야 더 이상 바랄 것이 무엇이 있겠습니까만, 그리될 수 있을지가 의문입니다. 솔직히 주사형이라는 그분의 말씀 중에는 희망 사항이 더 많은 것 같아서요. 아무리 다민족 국가를 건설한다지만 일본이 그리 쉽게 만주를 양보하겠습니까? 그렇지 않아도 한반도와 인접해 있는 간도를 중심으로 항일투쟁이 활발하게 일어나고 있는데, 간도 지방을 포함하는 만주에 우리 대한인들이 주체가 되는 나라가 들어선다면 일본이 감당하기 힘들다고 생각하지 않겠습니까? 여차하면 한반도로 밀고 들어갈 텐데 일본이 그런 위험을 감수하겠습니까? 주사형 선생 말로는 일본은 연해주와 캄차카반도를 더 희망한다지만, 제가 보기에 그 역시 희망 사항이고, 한반도를 일본이 차지한다는 전제하에 만주는 양보하더라도 연해주와 캄차카반도를 차지하는 것을 더 희망한다는 것으로 정리되지 않겠습니까? 그것도 전제조건이 있는 만주의 양보겠지요. 그래서 일본이 개입하는 거구요. 더더욱 손을 내미는 주체가 일본이라면, 만주를 완전히 양보하는 것이 아니라 만주에 들어서는 나라가 중국도 대한제국도 아닌, 일본이 자신들의 식민지로 활용할 수 있는 나라, 그러니까 독립국으로 만들기는 하되 일본의 말을 잘 듣는 꼭두각시 정권을 세울 수 있는 나라를 원하는 것 아니겠습니까? 만약 독립국이면 무조건 된다면, 이미 일본의 손아귀에 들어선 것과 다를 바 없는 장쒜린을 배척하고 새로운 국가를 세우려고 하겠습니까? 다민족 국가라는 취지 아래 일본을 포함한 여러 국가의 백성들을 모으되, 어차피 간도를 중심으로 가장 많이 거주하고 있는 민족이 우리 대한의 백성들이니 주체로 삼자는 거겠지요. 건국의 주체는 나라 잃은 설움에 한 맺힌 우리 대한의 백성들로 하고, 그 지배층은 적당한 배분을 통해서 일본이 통제할 수 있는 괴뢰정권을 만듦으로써 한반도와 이원화시켜서 통치하기 쉽게 만들자는 속셈 아니겠습니까? 일본이 간도협약 당시 간도를 청나라에 내준 이유가 만주와 한반도를 이원화시키는 것이었잖습니까? 일본이 힘의 우위에 있으니까 청나라를 마음대로 할 수 있어서 간도 통치권을 일단 청나라에 내주고 필요할 때 되찾자는 전략이었고, 청나라는 알면서도 힘도 없을 뿐만 아니라 혹시나 하는 마음에 그 미끼를 덥석 물었듯이, 이번에도 만주에 다민족 국가를 표방하는 독립국을 세워서 한반도와 완전한 이원화를 고착시키려 하는 것 아니겠나 하는 생각입니다. 그리

된다면 만주와 한반도가 하나가 되어 동시에 일본에 저항하는 일은 없을 것이라는게 일본의 바람이겠죠. 아까 말씀드린 바와 같이 장쭤린을 배척하는 이유가 장쭤린은 손아귀에 들어왔지만, 만주에 거주하는 민족, 특히 만주의 중심이라고 할 수 있는 간도 거주민의 8할이 우리 대한 사람이라는 것을 무시할 수 없으니 다민족 국가라는 그럴듯한 명칭의 나라를 만들려고 하는 것 아니겠습니까? 하지만 어떤 목적에서 일본과 중국이 제시하였든 간에, 만주에 독립국을 건국한다는 좋은 기회는 다시 오기 힘들 것이니, 제 생각 역시 일단 붙어서 해결하는 것이 옳다고 봅니다. 역으로 저들을 이용하는 겁니다. 만주에 독립 국가를 만들면 영토도 광활하지만, 기후조건 등등을 볼 때 왜놈들이 쉽게 이주하여 생활 터전으로 삼지는 않을 것 같으니, 시간을 두고 잘 연구해서 역이용하는 겁니다. 우리에게는 중심지인 간도에 8할에 달하는 인적자원이 거주한다는, 어찌 생각하면 가장 유리한 조건이 있으니까요."

"역이용이라? 그렇지 않아도 지난번에 주사형으로부터 제안을 받고 나 역시 그 생각을 했었지. 새로운 나라를 건국한다고 시작하면 가다가 도중에 멈추기는 힘들 테니, 일본이 원하는 대로 끌려가 주는 척하면서 간도에 8할이나 거주하는 우리 대한 사람들의 힘을 빌려 우리가 생각하는 나라를 건국하는 쪽으로 가는 방법을 찾아보면 어떨까 하는 생각을 했지. 자네가 말하던 입헌 군주국 같은 것 말일세. 그래야 명분이 서거든."

"명분이라니요?"

"만주에 나라를 세우는데 그 나라가 우리 대한제국의 지사들에 의해서 건국된다고 해. 듣기로는 그럴듯하게 들릴 수도 있지. 그런데 우리는 한반도를 왜놈들에게 내주는 바람에 잃어버리고 만주에 나라를 세우는 것 아닌가? 비록 다민족 국가라지만 특히 간도에 8할 이상을 점유하고 있는 우리 대한 사람들을 주축으로 세우겠다는 것인데, 그나마 그 수장이 대한 사람이 되지 못한다면 어찌 되겠는가? 대한 사람들은 나라를 세우는 역할만 하고 실제로는 빌붙어 사는 꼴 아니겠나? 그러니 비록 초기에는 실권을 잡지 못하는 한이 있더라도 고종황제나 의친왕, 최악의 경우에는 영친왕 전하라도 망명하시도록 주선해서 입헌 군주국을 만들자는 거야. 일단 그렇게 되면, 비록 상징적인 존재라고 할지언정 지도자가 대한의 황족인 것은 물론 백성들의 구성 비율로 보아도 우리 대한의 한민족이 월등히 우위를 점하는 나라이니 실권을 가져올 방법도 만들어 낼 수 있겠지. 실권을 손에 넣은 후에 한반도를 구할 방법도 연구하고 추진할 수 있을 것이고. 그래야 한반도를 떼어 놓은 채 만주에 나라를 세우는 명분이 서지 않겠어? 한반도를 잃어버리게 만들던 조정처럼 부패한 조정만 아니라면 가능할 수 있지 않겠나?"

"그거야 그리되도록 만들어야 하겠지만, 우선 나라를 건국하는 것이 그리 만만하지 않을 것 같습니다만…."

"당연하지. 나라 하나를 만드는 것이 어디 쉬운 일인가? 지금 주사형은 장쒀린이 만주에 아주 단단하게 뿌리를 내리고 다시 청나라 같은 나라를 건국할까 봐, 온몸이 후끈 달아서 빨리 제지하고 싶은 욕심에 모든 과정을 쉽게 쉽게 말하고 있지만 어림도 없는 일이지. 엄청난 난관에 부딪히겠지. 그 난관을 잘 넘겨야 성공하는 거고. 아무튼 다음 달까지 서로 좋은 의견이 있으면 토의하면서 우강 선생님을 기다려 보자고. 그분이 출옥하시면 무언가 좋은 안을 주실 수도 있네. 그래서 스에나가 미사오라는 사람을 3월에 만나기로 한 것일세."

정안립은 우강 양기탁에게 많은 기대를 하고 있다는 것을 스스럼없이 내비쳤다.

"선생님께서도 우강 선생님을 많이 기다리시나 봅니다."

"그야 당연한 일이지. 그런 큰 어른께서 옆에 계시다는 사실 하나로도 큰 위안이 되는 거야. 다만 아쉬운 것은 지금처럼 중요한 시기에 옆에 계시지 않다는 거지. 그렇다고 면회 가서 이야기할 수 있는 성격의 대화도 아니다 보니 그저 석방되시기를 기다릴 수밖에. 그래봐야 이제한 달 보름만 더 기다리면 되니까."

"우강 선생님은 묘책이 있으실까요?"

"글쎄, 지금 내가 우강 선생께서 묘안을 가지고 계실 것이라고 장담할 수는 없지만, 그분이라면 현명한 판단을 해주시지 않을까? 아무튼 말로 헤아릴 수 없는 많은 도움을 주실거라고 생각해도 괜찮을 거야."

7

황제를 바보로 만든 왜놈의 아편

1915년 2월, 양기탁은 출소하자마자 마중 나온 이종용을 앞세우고 정안립에게로 향했다. 정안립 역시 같이 마중을 나가겠다는 것을 이종용이 극구 말렸다. 굳이 양기탁과 정안립이 함께 여행하면서 다른 사람들 눈에 띄는 것도, 어쩌면 새로운 표적을 만들 수도 있으니 자제하라며 이종용 혼자 나선 것이다.

"정말 고생 많으셨습니다. 절받으십시오."
"절은 무슨 절을…"
정안립은 양기탁을 반갑게 집 안으로 맞이하여 아랫목에 자리 잡게 한 후 큰절을 올리겠다고 했다. 양기탁은 정안립보다 두 살 위라지만 큰절로 차리는 예를 받을 정도의 나이 차이는 아니기에 손을 저으며 거절했다.
"아닙니다. 그리 큰일을 도모하시다가 옥고를 치르고 오셨는데 당연히 예를 갖추는 것이 도리입니다. 이 예는 저 혼자 갖추는 것이 아니라, 이 나라 백성 모두가 감사 인사를 함께 드리는 겁니다."

정안립은 양기탁이 거절해도 뜻을 굽히지 않았다. 자신이 올리는 큰절은 자신 혼자의 절이 아니라 백성들이 표하는 감사의 예이니 거절하지 말라고 하면서, 굳이 큰절로 예를 갖추겠다고 고집해서 절을 올렸다. 이종용 역시 옆에 서 있다가 같이 했다. 이 나라 백성 모두의 감사를 모아서 올리는 예라고 하니 당연히 자신도 절을 해야 했지만, 정안립이 그런 말을 하지 않았더라도 양기탁이라면 백성들 모두의 감사를 받기에 부족하지 않다는 진심이 우러나와 함께 절을 한 것이다.

"먼 길을 오신 분에게 저녁을 대접하자마자 이야기를 꺼내는 것이 외람됩니다만, 사안이 사안이다 보니 선생님의 고견을 듣고 싶습니다."

"그래요? 그렇지 않아도 함께 오면서 이 동지에게 이야기를 들었습니다. 그거야 당연히 가야지요. 나중에 어찌 되던 이런 기회가 또 오겠습니까? 무조건 갑시다. 그리고 왜놈이나 중국의 주사형에게는 말하지 말고, 정 동지가 말씀하셨다는 바와 같이 고종황제와 의친왕, 영친왕 전하의 의중도 알아봅시다. 우선 고종황제부터 알아보면 좋겠지요. 그다음은 의친왕 전하, 그다음 영친왕 전하 중 누구라도 되면 좋지 않습니까."

저녁상을 물리고 나자 정안립은 양기탁을 향해서 어렵게 말을 꺼냈다. 그런데 양기탁의 대답은 아주 간단하고 명쾌했다. 그것도 정안립의 생각과 동일하다고 서슴없이 말했다. 정안립은 얼굴이 밝아지면서 다시 한번 물었다.

"그렇다면 황제 폐하와 두 분 전하와의 접촉은 어떤 식으로 하면 좋겠습니까?"

"그 정도 연결할 수 있는 끈은 있습니다. 다만 말씀하신 바와 같이 먼저 고종황제의 의중을 알아보는 것이 옳기는 하지만 한가지 문제가 있습니다. 만일 황제 폐하께서 이곳 만주로 오신다면 반도에서는 정신적인 지주를 잃게 되는 것입니다. 아무리 일제가 병탄한 나라라지만, 그래도 황제께서 계시는 것과 아닌 것은 다르지요. 만주로 오셔서 독립국을 기반으로 한반도까지 밀고 들어가서 나라를 되찾겠다는 실리 면에서야 당연히 좋은 일이지만 그래도 나라를 비운다는 것이…"

양기탁은 대한제국이 비록 일제에 병탄 되어 국권이나 통치권이라는 단어가 의미 없는 나라가 되었지만, 만백성의 어버이인 고종황제의 존재는 그대로 인정하고 있었다. 아니, 어쩌면 일제가 행한 그 모든 만행 자체를 인정하기 싫었던 것인지도 모른다.

"하지만 고종황제께서는 1907년에 이미 순종황제께 양위하셨잖습니까? 더더욱 지금은 왜놈들에 의해 황제 폐하로서의 통치권은 물론 황제의 직위마저 박탈당했으니, 공연히 국내에 계신 것보다야 오히려 이곳 만주에 독립국만 선다면 오시는 것이 더 낫지 않을까 하는 생각도 듭니다만?"

"글쎄요. 아마 그게 그렇지만은 않을 겁니다. 우선 양위라는 것도 그 양위식에 고종황제도 황태자 마마도 참여하지 않은 상태에서 왜놈들이 자신들을 따르는 왜놈의 개 같은 대신들과 마음대로 치른 행사 아닙니까? 무릇 황제의 즉위식이라면 온 나라가 축제의 장이 되어야 하는데, 헤이그에 밀사를 파견했던 사건 때문에 왜놈들에 의해서 벌어지는 강제 양위다 보니 온 나라가 초상집 분위기였고, 황제 폐하도 황태자 전하도 참석하지 않은 양위가 되어버렸으니 양위식이라 할 것도 없지요. 그리고 왜놈들이 자신들 마음대로 고종황제를 태왕이라 하고 순종황제는 왕이라 했지만, 그건 그네들이 만들어내는 괴변일 뿐입니다. 왜놈들은 우리 대한을 병탄했다고 하지만, 을사늑약이든 병탄이든 그 모든 것이 왜놈들이 개처럼 길들인 대신들을 데리고 만들어 낸 허위일 뿐이요, 우리 대한의 어떤 황제 폐하께서도 그런 조약에는 서명하신 일이 없으시니, 우리는 아직도 대한제국이고 황제께서는 황제이신 겁니다. 그런데 어찌 황제께서 나라를 비울 수 있을지 그게 마음에 걸립니다."

정안립이 현실을 이야기했지만, 양기탁은 굳이 그 현실을 인정하기 싫어했다. 그리고 그날 두 사람은 더 이상 말이 없었다.

이튿날 아침, 양기탁은 아침 식사를 마치자마자 사랑에 앉아 책을 읽고 있었다. 그때 정안립이 들어서자 양기탁은 정안립은 바라보지 않고 책에 눈을 고정시킨 채 입을 열었다.

"현실적으로 본다면야 독립국을 건설하면서 고종황제를 모셔오는 것이 여러 가지 면에서 좋겠지요. 황제 폐하께서도 숨을 쉬실 수 있을 뿐만 아니라, 폐하의 안위도 한숨 돌릴 수 있겠지요. 새로 만드는 독립국의 면모도 모양새가 날거구요."

어제 자신도 모든 것을 알면서 인정하기 싫어서 했던 말들이 실언이라는 것을, 그런 식으로나마 인정해야 일을 진행시킬 수 있다는 생각이 들었던 모양이다.

"선생님께서 어제저녁에 하신 말씀을 제가 왜 이해하지 못하겠습니까? 저 역시 선생님만큼이나 인정하기 싫은 일들이지만 어찌할 수 없는 노릇이기에 이곳 만주에서 타는 속만 치고 있습니다."

양기탁이 어제 했던 말들은 지금 이 현실을 인정하기 싫어서, 투정처럼 해본 소리라는 것을 정안립도 잘 알고 있었다. 당연히 정안립 역시 진정으로 인정하기 싫은 일들이다. 그러나 인정하기 싫어도 인정해야 할 일이고, 더더욱 고종의 안위라는 말이 떠오르자 자신도 모르게 눈가에 눈물이 고이는 것이 바로 현실이라는 것을 인정하지 않을 수 없었다.

요즈음에는 왜놈들이 덕수궁과 창경궁을 에워싸고 고종황제는 물론 순종황제 역시 궁 밖으로의 거동은 일절 금지다. 행여 두 분의 거동이 민란으로 이어질세라 궁 안에서의 거동조차 세심하게 감시하면서, 두 분의 뒤를 따르는 궁인들의 뒤에는 일본 헌병 1개 분대가 항시 따르고 있었다. 그뿐만이 아니라 밤에 침소에 드실 때는 의례히 1개 소대 이상의 병력이 침소를 둘러싼다고 했다. 혹시 자객이라도 침입해서 두 분 중 한 분이라도 시해당할까 봐 그러는 것일 수도 있다. 만일 두 분 중 한 분이라도 시해를 당하신다면 그것은 영락없이 일제가 찌른 짓으로 치부되어 민란으로 이어진다는 것은 불을 보듯이 빤한 일이었다.

왜놈들 입장에서는 두 분 모두 이 세상에 안 계시면 더없이 좋다는 것은 말할 필요도 없다. 그러나 눈에 보이게 시해할 수는 없는 일이다. 그래서 이미 10년 전인 1905년에 커피에 아편을 타서 고종황제를 시해하고 훗날 순종황제가 되는 황태자를 즉위시키려고 했었다. 고종황제께서 극구 반대하며 옥새 날인을 거부하는 제2차 한일협약인 을사늑약을 맺어 통감부를 설치하고 외교권을 박탈하기 위한 시도였다.

고종황제께서 커피를 즐기시는 것을 안 왜놈들은 자신들이 개처럼 부리던 이완용과 송병준을 비롯한 대신들을 움직여 수라간 상궁을 조정했다. 황제께서 마실 커피에 아편을 치사량 이상으로 탄 것이다. 그런데 하필이면 그날따라 고종황제께 보내는 커피를 들고 가던 나인을 황태자 시절의 순종황제가 만났다. 황태자가 다가오자 나인은 고개를 숙이고 황태자가 지나가기만 기다리고 있었다. 그런데 황태자가 멈추더니 나인을 향해 물었다.

　"지금 손에 들고 있는 것이 가배가 아니더냐?"

　"예 마마. 황제 폐하께 올리는 가배이옵니다."

　"황제 폐하께서 지금 올리라고 직접 하명하신 것이냐?"

　"아니옵니다. 매일 이 시간 경에는 가배를 드시는 것으로 되어있어서, 대전 수라간 상궁께서 소인에게 올리라 하시기에 가져가는 중이옵니다."

　황태자는 다시 한번 커피 향을 깊이 음미하듯이 숨을 들이마시더니 나인을 향해 말했다.

　"그래? 그렇다면 그 가배는 내가 마시자꾸나. 수고스럽더라도 너는 다시 수라간으로 가서 한잔을 더 준비해서 폐하께 올리거라."

　커피를 들고 가던 나인은 솔직히 그 커피 안에 아편이 치사량 이상 들었다는 것을 모르던 터요, 황태자가 마시겠다는데 무어라 할 말이 없었다. 황제가 직접 명해서 가져가는 것도 아니고 늘 하던 관례대로 하는 것이기에 시각을 다투는 것도 아니니 더더욱 그랬다. 게다가 아무리 황제께 올릴 커피라지만 아들인 황태자가 마시겠다는데 그런들 어떠랴 싶어서, 가지고 가던 커피를 황태자에게 올리고 똑같은 커피를 다시 한

잔 타서 올리려고 대전 수라간으로 향했다. 그런데 커피가 귀한 음식이다 보니 자기 마음대로는 어찌할 수 없고 수라간 상궁을 찾아서 자초지종을 이야기했다. 그러자 상궁은 기겁하며 소리치듯이 말했다.

"무슨 말이냐? 지금 가져가던 가배를 황태자 마마께서 드셨다는 것이냐?"

상궁의 말을 듣던 나인은, 상궁이 기겁하며 소리치듯이 말하는 태도에 자신도 모르게 주눅이 들었다. 나인은 상궁의 태도나 목소리 톤을 보아서는 자기가 죽을 죄 이상의 죄를 지은 것 같았다. 나인은 저고리 동정 아래로 목을 감추며 기어들어 가는 목소리로 겨우 중얼거려 변명을 대신 했다.

"마마님, 어찌 그리 놀라시옵니까? 흔한 일은 아니지만 어쩌다가 그런 일이 있지 않았사옵니까? 황태자 마마께서 다짜고짜 잔을 드시면서 '내가 마시마. 아바마마께는 다시 한 잔 올리거라.'라고 하시는데 거절할 수가 없었사옵니다."

"왜? 왜 황태자 마마께서 계시는 곳으로 갔단 말이냐?"

"거기로 오실 줄 누가 알았겠습니까? 가배가 아무리 귀한 음식이라지만 황태자 마마께서 말씀하시는데 쇤네는 도리가 없었습니다. 다음부터는 절대 이런 일 없도록 하겠습니다."

사실은 아무 죄도 없는 나인이 죽을 죄라도 지은 양 절절매고 있었다. 얼마나 당황했는지 자신이 무슨 말을 하는지도 몰랐다. 다음에 또 황태자를 만나서 내놓으라면 내놓아야지 별수가 없다는 것을 알면서도, 다음부터는 다시는 이런 일이 없도록 하겠다는 등 자신의 의지와는 상관없는 말도 서슴없이 나왔다. 그런데 상궁이 무슨 마음을 먹었는지 갑자기 태도가 바뀌고 부드럽게 말했다.

"이것을 어찌 네 잘못이라고 할 수 있겠느냐? 나라고 황태자께서 그리 명하시면 어찌할 도리가 있겠느냐? 늦기 전에 어서 한 잔 더 타서 황제 폐하께 올리거라."

"지금까지는 직접 타 주셨지 않습니까. 그런데 저보고 타라 하시는 건지…."

나인이 보기에 상궁의 말투나 행동은 지금 정상이 아니라 무언가 허둥대는 것 같기도 하고, 불안해서 절절매는 것 같기도 하고 아무튼 이상했다.

"그래. 직접 타 올리거라. 나는 지금 급히 가 봐야 할 곳이 있단다. 가배 2수저에 설탕 3수저 타는 것 알고 있지? 어서 시행하거라."

나인이 상궁의 말을 듣고 일어서서 주전자에 물을 끓일 준비를 하는데, 상궁은 휑하니 수라간을 나갔다. 아무리 바쁜 일이 있더라도 그렇지, 황제 폐하께 커피를 끓여 올리는 것이 본인의 가장 기본적인 의무 중 하나다. 그런데 그 시간도 할애하지 못하고 총총히 나간다. 그 모습을 보는 나인으로서는, 오늘은 정말 무언가 잘못돼도 한참 잘못됐다는 생각을 떨쳐낼 수가 없었다.

나인이 고종황제께 커피를 올리고 돌아와서 두어 시간 지난 뒤, 수라간은 저녁 준비를 시작할 시간인데 갑자기 주변 분위기가 웅성거리는 분위기로 바뀌었다.

"혹시 들었어?"

나인과 함께 수라간에서 일하는 오월이라는 무수리가 옆으로 가까이 다가오며 물었다.

"무얼?"

"수라간 상궁이 목매달았대."

"누가?"

소스라치게 놀라는 나인을 보면서 오월이는 태연하게 말했다.

"수라간 상궁 마마님."

"무슨…?"

나인은 말끝을 맺지 못했다. 불과 두어 시간 전에 자신에게 직접 커피를 끓여 가지고 가라고 하면서 수라간에서 휑하니 나가던 상궁의 모습이 생생하게 떠올랐다. 무언가 큰일이라도 난 것처럼 하다가 갑자기 부드럽게 말을 하더니 볼일이 있다면서 직접 커피를 끓여 가라고 하던 모습을 보면서 무언가 이상하다고 느끼던 자신의 느낌을 생각하자, 몸 전체에 소름이 돋아 오르는 것 같았다.

"얼마 전에 나랑 수라간에…."

"그래. 조금 전에 발견되었다는데? 그리고 황태자 전하는 실성을 했는지 가관이래."

"그건 또 무슨…?"

"웬 연유인지 눈을 희번덕 뒤집기도 하고, 침도 흘리기도 하고, 심지어는 소피까지…. 망측하기도 하지만 그러면서 횡설수설한다는 거야. 무슨 연유인지 모르지만 한, 두 시간 전부터 그러시는데 그러다가 잠시 실신을 했다가는 다시 일어나서 또 그러고…."

"그래? 한, 두 시간 전부터 그러셨다고?"

"그래! 수라간 상궁은 목매달고, 황태자 전하는 미친 건지 아닌지는 확실하게 모르지만 날뛰고. 도대체가 무슨 연유로 그런 일이 벌어지고 있는 건지, 지금 궁이 발칵 뒤집히고 있는데 그걸 모른단 말이야? 궁궐이 곁에서 보기에는 넓어 보이지만 말하자면야 얼마나 좁은 곳이야. 동문에서 쿵 하는 소리가 나면 벌써 서문에서 떡 하는 소리로 답하는 곳 아닌감? 모르는 것 같아도 알고 아는 것 같아도 몰라서 그렇지, 소문은 얼마나 빠른데. 그 소문을 못 들으면 팬시리 바보처럼 되는 수가 있어. 그냥 바보가 되면 다행인데 주는 떡도 못 먹는 수가 있으니까 그게 문제지."

오월이는 나인이 정보 청취에 늦어서 한심스럽다는 듯이 자랑스럽게 자신이 들은 바를 주절이며, 자기 스스로를 지켜나가기 위해서라도 정보에 신경 쓰라는 충고까지 하고 있었다. 그러나 나인의 귀에는 그런 말이 들리지 않았다.

'도대체 수라간 상궁은 왜 가배를 황태자 마마께서 마셨다고 했을 때 기겁을 하며 소리를 쳤고, 또 목은 왜 매달았다는 말인가? 그리고 황태자 마마는 왜?'

아무리 생각해도 도저히 이해되지 않았지만, 분명히 뭔가 연관이 있을 것만 같았다. 그리고 그 모든 것이 자신이 배달하던 커피와 연관되는 것만 같다는 생각이 자꾸만 들었다.

황제 폐하의 저녁 수라는 상을 올렸던 그대로 물려 나왔다. 다른 때 같으면 물려나온 상을 보며 수라간 나인들이 왜 올린 그대로 나왔는지 궁금해하면서도, 맛있는 음식이 잔뜩 나왔으니 맛있게는 먹었을 테지만 그날만은 그렇지 못했다. 대전 수라간 상궁이 목을 매달아서 죽었고,

황태자가 광기를 보이다가 의식불명 상태로까지 된다고 했다. 그런 상황에서 그대로 물려나온 황제 폐하의 밥상을 대하는 나인들의 마음은 편치를 못했다. 그렇지 않아도 궁궐의 소식은 수라간이 제일 먼저 알게 되어있다. 누구 몸이 아프니 죽으로 식사를 대신한다거나, 누가 밥은 먹지만 지금 드는 탕약은 매운 것을 피해야 한다든가, 생선이나 고기류를 금해야 하는 탕약을 먹고 있다는 등의 정보와 동시에 왜 그런 일이 일어났다는 소식까지 전해지는 곳이다. 가장 은밀한 일들이 이뤄지는 곳으로, 가장 보안이 튼튼한 곳이기도 하지만 가장 소문이 빠른 곳이기도 하다. 그리고 단순히 소문이 빠르기만 한 것이 아니라, 수라간의 나인들은 그 소문의 주체에게 맞는 음식을 정성 들여 만들다 보니 자신도 모르는 사이에 그들의 애로사항을 함께 하게 되는 것이다.

그런가 하면, 아무것도 아닌 것처럼 보여도 궁궐 담벼락이라는 것이 참 두터운 것이다. 담 밖으로는 찍소리 하나 새 나가지 않지만, 안에서는 비밀이 없는 곳이라고 해도 과언이 아니니 말이다. 그렇다고 궁궐을 출입하는 누구나 그 소문을 듣는 것은 아니다. 만조백관이 출입하지만, 그들은 그 소문을 듣지 못하는 경우가 태반이다. 궁궐에 사는 궁궐 식구들만이 듣는 희한한 귀를 가진 것도 아닌데 소문은 그들끼리만 전달이 된다. 그래서 서로 앞다퉈 자신의 여식이나 조카 등등 가문의 여인을 임금의 정실은 못되어도 좋으니 후궁이라도 만들려고 노력하는 것이리라. 그리고 그리할 수 없는 대신들 중에는 상궁이나 환관, 혹은 나인 중 누구라도 포섭해서 수고비라는 명목의 뇌물을 주고 그 소문 듣기를 원하기도 한다. 소위 정보를 사겠다는 것이다. 정보를 빠르게 접해야 권력의 변화에 대처하는 능력을 키울 수 있다는 생각일 것이다. 그러나 그렇게 전달되는 정보와 막상 안에서 피부로 느끼는 정보는 질의 차이가 있는 법이다.

궁궐이 너무나도 뒤숭숭하니 수라간 나인들의 분위기가 가라앉을 대로 가라앉는 것은 당연한 일이다. 더더욱 커피 심부름을 하던 나인이야 더 말할 것도 없었다. 저녁을 먹어야 하건만 밥을 먹을 마음조차 생기지 않았다. 도대체 이게 무슨 조화 속인지 모르겠지만, 그녀의 머리로는 도저히 이해가 되지 않았다. 왼손에 밥그릇을 들고 오른손에 숟가락을 든 채 그저 멍하니 있을 뿐, 밥 먹을 생각조차 못 하고 있었다.

"혼자서 궁궐 짐 다 지고 갈거여? 왜 밥도 안 먹고 그리 멍청하게 앉아 있어? 누구는 마음이 좋아서 밥을 먹나? 먹어야 내일도 그렇고 당장 오늘 밤에 야식 만드는 일도 할 수 있으니까 먹는 거지. 어여 먹어. 그렇게 정신줄 놓고 있어 봐야 돌아오는 건 없어도 손해 보는 건 생기게 마련이니까."

나인의 그런 모습을 보던 오월이가 도저히 그대로 보고만 있을 수 없다는 듯이 한마디 했다. 나인은 자신도 오월이 말이 옳은 것은 안다. 하지만 정신을 차리고 마음을 가다듬으려고 해도 도저히 낮에 겪은 그 장면들이 머릿속에서 사라지지를 않는다. 사라지기는커녕 그 커피를 자신에게 달라고 하던 황태자의 모습은 목소리까지 더 또렷이 들리고, 황태자가 커피를 가져갔다는 말을 듣고 기겁을 하며 소리치던 수라간 상궁의 모습은, 휑하니 나가던 모습과 함께 그 치마폭에서 일던 바람마저 불어오는 것 같았다.

"네가 춘녀냐?"

치마폭 바람마저 불어오는 것 같다고 느꼈던 바람은 느낌이 아니라 실제였다. 나인 앞에 내금위 군사 두 사람이 멈춰 서며 신분을 묻고 있었다. 그들의 옷자락에서 이는 바람을 상궁의 치마폭에서 불어오는 바람처럼 느끼던 나인은, 손에 들고 있던 밥그릇과 숟가락을 집어 던지며 소스라쳐 놀랐다.

"에구머니나!"

나인의 눈에는 자기 앞에 서 있는 내금위 군사 두 사람이 수라간 상궁과 황태자가 서 있는 것으로 보였다.

"아니여유, 저는 절대 아니여유."

"아니라니? 네가 춘녀가 아니라는 말이냐?"

"아닙니다. 이 사람이 춘녀 맞습니다. 오늘 낮에 있었던 일 때문에 정신줄을 놓고 있다가 갑자기 두 분께서 물으시니 놀라 그리 한 겁니다."

내금위 군사 두 사람이 묻는 말에 오월이가 대신 대답했다.

"그럼 뭐가 아니라는 말이냐?"

나인은 오월이의 목소리를 듣자 제정신이 돌아오는 것 같았지만, 군사의 물음에 자신도 모르게 또 헛말이 나왔다.

"제가 그런 것이 아니라는 말입니다."

"뭘 네가 그런 것이 아니라는 것이냐? 내가 뭘 묻기라도 했느냐? 나는 단지 네가 춘녀냐고 물었을 뿐이다."

그 말을 듣고서야 나인은 비로소 제대로 정신이 돌아오는 것 같았다. 나인은 정신을 차려야겠다는 듯이 머리를 가로세로로 세차게 몇 차례나 저었다. 조금 전 자신 앞에 선 두 사람이 수라간 상궁과 황태자로 보이면서, 무슨 짓을 벌인 것이냐고 묻기에 자신은 아무 짓도 하지 않았다는 것을 표현했을 뿐인데, 정신을 차리고 보니 상황이 그게 아니었다.

"다시 한번 물으마. 네가 오늘 황제 폐하와 황태자 전하께 가배를 올린 나인, 춘녀가 맞느냐?"

"예. 맞습니다."

나인의 이름은 춘녀였다. 봄에 태어났다고 해서 춘녀라 지어진 이름이었다.

"그런데 뭐가 아니라는 거냐?"

"저는 단지 가배 잔을 올리기 위해서 들고 간 죄밖에 없사옵니다."

"누가 너에게 무슨 얘기를 했느냐? 네가 무엇을 했다고 했느냐 말이다. 너에게 죄를 이야기한 사람은 아무도 없다. 아무튼 일단 내금위로 가서 이야기하자."

춘녀는 내금위에서 나온 군사 두 사람 사이에 서서 내금위로 향했다.

"그러니까 너는 수라간 상궁이 조제해 준 가배를 황제 폐하께 바치기 위해 가던 도중에 황태자 전하께서 드시겠다고 해서 그대로 올리고, 황제 폐하의 가배를 다시 조제해서 받기 위해서 수라간으로 돌아갔다? 그런데 평소에는 황제 폐하께 바치는 가배는 늘 자신이 조제하던 수라간 상궁이 너보고 가배를 조제해서 황제 폐하께 바치라고 하고는 휑하니 나갔다. 그런데 나중에 들리는 소문에 의하니 목을 매달았다고 하더라. 뭐 이런 얘기인가?"

춘녀가 낮에 자신이 겪은 상황을 더듬거리며 어렵사리 설명하자, 그 말을 듣고 난 내금위 군사가 요약해서 되물었다.

"예. 그렇사옵니다. 바로 그 말씀이옵니다."

춘녀는 자신의 말을 단박에 이해할 뿐만 아니라 자신의 마음까지 콕

집어서 이해해 주는 것 같은 내금위 군사가 정말이지 너무나도 고마웠다.

"그럼 너는 황태자 전하께서 드신 가배에는 무엇이 들었는지 전혀 모른다는 말 아니더냐?"

"예. 저는 가배밖에 모릅니다. 수라간 상궁 마마님께서 황제 폐하께 올리라는 것을 황태자 전하께서 향기가 좋다고 하시는 바람에…."

춘녀는 잔뜩 겁을 먹고 있어서 더 이상 말을 잊지 못했다.

"그렇다면 네가 가배를 가지고 대전으로 갈 때, 너 역시 가배 향 이상은 아무런 냄새도 맡지 못했다는 거냐?"

"물론입니다. 절대 아무런 냄새도 맡지 못했습니다. 만일 무슨 냄새가 났다면 쉰네도 맡았을 뿐만 아니라 황태자 전하께서도 맡으셨을 것 아닙니까?"

"그렇지. 그리고 아무리 중간에 잔을 달라고 하셨지만, 독물 검사를 하고 드셨는데 독은 나오지 않았다는 말이야. 정말 아편이 맞는 건가?"

춘녀의 말을 듣던 내금위 군사 중 한 사람이 낮은 목소리로 혼자 말하듯이 중얼거렸다. 그리고는 두 사람이 저쪽으로 가서 등을 돌리고 속삭이는 소리가 간혹 새어 나왔다.

"내 생각에도 그러네. 저 나인이 무얼 알겠나? 아편을 잔뜩 넣은 게 틀림없는 것 같아. 상궁이 왜놈들이나 아니면 왜놈의 개노릇 하는 대신 놈들의 사주를 받고 제 목숨 부지하려고 그리 한 것이겠지."

"그럼 저 계집은 내금위장에게 보고하고 처리하자고."

춘녀는 아편이 어쩌고 하는 소리를 들으면서 가배에 아편을 탔다는 것이라고 생각했다.

'아편이라는 것이 환각을 일으키는 아주 몹쓸 것이라고 하는 소리는 들었지만, 그리도 무섭다는 말인가? 황태자께서 침을 질질 흘리며 소피까지 싸고 헛소리에 혼절까지 했다는데, 그렇다면 누가, 왜 아편을 가배에 넣었는지는 이해가 되지를 않았다. 내금위 군사들의 말로는 왜놈이나 그 개노릇 하는 대신 놈들 소행이라고 하지만 왜 그런 짓을 했다는 말인가?'

생각을 거기까지 하던 춘녀는 문득 '저 계집을 처리하자'던 말이 생각났다.

'처리한다면? 죽이는 건가? 아니면 감옥에 보내나? 솔직히 아무것도 아는 것이 없는데? 죄라고는 없는데? 그래도 궁궐에서는 소문나는 게 두려워서라도 직접 가배를 배달했던 나는 무사하지 못할 것이고. 그렇다면 입을 닫게 하려고…'

더 이상은 생각할 수가 없었다. 이미 결론은 난 이야기다. 아직 스물도 안 된 열아홉인데 여기서 죽어야 한다니 기가 막힐 뿐이다.

봄에 태어났다고 이름은 춘녀라고 붙여 놓고, 아비가 놀음하다가 진 빚 때문에 아홉 살에 팔아넘겼다. 그 액수가 얼마인지는 모르지만 양반댁에 팔려간지 두 해가 지나서, 그 양반은 자신의 아들놈이 지은 죄에 대해서 벌을 받는 대신에 춘녀를 관청으로 넘겼다. 관청에서는 궁녀를 선발해서 보내야 하는데, 정당한 대가를 지불하고 선발하자니 돈이 아깝고 마구잡이로 보내는 것은 여러 가지로 복잡해지니까, 문제가 있는 부자 집안에 구실을 걸어 가난한 이들의 딸들을 돈 주고 사서 보내게 하는 방법으로 충당했고, 춘녀는 그중 하나였다. 열한 살 어린 나이에 궁에 들어와 8년이라는 세월을 추위, 더위 무릅쓰고 살아남으려고 몸 부서지는 줄 모르고 일했는데 돌아오는 것은 겨우 죽음이라니 기도 안 막혔다. 그것도 가배 잔 하나 잘못 움직여 죽는 거였다.

내금위장과 상의를 하겠다고 나간 내금위 군사 두 사람은 한참 동안 돌아오지 않았다. 그 긴 시간 동안을 춘녀는 너무나도 서러워서 자신도 모르게 소리 내어 울다가 문득 정신이 들면 소리를 낮춰가며 울고 또 울었다. 그렇게 울고 또 우는 동안, 아무런 죄도 없이 죽는 것이 분하고 원통하다는 생각보다는, 태어나서 지금까지의 삶을 돌아보자 아무것도 한 것이 없는 자신이 한없이 가엾다는 생각이 들어 울음이 그치지를 않았다. 황제의 눈에 들어 황후가 된 여인도 자신과 같은 여인이요, 상궁들도 자신과 같은 여인이건만 최소한 그녀들은 아비의 놀음 빚에 팔리지는 않았기에 그리될 수 있었을 것이며, 자신을 빚 대신에 넘겨받은 양반 아들놈이 죄만 짓지 않았어도 지금 이 자리에 있지 않았을 것이라는 생각이 들자 더 서러웠다. 태어나서 지금까지 한 것이라고는 팔려 다니기만 한 것 같았다.

얼마를 그렇게 울었는지 이제는 눈물도 나지를 않는다. 콧물도 멈춘 것 같았다. 그때 내금위 군사 두 사람이 돌아왔다.

"그래, 궁에서 나가면 어디 갈 곳은 있더냐?"

"예? 궁에서 나가다니요?"

"여러 가지로 상의를 해본 결과 너는 잘못이 없다고 판단했다. 하지만 너도 알다시피 궁이라는 곳이 특별한 곳으로, 소문 때문이라도 너를 그냥 이곳에 둘 수는 없는 것. 결국 즉시 궁 밖으로 추방하기로 했다. 그래서 묻는 것이다. 집은 있지 않느냐?"

춘녀는 너무나도 감격적이었다. 살아났다는 것이 말로 표현할 수 없는 감동을 안겨 주었다. 그러나 '집은 있지 않느냐'는 물음을 들었을 때 정신이 번쩍 났다.

'집? 집이라고요? 집 있는 년이 이 꼴이 되었겠어요?'

춘녀는 오히려 되묻고 싶었지만 살아난다는 것만 해도 다행인데 입 다물고 있어야 했다.

어미는 자신이 일곱 되던 해에 이름 모를 병으로 죽었고, 그 이후로 술과 투전에 빠져 지내던 아비는 춘녀도 모르게 두 살 위 오빠를 머슴으로 팔아넘겼는지 도둑놈들에게 팔아넘겼는지 좌우간 팔아넘겼으니, 그 돈으로 한참 동안 투전을 했다. 그리고 그 돈이 떨어지자 빚을 얻어 투전을 하다가 결국에는 춘녀 자신을 양반집으로 넘기고, 자신이 양반집에 있을 때 그나마 남은 초가마저 팔아넘기고 어디로 가서 죽었는지 살았는지조차 모른다.

"그래? 아무튼 궁에서는 나가야 된다. 네가 살 길은 그 길뿐이다. 그리고 궁에서 나가서는 궁에 대한 이야기를 일절 해서는 안 된다. 궁에서 살았었다는 그 사실마저 발설했다가는 쥐도 새도 모르게 죽은 목숨이라는 것만 알아두어라. 조금 후 궁에서 나갈 때 우리 두 사람이 너를 사대문 중 하나까지 데려다줄 것이다. 궁궐을 나서는 순간 궁에서 있던 일은 모조리 잊어야 한다. 행여 못 잊을 일이 있더라도, 적어도 사대문 중 하나를 나서는 순간까지는 모두 잊어야 한다. 그리고 나중에라도 사대문 안에 다시는 들어오지 않는 게 좋을성 싶구나. 되도록 궁에서 멀리 가는 것이 좋기는 하다만, 당장 돌아갈 집이 없다고 하니 혹시 임시방편으로 삼는 데 도움이 될까 해서 한마디 하자면, 동대문 밖에서 한참을 더 곧장 가면 중랑천이 있는데, 중랑천 변에 주막이 하나 있다고 하더라. 그 주막의 주모가 둘이라고 하던데, 내가 알기로는 둘 다 궁에서 살다가 어쩔 수 없이 궁을 떠난 여인네들이라고 하더라만. 아마도 춘녀 너 같은 사연이라도 있었는지 모르겠지만 말이다."

"중랑천이라고 하셨습니까? 그렇다면 저를 동대문으로 데리고 가 주십시오."

"나도 전해 들은 이야기니 그리 알고, 참고로 하든 말든 그건 네 마음이다. 자, 그만 일어서거라. 네 침소에 잠시 들릴 시간을 줄 것이니, 아주 짧은 시간 내로 옷가지와 귀중품이 있으면 챙겨 나오거라. 다행히 네 동료 나인들은 아직 수라간에 있어서 마주치지 않을 수 있어서 좋은 시각이다. 그러니 최대한 빨리 움직여야 한다. 그나마 너는 네 손으로 네 짐을 챙기는 것을 운이 좋은 줄 알아라. 만일 나인들이 숙소에 있을 시간 같으면, 서로 마주치지 못하게 다른 사람 시켜서 챙겨 나오게 했을 테니 그보다는 낫지 않느냐. 우리 둘이 네가 원한 대로 동대문 밖까지 데려다줄 것이니 속히 서둘러야 한다."

소지품이라 봐야 옷 서너 벌과 속 고쟁이 몇 개가 전부다. 귀중품은 있을 턱이 없다. 그런데 문득 며칠 전에, 오늘 목을 맨 대전 수라간 상궁이 준 옥비녀 생각이 났다. 하도 고와서 젊은 춘녀 네가 꽂으면 좋을 것 같아서 주는 거라며 나중에 쓸 자리가 생기면 쓰라고 주더니, 어제는 그 비녀와 쌍을 이루면 예쁠 것 같아서 준다고 하면서 옥반지도 하나 건네주었다. 그것이 오늘의 일들과 무언가 연관이 있을 것도 같았다. 그리고 그것들을 옷장 깊숙이 넣어둔 것이 생각났지만, 그 이야기는 지금 안

하는 것이 좋을 것 같아서 아무 말 없이 숙소로 들어가 소지품을 챙기며 옷 가운데에 깊이 챙겨 넣고는 부랴부랴 숙소에서 나왔다. 함께 고락을 같이했던 동료들에게, 특히 이러니저러니 해도 항상 곁에서 함께 하던 오월이에게조차 인사 한마디 건네지 못하고 떠나는 현실이 너무나도 아쉽고 슬펐지만, 목숨을 보전한다는 생각에 슬픔과 아쉬움을 떨쳐버릴 수 있었다. 그보다는 당장 어디로 갈지가 더 걱정이었다.

동대문이 보이자 가슴은 더 콩닥거렸다.

'어디로 가야 한다는 말인가? 중랑천은 여기서 얼마나 된다는 말인가?'

그러나 그런 생각을 할 시간도 잠시뿐이었다. 잘 살펴 가라는 말과 함께 엽전 몇 푼을 손에 쥐여 주고 내금위 군사들이 동대문 안으로 들어가자, 손에 쥔 엽전 몇 푼을 전 재산으로 삼아 동대문 밖에 선 춘녀는 그야말로 오갈 데 없이 정말 혼자가 되고 말았다.

중랑천 옆에 자리한 이곳 주막은 항상 낮 세시 경에 손님이 가장 뜸했다. 점심 손님은 지나고 아직 저녁은 너무 거리가 있어서다. 한가한 시간을 이용해서 선배 주모 두 분은 빨래터를 향하고, 춘녀 혼자 남아 있었다. 이곳에 온지도 어느새 2년이 지난 1907년이다. 이제는 요령이 생겨서 손님이 한적한 시간에는 나름대로 쉬는 방법을 터득해서, 마당 나무 밑 평상에 걸터앉아 반쯤 졸고 있었다. 그때 갑자기 들리는 사내들 말소리에 눈을 뜨며 잽싸게 일어섰다. 7월 하순 한여름이다 보니 이 집에서 제일 시원한 곳은 손님에게 내드려야 한다. 사립문을 들어서자마자 사방이 확 트인 마당의 나무 그늘 아래에 있는 이 평상이 가장 시원한 곳이다.

얼핏 보기에도 양반의 기품이 넘치지만, 벼슬은 하지 않아 형편은 넉넉해 보이지 않는 세 사람은 주먹에 들어서며 하던 말을 평상에 앉아서도 이어갔다. 그리고 그 말은 유독 춘녀의 귀를 울렸다.

"기어이 왜놈들이 황제 폐하를 용상에서 끌어 내리고 정신마저 혼미하신 황태자를 즉위시켰다니, 결국 황태자 즉위시키고 이 나라를 속속들이 발라먹자는 거 아닌가?"

"그러게나 말일세. 그나마 황제 폐하께서 겨우 버텨나가셨는데 이제 정신마저 혼미한 황태자 전하께서 즉위하셨으니 앞날이 어찌 될지…. 두 분 모두 양위를 인정하지 않으셔서 양위식장에 나가지 않으셨다네. 환관들이 대신 두 분의 역할을 대행해서 양위식을 치렀다니 이런 경우가 어디 있다는 말인가? 그야말로 왜놈들의 폭거지."

"왜놈들이 남산에 대포를 설치해 놓고, 만일 양위를 거역한다면 쏘아 버린다고 하는데 별수 있나? 황제 폐하께서야 당신 한 몸이야 무슨 일을 당해도 상관없지만, 그 일로 인해서 백성들 다칠까 봐 노심초사하시는 분 아니신가? 그러니 어쩔 수 없이 윤허하신 게지. 그렇다고 두 분이 참석하지도 않은 양위라니?"

"그러게 말일세. 그나저나 이제는 황제가 되신 황태자께서는 왜 그런 일을 겪으셨는지, 정말 나라의 운명이 얄궂기만 하다는 생각이 드네. 항상 혼미한 정신 상태로 어찌 나라를 다스리실꼬?"

"그러게나 말일세. 나라의 운명이 정말 얄궂지. 그런데 일설에 의하면 황태자께서 아편이 들어있는 줄 모르고 가배를 마시는 바람에 그리 되셨다고 하더구만. 그게 원래는 황제께 갈 것이었다네. 결국 왜놈들이

놈들의 개노릇 하는 대신들을 시켜서 가배에 치사량 이상의 아편을 타서 황제 폐하를 시해하려 했는데, 그 잔을 황태자께서 마셨다는 거지. 귀신은 그런 놈들 안 잡아가고 뭐 하는지 몰라."

"그래? 내가 듣기로는 황태자께서 아편이 든 걸 아시고 황제 폐하 대신 마셨다던데? 황제 폐하를 구한 거라고?"

"예끼, 이 사람아. 아편이 든 걸 아셨으면 버리지 왜 마셨겠나? 그게 말이 되나?"

"하긴, 그렇기는 하네. 아무튼 지금보다 더 더러운 세상을 멀지 않아 만나야 할 것 같네만."

"그 더러운 세상을 가만히 앉아서 다가오는 대로 맞을 수야 있나. 뭔가 수단을 내야지. 그나저나 색시 얼굴 보니 주모는 아닌 것 같고, 주모는 어디 갔나 본데 그럼 대신이라도 술을 내와야 하는 거 아니오? 왜 술을 안 내오고 게 서 있는 건가?"

춘녀는 그들의 이야기에 빠져, 자신이 부엌으로 들어가 술상을 내와야 한다는 사실조차 잊고 있다는 것을 그제야 깨닫고 서둘러 부엌으로 향했다.

양기탁은 고종황제 이야기를 하다 보니, 자신도 모르게 생각나는 일이 있어서 넋이 나간 듯했다. 구속되기 전인 1910년 가을인가에 무관학교 후원금 모금을 위해 혼자서 열심히 이곳저곳으로 다니던 시절에, 점심도 굶고 저녁때가 다 되어 너무나도 배가 고파서 저녁을 겸해서 국밥 한 그릇 사서 먹으려고 들렸던 주막에서 일하는 여인이 양기탁을 알아보고 했던 이야기가 생각났던 것이다.

자신이 바로 순종황제의 용정(龍精)을 망쳐놓은 커피를 드시게 만든 죄인이라며 눈물로 고백했던 사연이다. 그리고 눈물로 범벅이 된 채, 자신도 왜놈들에게 복수하고 싶다면서, 자신이 듣기에는 만주의 간도로 가면 광복군이 될 수 있다고 하는데 그게 진짜이며 여자도 될 수 있느냐고 물었다. 말없이 고개를 끄덕이던 양기탁에게 당장 간도로 가서 광복군이 못 되면 광복군 밥이라도 해주겠다며, 마음 변하기 전에 당장 떠나겠다고 일어섰다. 그동안 알아들을 수 있는 누군가에게 이 이야기를 고백하고 서울을 떠나기 위해서 그날이 오기만을 기다렸다고 했다. 그런데 오늘이 바로 그날이 될 수 있게 해준 양기탁에게 고맙다고 하면서 당장 떠나겠다는 것이었다. 양기탁은 그 젊은 여인을 말릴 엄두가 나지를 않았다. 대신 자신의 주머니에 있던 몇 푼 안 되는 돈을 탈탈 털어주면서 서울을 벗어나라는 말만 겨우 했다. 그 모든 것이 그녀의 죄가 아니니 굳이 죄의식 갖지 말고 서울을 떠나서 잘 살라고 했다. 그러나 여인은 양기탁이 주는 돈은 마다하며 받지 않았다. 그리고 그녀의 뒤켠에 앉아서 그 모든 이야기를 듣고 있던, 같이 일하는 주모 두 명을 향하더니 다소곳이 인사를 하자, 그녀들은 이미 모든 것을 알고 있었다는 듯이 말리지도 않았다. 그러자 그녀는 방으로 들어가서 주섬주섬 짐을 꾸리기 시작했다. 양기탁은 짐을 꾸리는 여인의 뒷모습을 보면서, 자신이 꺼냈던 돈을 제발 여비에라도 보태라는 마음을 담아 방안에 살며시 밀어 넣고 주막을 나온 기억이 전부다.

그런데 오늘은 유독 그 생각이 자신을 짓누르고 있었다.

"선생님께서 말씀하시는 의미는 저도 충분히 공감하고 있습니다. 고종황제께서 나라를 비우는 것이야 말로 왜놈들에게 나라를 송두리째 내주는 기분이 들어서 마음이 내키지를 않는 겁니다. 하지만 현실은 현실입니다. 우리는 이미 나라를 왜놈들에게 강탈당했습니다. 더더욱 흉흉한 소문으로 돌고 있는 여러 가지 사건을 생각하면 차라리 황제 폐하께서 이곳 만주에 새로운 나라를 세우고 간도로 오시는 편이 안위 면에서도 백번 낫다는 것은 모두가 아는 사실입니다. 어쨌든 다음 달에 스에나가 미사오와 주사형을 함께 만나기로 했으니 만나 보고 무언가 결단을 내리시지요. 지금까지는 주사형하고만 이야기를 해와서 그들의 숨은 속셈이 무언지 제대로 간파하지 못한 것일 수도 있으니까요.”

정안립은 자신도 양기탁의 마음 못지않게 현실을 부정하고 싶지만, 현실은 어쩔 수 없는 현실이라는 것을 이야기해도 무슨 생각인지에 깊이 빠져 대답이 없는 양기탁을 향해 다시 한번 힘주어 말했다. 그 순간, 구속되기 전에 중랑천 가의 주막 여인에게서 들었던 고종황제와 순종황제의 마약 탄 커피 이야기가 떠올라 넋을 잃은 듯이 빠져있던 양기탁은 정안립의 힘이 가득 들어간 목소리에 정신이 번쩍 들었다. 양기탁은 정신을 가다듬고 정안립의 물음에 명쾌한 목소리로 대답했다.

“그럽시다. 하늘이 우리를 두 번이야 버리시겠습니까?”

긴 감옥생활을 마치고 새롭게 출옥한 사람이라 그런지, 아니면 출옥과 동시에 희망찬 소식을 들어서인지 양기탁은 밝은 모습으로 새날을 맞이하고 있었다.

8
'대고려국'의 서곡

1915년 3월, 이미 약속한 대로 스에나가 미사오와 주사형과 정안립이 만나기로 한 곳은 간도의 용정(龍井)이었다. 주사형은 그렇다고 하지만 스에나가 미사오가 일본 열도에서 멀리 떨어져 있는 만주의 간도 용정까지 오기로 한 것은 용정에 대한제국 백성이 많이 산다는 특성을 감안하여 만주에서도 간도 용정으로 오기로 한 것이다. 정안립은 양기탁, 이종용과 함께 약속된 장소를 향했다.

의례적인 인사가 끝나자 스에나가가 먼저 입을 열었다.

"정안립 선생님은 물론 양기탁 선생님에 대한 말씀 역시 익히 들어서 잘 알고 있습니다. 두 분 모두 훌륭하신 분들이라는 것과 대한 백성의 앞날을 위해서 노심초사하신다는 것 잘 알고 있습니다. 그러시다면 대한제국이 대일본 제국과 하나가 되어 같이 나가고 있으니 반도는 걱정하실 것이 없고, 이미 들으신 바와 같이 만주에 새로운 나라를 건설해서 잘 가꿔나가는 일에 더 전념하시는 것이 어떨까 합니다만…."

아무리 오늘은 웬만하면 참고 넘어가기로 한 날이지만 스에나가의 첫마디부터가 양기탁의 가슴을 후벼팠다.

"일본과 하나가 되어 반도가 잘 나간다니 그게 무슨 말씀이오? 게다가 만주 문제만 해도 1909년에 일본이 청나라와 간도협약을 맺으면서 간도를 청나라에 넘겨주지만 않았어도 만주가 완전히 중국에게 넘어가 있지는 않을 것 아니오? 압록강과 두만강을 국경으로 만들어 놓지만 않았어도 간도는 우리 대한의 수중에 있었을 것이며, 그러면 청나라가 망하고 중국이 섰을 때 만주로 뻗어나가기가 얼마나 쉬웠을 것이오?"

"그거야 대한제국이 아직도 존재한다면 그럴 수도 있을지 모르지만, 이미 대한제국은 우리 대 일본 제국과 하나가 된 후입니다. 그리고 우리 일본이 간도협약을 맺을 때 간도를 청나라에 넘겨준 것은 솔직히 저도 불만입니다. 그래서 만주에 대한의 백성들이 주축이 되는 새로운 나라를 건국할 틀을 만들기 위해서 오늘 우리가 이렇게 만난 것 아니겠습니까?"

스에나가는 양기탁의 비위를 거스르지 않으면서도 일본의 대한제국 병탄을 합리화하고, 만주에 새로운 나라를 건국하기 위한 논의 역시 잘해 나가기 위해서 자신의 능수능란한 말솜씨를 유감없이 발휘하고 있었다.

"맞는 말씀입니다. 지난 일을 자꾸 되씹는 것보다는 다가올 새날을 알차게 설계하기 위해서 노력하는 것이 건설적이고 현명할 것입니다."

주사형이 이 시점에서는 자신도 나서서 중재 비슷한 말을 해서라도 일을 진척시키는 것이 옳다고 생각했는지 한마디 하면서 정안립을 쳐다보며 눈짓을 했다. 스에나가의 말에 양기탁이 반론을 제기하지 말고, 논의하고자 하는 일의 진도가 나가게 하자는 의미였다. 정안립 역시 지금은 한일간의 논쟁보다는 앞으로의 일에 대한 논의가 우선되어야 한다는 생각이 들어서 한마디 거들었다.

"후회하느라고 뒤를 돌아보다가 앞에서 다가오는 기회를 잡지 못해 그냥 지나친다고 하지 않습니까? 물론 지난 일을 거울삼아서 다가올 미래를 설계하는 것은 중요한 일이기는 하지만, 제 생각에도 지금은 만주에 건국하자는 새로운 나라에 대해서 먼저 논의해 보는 것이 옳은 것 같습니다. 일단 어떤 큰 틀이 서고 난 후에, 세부적인 사항을 논의할 때 지난 일에 대해서 부족했던 부분을 검토하고 보완해 나가는 것이 옳지 않나 하는 생각입니다."

"역시 청년들을 교육하신 경험이 풍부하신 분이라 말씀하시는 것도 아주 기품이 대단하십니다. 정말이지 이 일이 잘되어나갈 것 같은 기분이 듭니다. 양 선생님은 언론인으로서 정곡을 찌르시고, 정 선생님은 교육자의 풍부한 경험을 토대로 중후한 말씀을 해주시니, 정말 잘 진행되리라고 믿습니다."

스에나가는 양기탁의 말에 기분이 나빴을 수도 있건만 일절 티를 내지 않고, 상대의 말 한마디에도 감탄하는 것처럼 호들갑을 떠는 일본인 특유의 모습으로 양기탁과 정안립을 칭찬하고 나섰다. 저 칭찬이 진심 어린 가슴에서 나오는 것인지, 아니면 이번 일을 성사시키기 위해서 입에서만 나오는 것인지는 두고 보면 알 일이다. 하지만 그 진위를 떠나서, 지금 이 자리를 넘어가기에는 최적의 행동이며, 일본인들이 가장 잘 구사하는 처세다. 자신의 대화 상대나 혹은 일을 같이 추진하는 동반자로 인해서, 설령 자신의 기분이 조금 상하는 경우가 있더라도 절대 그 티를 내지 않는다. 오히려 다른 관점에서라도 상대를 칭찬하여 상대방의 혼을 빼든가, 아니면 자신에 대한 호감을 배가시킴으로써 일단 그 상황을 벗어난다. 그리고 다시 먹이를 던져서 상대가 그 먹이를 물도록 만드는 것이 그네들의 전통적인 수법이다. 그런 처세를 하면서도 얼굴빛 하나도 변하지 않는 것 또한 그네들의 특징이기도 하다.

"어쨌든 두 분의 도움으로 이번 일이 잘 진행되리라는 것을 다시 한번 말씀드리면서, 조금 전에 양 선생님께서 지적하신 간도협약 문제에 대해 기쁜 소식도 하나 전해드리려고 합니다. 지난 1월 18일에 우리 일본이 중국에게 요구한 21가지 특혜조건 중에서 '제2호 남만주 및 동부 내몽고에 관한 것'이라는 부분이 있습니다. 이 조약에서 내몽고야 그렇다손 치더라도, 우리가 꼭 간직해야 할 간도라고 볼 수도 있는 남만주에 대해서 여러 가지 좋은 부분이 많습니다. 굳이 예를 들자면, '일본 신민은 남만주에서 각종 상공업 건물의 건설 또는 경작을 위해 필요로 하는 토지의 임차권 또는 소유권을 취득할 수 있으며, 남만주 및 동부 내몽고에서 자유롭게 거주 왕래하며 각종 상공업 및 기타 업무에 종사할 수 있다'고 명시한 부분입니다. 원하기만 한다면 얼마든지 토지를 매입할 수 있다는 겁니다. 그리고 그게 중국 영토 어쩌고 해가면서 걱정할 필요가 없습니다. 왜냐하면 '남만주 및 동부 내몽고에서 일본을 제외한 타국인으로부터 자금의 공급을 받거나 차관을 얻는 일이나, 정치·재정·군사 고문이나 교관을 필요로 할 경우 반드시 먼저 일본과 협의하여야 하며, 길장 철도의 관리 경영과 남만주와 안봉철도 및 여순·대련의 조차 기한을 99개년씩 연장하고, 남만주에서의 모든 광산 채굴권을 일본 신민에게 허락할 것'을 확보했습니다. 솔직히 이 정도면 다시 회복한 것과 큰 차이가 없지 않습니까? 물론 간도를 청나라에 넘겨주는 바람에 지금 당장 국적까지 깔고 앉아 있지 못한 것을 생각하면 아쉽기 그지없지만, 실질적인 부분에서는 대부분 회복한 것으로 보입니다. 내용상 실질적으로는 찾아온 것과 마찬가지니, 국적까지 찾는 일은 우리가 하면 되지 않겠습니까? 그러려고 우리들이 이렇게 모여서 머리를 맞대고 있는 거구요."

"좋습니다. 스에나가씨의 말씀을 들으니 저절로 용기가 납니다. 무엇보다 스에나가씨의 언변이 너무 훌륭한 달변이라는 점에서 반드시 잘 진행되어 성사될 거라는 확신이 듭니다."

간도협약으로 잃어버린 간도를 되찾기 위해서 모인 것은 맞지만, 지금 이 방법이 옳은 것인지는 모르겠다는 생각을 하면서도, 더 이상의 방법도 없다는 것을 알기에 양기탁은 마음을 다잡고 얼굴에 환한 미소까지 띠면서 호쾌하게 대답했다.

"물론입니다. 잘 돼야지요. 그리하여 우리 중화민국과 만주에 새로 건국되는 나라가 함께 손잡고 일본의 대동아 평화정책에 적극 발맞춰 나가야 되지 않겠습니까?"

주사형은 양기탁이 환한 얼굴로 호쾌하게 대답하는 것을 보자 한시름 놓았다는 얼굴이 되어 맞장구를 쳤다. 그는 이미 중국을 보호하기 위해서는 어떻게 일본을 대해야 하는지를 알고 있는 것 같았다. 그런 주사형을 보자 양기탁은 그렇지 않아도 스에나가에게 질문하고 싶었던 것이 퍼뜩 떠올랐다.

"그런데 스에나가씨, 외람되나마 한가지 여쭤봅시다. 내가 갑자기 이런 질문을 하는 것이 이상할지 모르지만 정말 궁금해서 그러니 이해하시고 솔직히 말해 주십시오. 일본은 왜 만주에 독립국을 세우려고 합니까? 중국 입장은 여기에 있는 주사형 선생께서 청나라 후손인 장쭤린 수중에 만주가 들어가는 것을 원하지 않아서라고 하던데, 그렇다면 주사형 선생과 일본이 손을 잡고 독립국을 세우려 한다는 것이 무언가 앞뒤가 안 맞아서 드리는 질문입니다. 그동안 일본은 장쭤린이 만주에서 세력을 키워가도록 도와주지 않았습니까? 그런데 왜 갑자기 만주에 독립국을 세우려고 하는지 궁금합니다. 제가 알기로는 장쭤린의 세력이 이제는 제법 큰 세력이 된 것으로 알고 있는데, 만일 독립국을 건국한다면 일본 입장에서는 그동안 장쭤린을 도와준 모든 것이 결국 수포로 돌아가는 것 아닙니까?"

"글쎄요? 갑자기 질문을 하시니 어떻게 말씀을 드려야 할지 모르겠다는 것이 솔직한 심정입니다. 하지만 생각나는 대로 말씀드리자면, 우선 정치는 생물이라 그때그때 움직인다는 겁니다. 어떤 일을 진행할 때 목적이 무엇인가에 따라서 달라질 수도 있지만, 그 일을 기획한 사람과 그 일을 실행으로 옮기는 사람은 또 누구인가에 따라서도 달라질 수 있고, 결과를 사전에 예측하고 그 예측된 결과에 따라서 달라질 수도 있다는 겁니다. 다만 이번 경우에는, 물론 제 개인적인 생각입니다만, 우리가 계획하는 나라가 다민족 국가라는 장점을 가지고 있기 때문에 여러 가지 경우와 사람을 포용할 수 있는 이점이 있다는 것입니다. 단순히 지금까지의 노력의 결과가 헛수고냐 아니냐의 식으로 논할 문제가 아니라, 그 이점을 최대한 살리면 충분히 좋은 결과를 만들어 낼 수 있다는 거죠."

"그렇다면 장쮀린을 비롯한 모든 이들을 포함하는 나라가 될 수도 있다는 말씀인 것으로 알아듣지요. 아무튼 좋은 나라를 건국해서 많은 이들이 행복한 나라가 되면 좋겠네요."

"바로 그겁니다. 새로 건국하는 나라는 모든 민족이 모여서 모든 이들이 행복한 나라를 만드는 겁니다. 계급도 없고 신분도 없는 나라. 백성들이 열심히 살고 싶은 나라. 그러면 행복해지는 나라를 만드는 겁니다. 만주를 보금자리 삼아 아시아의 많은 민족이 화합하는 새로운 공화국이 탄생하는 겁니다."

스에나가는 원론적인 이야기만 하면서 발톱은 드러내지 않았다. 분명히 일본이 정말로 원하는 것이 있을 터인데도 그 이야기는 꺼내지를 않는다. 국체를 공화정으로 할 것이라고 밝히는 것을 보면, 나라를 세우고 그 수장으로 앉힐 사람을 이미 물색하고 있을 텐데 그런 문제에 관해서는 진척을 시키지 않고 있다. 양기탁은 일본이 숨겨놓은 발톱이 궁금했지만, 자신도 입헌군주국이라는 카드를 숨겨놓고 있기에 더 자세히 묻지는 않았다. 다만 일본은 공화정을 내세우며 선거를 한다는 구실로 일본이 원하는 인물을 지도자로 앉히려고 할 것이라는 생각이 들자, 자신이 고종황제나 의친왕 혹은 영친왕이라도 망명하게 해서 입헌군주국으로 만들겠다는 생각과 동상이몽으로 끝나지 않을까 하는 불안감이 스며들었다.

맑은 하늘 한쪽 끝에서부터 검은 구름이 덮여오기 시작하면 결국 하늘은 흙빛으로 덮인다. 비가 오고 안 오고를 떠나서 하늘이 흙빛으로 덮인다는 그 자체가 태양을 가리는 것이다. 그러나 때로는 한쪽에서 검은 구름이 덮여오다가도 부는 바람에 의해서 그 구름은 물러가고 태양은 그대로 빛을 발하기도 한다. 일본이라는 상대와 시작하는 일이 절대로 순탄하지만은 않을 것이다. 이미 한반도에서 당해본 전력이 있다. 그럼에도 불구하고 그들과 무릎을 맞댄 이유는 더 이상은 나은 방법이 없어서다. 최소한 입헌군주국으로 만들어 실질적인 지배는 차후에 하더라도 일단은 상징만이라도 대한제국의 왕손을 앉히자는 것이다. 그래야 그나마 민족을 단합시키는 커다란 촉매가 될 것 같아서다.

"제가 알기로 양 선생님께서는 대한의 광복을 추구하는 일을 하시다가 옥고도 치르신 것으로 압니다만…?"

스에나가가 약간은 조심스럽게 꺼내는 양기탁에 관한 이야기가, 혹시라도 동상이몽에서 끝나지 않을까 하는 생각을 하던 양기탁의 정신을 번쩍 들게 했다.

"예. 맞는 말씀입니다. 저는 큰일을 하는 방법을 몰라서 이렇게 안주하고 있습니다만, 대한의 백성이라면 당연히 그래야 한다는 것을 온몸으로 실천해서 보여주시는 분이십니다. 한데, 그 말씀을 지금 꺼내시는 이유는 혹시 이번 일을 추진하는데 양 선생님의 그 뜻이 걸림돌이라도 된다는 말씀인지요?"

스에나가가 한 말에 정안립이 대신 답을 하고 나섰다. 그리고 걸림돌이 된다면 안 하면 그만이라는 말까지 하고 싶은 것을 다시 목 안으로 넘기는 순간에 스에나가가 대답했다.

"아닙니다. 솔직히 저는 그 일은 당연히 해야 할 일일 수도 있다고 생각합니다. 우리 일본의 입장에서는 조선이 미개한 상태로 머물러 있는 것보다는 발달한 선진 문명을 전해서라도 함께 개화하고 발전하는 것이 더 좋다고 생각해서 취한 행동이지만, 조선사람의 입장에서는 싫을 수도 있다는 걸 백분 이해합니다. 다만 그 결과가 좋게 생성되느냐 아니냐가 중요한 게 아니겠습니까?"

그 순간 양기탁은 '나라 잃고 좋고 나쁜 결과가 어디 있느냐'고 버럭 소리치고 싶었는데, 정안립이 잽싸게 말을 받았다.

"그런 원초적인 말씀보다 실제로 필요한 말씀을 해주시죠."

"예, 좋습니다. 이번 건국에 관한 일을 추진하려면 저희 겐요샤는 물론 정부와 왕실까지 만나 회의를 통해서 의견 조율도 해야 하는데, 솔직히 저는 괜찮다고 하지만 다른 분들은 그렇지 못할 것 같아서 드리는 말씀입니다. 그런 공식적인 자리에는 정안립 선생님께서 나서 주시면 어떨까 해서요. 물론 양 선생님께서 전면에 서시는 것과 정 선생님께서 서시는 것에 따라서 조선 유림들의 반응이 어떻게 다르게 나타나는지, 저는 솔직히 모릅니다. 다만 여러 가지를 감안해서 정 선생님과 양 선생님께서 동행하신 것 같다는 생각입니다. 따라서 저와 같이 행동하거나, 조선 쪽에서 활동하실 때는 양 선생님께서 전면에 서시더라도, 제가 아닌 일본과 부딪힐 때는 정 선생님께서 앞서시는 게 좋겠다는 말씀입니다."

정안립도 그 말에는 선뜻 답하기가 거북해서 양기탁을 바라보았다. 그러자 양기탁은 웃음 띤 얼굴로 '좋다'는 한마디로 답했다.

일본으로서는 당연히 양기탁을 만나서 일을 진행하는 것을 좋아하지 않을 것이다. 항일투사인 그를 만나서 일을 진행한다고 문제 될 것은 없지만, 일단 일본을 거부하여 감옥에 투옥까지 되었던 자를 상대하는 것이 기분 좋은 일은 아닐 것이다. 그렇다고 정안립은 일본이 대한제국을 병탄한 것에 찬성한다는 것은 아니다. 그 역시 절대 아니라는 것도 안다. 하지만 적어도 그는 투옥자 리스트에 올라 있는 인물은 아니다. 스에나가가 보기에는, 지금 대한 사람 중에서, 그야말로 일본의 개가 된 몇몇을 제외한다면, 투옥자 리스트에 올라 있지만 않아도 다행이다. 일본 정부와 일왕 앞에 일본을 거부하는 이를 동행하고 가서 같이 만주에 나라를 건국할 테니 허락해 달라고 할 자신이 없다는 것을 양기탁은 단숨에 이해했다.

"좋습니다. 양 선생님께서 이해해 주시니 정말 고맙습니다. 이제 본격적으로 일을 진행하기 위해서 자주 만납시다. 그래서 나라의 기본 정신은 물론 법의 기초가 되는 헌법도 정하고, 수도와 초기 나라를 이끌어 갈 인물, 국기와 국새 등등 할 일이 너무나도 많습니다. 그래서 일단은 저도 이곳에 머물면서 그런 작업들을 같이 하려고 합니다. 두 분 선생님은 물론, 서양 정부에 대해서 다양하게 연구해서 학식이 높으시다는 젊은 이종용 선생님께도 잘 부탁드립니다."

처음에 수인사를 나눈 것을 제외하고는 그때까지 입도 뻥끗하지 않은 이종용까지 인사를 챙기는 것을 보면 역시 일본인들의 입에 바른 처세 하나는 알아줘야 했다. 자신들이 필요하다고 생각하면 망설이지 않는다. 입에 침이 마르는 한이 있어도 인사와 칭찬을 챙겨가면서 부탁한다는 말을 거듭한다.

긴 바쿠후(幕府; 막부) 시대를 거쳐오면서 조상 대대로 몸에 밴 버릇이다. 바쿠후 시대 일본인의 신분은 대부분이 농민으로, 중세 서양의 농노와 같은 취급을 받는 신분이었다고 볼 수 있다. 그들에게는 맞은 편에서 다가오는 상대에게 무조건 허리를 깊게 굽혀 인사하고 머리를 조아리는 버릇이, 저녁에 자고 아침에 일어나는 인간 본연의 당연한 규칙

보다 더 몸에 배어 있었다. 사무라이까지는 아니더라도 하급 무사라도 되어 무사라는 직함을 달거나, 그것도 아니면, 최소한 평상시에는 무사들의 잡일을 돌봐주다가 전시에는 보병이 되는 잡병인 아시가루(足輕; あしがる)라도 된다면 모르지만, 농민들이 고개를 들고 다니다가는 칼 맞아 죽기 딱 좋았던 시절이 바쿠후 시대다. 건방지게 자신을 과시하는 것처럼 어깨를 펴고 바르게 걷는 것도 절대로 안 된다. 어깨를 움츠리고 고개를 약간 숙여서 정면이 아니라 열 걸음 정도 앞의 땅을 바라보아야 하며, 허리 역시 약간 굽힌 채 종종걸음으로 걷다가, 맞은 편에서 오는 사람에게는 무조건 허리 굽혀 인사하며 지나치는 것만이 엄격한 신분 사회에서 살아남는 방법이었다. 그리고 그 버릇은, 메이지 유신으로 신분이 무너졌다고 없어진 것이 아니라, 형태를 달리했을 뿐 처세의 한가지 수단이 되어버렸다. 무조건 인사 잘하고, 마음에는 없을지라도 상대방을 칭찬하는 말과 미안하다는 말은 물론 상대방의 말에 호응해주는 감탄사를 남발하면서 상대의 호감을 사고, 절대로 자신의 속내를 드러내지 않는 것이 살아남는 처세의 방법으로 변한 것이다.

"아닙니다. 오히려 저희가 부탁을 드려야지요."

다행히 이종용이 나서서 스에나가의 느끼한 인사를 받아 주었다.

그날 이후로 스에나가를 제일 많이 만난 사람은 이종용이다. 서양의 정부 체제를 공부해서 상대방과 대화가 통한다는 것이 무엇보다 중요한 요소로 작용하기도 했겠지만, 양기탁과 정안립은 세부적인 것보다는 좀 더 큰 틀에서 할 일이 많았던 까닭이기도 했다. 특별히 중요하게 결정할 사항이 아니면 이종용이 스에나가와 함께 계획을 수립했다. 중요한 일은 정안립과 양기탁에게 결정을 의뢰했지만, 대부분 세 사람이 사전에 의논해 두었던 일들로 이종용이 처리할 수 있는 일이었다. 대신 두 사람은 건국 발기인에 해당하는 유림들의 동의를 구해서 일의 추진 동력을 얻는 일과 고종황제나 의친왕 혹은 영친왕을 망명시키는 일에 더 많은 시간을 할애했다. 이 일에 있어서 정안립은 주로 유림들을 설득하는 작업을 맡았고, 양기탁은 고종황제를 비롯한 분들의 망명을 추진하기로 했다.

유림들은 크게 두 갈래였다.

첫째는 일을 추진하는 정안립은 물론 신민회가 추진하는 무관학교와 독립군 기지 및 신한민촌을 건설하기 위해서 선발대로 만주로 이주해 와 있는 이동녕과 이회영 같은 이는 절대적으로 지지했다. 정안립과 이동녕은 자주 만나는 편이라 일에 대해서 서로 허심탄회하게 의견을 나눴다. 그리고 도출해 낸 결론은 무조건 진행해 봐야 결과가 나올 것 아니냐였다. 막말로 더 이상 잃을 것도 없고, 기껏해야 내 몸 하나 잡혀들어가는 거라면 나라를 건국해보다가 안 되면 그때 잡혀들어가자는 파였다.

반면에 단재 신채호와 이범윤을 비롯하여 '대고려국' 건국 발기인으로 추대하려는 유림 중 약 절반에 해당하는 유림의 주장은 왜놈들을 어떻게 믿고 같이 나라를 건국하느냐는 것이었다. 신민회를 통해서 신흥무관학교와 독립군 기지, 그리고 신한민촌 건설을 위해서 이미 반도에서 만주로 이주해 와 있는 사람일지라도 마찬가지 반응을 보이는 분들이 많았다. 그런 문제를 해결하는 것이 정안립이 해야 할 일이었다.

정안립이 어렵게 단재 신채호를 만났다. 신채호가 정안립을 만나지 않으려고 해서가 아니라, 망명자 신분인 신채호가 원래 바쁜 사람이라 그를 만나는 것이 쉽지않았다. 하지만 신민회를 통해서 이미 알고 있던 터라 별 스스럼 없이 이야기할 상대라는 이점도 있는 데다가, 그의 특별한 역사관이 대한의 백성들을 후련하게 해주는 사람으로 많은 유림에게 인기가 있어서 그를 설득하면 더 많은 지지를 이끌어낼 수 있다고 판단했다. 정안립이 신채호보다 7살이나 연상이라는 점도 정안립을 편안하게 하는 요소이기도 했다.

"오랜만입니다. 나라가 국치에 이르니 양성군수직도 내던지시고 만주로 와서 고생하신다는 이야기는 많이 들었지만, 막상 만주에서 이렇게 뵙게 되니 정말 감회가 새롭습니다."

"그러게 말이오. 신 동지는 블라디보스토크로, 나는 길림성으로 망명한 처지가 되어 이렇게 만나니, 이게 바로 나라 잃은 설움인 것 같아 가슴이 저리며 숨까지 탁 막히는 것 같구려."

신채호가 오랜만이라고 하는 목소리를 듣는 순간, 정안립은 눈물이 왈칵 쏟아질 것 같았으나 애써 참았다. 하지만 메이는 목은 어쩔 수 없어 목메는 소리로 겨우 인사를 받으며 말을 이었다.

"오랜만에 만나 반가운 것은 사실이나, 일단 할 이야기가 중요한 일이니 바로 이야기하겠소. 요즈음 양기탁 선생님과 이종용 동지와 힘을 합하여 중국의 주사형과 일본의 스에나가 미사오와 함께 만주에 새로운 나라를 건국하는 일을 가지고 추진 중이오만…."

정안립은 그동안 벌어졌던 일들을 자세히 설명해 주고 끝을 맺으면서 필요한 본론을 이야기했다.

"그래서 많은 유림이 함께 동의한다는 일종의 발기인 동의서랄까, 뭐 그런 것이 필요한데 신 동지가 앞장서 주었으면 하는 것이오."

묵묵히 정안립의 이야기를 듣고 난 신채호가 무겁게 입을 열었다.

"말씀은 잘 알겠습니다. 그리만 된다면야 만주도 찾고 반도를 찾을 수 있는 터전이 마련되니 좋은 일이 되겠지만, 왜놈들을 어찌 믿고 일을 합니까? 조석은커녕 앉은 자리에서도, 어렵게 합의점을 찾았다가도 제 놈들이 불리하다 싶으면 뒤집는 놈들인데, 새로운 나라를 건국하는 커다란 일을 어찌 믿고 함께 추진한다는 말입니까? 행여 놈들이 우리 애국지사들의 명단을 확보하여 감시하고 여차하면 체포할 대상을 만들기 위해서 아주 치밀하게 부리는 수작 아닙니까?"

"그 문제는 나 역시 그리 의심을 해봤소. 하지만 주사형이 나서는 것을 보아서도 그건 절대로 아닌 것 같소. 주사형은 이미 말한 바와 같이 청나라 후손들을 배제하고 싶은 것이고, 스에나가는 자신이 속해 있는 조직인 겐요샤가 만주를 점령하는 데 혁혁한 공을 세움으로써 일본 왕실에 더 가까이 다가서는 것을 목표로 삼고 있다는 것이 내 판단이오. 겐요샤가 군부보다 더 전면에 나서고 싶어하는 거라고 할까, 뭐 그런 거요. 이미 일본 최고의 세력으로 자리 잡았지만, 더 확고한 뿌리를 내리고 싶은 거요."

"그럼 군부와 겐요샤가 세력다툼이라도 벌인다는 겁니까?"

"공식적으로는 그렇지 않소만, 이면에서는 그렇소. 군부는 자신들은 어디에 내놓아도 정통이니까 당연히 자리를 차지하려 하는 것이고, 겐요샤는 아무리 우익단체라고 해도 공식적으로 들이밀고 나갈 처지는 아니지만, 왕실과 깊이 맺어진 끈을 부여잡은 채 왕실을 등에 업고 일본 경제계에 문어발처럼 내려진 뿌리에서 수확하는 엄청난 자금력을 바탕으로 정계를 좌지우지하면서, 더 많은 이권을 거머쥐기 위해서 노력하는 거요. 그래서 겐요샤의 스에나가가 나선 거고."

"손문은 겐요샤가 밀고 장쭤린은 군부가 민 사연이 만주와 중국 본토를 나눠서 지원함으로써 중국과 만주에 연의 끈을 닿게 하여 어느 쪽이 승자가 되든 일본은 실속을 차리겠다는 것으로 알고 있었습니다만, 손문을 밀던 겐요샤가 갑자기 만주라? 군부가 지원하는 장쭤린을 무시하고 만주에 '대고려국'이라는 나라까지 건국한다는 것은 아무래도 납득이 안 갑니다."

"장쭤린을 무시하지는 않을 거요. 모름지기 만주에 건국할 나라에 대한 구체적인 안들이 속출되면 장쭤린에게도 무언가 중요한 자리가 주어지겠지. 겐요샤가 군부를 무시할 수 없는 것은 당연한 일이고, 단순히 일본 내부의 문제를 넘어서, 만주에 나라를 건국하면서 장쭤린을 배제한다는 것은 어려운 일이오."

"그럼 도대체 어떻게 한다는 겁니까? 우리 한민족의 나라도 아니고 중국은 더더욱 아니고, 일본도 아니면 어찌하겠다는 겁니까?"

"다민족이 모인 다민족 국가라는 거요. 그 지도체제 역시 공화정이라고 백성들이 직접 집권할 사람을 선출하는 거라 하오. 물론 그건 스에나가와 주사형이 원하는 바고, 이미 설명한 바와 같이 나와 양기탁 선생님은 입헌군주제를 주창하고 있소만."

"왜놈들이 고종황제나 의친왕 전하를 황제로 모실 것 같습니까? 쉽지 않을 겁니다. 아니, 절대 그리할 놈들이 아닙니다. 물론 만주가 고대부터 우리 한민족의 땅이었으나 청나라 시절에 들어서 청나라가 일부

지배했고, 청나라를 지배하던 만주족인 여진족은 우리 한민족의 한 갈래라는 것은 역사가 증명하는 일이니 청나라와 합의만 잘 된다면 나라를 건국할 수도 있겠지요. 하지만 지금은 청나라도 멸망해서 없고, 게다가 만주에 대해서는 왜놈들이 더 나대니 어쩔 수 없는 상황이라고는 해도 굳이 일본을 끼고 나라를 세운다는 것이 영 그렇네요. 멀쩡한 독립 대한제국도 병탄하는 왜놈들인데 같이 나라를 세우자고 했다? 만주에, 특히 간도에 살고 있는 우리 대한제국의 백성들이 원래 다수를 지배하고 있으니까, 이용하자는 수가 빤히 보이는 것 같습니다. 선뜻 마음이 내키지 않아요."

"그 정도 수야 누군들 못 내다보겠소. 그렇다고 뭐 특별한 대안도 없지 않소. 그나마 만주에 나라를 세울 수 있다면 독립군 기지라도 활용할 수는 있지 않겠소?"

정안립은 신채호의 얼굴에서 나라 잃은 쓰라림을 참다못해 비관하는 표정으로 바뀌는 모든 것을 읽을 수 있었다. 그런 마음은 정안립 역시 마찬가지다. 왜놈에게 나라를 빼앗기고, 그 왜놈들의 우익단체와 만주에 독립국을 세우겠다고 동분서주하는 자신도 오장육부가 썩어 문드러지는 고통을 이겨가며 움직이고 있었다. 더 이상 좋은 방법이 없어서지, 만일 조금이라도 보이는 기회가 있다면, 왜놈들과 함께 일을 도모한다는 것은 생각조차 하기 싫었다.

"하기야 왜놈들은 우리 대한제국의 독립을 염원하는 이들은 물론 그 비슷한 마음을 먹은 이들의 명단도 이미 다 파악하고 있은 텐데 굳이 그런 짓까지 해가면서 명단을 확보하려고 하지야 않겠지요. 게다가 스에 나가라는 그놈은 겐요샤 소속 왜놈이라고 하지 않았습니까? 겐요샤는 일본 왕실에 찰거머리처럼 붙어서, 일본 경제계에 군림하며 대기업들과 공생하는 조직이라는 사실은 알만한 사람은 다 아는 일입니다. 대기업들의 애로사항이나 허가받아야 할 중요한 일들을 왕실에서 압력을 넣어 해결되도록 조정하고, 왕실에 상당한 뇌물을 바친다죠. 그런 그들의 특성을 알기에 일본 재벌들이나 재벌로 발돋움하려는 대기업들은, 인원이나 장비 등 여러 가지 문제로 직접 하기 힘들거나 궂은일은, 일부러 겐요샤를 배려해서 넘겨준다고 합니다. 그런 기업들이 어느 정도 손실을 감수하고라도 넘겨준 돈 되는 일 등, 필요한 일을 대행해 주면서 조직 운영자금을 충당하고도 남아 부를 축적하는 조직이라고 합니다. 특이한 것은 남아도는 부를 개인이 축적하기보다는 일본으로 유학하거나 망명하여 내일을 기약하는 중국인들을 도와주는 바람에 손문이나 장개석 같은 이들과 친분도 아주 좋고요. 야쿠자 조직이니 조폭인 것은 확실하지만 동네 양아치는 아닌 것도 확실하다고들 합니다. 극우 왜놈들로 대동아 평화에 동참해서 군부가 못하는 일을 왕실과 손잡고 한다고 자부심이 대단하답니다. 그런 걸 보면 모르면 몰라도 우리 명단 확보해서 헌병대에 넘겨주는 짓거리나 할 놈들은 아닌 것도 같네요. 하기야 이미 모든 것을 내던지고 조국 독립에 헌신하리라 마음먹은 이들인데 명단에 들어 넘어가면 또 어떻겠습니까? 그리고 간도에 사는 우리 백성들을 이용해 먹는 것이 목적이라고 할지언정 백성들도 이제는 더 이상 잃을 것도 없는데, 기왕 여기까지 온 거 갈 데까지 가보죠, 뭐."

나라 잃은 쓰라림과 고통이 그대로 배어나는 얼굴로 오랫동안 말이 없던 신채호가 내린 결론 역시 기왕 이리된 바에야 더 이상 좋은 대안도 없으니 가보자는 것이었다. 뚫고 나가야 할 벽은 너무 두껍고 높은데 대응할 아무런 연장이 없으니 궁여지책으로 해보자는 그 마음이 얼굴에 고스란히 드러나면서 신채호의 눈에는 눈물마저 비치고 있었다. 그 눈에 비친 눈물을 보는 정안립의 가슴이 휑하니 뚫어지는 것 같았다. 그 눈물에는 나라 잃은 설움은 물론 나라를 잃었기에 광복을 위해 무언가 해보고 싶어도, 아무것도 할 수 없는 현실 앞에 선 자신의 초라함이 녹아들어 있다는 것을 정안립은 누구보다 잘 알고 있기 때문이다. 그리고 신채호의 눈에 보이는 저 눈물의 몇천 배 되는 눈물의 강이 신채호의 가슴에는 잠시도 멈추지 않고 흐른다는 것을, 자신의 가슴에도 흐르는 눈물의 강을 항상 가지고 사는 정안립이었기에 더 잘 알 수 있었다.

9
'대고려국'의 장벽

    2년이라는 세월이 길다면 길지만 여러 가지 일들을 준비하다 보면 언제 흘렀는지 그 흔적도 남지 않는 것이 세월이다. 세월은 정신없이 흘러 1917년도 그 결실의 계절을 넘어서고 있었다.

    그동안 무엇보다 중요한 성과는 만주에 건국하기로 계획하는 나라의 국호를 '대고려국'으로 정했다는 것이다. 스에나가는 물론 주사형이 참석한 자리에서 서로의 동의에 의해서 결정된 국호로, 무엇보다 유림의 동의를 얻기 위해서는 대한제국의 맥을 이어가는 국호를 선택하는 것이 좋다는 의견이 반영된 국호다.

    "무릇 한 나라의 국호는 그 나라의 선(先)과 후(後)를 나타내는 맥과 깊은 연관이 있다고 생각합니다. 따라서 만주에 새로운 나라를 건국하려는 취지가 고구려가 터전으로 삼았던 땅에 세우는 나라인 만큼 '고려국'이라고 하면 어떨까 하는 생각입니다. 『구당서』나 『신당서』 등의 중국 역사서에 보면 고구려의 국호가 '고려'라고 기록된 데에서 착안한 것으로 중국이나 일본은 물론 대한의 유림들도 이의를 제기하지 않고 호응할 것으로 보입니다."

국호를 정하기로 하자 이종용은 사전에 정안립과 양기탁과 상의했고, 정안립이 여러 유림의 의견을 물어서 취합한 결론이 '고려국'이었기에 그대로 제안했다. 이종용은 국호를 제안하면서 솔직히 주사형과 스에나가가 이의를 제기할 수도 있다고 생각했다. 그들 나름대로 자신들의 나라 색깔을 드러내고 싶어 할 수도 있다는 생각에서였다.

"훌륭하신 생각입니다. 주사형 선생님께서는 어떻게 생각하시는지 모르지만, 저 역시 고구려가 들어가는 국호가 어울린다고 생각했습니다. '만주' 하면 역시 고구려 아닙니까?"

"저도 이의는 없습니다. 이번 같은 경우에는 어차피 여러 민족을 어우르는 나라를 건국할 계획인데, 각자 자기주장을 펴기보다는 만주에 어울리는 나라 이름은 짓는 것이 우선이니까 좋다고 생각합니다."

"그렇다면 그냥 '고려국'보다는 '대고려국'은 어떻겠습니까?"

주사형 역시 동의하자 스에나가는 아예 한발 더 나아가서 '대'자를 앞에 넣자고 제안했다. 그러자 주사형이 너무하다 싶었는지 이의를 제기했다.

"원래 '대'자는 정식 국호에는 안 넣잖습니까? 사람들이 자기 나라를 부를 때 특별한 자부심 같은 이유로 '대'자를 넣어 부르기는 하지만 아예 국호 앞에 '대'자를 넣는다는 것은 그렇지 않습니까?"

실제로 그들은 청나라 시절에 '대청(大淸)'이라는 말에 머리가 저릴 정도였을 것이다. 게다가 지금은 일본 역시 '대일본제국'이라고 설쳐대는 꼴이 거슬려도 말 한마디 못 하고 보고만 있는 판이다. '대'자를 국호에 넣는 것이 옳고 그름을 떠나서 중국과 국경을 마주하며 세워지는 나라 이름에 '대'자를 집어넣는 것이 영 내키지 않는 것이었다.

"저는 그렇게 생각하지 않습니다. 지금까지는 설령 국호에 '대'자가 들어가는 전례가 없었다고 하더라도 우리가 만들면 선례가 되는 겁니다. 또 지금 우리가 건국하고자 하는 나라는 이미 말씀하신 바와 같이 다민족 국가입니다. 따라서 '대'자를 국호에 넣는 것도 의미 있다고 생각합니다. 고구려에 이어서 생겼던 '고려'와 구분도 되고요."

'고려국' 앞에 '대'자를 넣는 것에 대해서 스에나가가 자신의 의견을 재차 강조하자, 이종용은 그렇지 않아도 유림 중에서 기왕 고려라는 이름을 사용하려면 '대고려국'이라고 짓자는 의견도 다수였으나 솔직히 스에나가와 주사형의 반발을 고려해서 그냥 '고려국'을 제안했던 것이기에 옳다 싶어서 한마디 거들었다.

"저도 그게 좋은 것 같네요. 역사 속의 '고려'와 구분 짓는 데에도 '대고려국'이라고 한다면 확실하게 구분될 것 같습니다."

"이종용 선생도 그게 좋다고 하시는데 주사형 선생은 어떠십니까?"

스에나가가 채근을 하자 주사형 역시 마지못해 동의했다.

국호가 정해지고 나자 '대고려국'의 탄생을 위한 준비는 탄력을 받기 시작했다. 이종용은 주사형, 스에나가와 함께 영토의 범위를 정하고 국체를 정하여 헌법 초안을 작성하는 것은 물론 국새와 국기 등 필요한 세부적인 것들을 준비했다.

"영토는 우선 고구려가 터전으로 삼았던 만주를 기본으로 하여 조선 유림이 자부심을 갖고 적극 동참 하도록 하는 것이 좋겠습니다. 다만 거기에 한가지 첨가할 것은, 추후 러시아 캄차카반도까지 영역으로 삼을 것이라는 안을 넣는 것이 좋겠습니다."

스에나가의 제안에 이종용은 솔직히 놀랐다. 엄연히 러시아 영토인 캄차카반도 운운하는 것은 처음 건국하는 나라가 전쟁을 전제로 건국하는 것과 다름이 없는 말이다. 아무리 러일 전쟁을 통해서 일본이 승리한 경험이 있다지만, 새로 건국되는 '대고려국'은 아직 그 힘이 어느 정도일지도 모르는 상태고, 더더욱 러시아와 국경을 마주할 터인데 위험한 발상이라는 생각이 들었다. 당황한 것은 이종용뿐만 아니라 주사형 역시 마찬가지였다.

"놀라시리라고 생각했습니다. 당연히 놀라시겠죠. 건국하는 나라가 남의 나라 땅을 내 땅으로 한다고 하니 저라도 놀랄 겁니다. 하지만 일단 건국 이념의 영토 부분에는 그리 넣자는 겁니다. 헌법에 만주를 기본으로 하되 영토를 넓혀간다는 것을 명시하자는 겁니다. 겐요샤는 그걸 원합니다. 아니죠. 솔직히 말하자면 왕실이 원하는 것이 바로 그런 것입니다. 그리고 군부에서 무언가 이의를 제기해도 겐요샤가 할 말이 생기는 겁니다. '대고려국'이 영토를 넓히는 것은 우리 일본 역시 활동 무대를 넓히는 것인데, '대고려국'은 대륙으로 영토를 넓히기 위해서는 반드시 필요한 존재라는 것을 보여주자는 겁니다. 여기 주사형 선생님도 계시지만, 중국과 함께 작업을 하면서 중국 쪽으로 영토를 넓혀간다고 계획할 수는 없는 것 아닙니까? 그래서 러시아 캄차카반도이니 그리 괘념은 마십시오."

일본 왕실은 지금 대륙으로의 진출에 혈안이 되어있다. 당연히 군수산업 육성에 신경을 쓰고 있고, 그만큼 군수산업은 돈이 된다. 겐요샤는 왕실의 비위를 잘 맞춰야 기업들이 군수산업에 진출하는 출입문을 지키면서, 왕실의 허락을 득하기 위해서 필요한 자금이라는 명목으로 돈을 받아내는 작업을 독점할 수 있다. 당장 조직을 운영하고 부를 축적하여 더 큰 조직으로 성장시켜 내일의 일본에서는 그 조직 자체가 힘으로 군림하려면 당연히 해야 할 일이고, 겐요샤의 고급 간부인 스에나가는 지금 그 일을 하고 있는 것이다. 주사형이나 이종용은 딱히 반대할 명분도 없어서 그냥 넘어가기로 했다.

국기를 정할 때도 겉보기에는 큰 마찰이 없었다. 다만 주사형의 속내는 그리 편하지는 못했을 것이다.

"아무리 도안해 보아도 태극 문양이 가운데 들어가고 태양이 빛나는 선을 중앙에서 밖으로 뻗어 나오게 하는 것이 최고인 것 같습니다. 그렇게 되면 조선을 상징하는 태극과 현재 일본군대가 사용하고 있는 태양이 빛나는 모양과 중국 역시 국기에 사용하고 있는 태양의 빛과도 일맥상통하며, 태극 역시 중국과도 깊은 연이 있으니 그 모양이 가장 좋은 모양이라는 겁니다. 바탕색도 희망을 상징하는 파란 색이니 더 좋은 것 같습니다."

스에나가는 합당화 시키기 위해서 열심히 설명했지만, 솔직히 중국 국기와는 거리가 멀었다. 일제가 사용하는 욱일기를 파란 바탕으로 바꾸고 가운데 있는 빨간 원 대신에 노란 태극 문양을 넣고, 다민족 국가라는 의미를 살린다고 사방의 변으로부터 중앙까지 1/3 되는 지점에

흰색으로 굵은 선을 위와 아래, 왼쪽과 오른쪽에 넣어 전체를 아홉 칸으로 나누는 바람에, 욱일기의 맛을 많이 줄인 것은 사실이다. 하지만 아홉 개로 나눈 칸 중 정 중앙에 위치하는 칸에 있는 노란 태극 문양에서 사방의 변으로부터 중앙까지 1/3되는 지점에 그어진 굵은 흰색 선까지 뻗은, 태양이 빛나는 모습을 상징하는 8개의 빨간 선이 얼핏 보아도 욱일기를 모방한 모양이라는 것이 그대로 드러났다. 가운데 빨간 태양과 16개의 태양이 빛나는 선을 넣은 욱일기와 다르면서도, 느껴지는 분위기는 욱일기를 연상하게 되는 것을 부인할 수 없었다. 주사형은 말은 못 하면서도 찜찜해했다. 이종용 역시 가운데 태극 문양을 넣은 것이나 바탕을 파란색으로 한 것 등에는 큰 이의가 없으면서도 욱일기를 연상케 하는 점에서는 마음에 들지 않았지만, 태극 문양이 중앙을 차지하고 있다는 것을 위안 삼아 그냥 받아들이기로 했다.

국체를 논할 때는 우선은 공화정으로 한다는 것에 이의를 제기하지 않기로 했다. 이미 정안립과 양기탁과의 사전 논의에서 그 문제는 일단 저들이 원하는 대로 들어 주고, 적당한 때를 보아서 타협하기로 했다. 지금은 겐요샤가 단독적으로 일을 추진하는 중이라 그렇지 새 나라의 건국이 어느 정도 윤곽이 드러나면 군부도 겐요샤가 일방적인 독주를 하게 두고 보지만은 않을 것이라고 판단했다. 군부 나름대로 공을 들인 장쭤린을 쉽게 버리지는 않을 것이며, 그로 인해서 겐요샤가 주사형의 눈치를 보면서라도 모종의 타협안을 들고나올 때 고종황제나 의친왕 혹은 영친왕을 모시기로 한 터였다. 그런 복안 때문에 그냥 지나치기로 했지만, 이종용은 분명히 겐요샤가 원하는 사람이 있을 것이며 그 사람을 알아두는 것이 자신들이 복안을 가지고 대처하는데 도움이 될 것이라는 생각이 들었다.

"공화정으로 한다고 해도 누군가 사전에 생각해 둔 사람이 몇 명 정도는 있어야 할 것 아닙니까? 너도나도 다 출마한다고 되는 일도 아니고, 최대한 범위를 좁혀서 할만한 사람들 중에서 백성들이 선택하도록 하는 게 좋지 않겠습니까? 그동안 선거에 익숙했던 사람들도 아니다 보니 당연히 많은 혼선이 올 텐데요."

"그렇죠. 저 역시 그런 부분에 대해서 많은 생각을 해 봤습니다. 그래서 말인데, 지금 대만 총통으로 계시는 덴 겐지로(田健次郎)씨가 가장 적당한 인물이라는 생각입니다. 그것은 조선에 전해오는 『정감록』이라는 예언서에 이씨 다음에는 정씨가 나라를 구한다고 했다면서요. 그러니까 딱 적당한 사람 아니겠습니까?"

"글쎄요? 그게 그렇게 되나요? 제가 알기로는 『정감록』은 예언서라기보다는 그 당시 임진왜란과 병자호란 등의 전쟁으로 인해서 지칠 대로 지친 조선의 백성들이 이상형의 인물이 나타나기를 기원하면서 만들어 낸 이야기라고 알고 있습니다. 그리고 설령 정감록에 의존한다고 해도 거기에서 말하는 정씨는 정(鄭)씨지 스에나가씨가 말하는 사람처럼 전(田)씨가 아닌 것으로 알고 있습니다만."

"물론 맞는 말씀이고, 그 정도야 당연히 저도 압니다. 문제는 『정감록』에 은어로 기록된 것을 잘 해석해야 한다는 겁니다. 『정감록』에 보면 이씨 조선이 500년이 지나서 망할 것을 예견하고 난 후의 상황에 대해 이런 구절이 나옵니다.

靑己尹人魚烏(청기윤인어오)

方夫入戈十一寸膏粱(방부입과십일촌고량)

白鷄口十茄藿(백계구십가곽)

　　조선의 앞날을 예언한 구절로 당연히 은어를 사용했습니다. 조선의 유생들은 이 은어를 해석하기 위해서 많은 애를 썼지만 결국 해석하지 못했다고 봐야 할 겁니다. 왜냐하면 우리 일본과 연관하지 않고는 해석이 불가하기 때문입니다. 이 은어는 각각의 구절마다 12간지를 통해서 먼저 연도를 알려주고, 다음에 사건의 의미를 풀어서 서술함으로써 세 가지 사건을 예언했습니다. 위의 두 구는 일본과 관계가 있는 것이지만 이미 지나간 역사입니다. 청은 을이고 기는 사라고 볼 수도 있으므로 을사년이니 메이지 38년(1905)에 해당하고, 윤인은 합하면 이가 됩니다. 그리고 어오는 물고기와 까마귀가 군집하는 것이니 이는 특별한 사람들이 아니라 보통 사람들이 군집하는 모임을 뜻합니다. 따라서 이 구의 의미는 이토 히로부미 공작께서 여러 군중이 모인 일진회를 이끌고 정치를 행하신 것을 의미하는 겁니다.

　　두 번째 구의 방부를 합치면 경이 되고 입과를 합치면 술이 됩니다. 경술은 메이지 43년(1910)입니다. 십일촌을 합하면 사(寺)가되고 고량은 기름진 음식과 좋은 쌀을 의미하므로 귀족을 가리키는 것입니다. 따라서 두 번째 구는 1910년 테라우치 마사다케(寺內正毅)대장이 귀족을 이끌고 정치를 한 것을 의미합니다. 이미 지나간 역사가 확실하게 적중한 것입니다.

　　중요한 것은 바로 세 번째 구로서 조선 유림 중에서는 아직 해석한 사람이 없습니다만, 야마자키 히데오씨가 이것을 해석했습니다. 백계는 신유로 다이쇼 10년(1921)에 해당하며, 구십은 전(田) 입니다. 가곽은 고기를 먹지 않고 나물을 먹음으로 숲에서 독서 하는 유생의 이야기라는 겁니다. 즉 1921년에 전씨 성을 가진 사람이 유림과 함께 정치를 한다는 의미이니 지금으로서 그런 인물은 대만 총독 덴 겐지로(田健次郎) 남작 밖에는 없을 것 같다는 것입니다. 어차피 우리들이 건국을 위해서 여러 가지 준비를 하다 보면 1921년은 잠깐 사이에 다가올 것이고, 이 예언은 우연히도 잘 맞는 것 같습니다. 아울러 중요한 것은 예언이 말한 바와 같이 반드시 유림과 같이 해야 할 일이니 유림의 전폭적인 지원을 받아내는 것입니다."

스에나가의 논리는 어떻게 따다 붙였든 간에 일단은 물 흐르듯이 잘 흘렀다. 자신들에게 유리하게 꼬아 놓은 것이 명백하다는 것을 모르는 바는 아니지만, 일단 오늘은 그의 의도가 무엇인지를 파악하는 것이 중요하다는 생각에 이종용은 듣고만 있었다.

"이종용 선생님께서는 제 말의 의미를 확실하게 아셨으리라 믿습니다. 그리고 조선 유림 명단에 되도록 많은 유생들의 이름이 기록되어 있기를 바랄 뿐입니다."

"걱정마십시오. 그 부분은 정안립 선생님께서 주도하여 양기탁 선생님과 같이하고 계시니 잘 될 겁니다."

이종용이 잘 될 거라고 한 말은 그저 한 말이 아니다. 이미 2년이 넘는 세월 동안을 오로지 새로운 나라 건국을 위해서 불철주야 노력하는 분들이시니 그 성과 역시 대단할 것이라고 기대하고 있었다.

이종용의 그런 마음을 담았는지 유림이 서명한 명단은 차고 넘쳤다. 유림과 광복군은 물론 해외에 망명하여 조국광복을 위해 헌신하는 이들까지 수많은 이들이 자신의 이름을 드러내고 참여하는 데 주저하지 않았다. 설령 자신의 이름이 드러나서 왜놈들에게 체포되거나 탄압을 받을 빌미가 된다고 해도 두렵지 않았다. 조국을 잃은 몸뚱아리인데, 그보다 중요한 무엇이 있어서 더 잃겠냐고 생각하면 두려울 게 없었다.

　　일을 주도해 나가고 있는 서간도의 양기탁과 길림의 정안립, 그리고 류하현의 이시영을 필두로 의병대장 이범윤과 이혜휘, 홍범도, 이동녕, 장봉한, 조욱, 조맹선, 이상룡, 윤세복, 이탁, 허혁, 이홍주, 이세영, 이규, 이종택, 김교현, 김호익, 성호, 맹동전, 김봉, 여준, 박순, 유동열이 먼저 이름을 올렸다. 이어서 이토 히로부미를 총으로 제거한 안중근의 동생 안중칠, 함경도 양반 오주환, 상하이에 조국광복을 위해 매진하는 신규식, 매일신문 주필을 역임한 신채호, 안조한, 신종홍, 김복, 여직지, 시베리아의 문창범, 이동휘, 블라디보스토크의 최재형, 파리의 김규식, 하와이의 이승만, 샌프란시스코의 안건근, 요동의 김탁, 김영, 박홍, 길림의 손일민 등 해외에서도 오로지 조국광복을 위해 맹활약 중인 인사들이 이름을 드러내고 있었다. 그리고 신민회를 통해서 이미 그 꿈을 만주에 펼쳤던 안창호를 비롯해서, 경상도의 이중철, 유필영, 박형진, 유만식, 유영우, 김희락, 김병락, 박시주, 이능윤, 이매구, 김진룡, 박정환, 이정희, 노상직, 손보현, 이일우, 박민동, 최현필, 조중건, 장석신, 이승현, 전라도의 전우, 이재범, 강원도의 박래준, 황해도의 이종문, 경기도의 김회수, 홍종영, 이명상, 충청도의 이건우, 김복한, 정인백, 평안도의 황연, 오희천, 함경도의 김병유, 최양섭 등이 이름을 빛내고 있었다.

스에나가는 신이 났다. 조선 유림이 일본과 중국과 같이 만주에 나라를 세우는 것에 대해서 이 정도로 열렬히 호응한다면, 겐요샤는 물론 일본 왕실도 감복할 것이라고 너무나도 좋아했다.

이종용과 스에나가, 주사형은 그동안 함께 연구하고 기록했던 것들을 종합해서 헌법 초안을 작성했다. 헌법 초안은 건국 규약으로 총 7개 조로 만들고, 공시를 첨부했다.

헌법 초안
1. 국토는 모두 국가의 공유로 한다.
2. 국가는 헌법을 제정하고 의원(議院)을 설치하여 정부를 조직하며, 백규(百揆) 서정(庶政)을 총람한다.
3. 국자(國字)는 언문(諺文)과 한문(漢文)을 병용한다.
4. 국교(國敎)는 공자의 교를 따른다.
5. 일본인, 지나인, 러시아인과 여타 민족으로서 이미 대고려국 내에 거주하고 있는 자로, 대고려국 시민의 권리와 자격을 원하는 자에게는 차별 없이 부여한다.
6. 의군(義軍)은 간도를 거병지로 삼는다. 길림(吉林)은 즉 옛날의 계림(鷄林)이다.
7. 의(義)를 일으키는 뜻을 알고 건국의 거행을 찬성하며, 의자(義資)를 연납(捐納)하는 것은 정부는 이를 가지고 공채(公債)로 간주하고 훗날 상환할 책임을 진다.
조국(肇國) 원년 제1월 제1일
대고려국 통정부(統政府)

공시(公示)

1. 간음을 범하는 자는 참형[斬]에 처한다.

2. 도둑질을 범하는 자는 참형에 처한다.

3. 방화, 노략을 범하는 자는 참형에 처한다.

4. 도적[賊]과 모략을 통하는 자는 참형에 처한다.

5. 사람을 겁살하는 자는 참형에 처한다.

군정부(軍政府)

헌법 초안에 길림은 옛날의 계림이라고 함으로써 수도는 간도의 길림성에 정할 것임을 표방하는 동시에, 계림을 수도라는 표현 대신 사용하여 '대고려국'이 신라까지 아우름으로써 고구려와 그 후손인 한민족의 뒤를 잇는 나라임을 명시했다. 주사형은 찜찜한 표정을 감추지 못했고 이종용은 고종황제를 모실 수 있는 작은 구실이 하나 더 생겼다는 마음에 기쁨을 감출 수 없었지만, 겉으로 드러내지는 않았다. 다음으로는 '대고려국'의 국새를 만든 후 처음에 도안한 대로 국기도 만들었다.

스에나가는 국기와 국새는 물론 헌법과 함께 첨부된 공시의 원본을 소중히 간직한 채, 반드시 좋은 결과를 가져오리라고 다짐하며 1917년 끝자락의 코앞에서 차디찬 만주의 북서풍을 맞으며 일본으로 떠났다. 입으로는 이번 새해는 고향에서 맞이하게 되어 한없이 기쁘다고 하면서도 얼굴에는 긴장감이 가시지 않은 채 손을 흔들던 모습이 이종용의 눈에 선했다.

스에나가가 일본으로 떠난 후, 이종용은 그동안 고생도 했으니 결과를 기다리며 푹 쉬어보고 싶었다. 하지만 쉬기는커녕 조바심이 나서 어찌할 바를 몰랐다. 도대체 스에나가는 언제 어떤 결과를 가져올 것인지 밤마다 꿈을 꾸는데 그 꿈이 매일 달랐다. 어떤 날은 일본 전체가 열화와 같이 성공을 기원하며, 온 국민이 힘을 합쳐 정부는 물론 군과 민간까지 전폭적으로 지원해주겠다는 약속을 받았다고 했다. 어떤 날은 자신들의 고생이 헛일이 되어 모든 꿈이 구겨진 종잇장처럼 되어버렸다고 했다. 심지어는 스에나가가 반역자로 몰려 완전히 거지 같은 꼴이 되어 도망 다니는 꿈을 꾸기도 했다. 아무리 꿈이라지만 그 기복의 고저가 너무나도 크다 보니 이종용의 마음도 그만큼 불안이 증폭되었다.

1918년 새해가 시작되었다. 일제가 새해를 양력으로 기념할 것을 강요하는 바람에, 백성들은 오히려 음력 설날이 되어야 새해가 된 것이라고 하면서 양력설을 기피했기에 새해라는 기분도 없이 해가 바뀐지도 한 달이 지났다. 온 민족이 새해의 시작이라고 하면서 기다리는 설날도 열흘이 남았을 뿐이다. 이종용은 초조하기조차 했는데, 바로 그날 그 무엇보다 반가운 연락이 왔다. 스에나가가 돌아왔으니 당장이라도 만났으면 좋겠다는 인편이 온 것이다. 마침 정안립도 이곳 사정이 궁금해서 견디지 못하고, 명절을 보내기 위해서라는 핑계를 대고 와 있던 참이다. 두 사람은 연락을 취해온 사람을 앞세우고 스에나가에게 향했다.

"어서 오십시오. 이렇게 갑자기 뵙자고 하면 결례가 된다는 것을 알면서도 하루라도 빨리 뵙는 것이 옳은 것 같아서 도착하자마자 연락을 드렸습니다."

"결례라니요? 먼 길을 다녀와서 피곤하실 텐데 궁금해할 저희 입장을 생각해서 불러주셨으니 오히려 고맙습니다."

"어쨌든 드디어 기회가 왔습니다. 저희 겐요샤의 수장이신 도야마 미쓰루 총재와 함께 정안립 선생님께서 다가오는 3월 18일 천황폐하를 알현하는 것으로 결정되었습니다. 천황폐하께서 알현을 윤허하셨다는 것은, 일이 반 이상 성공했다고 봐도 됩니다. 사전에 우리 겐요샤에서 모든 작업을 했다고 보시면 될 겁니다. 솔직히 천황폐하를 알현하는 자리에서 무슨 설명을 하고 결정을 구하는 것은 아니고, 사전에 모든 것을 설명하고 결정을 구하기 위한 마지막 관례일 뿐이니 희망이 가득하다는 겁니다."

스에나가는 들뜬 기분을 감추지 못하고 말을 이었다.

"이제는 정말 '대고려국' 건국이 눈앞에 다가왔다고 해도 과언이 아닙니다. 그래서 제가 주사형 선생께도 연락을 취했습니다. 구체적인 세부 사항을 정하기 위해서 또다시 만나야 하지만, 제가 정안립 선생님을 모시고 천황폐하를 알현하러 일본에 가야 하니 그 이후에 만나자고 했습니다."

스에나가의 말을 들으면서 기쁜 마음으로 들뜨기는 정안립이나 이종용이나 마찬가지였다. 3년여의 세월을 오로지 한 가지 일에 매달려 고생도 수없이 했다. 이종용이 아직 생소한 서양의 여러 가지 법과 관례를 공부하며 스에나가와 주사형과 함께 길림에서 일하는 동안, 정안립은 망명한 채로 조국광복을 위해서 목숨을 걸고 항일투쟁을 하고 있는 동지들을 만나 설득하고 서명을 받아내기 위해서 연해주를 포함하는 만주를 헤매고 돌아다녔다. 넉넉지 않은 여비에 끼니를 굶고 추위와 더위와 싸우며 오로지 조국 잃은 서러운 죄값에 대한 속죄라는 생각으로 참고 견뎠다. 그 어렵고 힘든 나날이 맺은 결실에 조그마한 희망이 보이는 것 같아서 그나마 다행이었다.

　정안립은 일왕을 만나기 위해서 기다리는 시간이 너무나도 길게만 느껴졌다. 조금 전에 일본 왕실의 관료가 이곳으로 안내하면서 조금만 기다리라고 했는데, 그 조금이 마냥 흐르는 것 같았다. 그리고 자신이 느끼고 있는 긴장은 스에나가 역시 마찬가지로 보였다. 다만 함께 동행한 도야마 미쓰루는 태연했다.

　솔직히 일왕은 우리 한민족에게는 원수다. 하지만 아무리 원수라고 해도 당장은 그가 필요하다. 필요할 뿐만 아니라 어쩌면 그의 말 한마디가 우리 한민족의 앞날에 운명의 길을 다르게 할 수도 있다. 정말 쳐죽이고 싶은 심정이기에 만나면 앞뒤 가릴 것 없이 죽여 버리고 싶지만, 일왕을 죽인다고 현실이 바뀌는 것도 아니니, 지금은 훗날을 기약하며 '대고려국' 건국을 위해서 노력하는 편이 현명하다고 판단한 정안립과 이종용이다. 두 사람은 일왕을 만나면 무엇을 물을 것이며 어떻게 대답할 것인가에 대한 예상 문제를 뽑아 가면서 연습을 했다. 그러는 사이에 시간은 훌쩍 지나고 지금 요시히토 일왕을 만나기 위해서 일본 왕궁에 입궐해서 기다리고 있는 것이다.

　드디어 문이 열리며 들어오라는 말에 도야마 미쓰루가 먼저 앞에 서고 그 뒤에 스에나가 서고 정안립은 맨 뒤에 서서 들어갔다. 일왕 다이쇼 앞에서는 그들이 하는 대로 하기로 사전에 약속이 되어있었다. 세 사람이 들어서기 시작하자 문 앞에 선 왕실 관료가 들어서는 사람의 이름과 직함을 불렀다. 정안립은 당연히 정안립씨였다.

　세 사람이 일왕 앞에서 깊이 머리를 숙여 인사를 하고 나자 일왕은 딱 한 마디 했다.

"우리 대일본 제국을 위한 새로운 나라를 건국해서 아시아의 평화에 이바지하기 위해 불철주야 노력하고 있다는 말은 익히 들었소. 내각에 지시해서 잘 성사되도록 할 것이니, 그리 알고 돌아가서 일을 추진하시오."

세 사람은 다시 깊이 절을 하고 자리를 물러 나왔다. 자리에서 물러나와 왕궁을 나오자 도야마 미쓰루는 어디론가 가고 정안립은 스에나가와 둘만이 남았다. 솔직히 정안립은 얼떨떨하기도 했지만, 한편으로는 허무하기도 했다. 일왕을 만나면 어떻게 묻고 어떻게 대답할 것인가 연습까지 많이도 했건만 말 한마디 해보지도 못하고 물러나서 나왔다. 수개월을 준비하며 기다린 결과는 단 1~2분 만에 모든 것이 끝나고 말았다.

"저도 그렇지만 정 선생님도 얼떨떨하시죠?"

"예. 얼떨떨하기도 하지만 이게 도대체 잘 된 건지 뭔지 궁금도 하네요."

"잘 된 겁니다. 폐하께서 내각에 지시한다고 하셔서 지금 우리 총재께서 수상을 만나러 가지 않으셨습니까? 이제 결과만 남은 겁니다. 건국하라는 최후의 지시만 남은 거죠. 그 명령이 나기만 기다렸다가 일을 시작하면 됩니다."

스에나가는 다 이루어진 일이라고 내심 자신하고 있었다. 그러나 이틀 후 스에나가는 조선 총독의 동의를 얻으면 내각도 승인하겠다는 대답을 가지고 정안립을 찾아왔다.

"왜 조선 총독의 승인을 얻으라는 것인지 대충 짐작은 갑니다. 만주가 조선과 붙어 있으니까 당연히 거치는 관례일 겁니다. 하루빨리 돌아가서 조선 총독을 만납시다."

　스에나가는 이번에도 전혀 문제가 되지 않는 듯이 말했지만 정안립은 꺼림칙했다. 조선 총독의 허락을 득하라는 것을 단순히 볼 일은 아니다. 만주에서도 간도에서 항일 운동이 거세다 보니 만주에 한민족의 유림이 주축이 되어 세우는 나라가 일본 입장에서 과연 이득인지 손해인지를 조선 총독을 통해서 한 번 더 판단해 보겠다는 의미일 것이다. 그것만 해도 만만치 않은 결과가 나올 것이지만 지금 조선 총독은 육군참모총장을 지낸 하세가와 요시미치다. 군부의 핵심이었던 그의 눈에 겐요샤가 주축이 되어 건국하려는 '대고려국'을 환영할 일도 없으려니와, 분명히 간도에서 벌어지고 있는 광복 투쟁과 연계되면 대책이 없다는 이유로 반대할 것이라는 생각이 들었다.

　하세가와 요시미치 총독을 만난 결과는 정안립이 걱정하던 그대로였다.

　"만주에 조선 유림이 주축이 되는 나라를 건국하고 간도에 수도를 둔다? 지금 그게 대 일본제국을 위한 일이라고 판단하시는 겁니까?"

　스에나가의 설명을 들은 하세가와의 첫마디였다.

　"지금 만주에서는 조선 광복군인지 뭔지 정신없이 고개를 쳐들고 우리 일본군대를 향해 총질을 해대고 헌병대를 기습하는가 하면 주재소는 아예 그네들의 밥이 되어 가는 판인데 멍석을 더 깔아주자는 겁니까?"

　"그게 아니라 '대고려국'을 건국해서 평화롭게 일본과 조선과 중국과 러시아, 몽고 등이 함께 공존하면서 우리 일본의 힘을 키우자는 겁니다.

그래야 머지않아 시작될 대동아 공영권의 발판도 만들 것 아닙니까?"

"무슨 말인지는 알겠지만 그건 꿈입니다. 그건 그림을 그리고 동화를 쓰는 거란 말입니다. 실제 만주에서 특히 간도에서 일어나고 있는 조선 광복군의 행태를 보면 절대 존립할 수 없는 꿈을 꾸고 있는 겁니다."

"지금은 그렇다 치더라도 막상 '대고려국'이 건국되면 모두 그 안으로 모여들 겁니다."

스에나가와 하세가와의 팽팽한 대립에 정안립도 거들기 위해서 한마디 했다. 하지만 그에 대한 하세가와의 대답은 조금도 물러섬 없이 완고했다.

"그 안으로 모여든다? 그러겠지요. 모여서 하나로 똘똘 뭉쳐서 반도까지 밀고 들어오겠지요. 이건 절대 있을 수 없는 일입니다. 절대로 해서는 안 되는 일이라고요."

솔직히 정안립이 하세가와라고 해도 그럴 수 있는 일이지만 어떻게든 설득하기 위해서, 지금은 나라를 잃었다는 상실감에서 그러는 것이지 막상 '대고려국'이 건국되면 그렇지 않을 것이라는 말을 수도 없이 했지만 허사였다.

"이대로 있어서는 새로운 나라를 건국하기는 커녕 철부지 장난한 것처럼 웃음거리만 되고 말겠습니다. 그래서 우리 겐요샤 총재께 말씀드려서 군부를 통해서 압력을 넣게 했습니다. 그리고 우리는 우리 나름대로 다른 방법으로 압력을 가할 준비를 합시다. 이번 일이 얼마나 큰 염원을 담은 것인지, 그리고 이번 일이 성사되지 않을 경우에는 큰일이 날것이라는 불안감을 조선 총독으로 하여금 갖도록 만드는 겁니다. 그러기 위해서 서울에서 대대적인 모임을 갖도록 합시다. 조선 총독이 피부로 느끼게 해주는 겁니다."

하세가와와의 담판에서 실패하고 만주로 돌아온지 보름 정도 지나서 스에나가가 이종용을 만나자고 하더니 만나자마자 한 말이다.

"조선 유림의 열렬한 염원을 보여주자는 겁니다. 그렇다고 '대고려국' 이야기를 꺼내는 모임이 되면 총독부와 부딪히자는 이야기가 될 수 있으니까, 조선의 고대사를 연구하는 모임으로 핑계를 대는 겁니다. '대고려국'이 조선의 고대 국가인 고구려의 영역에 건국하는 것을 목표로 하는 것은 모두가 아는 사실이니, 조선 고대사 연구를 위한 모임에 조선 유림이 대거 참여한다면 그 역시 하세가와 총독에게는 압력이 될 겁니다. 솔직히 군부 출신이다 보니 우리 겐요샤가 하는 일이 달갑지 않을 수도 있을 겁니다. 그런 편견을 버리고 어떻게 하는 것이 대일본 제국을 위한 것인지 올바로 판단하게 해야겠습니다."

이종용은 스에나가가 하는 말의 의미를 단번에 알아들었다. 그렇다면 서울에서 행사를 여는 것은 당연한 일이다. 서울에서 고대사를 연구하는 행사라는 명목으로 행사를 개최한다면 양기탁과 정안립은 물론 수많은 동지들이 떳떳이 참여할 것이다. 혹시나 행사장에서 체포되거나 하는 걱정 따위는 집어던진지 오래된 동지들이다. 나라 잃은 부끄러운 백성으로 더 이상 잃을 것이 없다는 마음으로 사는 이들이니 두려움 없이 참여할 것이다. 그 위용을 왜놈들은 물론 주사형에게도 보여주고, 일제와 중국 곳곳에 소문이 나서 대한 사람들의 염원이 무엇인지 스스로 깨달았으면 좋겠다는 생각까지 들었다. 더더욱 양기탁이 '대고려국' 문제와 고종황제 망명 문제 등을 협의하기 위해서 만주 곳곳을 누비며

다니는 동안 동지들과 조국광복을 논하게 되고, 그로 인해서 누군가의 밀고로 천진에서 일경에 체포되어 압송된 후 반도를 벗어나지 못하게 하기 위해서 서울로 거주지가 제한된 지금 같은 상황에서는 정말 다행이었다.

"좋은 말씀입니다. 되도록 금년이 가기 전에 개최하면 더 좋겠지요?"

이종용은 하루라도 빨리 행사를 개최하고 싶은 마음에 스에나가에게 물었다.

"물론입니다. 이 선생님께서 정안립 선생님과 양기탁 선생님과 상의해서 잘 준비하시겠지만, 이름만 들어도 알만한 분들이라면 총독부에서 더 신경이 쓰일 겁니다. 대신 그날 행사장에서 체포를 당하거나 행사장에서 한 언행으로 인한 불이익을 당하지 않도록 저희 겐요샤에서 특별히 조치할 것입니다. 그 점은 안심하십시오."

"고마운 말씀입니다만, 적어도 그날 그 자리에서 발표하거나 토론하시는 분들은 체포나 불이익 따위는 신경도 쓰지 않으실 분들입니다. 아니, 그 자리에 모이는 모든 분이 같은 마음일 겁니다. 백성들은 더 이상 잃을 것도, 두려워할 것도 없다고 생각하거든요."

이종용은 정말이지 오랜만에 속 시원히 한마디 했다. 백성들은 더 이상 두려울 것이 없기에 조국광복을 위해서라면 못할 것이 없다는 그 한마디가 그리도 하고 싶었는데, 반쪽밖에 할 수 없어서 아쉬웠지만 그래도 할 말은 했다고 스스로 위로했다.

1918년 12월 18일 경성 장춘관에서 '조선고사연구회'가 열렸다. 해를 넘기지 않고 개최하는 것을 전제로, 중국에 갈 수 없는 양기탁은 서울에서, 정안립은 해외에 있는 지사들 중에서 일본 헌병이나 경찰에 의해서 수배되지 않은 인사들을 만나 취지를 설명하고 힘을 합하자고 했다. 덕분에 발표자와 토론자가 넘쳐났다. 이종용과 함께 행사 준비도 도와주고, 직접 행사에도 참석해서 그 모든 것을 낱낱이 본 주사형과 스에나가도 행사 규모는 물론 참석자들의 면면에 놀란 것은 물론 기쁨을 감추지 못했다. 더더욱 행사 연구 내용이 모두 고조선과 고구려와 부여에 관한 연구로, 만주는 당연히 우리 한민족의 영토로 우리 한민족의 나라가 건국되어야 하는 당위성을 토로하는 것들로 이루어진 데 대해서 대단히 만족해했다.

"정말 수고하셨습니다. 이번 행사가 고스란히 총독부에 보고되었을 것이니, 총독부도 더 이상은 고집을 부리지 못할 것입니다."

스에나가는 마치 자신이 기획한 그대로 일이 이루어지기라도 한 것처럼 기쁨을 감추지 못하고 속마음을 그대로 드러냈다.

"그렇지 않아도 한 번쯤은 이런 행사를 열어서 우리 한민족의 정체성도 점검했으면 좋겠다 싶었는데, 스에나가씨 덕분에 정말 좋은 행사를 개최할 수 있었습니다. 고맙습니다."

"아닙니다. 제가 한 일이야 뭐 있습니까? 다만 여러분께서 열심히 '대고려국' 건국에 보탬이 될 수 있는 일들을 해 주셨다고 생각하면 저는 그저 고마울 뿐입니다."

양기탁은 자신의 마음을 숨김없이 드러내 놓고 한민족의 정체성을 말했다. 그러자 스에나가가 그 말에 정면으로 답하지 않고 모든 것이 '대고려국' 건국을 위한 일이라고 하면서 슬그머니 비켜가 충돌을 피하는 지혜를 보였다. 그러자 정안립이 중재를 하듯이 나섰다.

"여기 수고 안 한 사람이 누가 있겠습니까? 멀리 중국에서 오셔서 몇 날 몇 일을 마다않고 도와주신 우리 주사형 선생님은 또 얼마나 고생이 많으셨으며, 잡일이라는 잡일은 모두 처리한 우리 이종용 동지는 또 어땠습니까? 서로 고생한 것만 알아주면 되었지 굳이 입으로 표현은 안 해도 된다고 생각하고 그냥 넘어갑시다. 아니, 그냥 넘어가는 게 아니라 오늘 같은 날은 정말이지 술이라도 한 잔 해야 되는 거 아닌가요?"

그러자 좌중은 웃음으로 바뀌며 한잔하러 가자고 자리에서 일어났다.

자리에서 일어나 술집을 향하는 길 멀리 경복궁이 보인다. 이종용은 경복궁을 보자 문득 을미년에 경복궁에 난입해서 난동을 부리던 왜놈들의 만행이 생각났다. 그리고 이번 행사를 준비하면서 양기탁에게 들었던 고종황제에 대한 일이 생각났다.

"폐하께서는 늘 준비하고 계실 터이니 하시라도 만주로의 망명을 행하라 하시었네. 나라 잃은 군주가 한양과 만주를 가릴 낯이 어디 있겠냐며, 조국광복에 조금이라도 도움이 된다면 만주가 아니라 시베리아 한 벌판에라도 서시겠다고 하셨네."

그 말이 떠오르자, 그 말을 들을 때와 똑같이 코끝이 시큰했다.

10

'대고려국'과 3·1 만세 투쟁

장춘관에서 '조선고사연구회' 행사를 치르고 나서, 스에나가는 끊임 없이 하세가와 요시미치 총독을 설득했다. 혼자서의 힘으로는 안 된다 는 것을 알기에 자신이 속한 겐요샤의 힘을 빌려 다각도로 설득도 하고 때로는 으박지르기도 하면서 허락을 끌어내기 위해서 안간힘을 썼다. 그가 조선 주둔군 사령관과 육군 참모총장을 거친 철저한 군부 사람이 라는 것을 알기에 더더욱 그랬다. 만주에 대한 주도권을 군부에 넘겨주 기 전에 겐요샤가 선점했어야 하는데, 이미 장쭤린을 내세운 군부가 만 주에 대해서는 상당 부분을 선점해 나가고 있다는 것을 겐요샤의 조직 원들은 항상 안타까워했다. 얼핏 생각하기에는 겐요샤가 선점하든 군 부가 전면에 나서든, 일본을 위해서라면 같은 것이 아닌가 싶겠지만 그 게 그렇지 않다. 누가 먼저 선점하여 일을 치르고 일본의 수중에 넣느냐 하는 것은 우선 왕실과 조정에서 보는 눈을 의식해서라도 반드시 선점 할 필요가 있다. 그리고 그보다 더 중요하다고 할 수 있는 것이 바로 이권이다. 누가 먼저 선점하느냐가 그 영토에 대한 이권을 누가 먼저 선점 하느냐 하는 문제와 직결되기 때문이다, 식민지에 대한 이권이야말로 말로 다 할 수 없을 정도인데, 만일 만주에 나라를 세운다면 그것은 노 다지를 캐는 것보다 몇 천만배 이득을 가져올 것이다.

겐요샤 중앙 지휘부에서는 중화민국의 한족들을 지원하면서 산하단 체인 흑룡회를 전면에 내세워 만주의 장쭤린에게 접근했었다. 흑룡회 는 겐요샤가 직접 진두지휘해서 조선에서 낭인 사건을 일으켰던 동학 혁명이나 을미왜변 등에 가담하게 했던 천우협 출신들이 주로 만주와 시베리아의 활동 영역을 넓히기 위해서 1901년에 새로 조직한 단체로, 낭인들 중에서는 나름대로 기본적인 지식까지 갖춘 뛰어난 인간들로 구성된 단체였다. 그들은 조선에서 일진회를 만들어 조선 병탄을 손쉽 게 만들기도 한 경험도 갖춘 자들이다. 그럼에도 불구하고 군부의 탄탄 한 세력에 의해서 정쭤린에 대한 접근이 좌절되기만 했던 것을 새로운 나라의 건국을 통해서 만회하고자 하는 중이다. 그런데 군부의 귀신인 하세가와가 그 모든 것을 눈치채고 도대체 비켜서지를 않는 것이다. 그 래서 압박을 주는 방편의 일환으로 '조선고사연구회'를 개최했고, 그 행사가 성황리에 끝난 것을 구실로 삼아서 '이대로 두어서는 그 힘이 엉 뚱한 곳으로 발산되니 하루빨리 만주에 한민족 중심의 나라를 건국하 도록 만들어 주어야 한다'고 끊임없이 압력을 넣기도 하고 설득도 해봤 지만 소용이 없었다. 그리고 벌써 해를 넘긴 지도 20일이 지났다. 스에 나가는 도저히 더는 기다리고만 있을 수 없어서 총독부를 향했다.

총독부에 도착한 스에나가는 무언가 이상하게 감도는 기운에, 보통은 넘는 일이 벌어진 것이 틀림없다는 감이 단번에 들었다.

"지금은 총독 각하를 만나실 수 없습니다."

"무슨 소리요? 지금 바쁘시면 내가 기다린다고 하지 않았소?"

"그게 아니라….."

"스에나가 미사오가 왔다고 전해나 주시오."

평소와는 다르게 총독 비서인 가쯔라가와 대위는 어찌할 줄 모르고 갈팡질팡하는 것이 영 이상했다. 순간 스에나가는 총독이 자신을 만나기를 꺼려서 만약 자신이 찾아오면 돌려보내라고 한 것이 아닌가 하는 생각이 문득 들었다. 뼛속까지 군인이라 그런지 비서들을 모두 군인으로 채용하고 있는 하세가와 총독이었다. 그들이야말로 명령에 죽고 사는 이들이니 당연히 거부하라면 거부할 것이다.

"가쯔라가와 대위님. 혹시 총독 각하께서 나를 거부하라고 하셨습니까?"

"아닙니다. 그게 아니라….."

말을 못 하고 더듬거리며 어쩔 줄 몰라 하는 것이 더 이상해서 의구심만 커갔다. 그런데 그때 막 들어서며 그 모습을 보던 비서실장 다나하시 대좌가 끼어들었다.

"대 일본제국의 군인이 그리도 상황 파악이 안 된다는 말인가? 스에나가상께는 사실대로 말씀드려도 된다는 정도의 상황 파악은 할 수 있어야, 대 일본제국 군인이자 총독 각하의 비서로서 임무를 완수할 수 있지 않겠나?"

스에나가가 목소리가 들리는 쪽으로 몸을 돌리자 다나하시가 정중히 말했다.

"가쯔라가와 대위 입장에서 판단하기에는 너무 벅찬 상황이라 그랬을 겁니다. 이해해 주십시오. 제가 대신 말씀드리겠습니다. 사실은 조선의 고종이 죽었습니다."

"뭐라고요?"

스에나가는 자신의 귀를 의심했다. 조선의 상왕 고종이 승하했다는 것이다.

"그게 무슨 말입니까?"

"예. 저희도 지금 비상사태입니다. 오늘 새벽 고종이 죽었습니다. 아직 아침 이른 시각이라 그렇지 조금 있으면 그 소식이 경성은 물론 전국으로 퍼져나갈 텐데 혹시라도 민심이 동요할까 봐, 총독께서는 지금 조선 주둔군 사령관님을 비롯한 군부 요인들과 대책을 협의하시며 시시각각 본국으로 상황을 보고하는 등 경황이 없으십니다. 자칫 그 죽음이 우리 일본과 이상하게 엮일까봐 대책을 협의하는 동안은 소문이 궐 밖으로 나오지 못하도록 나름대로 조치는 했지만 그게 되나요? 소문을 못내게 해도 소문이 새 나가 퍼지는 곳이 궐이고, 소문을 내라고 해도 말한마디 새 나오지 않는 곳이 또 궐이라는 곳 아닙니까? 그건 저희 일본이나 조선이나 똑같습니다. 좌우간에 그런 상황이라 오늘은 종일 만나실 겨를이 없을 겁니다. 아마 며칠은 그렇겠지요. 그러니 양해하시고 돌아가시는 게 좋을 것 같습니다."

그 말을 듣는 순간 스에나가는 다리에 맥이 풀리는 것을 느꼈다. 그리고 다나하시가 더 있으라고 붙잡아도 가야 할 판이다. 어서 가서 정안립과 이종용을 만나 대책을 협의해야 한다. 고종황제의 붕어가 자연사인지 아닌지의 진위여부를 떠나서 조선 백성들은 절대 자연사로 보지 않을 것이고 분명히 일본과 연관 지을 것이다. 그리되면 자칫 자신들이 지금까지 공들여온 '대고려국'이 물거품이 될 수도 있다. 추모의 물결은 민란으로 이어지고 그 여세를 몰아 광복을 염원하는 투쟁으로 치달을 것이 눈에 보이는 듯했다. 그리되면 일본은 무력으로 진압하려 들고, 그렇다고 수그러들 민족이 아니다. 어차피 종국에는 일본의 욕심을 챙기고자 하는 것일지언정, 스에나가처럼 한민족과 함께 무언가를 도모해 보려는 사람들에게는 그야말로 난감한 일이 아닐 수 없었다.

"예? 황제 폐하께서 승하하셨다는 말씀입니까?"

스에나가가 찾아갔을 때, 정안립은 외지로 출타 중이었다. 혼자서 스에나가를 맞이해서 고종의 승하 소식을 들은 이종용은 자리에 털썩 주저앉으며 외마디처럼 외쳤다. 정말로 털썩하는 소리가 들렸으니, 젊은 사람이 다리 힘이 한꺼번에 풀려 그대로 주저앉을 정도라면, 그 충격이 얼마나 컸는지 짐작이 가고도 남는 일이었다.

"어떻게 시해했습니까?"

이종용은 자리에 앉은 채로 스에나가를 올려다보며 물었다.

"시해라니요? 무슨 말씀을 그리하십니까? 누가 시해를 한다는 말입니까?"

"일본군이 그런 것 아닌가요?"

"아닙니다. 그렇지 않아도 이종용 선생님께서 생각하는 것처럼 생각하고 민중봉기가 일어나고 투쟁으로 이어지는 것이 두려워서 지금 총독부에서 대책 회의를 하고 있답니다."

"아니? 그럼 왜 돌아가십니까?"

"그건 나도 모르죠. 그리고 지금 우리는 고종의 죽음을 일본과 연관 지어 속단하고 있어서는 안 됩니다. 오히려 다른 사람들이 그렇게 생각을 해도 말려야지요. 우리가 추진하는 '대고려국'에 득 될 것이 없지 않습니까. 만일 일본이 고종을 돌아가시게 했다면, 유림이 가만히 있겠습니까? 유림이 '대고려국' 건국에 협조하겠냐는 겁니다. 일본이 그런 짓을 왜 합니까?"

"그건 겐요샤 입장에서 하는 말이지요. 군부는 다르지 않습니까? 군부는 '대고려국' 건국 자체를 반대하는 입장인 것은 물론이고, 고종 황제를 탐탁하게 여기지 않았던 것 역시 사실 아닙니까? 헤이그 밀사 사건으로 강제 퇴위시키고 나서도 황제 폐하를 덕수궁에 유배시키다시피 해놓고는 시해할 시기만 노리고 있던 것이 사실이잖습니까?"

"군부가 고종을 미워하고 못 마땅해한 것은 다 아는 사실이니 내가 뭐라고 말할 일은 아니지만, 그렇다고 시해까지는 너무 비약 아니오?"

"아닙니다. 절대 그냥 가실 분이 아닙니다. 대한제국의 이 백성들은 어찌하라고 팽개쳐버리고 가십니까? 그럴 분이 아닙니다. 혼자서 도피하실 그런 황제가 아니라는 말입니다."

이종용의 목소리는 점점 톤을 높여 가며 말이 느려지더니 종국에는 흐느낌으로 변했다. 스에나가는 자리를 지키기가 공연히 머쓱해져서 슬그머니 자리를 떴다. 고종황제의 승하 소식을 전하면서 그에 따른 '대고려국' 문제를 상의하려고 했지만 아무런 득도 없이 돌아가야만 했다.

이종용의 말대로 고종 황제께서 그냥 돌아가신 것이 아니라는 소문이 장안을 가득 덮었다. 스에나가가 나가고 난 후 한참 동안을 목놓아울다가 흐느끼기를 거듭하던 이종용이 정신을 추스르고 거리로 나서자 사람들은 이미 수군거리기 시작했다. 그리고 그날 밤, '왜놈들의 폭거로 승하하신 고종황제의 한을 풀어야 한다'는 제하에 승하에 대한 진실을 밝히며 무언가를 암시하는 글이 인쇄되어 경성 요소요소에 뿌려져 백성들이 진실을 알게 했다.

왜놈들의 폭거로 승하하신 고종황제의 한을 풀어야 한다.
오늘 새벽, 차를 마시고 싶다는 고종 황제의 찻잔에 독을 타 드리민 왜놈들의 하수인들은 가랑이를 찢어 죽이고, 대한의 국운을 기울게 하더니 드디어는 황제 독살의 행동대장이 되어버린 이완용은 능지처참해야 하며, 그를 수족처럼 부리며 지시한 황제 독살사건의 수뇌 하세가와 요시미치는 광화문에 매달아 생으로 말려 죽여야 한다. 그리고 일왕 요시히토를 붙잡아다가 대한문에 매달고 황제 폐하의 어진에 사죄케 해야 하건만, 그를 못 하니 백성 된 도리를 못 해 통탄할 일이로다. 대한의 백성들이여 오늘을 잊지 말고, 그날이 오면 우리의 도리를 다하자.

다음날 신문에 정식으로 승하 소식이 보도되었지만, 그건 말 그대로 보도일 뿐이고, 백성들은 이미 어젯밤에 경성 요소요소에서 선보인 인쇄물을 돌려 보고 있었다. 그리고 그 인쇄물을 통해서 분노하던 진실은, 고종 황제의 인산일인 3월 3일에 황제께서 마지막 가시는 길을 배웅하고자 만백성이 전국에서 한양으로 모여든다는 사실을 감안해서 3월 1일을 거사일로 잡았다. 그리고 한양에 온 이들은 한양에서, 오는 중이거나 오지 못한 이들은 각자가 머무는 그곳이 도시이든 산천초목 아래이든, 전 국토에서 노도 같은 만세가 되어 '대한독립 만세'를 외치는 투쟁으로 승화되었다. 마치 이종용의 울음이 결국에는 절규로 바뀌었던 것처럼, 3·1 독립 만세 투쟁이야말로 왜놈들은 상상도 못 할 투쟁이었다. 무기도 폭력도 없는 그 무서운 노도 같은 투쟁은 왜놈들의 머릿속에 대한 사람의 엄청난 힘을 보여줄 수 있었지만, 한편으로는 대한 사람과 무슨 일을 도모한다는 것은 주의하고 경계해야 한다는 마음도 키워주게 되었다.

"내가 뭐라고 했소? 만주에 한민족을 주축으로 나라를 세운다는 것이 얼마나 위험한 발상인지 이제야 알겠습니까?"

3·1 독립 만세 투쟁을 중무장한 군대를 동원해서 마치 전쟁 중에 적군을 토벌하듯이 사살하고 체포해서 죽이고 또 죽이고를 거듭한 하세가와 요시미치 총독이, 전 세계의 여론에 밀린 일본 정부로부터 그에 대한 문책을 받아 총독직을 내놓고 일본으로 떠나기 직전에 스에나가에게 한 말이다. 그러면서 그는 단순한 의견인지 아니면 그리해야 한다는 것인지는 모르겠지만, 자신이 하고 싶은 이야기를 이어서 했다.

"대한인들은 근성이 있어서 다루기 힘듭니다. 몇몇만 쥐어 잡으면 콱 손아귀에 들어오는 그런 민족이 아니더라는 말이오. 그래서 우리가 택한 것이 장쭤린 아니오? 그들은 당장 중국과 머리를 맞대고 있으니 긴박한 것도 그렇고, 또 자신들이 중국을 근 300여년이나 지배했는데 중국에 밀려나는 자체가 부끄러워 밀려나지 않기 위해서는 누군가의 도움이라도 받아야 하는 상황이니 무조건 튀어 나가려는 대한 사람들보다야 다루기 쉬운 것은 당연한 이치 아니겠소? 그러니 겐요샤 쪽도

택하려거든 만주족에서 택해 보시오. 어차피 만주에 나라를 세우는 목적 자체는 우리 대일본 제국의 위상을 높이려는 것이겠지만, 청나라 후손 중 그래도 이 사람이면 하는 정도의 사람을 내세워 나라를 세우는 것이 국제사회에서 보기에도 그럴듯하지 않겠소? 게다가 조금 전에도 말했다시피, 대한 사람들은 청나라 족속들과 비교하면 손아귀에 쥐고 놀기가 훨씬 힘듭니다. 아시다시피 대한의 역사가 얼마요? 청나라 역사와 비교가 되느냐 말이오? 우리 일본 역사의 네 곱절도 넘소. 나야 어차피 본국으로 돌아가면 이제 내리막길이지만 스에나가상은 그렇지 않고, 또 내가 조선 총독을 하면서 스에나가상이 부탁한 것을 들어주지 못한 것에 대한 미안함도 있고 해서, 깊이 마음속에 담아둘 일은 아니지만, 혹시 참고가 될 수도 있겠다 싶어서 그저 해본 말이외다."

하세가와는 그냥 해본 말이라고 했는데, 스에나가의 머릿속에서는 그 말이 떠나지를 않고 맴돌고 있었다.

3·1 독립 만세 투쟁 후 하세가와와 요시미치가 떠나고 사이토 마코토 총독이 부임하면서 일본은 대한제국을 문화정치로 통치하겠다고 했지만 그건 말뿐이었다. 굳이 바뀐 것이 있다면 육군 출신 하세가와가 떠나고 해군 출신 사이토가 왔다는 그 사실 뿐이었다. 양기탁과 정안립, 그리고 이종용에게는 총독이 바뀐 사실이 무엇보다 '대고려국' 건국에 어떤 영향을 끼칠 것인가 하는 문제가 가장 중요했다. 이미 고종황제께서 승하하셨으니 '대고려국'을 건국하게 된다면 의친왕 전하라도 망명을 서둘러야 하는 까닭이었다. 그런데 희한하게도 총독이 바뀌면서 일본에 다녀온다고 하며 떠난 스에나가로부터 연락이 없었다. 전에 같으면

벌써 돌아왔을 텐데, 설령 돌아오지 못할 사항이 있으면 어떤 방법으로라도 연락을 위했을 텐데 연락이 도통 없었다.

그렇게 석 달을 넘게 연락을 기다리던 중에 주사형이 찾아왔다.

"그럼 결국 스에나가는 이 일에서 손을 뗀다는 말입니까?"

주사형의 구구절절한 이야기를 듣던 정안립이 더 이상은 들을 필요도 없다는 듯이 물었다. 그렇지 않아도 국제적으로 힘을 빌려서라도 독립을 해보려고 온갖 어려움과 고초를 이겨내면서까지 파리강화회의에 '조선독립안'을 제출했으나 물거품이 된 직후인지라 신경이 곤두서 있는 정안립이었다.

"그게 딱히 그렇다기 보다는 일단은 한 걸음 물러서 보자는 겁니다."

주사형은 딱 잘라서 말할 수 없는 자신의 입장을 감안해서 들어 달라는 눈빛으로 말했다.

"왜 스에나가씨가 직접 와서 말하지 않고 주 선생님을 보냈나요?"

이종용의 질문에 주사형은 선뜻 대답을 못 했다.

"혹시 우리에게는 일단 한걸음 물러서자고 하고 다른 쪽에서 작업을 해보려는 것은 아닙니까? 지난 3·1 만세 투쟁도 있고 해서 입장이 곤란해졌다는 것은 충분히 이해합니다. 일본 입장에서는 하세가와 요시미치 총독이 주장했던 바와 같이, 우리 대한 사람들이 주축이 되어 만주에 '대고려국'을 건국하면 반도까지 밀고 들어올 수도 있다는 것을 이번에 느꼈을 수도 있으니까요. 하지만 그건 일본 군부와 정부에서 하는 말이고 겐요샤에서는 다른 측면에서 말해오지 않았습니까? 지금 와서 한걸음 물러서자는 것은 아예 접자는 말로 들립니다. 그런데 문제는 일본이 그렇게 쉽게 만주를 포기하지는 않을 것이라는 말입니다. 결국 우리 대한은 물론 중국마저 배제하고 무언가 다른 꿍꿍이를 벌여 만주에 작업을 하려는 거겠지요. 그동안 공들여 쌓아 놓은 '대고려국' 건국 계획을 응용해서 다른 나라 건국에 적용한다면 충분히 가능한 일이니까요."

이종용은 일본이 절대 만주를 포기하지 않을 것임을 누구보다 잘 알고 있었다. 그동안 스에나가와 '대고려국'에 관한 여러 가지 작업을 함께 하면서 그들이 얼마나 만주를 욕심내는지 굳이 말하지 않아도 그 욕심이 피부로 느껴질 정도였다.

"글쎄요. 그것까지는 나도 잘 모르겠지만 설마 그러기야 하겠습니까? 더더욱 우리 중국이나 대한을 제외하고 만주에 대한 작업을 누구와 하겠습니까?"

"중국보다야 만주족이 만주에 대한 작업을 위해서는 훨씬 좋겠지요."

이종용의 입에서 만주족이라는 말이 나오자 주사형은 화들짝 놀라는 표정이었다.

"그럼 겐요샤도 장쭤린과 손을 잡는다는 말입니까?"

"그건 나도 모르지요. 그 대상이 장쭤린이 될지 아니면 다른 누구일지는 모르겠지만, 그런 생각이 드네요."

이종용이 여기까지 말을 하자 이번에는 정안립의 눈이 반짝이기 시작했다. 그리고 정말 화가 난 사람처럼 단호하게 말했다.

"주 선생님에게는 미안한 말이지만, 스에나가씨가 직접 와서 상황설명을 하지 않는 한 우리 입장에서는 다른 작업을 한다고 생각할 수밖에 없습니다. 그리고 결론도 안날 이런 이야기는 더 이상 하고 싶지도 않습니다."

주사형 역시 결론도 안 날 이야기라는 것도 잘 알고 있을 뿐만 아니라, 이종용이 스에나가가 만주족과 무슨 일을 꾸밀 수 있다고 한 말이 자꾸 귀에 거슬렸다. 그렇지 않아도 장쭤린에게 만주가 넘어가는 것을 막기 위해서 '대고려국' 건국을 계획한 것인데, 그동안 계획한 것을 응용해서 만주족과 다른 나라를 건국한다면 그거야 말로 정말 큰 일이다. 겨우 청나라에서 벗어났는데 또 다른 만주의 나라와 신경을 곤두세울 생각을 하니 벌써 오금이 저려오는 것 같았다. 게다가 정안립의 목소리나 표정을 보면 당장이라도 폭발할 것 같으니 일단 이 자리를 피하는 것이 급선무라는 생각이 들었다.

"알겠습니다. 솔직히 저 역시 그런 생각입니다. 제가 이런 뜻을 전달하고 곧 우리 세 나라가 다시 만나는 자리를 갖도록 주선해 보겠습니다."

주사형은 자리에서 일어서면서 세 나라 운운했지만, 이미 강 건너간 배라는 것을 잘 알기에 굳이 긴 말을 하지 않고 자리를 털었다.

"이 동지 말이 맞아. 겐요샤놈들은 만주족과 손잡는 것을 생각하고 있을 거야. 그렇다면 우리가 먼저 선수를 쳐야 해."

주사형 배웅을 마치고 다시 방으로 들어서자마자 정안립은 이종용에게 하는 말이면서도 혼자 말 하듯이 계속 이어갔다.

"스에나가 그놈은 분명히 만주족 중에서도 청나라 고위 관료 중 몇 놈을 골라 포진할 수도 있어. 힘든 구상일지는 모르지만, 그래야 군부가 데리고 있는 장쭤린을 능가할 수 있다고 생각하겠지. 그렇다면 우리는 과거가 아니라 현실에 충실해 보자고."

이종용은 정안립이 장쭤린과의 연합을 생각하고 있는 것임을 단박에 알아차릴 수 있었다. 그리고 그런 이야기들을 상의하기 위해서 주사형을 내쫓듯이 보낸 것 역시 충분히 알고 있었다.

"그럼 장쭤린과 만나시게요?"

"만주에 새로운 나라를 건국하기 위해서 필요하다면, 장쭤린이 아니라 장쭤린보다 더한 사람이라도 만나야지. 왜놈들이 과거의 청나라를 이용해서 모사를 꾸미기 전에 우리가 현재의 만주족을 이용해서 뜻을 이룰 수 있다면 당연히 해야지. 당장이라도 만나야겠지만 먼저 양기탁 선생님을 만나서 지혜를 구하고 만나는 것도 늦지 않을 것이니, 내일 아침에 양 선생님을 찾아뵙자고."

정안립은 작년에 천진에서 왜놈들에게 체포되어 지금은 서울을 떠나지 못하는 거주지 제한 생활을 하며, 고충을 감내하고 있는 양기탁을 만나서 구체적인 방안을 수립하자고 제안했다.

"왜놈들이 단단히 혼쭐이 난 것은 사실이지만, 꼭 그래서만도 아닐 것이오. 원래 그런 놈들 아니오? 아무리 단단히 약속했다 해도, 크게 득될 것이 없거나 더 나은 먹거리가 있다고 판단하는 순간 손바닥 뒤집듯이 뒤집어 버리고는 내가 언제 그랬냐는 게 그놈들의 습성 아니오? '대고려국'이라는 오페라의 서곡을 멋지게 연주해 놓고는 장벽이 생기자 멈칫거리다가 장벽으로 인해서 문제가 생기자 해결할 생각은 하지 않고 미련 없이 돌아서 버리는 그런 모습이야 왜놈들에게는 비일비재한 일 아니오?"

양기탁은 스에나가의 말을 전해 듣고도 전혀 놀라지 않았다. 오히려 당연하게 받아들이는 것 같았다. 하지만 그 마음을 정안립은 물론 이종용도 들여다보고 있었다. 그 말을 듣는 순간 속은 시커멓게 타들어 가고 있을 것이다. 고종황제를 망명하시게 해서 어떻게든 한민족이 주체가 되는 나라를 건국해 보려고 얼마나 노력했는를 그 자리에 있는 사람 모두가 잘 알고 있다. 한일병탄 당시 한양 한복판에 뿌려져 전파되던 유인물 하며, 한일병탄이 되자마자 1911년 1월 보안법 위반 혐의로 구속되어 징역 2년 형을 언도 받고 복역 중 105인 사건으로 징역 6년이 추가된 분이다. 비록 중간에 감형되어 석방되기는 했다지만, 그야말로 조국을 위해 모든 것을 바친 사람이라는 표현이 딱 어울리는 사람이다. 그런 그에게 '대고려국'은 모든 것이었을 수도 있다. 그런데도 불구하고 정안립이 스에나가에 대한 이야기를 하면서 장쥐린과 협상을 해보겠다고 말하자, 이야기를 듣는 동안 의연했던 것처럼 태연하게 말을 이어갔다.

"그래서 장쥐린과 합의를 해보겠다, 그 말씀이오?"

"예. 분명 왜놈들도 만주족의 누군가를 찾는다면 과거 청나라의 고위 관료들일 텐데, 그보다는 지금 권좌에 앉아 있는 장쥐린이 낫지 않겠습니까? 만일 일본 군부가 끝까지 장쥐린과 같이 간다고 할지라도, 장쥐린 입장에서는 일본에 얹혀 마음조이며 꼭두각시 노릇을 하니 차라리 우리 대한 사람들과 같이 가는 것이 낫다고 생각할 수도 있지 않을까 하는 바람입니다만."

"글쎄올시다. 내 생각으로는 왜놈들이 내세울 사람은 푸이 같은데요? 물론 지금은 장쥐린이 자리를 차지하고 있으니 끝까지 갈 수도 있겠지만, 왜놈들이 언제 그렇게 하는 것 봤습니까? 여차하는 순간에 자신들의 이익을 위해서 바꿔 치겠지요."

"푸이라니요?"

"청나라 마지막 황제 말이오."

"아! 그렇지요. 청나라 마지막 황제가 아이신교로푸이(愛新覺羅溥儀)지요. 우리말로 하면 애신각라부의라고 해서 신라(新羅)를 사랑하고 신라를 생각한다는 의미의 애신각라라는 성을 누르하치가 직접 만들어 자신들의 가문에 사용한 것이라고 알고 있습니다. 그런데 왜 고위층 인사도 아니고 황제였던 푸이라고 생각하십니까?"

"그래야 명분이 서거든요. 아무리 왜놈들이 막무가내로 막가는 놈들이라지만 국제적으로는 일정부분 명분을 세워야 나중에라도 할 말이 생길 것 아닙니까? 왜놈들이 그런 면에서는 아주 주도면밀하지 않습니까. 우리 한민족이야 할 말이 많지만, 이유 여하를 막론하고 만주의 마지막 제국이 청나라였으니 만주의 마지막 제국의 마지막 황제가 그 땅의 왕으로 들어서겠다는데, 비록 왜놈들이 빤히 속 보이는 짓을 하는 거라고 해도 이의를 제기하고 나서기는 쉽지 않은 일이지요. 거기다가 이미 1909년에 왜놈들이 청나라와 대한제국의 국경을 압록강과 두만강으로 못 박는 간도협약까지 체결해놓았으니 누가 뭐라고 할 겁니까? 우리 대한제국 입장에서야 땅을 치고 통곡을 할 일이지만, 왜놈들에게 병탄당한 지금 이 시점에서 그게 무슨 의미가 있겠습니까? 청나라가 자신들이 지배하던 중국에서는 물러 나왔지만, 자신들의 영토였던 만주에 새로운 나라를 세운 것으로 합리화 시키자면 당연히 청나라 마지막 황제인 선통제(宣統帝) 푸이가 왕이 되어야 하는 것 아니겠습니까? 더욱 일본 전체의 입장이 아니라 당장 겐요샤와 군부의 이권 측면에서 볼지라도, 겐요샤가 장쭤린을 키워온 군부에 맞서서 만주의 이권을 차지하기 위해서는 누구라도 인정할 수 있는 인물을 내세우지 않고는 기존의 장쭤린에게 밀리겠죠. 그런 면에서 볼 때 푸이 이상의 인물은 없다는 거죠."

이종용은 물론이고 정안립도 양기탁의 정세 분석에 다만 혀를 내두를 뿐이었다.

"선생님께서는 어찌 그리 많은 것들을 파악해 두셨습니까? 마치 오늘 같은 날이 올 것을 예견이라도 하신 분 같습니다."

이종용은 양기탁의 칼날 같은 분석에 자신도 모르는 감탄사가 나왔다.

"그거야 동지들이 만주에서 찬바람 맞으며 고생할 때, 따뜻한 아랫목에 앉아 할 일이 없으니까 이 생각 저 생각 하던 와중에 우연히 생각난 것일 뿐이지 별거 아니네. 어쨌든 이 동지는 당분간은 일단 정 동지를 도와서 장쭤린과의 협상에 총력을 다해 보게. 그렇지 않아도 상해에 임시정부를 만든다고 할 때 이 동지를 추천해서 '대고려국' 문제가 어느 정도 결말이 나고 난 후에 합류하게 하려다가, 당장 내년에 동아일보를 창간하기로 얘기하던 중이라 나 역시 이 동지의 도움이 필요할 것 같아서 보류해 두었는데 보류하기를 잘했구먼. '대고려국' 건국을 위해서 주사형이나 스에나가와 함께 해결해야 할 실무를 담당한 것이 이 동지이니, 구체적이고 실무적인 내용을 누구보다 속속들이 잘 알고 있지 않나? 장쭤린과의 협상에서는 가장 필요한 사람이지. 부디 이 동지 덕분에라도 장쭤린이 우리와 함께 손잡고 가면 좋으련만, 일본 눈치 보고 어쩌고 하느라고 만만하지는 않을 거야. 정 동지도 그 점은 꼭 염두에 두어야 할거외다. 하지만 누가 압니까? 장쭤린이 정 동지와 동갑내기다 보니 의외로 말이 잘 통할 수도 있을지?"

"장쭤린이 저랑 동갑이라고요?"

"그렇소. 왜? 정말 몰랐던 거요?"

"선생님 정보력은 정말 뛰어나십니다."

"내가 말했잖소. 할 일 없이 있다 보니 알게 되는 것들이라고. 아무튼 인간은 공통점을 묶어가다 보면 친해지게 되는 것은 동서고금을 막론하고 통하는 진리랍니다. 하잘것없어 보이는 것이라도 제때 적기에만 사용할 수 있으면 그 역시 무기가 되는 것이니, 많이 알아두어 손해 볼 것은 없지 않겠습니까? 부디 성공하기를 축원할 뿐입니다. 내 비록 반도에서도 서울에 묶인 처지라지만, 하시라도 힘이 될 일이 있으면 뛰어갈 준비를 하고 있을 겁니다."

양기탁은 자신이 일경의 구금에 묶여 만주까지 동행할 수 없는 답답함을 얼굴 가득 드러내며, 자신이 다시 체포되는 것은 두렵지 않으니 필요하면 기별하라고 했다.

정안립과 이종용은 양기탁과 겨우 이틀을 지내며 많은 것을 상의하느라고 피곤만 더 쌓였지만 그런 것에는 아랑곳하지 않고 곧바로 만주 봉천성을 향했다. 장쭤린을 만나서 말을 해봐야 가부간에 결정이 날 것이고, 그 결정을 토대로 해야 나름대로 옳은 전략을 세울 수 있다는 판단이었다.

"저를 만나러 오셨다구요? 그런데 이야기를 듣자 하니, 만주에 대한 문제로 일본의 겐요샤와 중국 남방 군벌과 계획을 하고, 진행했었나 본데 잘 안됐다는 것 같던데요."

두 사람을 처음 만나는 자리인데도 장쭤린은 아주 당당했다. 듣던 대로 거칠 것이 없는 사람으로 좋게 말하면 당당했고, 나쁘게 말하자면 건방지기 한이 없는 것이 그대로 드러나고 있었다. 말의 내용은 당연히 사실이니, 군인이라는 직업상이나 혹은 성격상 돌려서 말하지 않고 직설적으로 말하는 것을 나쁘다고 할 수 없다. 하지만 그 말을 하는 투가 당신들은 이미 실패한 계획을 들고 나를 찾아온 것 아니냐는 말투로 한 수 접고 있는 투였다.

"그렇다고 할 수도 있습니다. 그러나 안내하는 분에게는 저희가 찾아온 이유를 일일이 자세하게 말씀을 드릴 수 없어서 오해가 생긴 부분도 있을 겁니다. 분명하게 말씀드릴 것은, 만주에 새로운 나라를 건국하기로 한 계획의 진행에 관한 가부는 아직 판가름 나지 않았다고 말씀드리는 것이 옳을 겁니다."

이종용은 장쭤린의 태도가 영 못마땅했지만 그렇다고 일을 그르칠 수 없기에, 최대한의 예를 갖춰가며 상황을 설명했다.

"그래요? 그렇다면 왜 결과를 기다리지 않고 나를 찾아온거요?"

장쭤린은 이종용의 설명을 듣자마자, 설명을 들어 봤자 뻔하다는 투로 다시 말을 받았다.

"겐요샤쪽에서 망설이는 이유가 계획에 허점이 있다거나 득실 면에서 손해를 볼 것 같아서가 아니라는 겁니다. 그들은 우리와 같이 수립했던 계획이 일본에 커다란 이익을 가져다줄 것임은 의심의 여지가 없을 뿐만 아니라 겐요샤 자신들이 군부를 따돌리고 만주의 이권을 독식할 절호의 기회임을 모르는 것이 아니었습니다. 다만, 지난 3월 1일 대한제국의 고종황제 인산일을 위해서 상경한 백성들은 물론 미처 상경하지 못하고 자기 고장에서 인산일을 준비하던 백성까지, 노도처럼 일어나는 만세 투쟁을 본 일본이 그만 질린 겁니다. 대한 사람들이 만주에

나라를 건국했다가는 만주와 반도가 하나가 되어 일본이 설 자리가 없다는 것을 깨달은 겁니다. 또한 겐요샤는 그런 사정을 감안할 때, 대한 사람과 함께 만주에 나라를 세웠다가 잘못되는 날에는 책임질 자신이 없는 거죠."

"그게 결국 실패한 것 아니요?"

"아닙니다. 실패가 아니라 더 큰 진행을 시작하는 겁니다."

"더 큰 진행이라면? 일본 겐요샤가 남방 군벌과 둘이서만 손잡고 만주에 나라를 세운다는 거요?"

"그건 더더욱 아닙니다. 남방 군벌은 대원수님께서 청나라의 대를 이어 자신들을 위협할까 봐 우리 대한 사람들과 일본과 손을 잡게 하는 가교 역할을 했던 것일 뿐인데 그럴 리가 있겠습니까?"

"그렇다면 도대체 뭐요? 내가 그 내용을 알아야 무슨 결단을 내릴 것 아니요."

이종용은 장쭤린이 대원수라는 칭호를 원하고 있고 언젠가는 반드시 취임할 것이라는 정보를 전해준 양기탁의 말이 생각나서, 대원수라는 칭호를 써가며 남방 군벌의 속내까지 진지하게 이야기하자 장쭤린은 나름대로 무언가 있겠다 싶었는지 진지해지며 대답을 독촉하기 시작했다.

"대원수님께서는 일본 군부를 얼마나 믿습니까? 왜놈들이라는 것이 원래 손바닥 뒤집는 것보다 신의를 저버리는 것을 쉽게 생각하는 족속들이라는 것은 아시리라 믿습니다만…."

이종용이 장쭤린의 반응을 보기 위해서 말끝을 흐리자 장쭤린은 대뜸 반응했다.

"그런 빤하고 자질구레한 것은 질문하지 말고 이야기나 계속하시오."

장쭤린은 대답하기 곤란한 질문을 피해가면서도 자신의 속내를 드러내고 있었다. 빤하고 자질구레하다는 그 말은 당연한 질문하지 말라는 말과 다름이 없는 것이다. 나도 당신처럼 생각하는데, 그래서 어떻게 진행이 되어갈 것이냐는 바로 그 문제가 정말 듣고 싶은 것이라고 하면서 대답을 독촉하고 있었다.

"겐요샤놈들은 나름대로 명분을 찾겠지요. 대원수님 이상의 사람을 내세워 국제적으로는 물론 군부에서도 반대할 수 없는 명분을 내세우는 겁니다."

"아니, 그럼 이 장쭤린을 팽하고 새로운 인물을 내세운다? 그게 누구요? 누가 이 장쭤린을 밀어낸다는 말이오?"

"아이신교로푸이 선통제입니다."

"선통제?"

"예. 모름지기 선통제를 내세워 만주에 청나라 후속 국가를 건국함으로써 국제적인 문제까지 모조리 덮어버리려고 하겠지요."

"선통제는 지금 중국 남방 군벌들이 자금성에 묶어두고 있지 않소이까?"

"지금이야 그렇지요. 하지만 일본이 필요로 한다면, 일본 공사관으로라도 망명하게 한 후 일본인이 거주하는 조계지를 거쳐 만주로 오는 거야 식은 죽 먹기라고 생각하지 않으십니까? 지금 중국이 일본의 말을 거역할 수 있다고 생각하십니까? 더더욱 남방 군벌이나 중화민국은 겐요샤의 적극적인 지원으로 신해혁명의 성공을 거뒀는데 말입니다."

"그럼 일본 군부가 가만히 있지 않을 것 아니오?"

"일본 군부라고 일왕이 결정하는 사항에 반기를 들 수 있겠습니까? 일왕은 선통제를 내세우는 것이 나름대로 모양새를 갖춰 국제적으로 승인을 받기도 쉬울 뿐만 아니라, 여러 가지를 고려해 보아도 대원수님과 손잡는 것보다는 낫겠다고 생각하지 않겠습니까? 만주의 간도 지역을 청나라에 넘긴다는 조약을 체결한 것을 두고두고 후회하는 일본으로서는, 합법적으로 만주 전체를 지배하기 위해서는 그 방법이 최선이라고 판단할 겁니다. 역사적으로 만주를 지배해온 대한제국의 후손들과 나라를 세우는 것은 명분이 있다고 생각해서 실행하려고 했지만, 대한의 백성들을 만만하게 다룰 수 없다는 것을 알고 최후의 보루로 청나라를 생각해낸 겁니다. 두고 보십시오. 제 말이 틀리는지 맞는지."

선통제의 선택이 당신보다 낫다는 말까지 비춰 은근히 장쭤린의 자존심을 건드려 경쟁심에 불까지 붙이며 자극한 것이 금방 효과를 내는 것 같았다.

"그럼 어떻게 하자는 거요?"

"선수를 치는 겁니다. 왜놈들은 물론 남방 군벌도 꿈조차 꾸지 못하도록 선수를 치는 겁니다. 현존하는 청나라 후손 최고의 장군과 역사적으로 만주가 생존 터전이었던 대한제국의 후손들이 하나가 되어 만주에 독립국을 건설하는 겁니다. 솔직히 만주족과 우리 한민족이 같은 뿌리에서 갈라진 것은 역사가 증명하고 있지 않습니까? 그러니 누가 뭐라고 이의를 제기하겠습니까?"

"일본이 가만히 있겠어요?"

"당연히 가만히 있지는 않겠지요. 하지만 당장 어쩌지는 못할 겁니다. 물론 그동안 우리도 대원수님을 중심으로 대책을 마련해 맞서 싸울 준비를 해야겠지요."

"그렇다면 급한 김에 한 가지만 여쭤봅시다. 구체적으로 어떤 나라를 만들겠다는 거요."

"입헌군주제입니다. 만주에 나라를 세우면, 특히 간도를 중심으로 하는 남만주 지역은 대한의 백성들이 주가 될 것이니, 국왕은 대한의 의친왕 전하를 모셔오고 실질적인 정치는 대원수님을 비롯한 조정 각료들이 하는 겁니다. 서양에서 많이 쓰는 방법입니다."

"그래요? 그렇다면 깊이 생각해 볼 필요가 있겠어요."

대한의 백성들을 고려해서 의친왕을 모셔오지만, 실질적인 권한은 자신이 갖고 만주에 나라를 세운다고 하자 장쭤린은 확실히 구미가 당기고 있었다.

"좋습니다. 그런데, 비록 미리 약속을 잡았다고는 하지만 오늘은 갑작스런 만남인 데다가 시간도 많이 지났고 또 나도 생각을 해 보아야 할 뿐만 아니라, 설령 어떤 결정을 내린다 해도 나 혼자 결정할 문제도 아닙니다. 참모들과 상의해서 좋은 방향으로 결정해야겠습니다. 미처 내가 보지 못한 것을 참모들이 볼 수도 있으니까요. 그러니 다음에 시간을 한 번 더 내주시죠. 그때는 간단하게 요기라도 하면서 이야기를 계속해 봅시다."

장쭤린은 다음번 약속에는 같이 식사까지 하면서 이야기를 계속하자고 제의를 했다. 정안립과 이종용은 망설일 까닭이 없었다. 마음 같아서는 오늘 이 자리에서 확답을 듣고 싶었지만 그건 희망일 뿐이다. 장쭤린의 말대로 참모들의 의견을 들을지도 모르지만, 결정은 장쭤린 혼자서 하는 한이 있더라도 적어도 참모들을 회유할 시간은 주어야 한다.

만일의 사태에 일본군과 무슨 일이 벌어진다고 해도 같이 싸워줄 것은 참모들이다. 게다가 오늘 이 자리에서 결정한다고 해도 다음번에 만나 번복을 하면 아무 가치도 없는 일이니 차라리 먼저 시간을 갖고 결정을 하는 것이 낫다는 생각도 들었다.

장쭤린과 다시 만나기로 한 3일 뒤 점심 무렵, 장쭤린을 찾아간 두 사람이 안내된 곳은 넓은 홀이었다. 순간 장쭤린이 참모들의 의견 운운 했던 기억이 나서, 그의 참모들과 함께 식사하며 의견교환을 하는 것 아닌가 하는 생각이 들었다. 그런데 막상 안내된 식탁 앞에는 세 사람이 식사하도록 차려져 있었다. 넓은 홀에 식탁을 차려서 두 사람을 귀빈으로 대접하고 싶어 하는 장쭤린의 마음을 전하고 싶었던 것이다.

장쭤린이 들어와 식탁에 함께 자리하면서 식사를 시작했다.

"우리 정치 이야기는 식사를 마치고 합시다. 식사 중에 그런 이야기를 하면 음식이 제맛을 잃을까 봐 그럽니다."

순간 두 사람은 무언가 일이 꼬이고 있다는 느낌을 받았다. 만일 일이 잘 풀렸으면 장쭤린 자신이 먼저 그 이야기를 시작했을 것이다. 비록 지금이 두 번째 만남이지만, 그동안 입수한 정보를 바탕으로 지난번의 만남에서 파악했던 장쭤린의 숨기지 못하고 드러나는 성격에 의하면 본론을 꺼내고도 남았을 것이라는 게 두 사람의 공통된 생각이었다. 그런데 식사를 마치고 이야기를 하자고 하면서 음식이 제맛을 잃는다는 것은 별로 좋은 이야기가 아니라는 것과 다를 바가 없었다.

세 사람은 별 이야기 없이 식사를 마쳤다. 그리고 후식으로 차가 나오면서 장쭤린이 손짓을 하자 부하 두 사람이 각각 가방 하나씩을 들고 다가왔다. 똑같은 가방으로 두 사람이 든 모습이 꽤 무게가 나가는지, 제법 무거워 보였다. 장쭤린은 가운데 앉고 그의 양 측면에 한 사람씩 앉은 테이블 구조에 따라 한 사람은 정안립 옆에, 한 사람은 이종용 옆에 각각 가방 하나씩을 놓고 돌아갔다.

"그냥 솔직히 말씀드리겠습니다. 참모들과 허심탄회하게 상의해 봤는데, 그게 좀 어렵겠다는 겁니다."

이미 무슨 소리인지 다 알아들었다. 하지만 이건 장쭤린답지 않은 행동이었다. 말은 솔직히 한다고 했지만, 한꺼번에 확 터놓고 말을 못 하고 머뭇거리고 있었다. 지난번 만남 이후로도 장쭤린에 대해서 아는 사람들에게 많은 이야기를 듣고, 자신들이 지난번에 만났던 장쭤린을 분석해서 나름대로 그의 성격에 대해 다시 한번 판단했지만, 지금 저 태도는 분명히 무언가 두려워함에서 나오는 행동이라는 생각이 들었다.

"아무리 생각하셔도 일본이 두려우십니까? 아니면 절대로 일본이 먼저 배신할 것이라는 생각을 안 하시는 겁니까?"

이종용은 지난번에 그랬던 것처럼 장쭤린의 자존심을 자극해서라도 대답을 듣고, 그에 대해 대책을 이야기하고 협의함으로써 이 일이 성사되는 방향으로 끌어가고 싶었다.

"솔직히 지난번에 입헌군주제라고 했을 때 그게 뭔지 잘 몰랐습니다. 그래서 참모들을 통해 들어보니, 지금의 현실에서 우리들이 택할 수만 있다면 꽤 바람직한 통치제도더군요. 그리고 대한의 백성들이 다수 참여할 것이니 의친왕 전하를 모시고 입헌군주제로 국체를 정해서, 나 장쭤린이 내각을 구성해 정치를 한다는 데에는 나도 대찬성입니다. 반대할 이유가 전혀 없어요. 하지만 지금 우리 형편에는 그런 조건보다 중요한 것이 새로운 나라의 건국 여부인데, 이 시점에서 새로운 나라를 건국한다는 것은 남방 군벌과 각만 세우게 될 뿐 현실성이 부족하다는 것이 참모들의 의견이었습니다. 두 분 앞이니 내가 자존심도 집어던지고 이야기하자면 한편에서는 일본이, 또 다른 편에서는 남방 군벌이 가해오는 도발을 감당하기 힘들 것이라는 의견이 참모들 대다수의 의견이었습니다. 솔직히 나 역시 그렇다고 판단이 들고요."

그 이야기를 하는 장쭤린의 얼굴에는 그동안 살아온 자신이 겨우 이 정도밖에 안 되나 하는 자책에서 오는 회한마저 비추고 있었다.

"그건 일을 시작도 안 해보고 포기한다는 말씀 아닙니까?"

"군이 말하자면 그런 셈이지요. 하지만 이번 일은 해보고 안 해보고의 문제가 아니라 생사가 걸린 문제입니다. 그것도 나와 내 가족들이 죽고 사는 문제만이 아니고, 참모들과 그 가족은 물론 나를 따르는 만주족들 모두의 생과 사가 담보되는 문제죠. 섣부르게 결정할 수도 없고 섣부르게 포기할 수도 없는 문제로 그 확률이 반반만 되어도 어찌해보겠습니다만, 남방 군벌들이 겐요샤를 통해서 일본을 등에 업고 들어오는데 반대편에서는 일본 군부가 우리를 향해 들어온다면, 결국 일본에 의해 완전히 포위당하는 꼴이 될 것이기에 승률은 거의 없다고 보는 편이 옳겠지요. 그런 연유로 시작도 못 해보고 주저앉는 꼴이 된 겁니다. 부끄럽지만 현실입니다. 대신 내가 나 장쭤린의 이름으로 약속 하나 하지요. 우리 힘이 더 커져서 일본 군부나 남방 군벌이라는 양측의 위협으로부터 하나라도 벗어날 수 있다면, 그때 두 분 선생님과 양기탁 선생님을 꼭 초빙해서 같이 새로운 나라를 건국하자는 꿈을 이루겠습니다. 특히 정 선생님께서는 저와 갑장이시던데, 지금 당장은 아니더라도 언젠가는 우리 둘이 충분히 무언가 이룰 수 있겠지요? 부디 오늘은 그 정도로 이해해 주시기 바랍니다."

두 사람은 지금 전혀 장쮀린답지 않은 장쮀린을 만나고 있다는 생각이 들어 아무런 말을 못 하고 있었다. 그러자 장쮀린이 다시 입을 열었다.

"두 분께 드린 가방 안에는 약소하나마 금괴가 들어 있습니다. 먼 길 오신 두 분께 특별히 드릴 것도 없고 해서 작은 성의로나마 여비에 보태시라고 준비해 본 겁니다. 부족하더라도 그냥 받아 주시면 고맙겠습니다. 저는 또 참모들과 다음 일이 있어서 이만 일어서 봐야겠습니다. 부디 살펴서 돌아가시고 반드시 다시 만날 날을 고대하며 기약하겠습니다."

장쮀린이 자리에서 일어나는 것을 보면서도 두 사람은 할 말을 잃고 다만 같이 자리에서 일어나 인사를 나눌 뿐이었다.

11
731부대

거기까지 이야기를 마친 이종용은 이종산을 쳐다보면서 이야기를 마무리하기 시작했다.

"그동안 제가 걸어온 길과 제가 알고 있는 '대고려국'에 관한 인물이나 여러 가지 사항과 그 밖의 인물이나 사건에 대한 기억은 지금까지 말씀드린 바와 같습니다. 그런데 '대고려국'에 대한 모든 내용을 알고 있는 스에나가 미사오가 대정일일신문에 이미 물 건너간 건국 계획에 관한 기사를 실은 겁니다. '대고려' 건국 계획에 대한 일본과의 공조는 1919년의 3·1 만세 투쟁과 함께 단절되어 끝났다고 보는 것이 옳으니 무려 2년이나 지난 시점에서 연재한 거죠. 물론 일부 내용을 왜놈들에게 유리하게 왜곡한 부분도 문제지만, 그보다 더 중요한 것은 실패한 내용의 기사를 왜 연재했느냐는 것입니다. 그 이유는 어제 정안립 어르신께서 말씀드린 그대로, 일본이 만주에 새로운 나라를 건국함으로써 만주를 지배해야 한다는 주장을 수면 위로 드러낸 것으로 봐야겠지요.

'대고려국'의 건국 계획은 대한제국이나 중국이나 일본에서 다수가 알고 있던 사항이 아니라 소수가 추진하던 사업이었으니, 그걸 백성들에게 알려 대중화 시키겠다는 겁니다. 왜놈들에게 일종의 각성제를 주입해서 만주를 반드시 지배해야 한다는 인식을 고취 시키겠다는 겁니다. 그것도 겐요샤가 주축이 되어 나가겠다는 의지의 표현까지 곁들인 겁니다. 스에나가가 연재한 기사가 군부에 대한 견제를 겸하고 있다는 것은 알만한 왜놈들은 아마 다 알 겁니다. 한 가지 더 보충해서 말씀드리자면, 형님께서도 지금까지의 이야기를 통해서 이미 아셨겠지만, 일본 군부와 겐요샤가 벌이고 있는 만주 문제에 대한 힘겨루기입니다. 지금은 군부가 깊숙이 관여하여 온갖 이권을 독점하고 있지만 겐요샤가 그 이권을 빼앗기 위해서 스에나가는 신문을 통한 여론몰이 작업을 하고, 겐요샤는 직할대인 흑룡회를 대대적으로 투입해가면서까지 노력하고 있다는 겁니다. 정안립 선생님께서는 군부와 겐요샤 사이의 불협화음에서 벌어지는 틈을 이용해서, 어떻게든 만주에 우리 한민족의 기틀을 다져놓고 싶어 하시는 겁니다."

"그래. 얼마나 어려운 환경에서 정 선생님과 아우가 일하는 건지 이제나마 어렴풋이라도 알 것 같아. 좌우간 내가 오늘 밤 정 선생님께서 충분히 말씀하실 기회를 가질 수 있는 자리를 만들 테니 잘 되었으면 좋겠네."

그때 인기척과 함께 정안립이 들어섰다. 이종산은 얼른 자리에서 일어나 예를 갖추자 정안립은 손으로 이종산이 앉았던 자리를 가리키며 앉을 것을 권하고 거의 동시에 두 사람이 앉았다.

"동생으로부터 말씀 들었습니다. 오늘 밤 제가 사람들을 모아 선생님의 뜻을 전하실 기회를 만들어 보겠습니다. 부디 좋은 결과가 있으면 좋겠습니다."

"고맙습니다. 하지만 도와주시는 것에 비해서 결과가 미약하더라도 미안해 하지 않으셔야 합니다. 어차피 시간이 필요한 작업입니다. 저 자신이 그런 각오로 시작한 일이니까요. 설령 이곳에서 반응이 좋다고 하더라도 또 다른 곳에서는 어떨지 모르거든요. 아무튼 저 나름대로도 열심히 노력할 테니 많이 도와주십시오. 만주 전체에서 동포들의 반응이 좋아서 함께 일어날 수 있도록 뭉쳐만 준다면 얼마든지 원대한 꿈을 현실로 만들 수 있을 것입니다. 이곳이 바로 그 시작점이 되어 만주를 달구는 계기가 되기를 저 역시 간절히 바랍니다."

분명히 정안립도 장쭤린을 염두에 두고 하는 말이었다. 힘을 키워 한쪽의 위협에서 만이라도 벗어날 수만 있어도 무언가를 도모해 보고 싶으니 그때 함께 가자던 그 말이 정안립은 물론 이종용에게서도 떠나지를 못하고 있었다.

그날 이후 정안립은 이종용과 함께 간도 전역을 돌 각오를 하고 일을 시작했다. 물론 이종산이 사전에 연락을 넣어 몇 군데 자리를 마련해 주었고, 그곳에서는 또 다른 곳을 소개해 주는 식으로 정안립을 도와주고 있었기에 가능한 일이었다.

정안립이 구상하고 있는 일은 수전공사(水田公司)를 만드는 일이었다. 만주 중에서도 특히 간도를 중심으로 경작할 수 있는 땅을 논으로 만들어 농민들의 수입을 극대화 하도록 만드는 회사를 설립하겠다는 야심찬 사업이다.

"논을 만들어 쌀을 생산하기 위해서는 무엇보다 물을 끌어들이는 것이 관건입니다. 밭에 물만 충족하게 댈 수 있다면 논이 되는 거 아닙니까? 수로를 만드는 사업을 적극적으로 벌여서 가능한 곳은 모두 논으로 만들겠다는 거니, 필요한 자금만 확보된다면 어려운 사업이 아닙니다. 실제로 사업 자체는 간단한 겁니다. 다만 경작할 수 있는 땅이라고 모두 논으로 만들 수 있는 것은 아닙니다. 여러분들도 아시다시피 어느 한계가 있는 것이고 무리를 해서라도 논으로 만들겠다면, 날씨에 따라 가뭄 피해를 볼 수도 있다는 것을 각오해야 하는 위험부담이 따를 것입니다."

자신이 소유하고 있는 경작지를 물 걱정 없는 논으로 만들면 수익성이 좋아지니 농민들은 당연히 좋아했다. 그리고 적극적으로 동참하기를 희망했다. 간도의 대다수 가구가 농업에 종사한다는 점에서 얼마든지 성공할 수 있는 사업처럼 보였다. 그리고 그 사업을 통해서 간도의 백성들을 하나로 만들 수 있는 기회를 잡을 수 있다는 희망도 보였다. 그러나 사업의 주체가 대한 사람 정안립이고, 그 사업에 참여하는 이들이 모두 대한 사람이며 자본 역시 대한 사람들의 자본으로 일이 진행되니 그로부터 발생하는 수익이 모조리 대한 사람들의 몫이 된다는 점을 들어서 중국인들이 대거 반발하고 나섰다.

"분명한 것은 이곳 간도에 조선인들만 사는 것도 아니고, 조선인들만 땅덩어리를 가지고 있는 것도 아닌데 왜 조선인들이 토지를 논으로 만들겠다고 나서냐 말이야. 그럼 우리 중국인들의 토지는 그냥 놔두고 자기네들 토지만 논으로 만들겠다는 건가? 우리 중국인들의 토지는 건너뛰고?"

만주에, 그것도 간도에 진짜 한족 중국인은 있어 봐야 얼마 되지도 않는다. 하지만 시국이 시국인 만큼 청나라 후손들은 물론 한민족을 제외한 민족 중에서 일본인이라고 하지 않는 이들은 모두 자신들을 중국인이라고 칭하며 동조하고 나섰다. 정안립은 미처 그 점을 생각하지 못한 것에 대해 아차 하는 생각이 들었다. 처음에 엄청난 풍년을 맞이하라는 의미를 담아 대풍수전공사(大豐水田公司)라는 이름으로 출발했던 회사 이름의 대(大)자를 중화(中華)를 연상케 하는 화(華)자로 바꾸고 풍년을 기원하는 풍(豊)자는 그대로 유지해서 화풍수전공사(華豐水田公司)로 교체했다. 그리고 청나라 후손들을 비롯한 중국 인사들을 포섭하여 참여케 하는 한편 중국 자본을 유치하기 시작했다.

"수전공사 사업은 대한 사람이냐 아니냐가 중요한 것이 아닙니다. 만주에, 그것도 우선은 이곳 간도에 사는 사람이라면 누구든지 참여해서 같이 벌여야 할 사업입니다. 간도에 흐르는 물이 대한 사람 토지와 중국 사람 토지를 가려서 흐르지 않는 것처럼, 대한 사람이든 중국 사람이든 이곳 간도에 살고 있다면, 우리 모두가 살아가고 있는 이 땅을 옥토로 가꾸기 위해서 수전공사 사업에 적극 참여합시다."

정안립이 아무리 외쳐도 자신들을 배제하고 사업을 벌인다고 반기를 들던 사람들은 반응이 없었다. 그러나 정안립은 실망하지 않고 더 열심히 홍보작업을 펼쳤다.

"토지를 소유하신 지주들은 땅을 투자하면 수전공사가 자본을 투입해서 논으로 만듭니다. 그리고 계약에 명시된 사항에 따라서 토지 소유주와 수전공사가 그 수익을 배분함으로써 수전공사가 투자한 자본과 일정한 이익을 취하고 나면, 수전공사는 더 이상 관여하지 않고 논에서 생산되는 모든 생산물은 본래의 소유주에게 전부 돌아가는 겁니다. 따라서 토지 소유주에게는 어떤 불이익도 돌아갈 것이 없습니다. 그러니 아무 염려 마시고 토지를 제공해 주시기만 하면 됩니다. 지금 논으로 되어있는 토지라고 할지라도 비가 오면 안심하고 비가 오지 않으면 하늘만 쳐다보고 한숨짓던 그런 논이 아니라 물 걱정 없이 농사를 짓고 싶으신 분이라면 누구든지 환영합니다. 토지 소유주가 대한 사람이든 중국 사람이든 그런 것은 아무런 상관없습니다. 추후에는 시험을 통해서 더 북방에도 벼농사를 지을 수 있는 곳이라면 만주 전역으로 확대할 사업입니다만, 우선은 간도에 존재하는 토지로 벼농사가 가능한 기온이라면 어디든 환영입니다. 지리적인 조건에 따른 채산성은 농지 소유주와 저희 수전공사가 함께 따져보면 됩니다. 또한 수전공사에 자본을 투자하고 싶은 분 역시 대한 사람이든 중국 사람이든 상관없습니다. 더더욱 만주에 살지 않는 분들이라고 할지라도, 만주가 윤택한 농지로 변모하여 수익을 내고 그 수익을 공유하고 싶으신 분이라면 누구든지 투자하시는 것을 대환영합니다."

정안립은 사업 본연의 취지를 열심히 홍보했지만 의미가 없었다. 오히려 일본 자본을 끌어들여서 개간이라는 명목으로 중국인은 물론 같은 민족인 대한 사람의 땅까지 갈취하려는 수작이라는 이상한 소문만 무성해지기 시작했다.

"나라가 망한 대한 사람들의 자본이 존재한다는 게 말이 되나? 그러니 초기에 대한 사람들이 투자했다는 그 자본이라는 것의 출처도 의심해 봐야 할 일이지. 게다가 밭을 논으로 만들어서 수익을 나누겠다는 그 말을 어떻게 믿느냐는 말일세. 정작 공사가 끝나고 나면 비용이 많이 들었다는 명목으로 생산한 쌀 대부분을 빼앗아 가고 아주 일부분만 남겨 주면 어찌할 건데. 내 땅을 가지고 보리나 밀을 심어서라도 배는 곯지 않던 것을 쌀밥 먹겠다고 내놓았다가 개간비로 쌀은 다 바치고 목구멍에 풀칠하려고 빚으로 연명하다가, 종국에는 빚에 쪼들려서라도 땅은 송두리째 넘겨주고 나앉아야 할 수도 있다는 거지. 들리는 소문에 의하면 정안립이라는 사람이 수전공사를 계획할 때 조선 총독 사이코 마코토를 만났다고 하더구먼. 그게 다 왜놈들하고, 특히 조선 총독과 짝짜꿍해서 우선 이곳 간도를 적당히 요리해 먹자는 것 아니겠어? 아니면 왜 조선 총독을 만나나? 왜놈들이 1909년에 청나라와 맺은 간도협약으로 인해서 이곳 간도가 중국영토가 되어있으니 되찾아 가고 싶은 게지."

소문은 걷잡을 수 없이 퍼져나갔다. 정안립이 처음에 사업을 구상하면서 치수 사업을 하다 보면 혹시라도 관의 제재를 받을 수도 있기에 조선 총독부를 찾아가서 사이코 마코토 조선 총독에게 협조를 요청한 사실이 있었다. 그 당시 간도는 중국이 관리하는 곳이라 해도, 조선 총독 정도라면 일본과 청나라가 맺은 간도협약이나 1915년 일본이 중국과 맺은 21개조 특혜 요구 사항 중에서 '남만주(南滿州)·동부 내몽고(東部內蒙古)에 있어서의 일본국의 우선권'을 적용하여 무난하게 해결할 수 있다는 생각에 '사업을 도와주면 사업의 결과물로 생산되는 쌀 중에서 수전공사분의 일부는 일본으로 수출할 것이니 적극적으로 지원해 달라'고 협조를 구해 동의를 얻었다. 그런데 그 일까지 일본의 자금을 등에 업고 지주들의 토지를 갈취하기 위해서 허락을 받은 사건으로 둔갑해서, 퍼져나가는 불에 기름을 붓는 역할을 하고 있었다. 일본 자본으로 간도의 농지를 갈취하기 위해서 만들어낸 회사가 수전공사라고 했다. 하도 왜놈들에게 당하다 보니, 왜놈들이 갈취하려 한다는 웬만한 소문은 아무리 거짓이라도 진짜가 되어버리던 시절이라는 것을 감안하면 그럴 수도 있는 일이기도 했다. 하지만 전혀 근거도 없이 수전공사를 왜곡해서 왜놈들의 앞잡이로 만드는 소문은 일시에 들불처럼 번졌고, 심지어 대한 사람들까지 그 소문의 진위파악도 안 해 보고 휘말려 들어가고 있었다. 정안립은 변명할 기회조차 만들지 못했다.

정안립과 이종용에게는 실로 어처구니없는 일이었다. 하지만 수전공사 사업의 실패가 단순히 어처구니없다는 말로 끝나기에는 너무나도 중요한 사업이었다. 만주에 새로운 나라를 건국하기 위한 기초작업으로는 마지막이 될지도 모르는 사업이기에 더더욱 중요한 사업이건만, 전혀 엉뚱한 방향으로 흘러가고 있는 현실을 어떻게 제 방향으로 돌려야 할지 전혀 감이 잡히지 않았다. 그 누구에게도, 자신들이 추진하는 사업의 진실은 만주에 새로운 나라를 건국하기 위한 예비작업이라고 하소연할 방법도 없는 일이었다. 가는 곳마다 점점 더 심하게 번져있는 불길 앞에서는 꼼짝도 할 수 없는 지경이었다.

정안립과 이종용이 아무리 노력해도 걷잡을 수 없는 상황에 빠져 기력마저 잃어가고 있을 때 양기탁이 찾아왔다. 양기탁은 고려혁명당을 조직해서 무장투쟁 활동을 지원하다가 소문을 듣고 두 사람을 찾아온 것이다.

"소문은 익히 들었소. 듣기 싫어도 들을 수밖에 없도록 소문이 자자하더군. 머리를 짜내느라고 고생하고, 힘들여 돌아다니며 취지를 설명하느라 고생했건만 돌아온 것은 왜놈과 짜고 토지를 갈취하려 한다는 허망한 소리니 얼마나 속이 상하겠소? 하지만 그러려니 하시오. 다만 왜 그런 일이 벌어졌는지는 알아야 다음에 다른 일을 추진하더라도 똑같이 당하지는 않을 것 아니오."

양기탁은 두 사람을 위로하면서도 실패를 거울삼자는 말을 잊지 않자, 그 말에 화답이라도 하듯이 정안립이 입을 열었다.

"아무래도 왜놈들의 공작인 것 같습니다."

"왜놈들의 공작이요?"

"예. 제가 곰곰이 생각해보니 왜놈들이 우리의 모든 행동을 읽고 대대적으로 방해 공작을 하는 것 같습니다. 장쭤린과 벌인 모종의 협약도 놈들은 이미 알고 있는 겁니다."

"증거는 있소?"

"물증은 없습니다. 하지만 제가 사이토 마코토 총독을 만나 협의한 사실을 아는 사람은 왜놈들을 제외하고는 지금 제 옆에 있는 이종용 동지가 전부입니다. 만약의 경우가 발생하면 시이토 총독에게 이야기하면 처리될 수 있다고 한 겁니다. 그리고 그 일 만큼은 누구에게도 얘기하지 않았습니다. 자칫 잘못했다가는 정말 왜놈과 한통속이 되어 일을 처리한다는 소리를 들을까 봐 조심하기도 했지만, 공연히 중국 관청에서 알고 왜놈 힘 믿고 까불지 말라고 하면서 자기들 딴에는 왜놈들과 힘겨루기해본답시고 집적댈까 봐도 조심했던 겁니다. 그런데 그 일이 이번에 추진하는 사업을 망치게 만든 소문에서 가장 중요한 골격이 되었으니, 왜놈들이 조작해서 소문을 퍼트린 것이라고 생각할 수밖에 없습니다."

"충분히 그럴 수는 있겠네요. 하지만 중국인들이 처음에 사업에서 자신들이 배제된 것을 섭섭하게 여긴 나머지 왜놈까지 끌어들여서 헛소문을 만든 건 아닐까요?"

"저도 그 생각을 해 보았습니다. 그리고 몇몇 유력인사와 재력가들을 비롯해서 투자를 전담해서 엮어주는 사람들을 만나서 알아보았더니, 중국인들은 자신들이 배제된 것이라고 생각하지 않았습니다. 처음에 대풍수전공사라고 상호를 정했을 때에도, 간도에서 대한 사람들의 자본만으로 수전을 일군다 아니다 하는 생각은 하지도 않았답니다. 투자를 생각해보기도 했지만 일단 진행되어가는 상황을 보자고 관망하는 입장이었지, 그 이상에 관해서는 일절 관심이 없었다는 겁니다. 그러다가 화풍이라는 상호로 개명할 때, 중국 자본이 필요하다는 것을 알았고 투자를 해야 하는지 말아야 하는지 저울질을 하고 있었다고 합니다. 성공할 가능성이 있어도 보이지만 확신을 할 수 없었다는 겁니다. 수전을 만든다는 것이 수로를 만드는 등 치수를 하는 것으로, 그야말로 황제도 대 사업으로 생각해서 손대기를 두려워했던 일인데 일개 회사가 할 수 있는 일인가가 궁금했던 겁니다. 성공만 하면 이익은 보장된다는 것을 확신했다고 하면서, 너무 앞서가는 사업이라 반신반의한 것뿐이지 정말 대단한 사업이라고 입을 모았습니다."

"그렇다면 대략적인 답이 나오네요. 일본은 바로 그 점이 두려웠던 겁니다. 정 선생 사업이 간도를 시작으로 해서 만주로 확장되는 물결에 따라 백성들의 호감을 한 몸에 입는 게 두려웠던 겁니다. 그리되면 새로운 나라를 건국하고자 할 때 백성들이 적극적으로 호응할 것이고, 일본은 그 흐름을 막을 수 없으니 아예 초기에 차단한 겁니다. 일본은 정 선생이 '대고려국'의 실패로 인해서 자기들과는 손잡지 않을 것임을 잘 알고 있을 뿐만 아니라, 한민족이 중심이 되어 건국하는 나라는 어떻게든지 막아야 한다는 것을 누구보다 잘 알고 있으니까요. 장쭤린도 이 소식을 이미 들었을 테니 얼마나 안타까워하며 가슴을 치고 있을지 짐작이 갑니다. 장쭤린이야말로 일본의 손아귀에서 벗어나 만주에 새로운 나라를 건국할 수 있던 절호의 기회인데 말입니다. 장쭤린이 일본의 그늘에서 얼마나 벗어나고 싶겠습니까? 장쭤린이 단순한 군인이 아니라 전략가였다면 이번 사태에 함께 대응할 수도 있었겠죠. 하지만 그게 안 되니 어쩔 수 없이 일본 손아귀에 놀아나면서도 헤어나지 못하는 거고요."

"제 생각도 그렇습니다. 일본이 만주를 요리하기 위해서 나름대로 다른 꿈을 꾸고 있는데 갑자기 제가 나타난 거겠죠. 지난번 '대고려국'의 꿈이 깨지고 난 후 장쭤린과도 일이 잘 안되어 포기할 줄 알았는데, 잡초처럼 또 일어나니 싹을 자르려 한다고 생각했습니다."

정안립은 아쉬움이 너무 짙어 기운이 하나도 없는 목소리로 어렵게 말을 맺었다. 그러자 양기탁이 그 말을 받아 정안립을 위로해 주는 동시에 한편으로는 자신을 포함하여 이제까지 노력했던 세 사람의 수고를 높이 평가하며, 지나간 날을 아쉬워하기보다는 희망찬 앞날을 맞이하기 위해서 다 함께 힘내자는 의미 있는 말로 답했다.

"잡초라? 맞네요. 나라 잃고 제대로 설 곳 없는 잡초. 그러나 잡초는 없애려고 해도 없어지지를 않죠. 사람에게 필요한 채소 같으면 뽑아 먹느라고 씨를 말릴 수도 있지만, 잡초는 그저 제거하려는 정도니 쉽게 사라지지 않는 겁니다. 그리고 비록 잡초처럼 보이다가도 제철이 오면 화려하게 꽃피는 풀들도 많지 않습니까? 소도 비빌 언덕이 있어야 한다고 했는데 우리는 나라를 잃은 상태다 보니, 비빌 언덕은커녕 쳐다볼 언덕도 없는 상태에서 고군분투하느라고 너무 힘든 것은 사실입니다. 그럼에도 불구하고 두 분이 각고의 노력을 투자해서 추진했던 '대고려국'을 비롯한 모든 일에서 노력한 만큼 결과가 도출되었다면, 무언가 성과를 내고도 남았어야 했지만 아직은 때가 아니었나 봅니다. 하지만 언젠가는 그때가 반드시 올 겁니다. 다만 다가오는 기회가 나도 모르는 사이에 스쳐 지나가지 않도록 준비는 하고 있어야겠지요. 지나간 기회를 아쉬워하며 뒤돌아보기보다는 다가오는 기회를 맞이하기 위해서 새롭게 준비해야겠지요. 공연히 지나간 기회를 아쉬워하며 뒤돌아보다가 다가오는 기회를 놓치기보다는, 항상 새롭게 준비하고 있다가 마주 오는 기회를 놓치지 않고 잡을 수 있는 사람이 현명한 사람인 것은 확실하니까요."

　그 일이 있은 후로 이종용은 정안립과 양기탁의 의견에 따라서 양기탁과 다시 합류해서 일하기로 했다. 아무래도 일본 경찰과 헌병이 당분간은 정안립을 집중적으로 주시하고 있을 테니 공연히 억울하게 엮이지 않기 위해서였다. 솔직히 체포되어 감방에 가는 일이야 독립운동을 위해서라면 열 번도 더 할 수 있지만, 공연히 엮여서 고초를 당하는 것은 괜히 인력 낭비요 시간 낭비일 뿐이라는 것이 그들의 철저한 사고방식이었다. 그 시간에 백성 한 사람을 더 계몽하거나 왜놈을 무찌를 방법 하나라도 연구를 하던가, 아니면 직접 왜놈 순사라도 한 놈 두들겨 패 죽이기라도 하는 것이 훨씬 득이 된다는 이론이다.

그들의 추측은 들어맞았다.

일제는 정안립을 예의 주시하고 있다가 만주와 연관되었지만, 별일도 아닌 것을 구실로 삼아 그를 체포했다. 정안립이 만주에 대한 꿈을 버리지 못하고, 1927년에 만주에 세계연방자유연맹을 조직하여 세계연방자치기관을 설립하고 세계 공용화폐를 사용하며 세계 공용어를 사용하겠다는 운동을 하다가 치안유지법으로 체포된 것이다. 그러나 1932년에 만주국이 건국되어 정안립의 만주에 대한 꿈도 사라질 수밖에 없었다.

만주국의 건국은 비록 국호가 만주국이라는 것까지는 예측하지 못했지만, 스에나가 미사오가 일본인 모두에게 만주에 대한 각성을 촉구하기 위해서 일본 오사카에서 발행되는 대정일일신문에 1921년 3월 27일부터 4월 6일까지 이미 실패한 '대고려국'의 건국 계획을 연재함으로써 관심 있는 많은 이들에게는 예견된 일이었다. 그리고 그 실체는, 3·1 만세 투쟁 후 일본 겐요샤와의 공조가 단절되어 묻혀버리기 일보 직전인 '대고려국' 건국의 꿈을 되살리기 위해서 정안립과 이종용이 장쭤린을 만나려고 할 때 양기탁이 예측했던 그대로, 일제가 '대고려국' 건국 계획을 응용해서 청나라 마지막 왕인 선통제 아이신교로푸이를 앞세워 만주에 독자적인 어용국가를 건국한 것이다. 하지만 정안립은 만주에 대한 미련을 버리지 못하고 1933년에는 상해에서 동아국제연맹을 조직하여 활동한다는 죄명으로 고등계 형사들에게 서울로 압송되어 중부서에 연금되기도 했다. 만일 이종용이 같이 행동했다면 공연히 함께 엮이는 것은 불을 보듯이 빤한 일이었다.

정안립이 그렇게 나름대로 열심히 일하는 동안 양기탁은 이종용과 함께 천진을 거쳐 1934년에는 상해에 머물러야 했다. 양기탁이 상해 임시정부 주석에 선임되어 임시정부 일을 보아야 했기 때문이다. 그리고 양기탁이 1935년에 임기를 끝내고 임시정부 주석을 다시 김구가 맡은 후에도 이종용은 계속 임시정부에 남아 일을 도와주고 있었다.

그로부터 10년이라는 세월이 흐른 1945년 봄.

이른 아침부터 이종용은 분주하게 움직이기 시작했다. 요즈음 들어서 일본의 움직임이 무척이나 분주해져서, 그에 대한 정보를 수집해서 타전해오는 곳들이 덩달아 분주해지니 이종용 역시 분주해질 수밖에 없었다.

"이 동지 일찍 나왔네?"

"예. 주석님. 할 일이 좀 있어서요. 차 한잔하시겠습니까?"

"차, 좋지! 그렇지 않아도 이 동지와 할 이야기가 있던 참인데, 같이 한잔 마십시다."

김구가 자신에게 차 한잔을 권하는 이종용에게 같이 마시자고 할 때, 이종용은 무언가 일이 일어난 것을 짐작할 수 있었다. 같은 사무실에서 같이 일을 해도 차 한잔 마주하고 같이할 시간적 여유가 없는 곳이기에, 차 한잔을 같이하자고 하면 그건 무언가 일이 있는 것이다.

"다른 건 아니고 동지가 만주 합이빈(哈爾濱; 하얼빈)에 다녀와 주었으면 고맙겠어요."

"합이빈에 무슨 일이 있습니까?"

"동지 6촌 형님이 그 근방에 살고 계신다는 이야기를 들어서 말인데,

아무래도 전혀 모르는 사람보다는 낫겠다 싶어서 말이오. 동지도 이미 알고 있겠지만 731부대 말이오. 그곳에 보통 난리가 아닌 모양입디다. 도대체 우리 동포들이 얼마나 희생되는지 상황이라도 알아야 뭔가 대처할 수 있지 않겠나 하는 생각이오. 이제 일본도 머지않은 것 같은데, 그 막바지 용을 왜 하필 합이빈의 우리 동포들에게 쓰는지 모르겠지만, 아무튼 실상은 파악해야 할 것 같소."

"731부대라면, 1936년에 '관동군 방역급수부'라는 이름으로 시작해서 군사용 정수기 등을 개발하기도 했지만, 1941년에 '731부대'로 이름을 바꾸고 세균전을 비롯한 화학전에 관한 생체 무기를 만드는 곳으로 육군 중장 이시이시로가 책임자라는 것 등 기본적인 것은 알고 있습니다. 화학전을 준비한다는 자체가 인류에게는 몹쓸 짓이라는 것은 알고 있습니다만…."

"화학전을 준비한다는 것 자체가 인류에게 몹쓸 짓인데, 일본은 그 도를 넘고 있다고 하오. 그러니 동지가 다녀와 주면 고맙겠소. 실상을 알아 당장은 무엇을 어떻게 할 수 없더라도, 알고는 있어야 그곳에서 무장 투쟁하는 동지들이나 여타 기관에 알려 그 잔혹한 행위를 막을 수 있는 방도를 마련하는 것은 물론 기록을 남겨야 할 것 같아서 말이오. 보고된 바에 의하면 우리 동포들이 생체실험 도구로 쓰인다고 하니 확실히 알았으면 좋겠소."

"우리 동포들이요?"

"그렇소. 우리 동포가 아니라 인간이 그렇게 당해서는 안 될 일이건만, 더더욱 우리 동포들이 그렇게 당하고 있다니 상황을 제대로 알아야 할 것 아니겠소. 힘들더라도 동지가 다녀와 주시오. 시간이 걸리더라도 정확히 알아 봐주셨으면 좋겠소."

"알겠습니다. 준비하고 있다가 동지들이 출근하면 적당한 동지에게 제 업무를 인수인계하고 곧바로 출발하겠습니다."

일단 명령이 떨어지면 지체할 시간이 있는 그런 상황이 아니었다.

이종용이 6촌 형인 이종산이 살고 있는 마을 어귀에 다다랐을 때는 어둠이 내린 뒤였다. 일부러 어둠이 내린 후에 도착하기 위해서 시간을 맞추려고 했는데, 기다리지 않아도 되게 시간이 마침 잘 맞아 주었다. 그때 누군가 이종용에게 말을 걸어왔다.

"거기 누구시오? 혹시 이종용 선생 아니시오?"

"그렇소만…? 아니, 이게 누구야? 현복수?"

"그려. 나여. 복수여. 이게 얼마 만이여!"

현복수는 반가워 어쩔 줄 모르며 숨도 쉬지 않고 외마디성 말을 이어 갔다.

"이럴 게 아니라 어디로 들어가서 얘기해. 내가 지금 밖에 있을 처지가 아니거든."

"밖에 있을 처지가 아니라니? 무슨 일인데?"

이종용은 마을 어귀에서 만난 현복수가 놀랍기도 하면서 반갑기만 했지만, 현복수는 무언가 쫓기듯이 초조해하며 어디론가 들어가자고 했다.

"그럼 조금만 더 가면 우리 6촌 형님댁이니 그리로 가."

"그럴 바에야 내 집으로 가지. 그런데 그게 아냐. 그럴 게 아니라 뒷 동산에 있는 마을 상여집으로 가자고."

"상여집? 아니 버젓한 자네 집도 있고 우리 6촌 형님댁도 있는데 왜 상여집으로….."

하지만 현복수는 이종용의 말에는 아랑곳도 하지 않고 앞장서서 상여집으로 향했다. 현복수는 김구와 안명근이 신민회 신흥무관학교 설립과 신한민촌 건설을 위해서 필요한 자금을 모금하던 일을 도와주던 인물이다. 그런데 신천에서 자금을 모금하던 중에 신천의 민병찬과 민영설의 잔꾀에 엮여서 안명근과 함께 왜놈들에게 체포되어 옥고를 치르고, 석방된 후 만주로 이주해서 오로지 조국광복을 위해서 광복군 뒷바라지에 여념이 없는 사람이다. 자신도 총을 들고 싸우고 싶지만, 그보다는 튼튼한 육체로 억척같이 일해서 돈을 벌면서 한편으로는 다른 분들로부터도 자금을 모금해서 광복군들이 먹고살 수 있도록 해주는 것이 중요하다고 그 일을 실천하는 사람이다. 먹어야 힘을 내서 싸움도 할 수 있다며 약조한 광복군 군자금은 절대 하루도 어기지 않는다. 자신은 하루 한 끼를 먹는 한이 있어도, 나름대로 모금한 자금이 부족하면 자신이 채워서라도 약정액을 반드시 보내주는 애국지사로 보이지 않는 곳에서 일하는 광복군이다.

"나, 지금 731부대에서 도망쳐 나오는 길이라 어디 마음 놓고 들어갈 수가 없어. 그렇지 않아도 이곳으로 도망쳐 오면서 머지않아 왜놈들이 내가 도망친 것을 알게 되면, 이 마을을 급습할 것 같아서 어찌해야 할까 고민했는데 잘 됐어. 자네한테 이야기하면 되니까."

현복수는 이종용이 6촌 형인 이종산의 집을 오가며 알게 되었는데, 서로 마음이 통하는 데다가 동갑내기라는 점 때문에 쉽게 친해질 수 있었다. 그리고 1921년에 정안립과 함께 수전공사 사업을 위해서 이종산의 집에 머물면서 정안립의 사업 취지 설명회 등을 위해 주변 마을이나 심지어는 먼 마을을 오갈 때, 두 사람을 보호해 주기 위해서 길잡이가 되겠다고 스스로 자원해서 봉사해준 사람이다. 그리고 그 이후로도 이종용이 만주를 오가며 형인 이종산의 집에 가끔 방문하고는 했는데, 그때마다 반드시 현복수를 찾아가서 교분을 나눴다. 그런 현복수가 지금 731부대에서 탈출해서 도망치는 길에 자신을 만났다는 것이다. 731부대의 실상을 파악하는 데는 더없이 좋은 상황이 전개된 셈이지만, 이종용은 그런 생각을 할 틈도 없이 오히려 어안이 벙벙했다. 자신이 김구 주석의 명에 의해 731부대 실상을 파악하기 위해서 찾아온 것을 미리 알고 준비했다고 해도 이런 상황은 벌어질 수 없는 일이며, 벌어졌다는 것 자체가 기적에 가까운 일이다. 어떻게 이런 일이 일어날 수 있다는 말인지 도대체 이해할 수가 없었다. 그렇다고 마냥 정신줄을 놓고 있을 수도 없는 일이다.

"그럼 자네가 그 이시이 부대에서 탈출한 거란 말이야?"

"그래. 맞어. 그런데 내가 그냥 마루타였으면 놈들이 하나 정도 비는 것 모를 수도 있지만, 지금 상황은 그게 아냐. 나는 마루타가 아니라 놈들에 의해 사역을 하고 있었거든. 하기야 언제 마루타로 대체될지 모르는 상황이지만."

"마루타는 뭐고, 사람이 하나 없어졌는데 그저 하나 빈다는 건 또 뭐야?"

"그건 차차 이야기해줄게. 미리 얘기할 건, 왜놈들이 내가 없어진 걸 아는 순간 이 마을부터 급습해 내 집은 물론 샅샅이 뒤질 거야. 하지만 내가 이 마을을 떠나고 나면 그만이지. 그러니까 사람들 눈에 띄지 않는 것이 더 좋아. 왜놈들이 어떻게 나올지 모르는데 혹시 나를 보는 사람이 있으면 겁먹고 무슨 말을 어떻게 할지 모르잖아. 그리고 내가 부탁할 것은, 내가 떠나고 난 후 왜놈들이 한바탕 난리를 치고 난 후에 자네가 자네 형님이랑 앞장서서 내 가산을 모조리 정리해서 형님이 보관하고 계시게 해. 만일 그때까지 자네가 머물지 않으면 형님에게 부탁해 주고. 그럼 내가 어느 날인가 소리소문없이 들려서 가지고 독립군 기지로 갈 거니까. 그곳에서 나도 이제는 총 들고 싸우는 수밖에 없을 것 같아. 이곳에 머무를 수 없으니 그게 낫겠지. 조건이 성립되면, 되도록 빠른 시일 내로 부탁한다고 전해줘."

"그건 알겠지만 그렇게 위급한 건가? 자기 가산 정리도 못 하고 당장 떠나야 해?"

"지금 731부대에서 벌어지고 있는 일이 새 나가면 안 되니까 기밀을 유지하기 위해서라도 어떻게든 나를 잡으려고 할 거야. 여북하면 그동안 목숨이 아까워서 그랬던 것도 아니고, 독립군도 배고프면 싸울 수 없으니 돈 벌어서 식량 대주는 일로 독립군을 지원하는 일이 내 일이라고 하던 내가 직접 총을 잡으러 간다고 할까. 피할 수 없다는 것을 아니까 그러는 거지."

"그 정도로 731부대 문제가 심각하군. 솔직히 내가 오늘 여기에 오게 된 이유가 바로 731부대의 실상을 파악해 오라는 김구 주석님의 명을 받고 지금 막 오는 길이야. 그런데 자네를 이렇게, 그것도 731부대를 탈출해서 나오는 길에 만나다니, 정말 지금 나는 어안이 벙벙할 뿐이야."

"그래? 그렇다면 정말 잘된 일이지. 그러고 보면 이제 겨우 도착해서 마을로 들어서는 자네를, 이 밤에 마을 어귀에서 이렇게 만나게 된 것도 우연은 아닌 것 같아. 아마도 731부대에서 억울하게 고초를 당하며 숨진 우리 동포들의 원혼이 그 원을 풀어달라고 자네와 나를 이렇게 만나게 해주신 게 틀림없어. 그렇다면 내가 아는 한에 관해서는 모든 것을 상세하게 이야기하지."

731부대는 철저한 보안체계 아래서 운영되고 있었다. 왜놈들은 그들이 사람을 상대로 생체실험하는 것이 세상에 알려질까 봐 하얼빈에서는 기차가 하얼빈역에 들어서는 순간부터 하얼빈을 벗어날 때까지 커튼을 치게 했다. 또한 731부대 근처에는, 억울한 누명을 씌워 죄수로 만들었거나 납치하여 실험 도구로 사용할 사람들을 이송하는 차량과 부대 종사자들이 이용하는 차량을 제외하고는 얼씬도 못 하게 보안을 유지하는 터였다. 그리고 생체실험의 희생물로 죽어간 사람들을 '마루타(まるた; 丸太)'라고 불렀다. 이는 '통나무'라는 뜻으로 인간을 통나무로 취급하여 실험 도구로 사용한 것이다.

731부대에서 행해졌던 생체실험은 인간으로서는 차마 입에 담기 힘든 실험들이다. 왜놈들은 실험대상자들을 다양한 질병에 감염시킨 후 질병이 어떻게 활동하는가 보기 위해서라며 외과수술로 해부하였다. 질병이 인체에 미치는 영향을 알아본다면서 장기를 제거하기도 했다. 감염이나 해부를 당한 대상은 성인 남녀뿐 아니라 아동이나 영아도 포함하였다. 출혈 연구를 한다는 명목으로 수용자의 팔다리를 강제로 절단하였고, 절단된 팔이나 다리를 반대편에 다시 봉합하기도 했다. 그런가 하면 남녀의 성기를 바꿔 달아 성전환이 되는지 실험했다. 수용자의 팔이나 다리를 언 상태에서 절단하여 일부는 다시 녹여, 치료받지 않은 괴저 및 부패 영향 연구에 사용되었다. 일부 수용자는 위를 절제해내고 식도와 장을 직접 연결하기도 했다. 이외에 뇌, 폐, 간 등을 절제하고 그 반응을 관찰했다. 저온에서 몸의 세포가 죽어가는 과정을 관찰한다고 멀쩡한 임산부를 납치해서 몸의 일부만 얼리다가 결국에는 전체를 얼리는 실험을 했다. 이때 임산부를 선택한 이유는 태아가 저온에서 반응하는 상태를 함께 관찰하기 위해서라는 명목으로 임산부와 태아가 동시에 얼어 죽게 만든 것이다. 사람을 통째로 원심분리기에 넣고 돌리고 인간의 70%가 물이라는 결론을 내리는 생체 건조실험을 하는가 하면 영하 50도에서 몇 분이 지나면 죽는지에 대한 실험도 했다. 그리고 전쟁 중에 군인들이 필연적으로 겪게 될 성병 실험을 한다는 핑계로 납치해온 여성을 대상으로 강간은 물론 여러 놈이 윤간을 자행하는 것은 일상 존재하는 일이었다. 임질과 매독 실험을 한다고 하면서, 자신들이 강간하는 바람에 임신한 여인의 태아에게 성병이 미치는 영향을 관찰한다고 임산부에게 성병을 강제로 걸리도록 만들기도 했다. 태아에게까지 감행된 만행은 거기에서 그치지 않았다. 왜놈들이 강간해서 임신한 여인의 뱃속 태아의 성장을 관찰한다고 하면서 강제로 꺼내는가 하면, 생리식염수 대용품을 연구한다고 바닷물을 생리식염수 대신 주입하는 바람에 죽이기도 했다. 그뿐만이 아니다. 병리학을 연구한다고 세균이 섞인 물을 생사람의 입에 부어 넣는가 하면 피하조직에 주사하고 어떤 상황이 벌어지는가를 관찰하였다. 무차별한 생체실험은 물론 생화학무기에 대한 실험도 했는데, 독가스를 터트려 그에 오염된 사람들의 몸의 변화를 관찰하였다. 그야말로 사람이라면 할 수 없는 잔혹한 실험을 오로지 대륙정벌을 위한 욕심을 채우기 위해서 실행했다. 그런데 정말 끔찍한 일은 이런 참혹한 실험을 하면서도 실험대상자를 마취하면 실험 결과에 영향을 줄 수 있다는 이유로 마취도 하지 않았다는 사실이다. 더더욱 살아있는 사람에 대한 잔인무도한 실험도 부족해서 죽은 사람의 시신으로 기름을 짜서 일부는 윤활유로 사용하기도 하고 열효율을 측정한다고 난방용으로 사용하기도 했다. 그들은 생체실험으로 희생되어 가는 사람들을 마루타라고 부를 정도로 사람으로 보지도 않았으니, 양심의 가책도 없이 마구잡이로 생각나는 실험은 다 시행해 본 것이다.

731부대 실험을 위해서 필요한, 마루타라고 부르는 실험대상자는 '특수이송'이라는 작전명에 의해서 선별하고 조달하였다. 일본군이 '특수이송'이라고 부른 대상은 외국 간첩이라는 죄명을 가졌거나 외국 기관과 내통한 혐의가 있는 자들, 유격대원들, 반일 요소를 가진 자들이다. 결국 직접적으로 일본에 항전해서 싸우는 독립투사는 물론이고 독립투사를 돕기 위해서 정보를 수집해서 전달하는 사람은 물론 단순히 반일 감정만 드러내도 모두 그 대상이 되는 것이다. 그런데 문제는 독립투사와 반일 인사들만 가지고는 필요한 인원을 충당할 수 없게 되자 일반인들을 마구잡이로 잡아들였다는 것이다.

하얼빈 헌병대에서는 소위 "여명작전"이라는 이름의 작전을 펴서, 여명이 트는 새벽 거리에서 이른 새벽에 일하러 가는 부지런한 사람들을 남녀노소 구분 없이 체포하여 필요한 인원을 조달하였다. 물론 그 조달지는 하얼빈으로 국한된 것이 아니다. 푸진에서는 "청류공작"이라 하여 사상범을 색출한다는 명목으로, 아무런 잘못도 없는 일반주민

100명을 체포하여 731부대로 보내기도 했다. 관동군 헌병대는 특수이송 초기부터 생체실험을 담당한 731부대와 상시적인 연락체계를 갖추고, 인원이 필요할 시에는 각 지역을 돌아가면서 즉각 인원을 충당하도록 체제를 구축하고 있었다. 특히 대부분의 실험을 위한 인원 조달 작전은 한 곳에서만 너무 많은 실종 인원이 생겨나면 문제가 된다는 점을 고려해서, 간도 전역에 걸쳐 일반인을 납치했다. 그런데 간도 전역에 거주하는 거주민 중 한민족이 무려 80%에 달하다 보니 한민족이 가장 많이 희생되고 있었다. 어쩌면 대부분 희생자가 한민족이라고 해도 과언이 아니었다. 물론 그중에는 일제의 탄압을 피해서 한민족이면서도 어쩔 수 없이 중국으로 국적을 바꾼 사람도 포함되어 있었으니, 국적이 어디이든 간에 가장 많이 희생당하고 있는 민족은 한민족이었다. 현복수 역시 하얼빈의 '여명작전'에 체포되어 끌려간 것으로, 동네 사람들은 가족도 없는 그가 어디로 갔는지조차 모르고 있을 것이라고 했다.

"그럼 동네에서는 자네가 그런 험한 일을 당한 것조차 모른다는 말인가?"

"아마 그럴 거야. 나야 가족도 없으니 처음 2~3일 동안은 내가 없어졌다는 것조차 아무도 몰랐겠지. 그러다가 며칠 지나면서부터 보이지 않으니까 어디 갔나 궁금해하고 있을 거야. 내가 이틀 이상 여러 날 집을 비우게 될 때는 반드시 동네 분들에게 내 집을 부탁하는 인사를 하고 떠났었거든. 이제 보름 정도가 지났으니까 몇몇 분들은 내 소재를 알아보느라고 수소문을 하실지도 모르는 일이지만, 다행히 자네를 만났으니 나는 동네로 들어서지 않고 그냥 여기서 떠나는 게 좋을 것 같아. 내가 부탁한 거나 전해줘."

"그거야 당연히 전해 줄 것이고 자네도 알다시피 우리 6촌 형이야 자기 재산을 대치시키는 한이 있어도 자네 불편하게 할 사람은 아니잖나? 그러니 그건 걱정할 것 없네만 도대체 얼마나 급박하기에 동네를 코앞에 두고도 인사도 못 하고 이리 서둘러 떠나야 한다는 말이야? 들어가서 인사나 하고 밥이라도 먹고 가지."

이종용은 이미 대화 서두에 들은 말이 있기에 상황이 대충 이해는 갔지만 너무나도 안타까워서 밥이라도 먹고 가라고 했다.

"그럴 여유가 있으면 이리 서둘지도 않아. 급박한 정도가 아냐. 내가 처음에 말한 그대로 왜놈들은 절대 나를 놓치지 않으려고 할 거야. 내가 없어진 것을 아는 그 순간 부대가 발칵 뒤집혀 이미 출동해서 이리로 오고 있을지도 몰라. 나는 그나마 운이 좋아서 이렇게 살아남은 거야. 아니면 끌려간지 보름이 되었으니 벌써 죽었겠지. 먹이는 것도 아깝다고 필요한 인원을 즉시즉시 조달하라고 하거든. 내가 납치되어 실려 갔는데, 마침 시체를 실어다가 화장하거나 실험을 한답시고 난도질해 놓은 신체 부위를 치우는 등의 험한 잡일을 하는 사람이 혼자서 너무 많이 쏟아지는 시체를 처리하다 보니 일이 늦어진다고 왜놈 의사들이 불평을 하더라고. 그러니까 왜놈 관리자가 한사람 더 충원해야겠다며, 나를 보더니 튼튼해서 잘할 것 같다고 그 일을 시키는 바람에 이렇게 다시 자네 얼굴을 보는 거야. 안 그랬으면 나도 세균 주사를 맞았거나 아니면 팔다리가 얼었거나 잘려 나가 죽었겠지. 마침 오늘 화장터에서 시체들에 기름을 붓고 불을 붙인 다음 타는 동안은 밖으로 나와 있어야 하니까, 밖으로 나와 있는데 트럭 한 대가 정문 방향으로 가고 있는 거야. 순간 나도 모르게 저 트럭을 타야 한다는 생각만 들었어. 영내라 그런지 아니면 밤이라 그런지 트럭 속도가 느린 틈을 이용해서 얼른 포장이 쳐진 짐칸에 올라탔어. 짐칸에 군인들이 있었다면 난 죽었겠지. 그런데 다행히 아무것도 없더라고. 아무것도 싣지 않고 이 시간에 나가는 걸 보면 여기서 좀 떨어진 곳으로 '특수이송' 나가는 차라는 생각이 들면서 어떻게든 내리는 지점을 잘 포착해야 한다는 생각에 바짝 긴장했는데, 정말 천운인지 마을에서 멀지 않은 신작로를 지나는 거야. 내가 광복군 군자금 모으려고 동네 밖으로 다니면서 익혀두었던 길이 분명하더라고. 죽어도 좋다는 심정으로 뛰어내렸는데, 다행히 신작로 바로 옆에 붙어 있는 논에 짚 동가리 잔재가 남은 곳으로 떨어져 그나마 다치지도 않고 이렇게 멀쩡해. 여기저기 조금씩 아픈 곳이 있으니, 내일 아침에는 몇 군데 쑤시겠지만 그 정도야 천운이지. 이 모든 것이 마루타로 죽어간 억울한 한을 풀어 달라는 동포들의 원혼들께서 만들어 주신 기회 같으니 부디 내가 모르던 사항까지 자네가 밝혀내서 후손들에게 잘 전해주고, 왜놈들에게는 반드시 원수를 갚아주기 바라. 마침 임시정부에서 상황을 파악하려고 자네를 보냈다니 잘된 일이지. 어떻게든 우리 동포들의 헛된 희생을 막을 수 있는 방도를 마련해 줘. 자네만 믿고, 나는 광복군 기지로 가서 총 들고 왜놈 한 놈이라도 죽여 복수할 테니 임시정부에 이 사실을 꼭 전하고 대책도 마련해줘. 아직 놈들이 내가 탈출한 것을 모를 수도 있지만, 아는 거야 순간적인 일이고, 만약 알았다면 이미 우리 집 주변을 감시하고 있지 않겠나? 그러니 그만 여기서 가는 게 좋겠지."

　몇 년 만에 만난 건지도 모르는 현복수는 이종용의 손을 굳게 한번 잡고는, 그렇게 촘촘히 자리를 떠났다. 이종용이 그를 위해서 할 수 있는 일이라는 것은 임시정부에서 나온 부족한 여비를 탈탈 털어서 마다하는 그의 손에 쥐여 주고, 멍하니 그가 가는 뒷모습만 바라보며 자신도 모르게 흐르는 눈물을 훔치는 일뿐이었다. 그리고 혼자서 소리 낮춰 속삭였다.

"맞아. 동포들의 혼이 자네를 살려 주신 것. 자네 말대로 731부대에서 억울하게 돌아가신 분들이 자네를 그 트럭에 타게 해주시고, 자네가 광복군 군자금 모아 보내드린 덕분에 굶지 않고 배라도 부르게 왜놈들과 싸우다 돌아가신 광복군들이 그 신작로에서 자네가 뛰어내리게 길을 알려주신 것이네. 그러니 제발 그분들의 도움을 계속 받아서, 무탈하게 광복군 기지까지 가주게나. 그리고 조국이 광복을 맞이하는 그 날 다시 만나세나."

에필로그

끝나지 않는 전쟁

"그 기록에 적힌 이야기는 그렇게 끝이 납니다."

"그 기록이 왕 성장 동지의 고조모 친가 쪽인 만주에 전해오는 기록이라는 말이오? 좋소. 특사가 731부대에 대해 횡설수설했다고 했던 내생각이 잘못됐다는 것은 확실히 인정하오. 그런데 그게 지금 우리가 당면한 프로젝트 '그 일'과 무슨 상관이오?"

장초랑은 왕샤오둥이 말해준 731부대와 우한 연구소에서 노출된 세균과 무슨 연관이 있는지 이해가 되지 않았다.

"그게 말입니다. 이미 앞에서 말씀드렸듯이, 제가 말씀드린 기록은 731부대에서 실질적인 연구를 하던 사람이 기록한 것이 아니라, 그런 구체적인 내용까지는 기록되어 있지 않습니다. 다만 731부대가 그렇게 잔인하고 비인도적인 연구기관으로 실존했던 사실이라는 것에 의심의 여지가 없다는 것을 확인시켜 주는 기록입니다. 서기 동지께 731부대의 실존을 확고하게 증명해 드리려고 말씀드린 겁니다. 그리고 그런 비인도적인 행위를 저지르며 추구했던 연구에 대한 세부 사항들은 다른 경로를 통해서 알게 된 것으로, 지난해에 북경에서 왔던 특사도 했던 말입니다. 그날 특사가 한 말이, 시진핑 주석을 찬양하는 것인지 아니면 프로젝트 '그 일'을 설명하는 것인지조차 구분도 안 되고, 시진핑 주석에게서 무슨 이야기를 들었는지는 모르겠지만 자세하게 아는 것도 없이 그저 어디서 들리는 대로 주워들은 것을 두서없이 옮기다 보니 헛소리처럼 들렸으나 사실은 그 안에 들어 있을 내용은 다 들어 있었습니다. 731부대가 가장 개발하고 싶어 했던 세균이 바로 프로젝트 '그 일'에서 개발하고자 했던 바이러스와 비슷한 성격의 세균이라는 겁니다. 전염력은 강하되 치사율은 낮고 반드시 매개체는 사람이어야 한다는 겁니다. 점령지에 들어가기 위해서 세균전을 벌이는데 치사율이 높으면 노동력을 모두 잃어버린 후에 점령해봐야 의미가 없다는 거죠. 그리고 사람이 매개체라야 통제가 가능하지, 동물이 매개체가 되거나 공기 등을 통해서 전염되면 통제를 할 수 없다는 겁니다. 통제할 수 없는 전염병이 돌면 점령하는 도중에도 문제가 되고 점령 후에도 문제가 되죠. 하지만 사람이 매개체라면 일단 통제를 할 수 있고, 더더욱 치료제와 백신만 손에 쥐고 점령한다면 점령지 민심을 얻는 것은 순간 아니겠습니까?"

"그때 특사가 지금처럼 일목요연하게 설명한 것은 아니지만, 확실히 들었던 기억이 나오. 하지만 나는 그날, 솔직히 731부대에 관해서 성장 동지처럼 확실하게 몰라서 그랬는지, 특사가 하는 말이 뚱딴지처럼 들렸소. 그리고 조금 전에 동지도 말했다시피, 그날 특사가 하는 말은 주석 동지를 찬양하는 자리인지 프로젝트 '그 일'을 설명하는 자리인지 모를 정도로 구분도 안 됐소. 더더욱 쪼오시엔왕 우한시장이 특사와 같이 들어설 때부터 기분이 잡쳐서 집중이 안 되다 보니 더 이해가 안 되었소. 그러니 오늘 동지가 다시 한번 설명해 주는 셈 치고 대답해 주면 고맙겠소. 하필 왜 731부대가 모델이 되었으며, 프로젝트 '그 일'에서는 구체적으로 어떻게 바이러스를 이용한다는 거요?"

장초랑은 그들에게 프로젝트 '그 일'을 설명하러 왔다는 특사가 쪼오시엔왕 우한시장을 대동하고 들어선 것을 기분이 잡쳤다고 표현했지만, 실제로는 긴장하지 않을 수 없는 상황이었다는 것을 우회해서 표현했을 뿐이다. 성의 당서기와 성장이 기다리는데 성도에 지나지 않는 우한시의 시장을 대동하고 들어선다는 것은 두 사람의 지위에 문제가 생겼거나 생길 수 있다는 의미라는 것을 누구보다 잘 아는 두 사람으로서는, 엄청나게 신경 쓰이고 집중이 안 됐던 것이 사실이다.

"글쎄요. 그건 저도 잘 모르겠지만 제가 추측해본 바에 의하면…."

왕샤오동은 무언가 아는 것 같으면서도 잘 모르겠다고 하며, 단지 추측이라고 하면서도 선뜻 말을 하지 않았다.

"말해보시오. 여기까지 와서 망설일 게 무어요?"

"그게 말입니다. 물론 이 말 역시 지난번에 특사가 언급했던 말이지만, 이런 말일수록 보안을 유지해야 하는 말이다 보니 잘못했다가는 말을 한 저는 물론이고 같이 대화 상대가 되었던 서기 동지마저 문제가 될 수 있다는 겁니다. 아니, 우리가 이런 대화를 나누고 있다는 것을 당 보안 기관에서 알게 된다면 문제가 될 겁니다."

"그래요? 그럼 걱정할 것 없지 않소. 대화를 한 것 때문에 둘 다 문제가 된다면 우리 둘 중에서 이런 대화를 나눴다고 발설할 사람은 없을 것이고, 지금 이 자리에는 우리 둘이 있으니 뭐가 두렵겠소. 그러니 마음

놓고 어서 편히 얘기해 보시오.”

장초랑은 지금 돌아가는 이 정국이 너무나도 급박하면서도 한편 재미있다는 생각까지 들었다. 그리고 자신은 왜 이런 일이 일어나야 하는지 알 것 같으면서도 궁금한 것이 많은데, 왕샤오동은 무언가 분명하게 알고 있다는 생각에 대답을 독촉했다.

“좋습니다. 서기 동지께서 원하신다면 저도 속 시원하게 말하겠습니다. 솔직히 누군가에게는 해야 할 증언이었는데 아직 못했을 뿐입니다. 일단 731부대가 모델이 된 까닭은, 제2차 세계대전 종전 당시 731부대를 해체하기 위해서 최초로 진입한 것이 미군이라는 잘못된 일부터가 발단입니다. 제2차 세계대전 당시 만주국을 무장 해제시킨 것은 분명히 소련입니다. 그런데 731부대 해체작업은 미국이 가장 먼저 손을 댔다는 것입니다.”

제2차 대전의 종전과 함께 731부대는 해체되었다. 당연히 731부대의 실상이 낱낱이 밝혀졌어야 옳은 일이다. 그러나 만일 미국 혼자서 731부대를 해체했다면 그나마 731부대에 관해 밝혀진 사실들조차 모두 감춰지고 말았을 것이다. 다행히 뒤늦게나마 소련과 중국이 731부대 해체 작전에 함께 참여했고, 두 나라에 의해서 731부대가 잔혹하게 저지른 사례들이 공공연한 사실로 드러나게 되었다.

731부대에서 잔혹한 행위를 지휘했던 모든 간부가 처벌받는 것은 물론, 부대설립 칙령을 내리고 자신의 막내동생을 파견하여 친정함으로써 잔혹한 행위를 진두지휘한 일왕 히로히토 역시 당연히 전범으로 처형당해야 했다. 헤아릴 수 없이 많은 인류를 사지로 몰아낸 전범에 대한 당연한 조치였다. 그럼에도 불구하고 중국이나 소련군에게 체포된 25명은 처벌을 받았지만, 미군에 의해 체포된 25명과 일왕 히로히토는 모두 사면을 받았다.

독일 전범을 재판하기 위한 뉘렌베르그 국제군사재판소가 국제협정에 의하여 설립되었던 것과는 달리, 일본의 전범을 재판하기 위한 극동국제군사재판소는 미국이 기소권을 장악하는 등 강압적으로 지배했다. 1945년 8월 28일 유엔전범위원회가 일본의 전범에 관한 권고안을 채택하고, 전범재판을 실시할 '중앙전범기구'를 설치할 것을 제안하였다. 하지만 미국은 연합군사령관의 권한으로 넘겨 오히려 미국의 권한을 강화할 뿐이었다. 미국이 유엔의 권고에 응하지 않는데도, 국제사회의 그 누구도 미국의 잘못을 지적하고 반기를 들 정도의 힘을 갖추지 못해, 미국이 하는 대로 방관할 뿐이었다. 아울러 미국은 9월 초에 전범 정책을 마련하여 맥아더에게 전달하였다. 이 정책에 일왕은 절대로 구금하지 말라는 원칙이 담겨 있었다. 이것은 미국이 처음부터 일왕 히로히토에게 면죄부를 주고 전범재판을 시작한 것이다. 히로히토의 불기소는 생체실험 및 생화학전, 강제노동 및 군대 성노예 등 일본의 대표적인 반인륜범죄의 처리가 팽개쳐진 것으로, 인류 앞에 씻을 수 없는 죄를 범하는 결과를 낳게 된다. 일본군이 중국에서 자행한 생화학전은 미국 검찰국의 토마스 머로우 대위가 적극적으로 조사하려고 했다. 그러나 731부대장 이시이 시로를 심문할 수 없어서 포기했다. 이 모든 것이 미군수뇌부의 압력에 의한 것으로, 미국에 항복한 731부대의 관계자들은 그들이 가지고 있던 생체실험자료를 미국에 제공하는 대가로 사면을 받은 것이다. 사면받았을 뿐만 아니라 전후에 아주 영화로운 지위까지 누리며 살았다. 경악할 일이지만, 일본 의학계는 731부대 관계자들이 731부대에서 작성한 인체실험을 통한 논문으로 박사 학위를 수여한 사실도 여러 건 있었다.

반면에 소련에 의해 체포되어 하바롭스크 재판에 회부 된 12명의 전범 중 세균무기 제조와 사용으로 기소된 야마다 오토조 관동군 사령관과 생체 실험을 한 가지츠카 류지 중장, 다카하시 다카아쓰 중장, 가와시마 기요시 중장, 사토 슌지가 각각 25년 강제노동형을 받았고, 나머지 인물들도 2년에서 20년까지의 강제노역형을 받았다. 또한 중국군에 의해서 체포된 13명은 선양, 푸순 및 타이완 법정에서 전범재판에 회부 되어 시베리아 유형 6년, 만주 유형 10년 등의 강제노역형을 선고받았다. 추운 강제 노동수용소로 보내져 강제노역이라는 혹독한 형벌로 고통을 체험하게 한 것이다. 그리고 중국과 소련의 재판과정에서 전범들을 심문하는 중에 나온 증언과 두 나라가 입수한 극비문서를 공개함으로써, 그나마 731부대의 잔혹한 범죄가 만천하에 드러나게 된 것이다.

히로히토 일왕을 비롯한 731부대의 잔혹한 무리가 미국으로부터 완전 사면을 받아 전범으로 거론조차 되지 않은, 그야말로 천인공노할 이유는 단 한 가지였다. 일본이 731부대의 생체실험을 통해서 얻은 자료들을 모두 미국에 넘겨주는 대신 사면을 받기로 한 타협의 산물이었다. 미국으로서는 어디 가서 실험할 수도 없는 귀한 자료라는 욕심에 히로히토를 비롯한 그 흉악범들을 사면하는 조건으로 자료들을 인수했다. 그리고 그 모든 것은 미국의 최고 지도자가 내린 결정이라고 한다. 미국이라는 나라의 도덕성을 엿볼 수 있을 뿐만 아니라, 국제관계가 얼마나 자국의 실속만 차리는 냉혹한 곳인지를 알 수 있는 대목이기도 하다. 각설하고라도 그 무엇보다 그때 일왕 히로히토와 히로히토에 의해서 직접 고등관으로 임명받고 실질적으로 731부대를 지휘하던 히로히토의 막내동생 미카사노미야 다카히토는 반드시 전범 처리가 되었어야 한다. 그래야 인류의 앞날에 다시는 그런 일이 일어나지 않았을 텐데, 이제는 전쟁에서의 승리를 위해서라면 어떤 잔혹한 짓을 해도 승전국에게 제공할 무엇인가가 있다면 살아남을 수 있다는 선례를 남기고 만 것이다.

"충분히 납득할 수 있는 이야기요. 그런데 그 당시만 해도 소련이 만주국을 해체하면서 먼저 731부대를 점령할 수 있었는데 왜 그리하지 않았다는 거요."

"그게 모종의 협의라면 협의고 음모라면 음모가 도사리고 있는 겁니다. 바로 미국과 일본의 음모지요."

"또 뭐가 있소?"

"전쟁을 왜 합니까? 지배하기 위해서 하는 겁니다. 미국은 일본이 진주만을 공습하는 바람에 전쟁에 참여했다지만, 그건 미국 국민의 참전 의지를 불태우게 하는 계기였을 뿐입니다. 그 당시 미국 정권은 참전만이 미국 국민을 단결시키는 계기도 되고 전 세계에 미국의 힘을 보여줌으로써 세계 지도자로 우뚝 서기 위한 기회가 된다는 것을 알고, 그 기회가 오기를 학수고대하던 찰나에 일본이 기회를 부여해준 겁니다. 그 덕분에 동아시아와 오세아니아까지 자신들의 손아귀에 완전히 넣었지요."

"동아시아와 오세아니아를? 그렇다면 진주만 기습 자체가 음모라는 말이오?"

"그건 아닙니다. 진주만 기습 자체가 음모라는 것이 아니라, 제2차 세계대전 종전 직전에 731부대에 대한 음모처럼 영토에 대한 모종의 음모를 벌인 겁니다. 1945년 8월 9일 미국이 두 번째 원자폭탄을 나가사키에 투하하고 8월 15일 일본이 무조건 항복하기까지 흐른 엿새 동안 미국과 일본 사이에 동북아 영토를 흥정하는 모종의 음모가 진행되었던 겁니다. 모름지기 그때 731부대에 대한 음모 역시 같이 진행되었고 그 덕분에 히로히토가 전범에서 제외될 수 있었을 겁니다. 그 당시 미국은 오키나와에 해병대 기지를 세우는 것이 자신들에게 가장 커다란 당면과제였습니다. 오키나와가 천연 요새라는 것은 미국 스스로 오키나와를 함락시키기 위해서 전쟁을 해보아서 잘 알고 있었습니다. 일본군 10만이 전사하고 미군 희생자가 5만이나 발생한 치열한 전투였던 것은 그만큼 함락하기 힘들었다는 소리입니다. 결국 미국은 오키나와를 선택해서 그곳에 해병대 기지를 건설하는 대신 일왕을 사면해 주면서, 부대조건으로 731부대의 연구 결과를 요구하자 일본은 731부대 종사자 모두의 사면을 요구했고, 미국과 일본은 그 조건이 서로 맞았던 겁니다. 뒤늦게 그 사실을 알게 된 소련과 중국은 아차 싶었지만 이미 지나간 기회는 돌아서지 않는 법입니다."

"그런 사실이 있었다면, 소련이 가만히 있었다는 것이 이상하지 않소."

"소련은 그 당시 무엇보다 관심 있는 게 바로 북한이었습니다. 북한으로의 진군이었습니다. 결국 미군과 38선으로 나눠 먹기를 했지만, 결과적으로는 소련의 승리입니다. 소련이 일본에 선전 포고한 것은 처음 히로시마에 원자폭탄이 투하되고도 이틀이나 지난 8월 8일이었으니까 거저로 얻은 셈이죠. 거기다가 소련은 아이누족의 영토인 쿠릴열도와 사할린을 강점하고 있던 터에 그 영토를 계속 차지하는 것은 물론 북한까지 차지하기 위해서라면 오키나와와 731부대 정도는 미국에게 양보해야 했거든요.”

“그럼 같은 연합국인 영국은 왜 가만히 있었다는 거요?”

“솔직히 그 당시의 영국은 미국에 비하면 크게 힘도 없었을 뿐만 아니라, 자신들의 식민지 인도는 어차피 독립할 것인데 반해서 아시아의 시장이 필요했던 참에, 이미 1898년부터 99년간의 조차권을 가지고 있는 홍콩에 만족하기로 했던 겁니다.”

“그럼 왜 우리 중국은 그 당시 반기를 들지 못했소?”

“그 당시 우리 중국이 무슨 힘이 있습니까? 말이 연합국이지 일본에게도 비 오는 날 먼지 나도록 터지고 있었고, 서양 각국은 가장 좋은 아시아의 먹이감이 중국과 인도 아니었습니까? 게다가 우리 중국도 신장 위구르와 내몽골, 티베트를 무력으로 강점하고 있는 와중에 만주까지 넘겨받는데 무슨 말을 합니까? 만주를 넘겨주는 것만 해도 고맙지. 소련과 미국도 만주에 얼마나 욕심을 냈는지 아십니까? 다만 자신들이 더 중요하다고 생각하며 가질 것이 따로 있을 뿐만 아니라, 만일 만주마저 중국에 넘겨주지 않고 욕심을 냈다가는 홍콩을 영국에 조차하는 문제가 해결되지 않고, 그리되면 영국이 핑계 삼아 계속 인도를 붙잡고 늘어지는 날에는 동북아 영토 나눠 먹기에 차질이 생길 수도 있다는 생각에 울며 겨자 먹기로 만주를 중국에 내놓은 겁니다. 솔직히 말하자면 만주국이 해체당할 이유가 없던 거죠. 청나라 후손들이 만주국이니 당연히 제 땅에서 제 나라 건설하고 있던 겁니다. 더더욱 정말로 만주국이 일본의 꼭두각시라서 문제가 되었다면 먼저 일본이 해체되어야지 왜 만주국이 해체됩니까? 꼭두각시를 조정한 몸통은 놓아두고 꼭두각시만 없앤다는 것이 말이 됩니까? 만주국도 일본으로부터 엄청나게 피해를 입은 나라입니다. 그리고 만주국이 해체되었으면 그 영토가 청나라에 반환되어야 하지만 청나라가 없어서 반환을 못 한다면, 역사와 문화면에서 가장 가까운 나라인 대한제국의 후손들에게 반환되어야 하는 것이었지요. 그런데 당시 그 후손들은 연합국 덕분에 일본 식민지에서 겨우 독립하는 처지인데다가, 38선을 경계로 북쪽에는 소련이 주둔하고 남쪽에는 미군이 주둔하니 정신 하나도 없던 겁니다. 그 덕분에 만주가 중국으로 슬그머니 넘어 올 수 있었던 거죠. 그야말로 영토는 말을 못 하니까, 연합 4개국이 동북아 영토를 자기들 편의에 맞게 무참하게 난도질한 겁니다. 인류에게 결코 득 될 것 없는 짓을 한 거죠. 우스갯소리처럼 들릴지 모르지만, 영토를 연구하는 영토학자들에 의하면 영토도 주인을 알아본답니다. 주인은 영토를 애지중지하며 잘 가꿔나가지만, 불법으로 점령한 이들은 영토를 아끼지 않고 혹사하며 피 점령자와 벌이는 마찰로 인해서 자꾸 피바람을 일으키는 까닭에 영토가 신음하며 제 구실을 못 한다는 거죠. 그러다가 종국에는 영토가 분노하여 어떤 형식이든 간에 폭발한답니다. 영토가 분노하는 날에는 걷잡을 수 없는 재앙으로 인간에게 되돌아오는 결과를 낳게 된다는 거죠. 어쨌거나 연합 4개국이 동북아 영토를 난도질한 덕분에 패전국으로 목숨을 구걸할 판이던 일본만 대박이 났습니다. 당연히 류큐제국이 독립했어야 하는 오키나와에 미군 해병대가 들어오는 대신 일본도 그대로 눌러앉은 것은 물론 소련이 아이누족의 영토인 쿠릴열도와 사할린을 독립시키지 않고 강점하는 바람에 일본 역시 아이누족의 영토인 홋카이도를 그대로 차지하고, 비슷한 시기에 강탈한 조선의 대마도까지 그대로 깔고 앉을 수 있는 횡재를 누린 겁니다. 일본이야말로 패전국이 승전국으로 탈바꿈한 거죠. 미국은 자신들이 731부대의 잔혹하기 그지없는 실험 결과를 손에 넣고, 오키나와에 해병대 기지를 건설하여 해병대를 대거 주둔시킴으로써 아시아는 물론 오세아니아까지 사정거리에 둘 수 있어서 승자가 되었다고 할지 모르지만, 진정한 승자는 바로 패전국인 일본이었던 겁니다. 일본은 패전국이면서도 승전국 이상의 영토를 획득했을 뿐만 아니라, 안보 면에서도 거저 얻은 영토인 오키나와에 군사력이 세계 제일의 강대국인 미국이라는 호위무사까지 거느리게 된 거죠."

"패전국이 승전국 이상의 지위를 누렸다? 듣고 보니 그렇기는 하오만, 일본이 그렇게 덕을 본 것과 이번 우리 프로젝트 '그 일'과 무슨 상관이라는 거요."

"일본이 덕을 본 것이 아니라 미국이 그 자료들을 가지고 있다는 것이 문제가 되는 겁니다. 우리 중국이 일대일로를 추진하는 과정에 미국이 걸림돌이 되는 것이 염려스러웠던 거죠."

"미국이 걸림돌이 된다? 왜요?"

"중국이 미국을 제외한 전 세계를 대상으로 내건 일대일로 정책은, 후진국들에게 적당한 이익을 주면서 우리 중국의 그늘 아래로 들어오게 하자는 겁니다. 미국 일변도의 세계 경제 구도를 탈피하여 중국도 한자리를 분명하게 차지함으로써, 달러 일변도의 세계가 아니라 위안화도 같이 가는 세계로 만들어 보겠다는 거죠. 그러기 위해서는 무엇보다 먼저 경제력이나 과학의 발달이 앞서야 하는 것 아니겠습니까? 물론 국력을 이야기할 때는 역사나 문화적인 면도 무시를 못 하죠. 문화만 앞서 가도 나름대로 인정을 받으니까요. 그런데 중국 스스로 생각하기에는, 역사적으로나 문화적으로는 미국에 뒤질 것이 없으나 현대과학의 힘이 문제였던 겁니다. 경제력도 이제는 미국에 맞서 큰소리쳐볼 수 있겠는데, 의학이나 기타 과학 등등이 문제였던 겁니다. 모든 면에서 미국을 앞질러야 경제 후진국들이 중국을 믿고 따를 거라고 판단한 겁니다. 그러기 위해서는 당장 눈에 보이면서도 실생활에 필요한 의학부터 미국을 앞지른다는 것을 보여줄 수 있어야 하는데, 미국이 일본으로부터 넘겨받은 자료들을 기초로 세균 문제에 있어서는 이미 상당한 경지에 도달했다는 정보를 입수한 정부로서는 조급해진 겁니다. 중국의 세균전에 대한 진척도도 점검해볼 겸 전 세계에 의학적인 힘도 과시해볼 필요를 느끼게 된 거죠."

"그래서 미리 치료 약은 물론 백신까지 개발한 바이러스를 배양해서 중국이 아닌 다른 나라가 근원지인 것처럼 일부러 퍼트리고, 백신을 초단기간에 개발한 것처럼 전염병이 유행하기 시작하는 초기에 내놓는 것이 프로젝트 '그 일'이다? 처음에 특사가 왔을 때 그런 이야기를 했던 건 나도 기억하오. 그런데 백신은 물론 치료 약도 개발되기 전에 바이러스가 노출되는 불의의 사고가 생긴 거고."

"그렇죠. 바로 그겁니다. 그래서 문제가 심각한 겁니다. 두고 보십시오, 미국이 어떻게 나오나? 분명히 우리 중국이 발병의 근원지라고 몰아붙일 겁니다. 만일 아무런 근거가 없다면 전쟁으로 치달을 수도 있는 문제를 가지고 그렇게 몰아붙일 수가 있겠습니까? 이미 미국 중앙정보국 CIA는 지금 우리 중국에서 벌어지고 있는 프로젝트 '그 일'의 전후 내막과 진행되는 사항을 모두 알고 있을 거라고 저는 확신합니다. 머지않아 미국은 우한폐렴이라는 말을 서슴없이 해대면서 몰아붙일 겁니다. 전 세계를 고통으로 몰아넣은 근원지가 우리 중국이라는 것을 끈질기게 물고 늘어질 겁니다."

"우한폐렴이라…? 우한은 그렇다 치고, 폐렴은 무얼 근거로 하는 말이오?"

"서기 동지와 제가 우한 연구소에서 일어난 일을 보고받은 그대로, 이번에 노출된 세균의 증세가 초기에는 마치 폐렴 같으니까요. 매개체는 사람으로 호흡기에 문제가 생기는 겁니다. 그러니 우한폐렴이라고 몰아붙일 겁니다. 우한에서 시작된 폐렴 같은 전염병이라는 거죠. 그렇지 않아도 미국은 자신들이 독주해오던 세계 패권에 중국이 끼어든다고 생각해서, 무엇이든 구실만 생기면 중국을 걸고넘어지려고 안달이 나 있지 않습니까? 중국이 자신들과의 패권 경쟁에 진입하려는 것을 저지하지 못해서 안달인데, '때는 이때다' 하고 기회를 잡으려고 할 겁니다. 그렇다고 우리 중국이 당하고만 있지는 않겠지요? 누구보다 세균의 정체를 잘 알고 있으니 서둘러 백신과 치료제를 만들려고 할 것이고, 미국이나 서방 역시 서로 지지 않으려고 노력하겠지요. 결과가 어떻게 끝날지는 아무도 모르는 일이지만, 어차피 물고 물리는 전쟁은 끝없이 계속될 겁니다. 치료제나 백신을 출시하는 것 이상으로 진원지에 대한 공방도 계속될 것이며, 백신 개발에 성공하는 의료선진국들은 그걸 무기로 개발도상국이나 후진국들을 자국 뒤에 줄 세우겠지요. 모르면 몰라도 이번 전염병을 계기로 패권 경쟁이라는 총성 없는 전쟁은 더 치열해질 겁니다."

"성장 동지는 어찌 그리 잘 아시오?"

"아무리 별 볼 일 없어 보여도 명색이 성장입니다. 쪼오시엔왕 우한 시장처럼 특사가 좀 부추겨 주니까 아무것도 모르면서 우쭐대기나 하다가 막상 일이 터지니까 죽을상이나 해서야 되겠습니까? 처음에 프로젝트 '그 일'을 하달받았을 때부터 제가 알아볼 수 있는 것은 다 알아보았습니다. 그동안 여러 채널을 통해서 나름대로 이번 일에 대비했던 겁니다. 그런데 막상 일이 터지고 나니 아무짝에도 쓸모없고 괜한 짓만 한 것 같습니다."

왕샤오둥은 쪼오시엔왕이 특사와 같이 나타나서 프로젝트 '그 일'을 들이밀 때 솔직히 너무나 큰 충격을 받았었다. 이대로 정체해 있다가는 잘 못 하면 자리에서 밀려나고 말 것 같았다. 그래서 그날 이후로 자신이 가지고 있는 직책을 이용하고 돈과 시간을 들여가면서 나름대로 동원할 수 있는 모든 채널을 동원해서 '그 일'에 대한 모든 것을 알아내기 위해서 노력했다. 하지만 장초랑 앞에서 안 해도 될 말까지 겁도 없이 너무 많은 이야기를 한 것 같아서, 아무짝에도 쓸모없다는 말을 보태서 슬그머니 꼬리를 낮췄다.

"그럼 그동안 난 무얼 했다는 거요?"

"서기 동지께서는 인민들의 당성이나 사상에 더 신경을 쓰시는 것 아닙니까? 솔직히 이런 실무적인 일에 대해서는 성장인 제가 자세히 알고 있어야 하는 것이 맞지요. 더더욱 저는 고조모 가문에 전해오는 문서도 있으니까요. 그리고 서기 동지께서 필요한 사항을 하달하시면 그때 그때 제공해 드리면 되죠. 다만 서기 동지나 저나 이번 일을 너무 자세하게 알고 있다는 것이 문제이긴 하지만요. 솔직히 저는 그게 영 마음에 걸립니다.”

왕샤오동은 자신이 알고 있는 지식은 바로 당신 것과 진배없다는 말로 장초랑의 비위를 맞춰주었다. 그리고, 너무 자세하게 알고 있어서 문제라는 것은 프로젝트 ‘그 일’에 대해서 자세하게 안다는 것이 아니라, 그 세균이 유출된 사실을 소상히 알고 있는 그것이 문제라는 의미를 보탠 것이다. 북경에서 말로는 괜찮다고 했지만 그건 말 그대로 말일 뿐이다. 말 뒤에 어떤 행동이 따라올지는 아무도 모르는 일이다. 그런데 장초랑 역시 그 문제에 대해서 같은 생각을 했는지 걱정된다는 어투로 말을 받았다.

“그러게 말이오. 목에 생선 가시 걸린 기분은 나도 마찬가지요. 프로젝트 ‘그 일’이 아무 탈 없이 성공해서 중국이 아닌 어느 곳이 진원지가 되었다면 모르겠지만, 도중에 사고가 나는 바람에 우리 후베이성의 우한시가 발원지가 되었으니 우리 둘은 물론 쪼오시엔왕 우한시장도 문제가 되지 않을까 걱정이요. 우한시장도 한편으로는 얄미우면서도 한편으로는 오죽하면 그렇게라도 해서 살아남으려고 했겠냐는 생각을 하면, 지난날 살아 남으려고 발버둥치던 나를 보는 것 같아서 딱하다 못해 측은하기조차 하오. 솔직히 내색은 안 했지만 이것저것 여러 가지로 여간 불안한 게 아니오. 북경에서 왔던 특사야 일이 잘 진행될 때 아군이지 문제가 생겨서 곤란해지면 내가 언제 그대들을 보았냐고 얼굴 돌릴 것이 뻔하죠. 아무튼 이번 일이 제발 무사히 지나가 주었으면 좋으련만….”

장초랑의 걱정어린 그 말이 채 끝나기도 전에, 건장한 사내 다섯이 두 사람이 앉아 있는 테이블을 둘러싸며 무거운 목소리로 입을 열었다.

"장초랑 서기님, 왕샤오동 성장님. 마침 두 분이 함께 계셨군요. 중화인민공화국 국가안전부에서 나왔습니다."

그들은 겉보기에는 정중하게 신분증을 제시하며 말을 이어갔다.

"함께 가시죠. 드릴 말씀이 있습니다."

장초랑도 왕샤오동도 아무 말도 하지 않고 일어섰다. 이미 올 것이 왔음을 알리는 지금의 이 상황에서는 말이 필요 없다. 다만, 부정축재와 뇌물수수 등의 혐의로 숙청당하던 보시라이라는 이름이 주마등처럼 떠오르며 지금까지 자신들에게 뇌물을 바쳤거나 뇌물로 접근해오던 인물들의 얼굴이 함께 클로즈업되어 스쳐 지나갔다. 두 사람 모두 그 표정은 덤덤한 것 같았지만 얼굴에는 짙은 어둠이 드리우기 시작했다.

그로부터 그리 긴 날이 지나지 않아서, 트럼프 미국 대통령은 프로젝트 '그 일' 도중에 실수로 바이러스가 유출되어 유행하는 전염병을 우한폐렴이라고 단언해서 말했다. 그리고 소위 선진국에서는 백신이 개발되자 비열할 정도로 자국 뒤에 줄 세우기를 함으로써, 끝나지 않는 또 다른 모양의 전쟁은 백신 외교라는 멋진 단어로 포장되어 이어지고 있다. (끝)